Maranhão
Mato Grosso
Goiás
Minas Gerais
BOLIVIA
Santa Cruz
Mato Grosso do Sul
São Paulo
URUGUAI
RONDONIA
Buenos Aires
Córdoba
Mendoza
Santiago del Estero
Corrientes
Rio Grande do Sul
Manaus
Santarém
Belém
Teresina
Cuiabá
Brasília
Goiânia
Anápolis
Belo Horizonte
Rio de Janeiro
Santos
Curitiba
Florianópolis
Porto Alegre
Rio Grande
Montevideu
Assunção
Corumbá
Campo Grande
La Paz
Cochabamba
Sucre
Potosí
Salta
Jujuy
Tucumán
Rosário
Bahia Blanca
Viedma
Rawson
Neuquén
Comodoro Rivadávia
Santa Cruz
Iªs Falkland (Brit.)

O amor de Pedro por João

ROMANCE

A REGIÃO SUBMERSA
L&PM Editores, 1980
Editora Mercado Aberto, 1994
Edições estrangeiras:
Portugal, Livraria Bertrand, 1978
Dinamarca, Gyldendal, 1980

O AMOR DE PEDRO POR JOÃO
L&PM Editores, 1982, 1991
Edição estrangeira:
Uruguai, Ediciones de la Banda Oriental, 1998

OS VARÕES ASSINALADOS
L&PM Editores, 1985
Editora Mercado Aberto, 1995

PERSEGUIÇÃO E CERCO A JUVÊNCIO GUTIERREZ
L&PM Editores, 1991, 1992
Editora Mercado Aberto, 1993, 1994, 1995
Edições estrangeiras:
Colômbia, Tercer Mundo Editores, 1995
Uruguai, Ediciones de la Banda Oriental, 1998

NETTO PERDE SUA ALMA
Editora Mercado Aberto, 1995
Edição estrangeira:
Uruguai, Ediciones de la Banda Oriental, 1997

O FASCÍNIO
Editora Record, 1997
Edição estrangeira:
Uruguai, Ediciones de la Banda Oriental, 1997

FRONTERA
Edição estrangeira:
Chile, Editorial Lom, 1998
(Reunião de três romances: *Perseguição e cerco a Juvêncio Gutierrez, Netto perde sua alma* e *O fascínio*)

ENSAIO

A CABEÇA DE GUMERCINDO SARAIVA (Elmar Bones, colab.)
Record, 1997
Edição estrangeira:
Uruguai, Ediciones de la Banda Oriental, 1997

FOLHETIM

A SEGUNDA EXISTÊNCIA DE TERRY LENNOX
Folha da Tarde e *Jornal do Paraná*, 1982

1835: A GRANDE EPOPÉIA
Zero Hora, 1985

O LABIRINTO INVISÍVEL
Diário do Sul e *Gazeta do Paraná*, 1987

TABAJARA RUAS

O amor de Pedro por João

EDITORA RECORD
RIO DE JANEIRO • SÃO PAULO

CIP-Brasil. Catalogação-na-fonte
Sindicato Nacional dos Editores de Livros, RJ.

Ruas, Tabajara, 1942-
R822a O amor de Pedro por João / Tabajara Ruas. – Rio de Janeiro: Record, 1998.

1. Romance brasileiro. I. Título.

CDD – 869.93
98-1013 CDU – 869.0(81)-3

A obra foi anteriormente publicada pela editora L&PM.

Direitos exclusivos desta edição adquiridos pela
DISTRIBUIDORA RECORD DE SERVIÇOS DE IMPRENSA S.A.
Rua Argentina 171 – Rio de Janeiro, RJ – 20921-380 – Tel.: 585-2000

Impresso no Brasil

ISBN 85-01-05234-5

PEDIDOS PELO REEMBOLSO POSTAL
Caixa Postal 23.052
Rio de Janeiro, RJ – 20922-970

orgulha-te: eu levo o estandarte
não te preocupes: eu levo o estandarte
ama-me: eu levo o estandarte.

(R.M. Rilke)

Capítulo Um

1

Claro, a primeira coisa que notaram foi a marca das unhas no rosto do homem. Só muito depois é que iriam reparar na transparência de suas mãos, na maneira imóvel como durante horas apoiaria a cabeça nas colunas do átrio, no gesto preciso, grave (feminino, diria Sepé), usado para afastar os cabelos da testa. Assim como o barro vermelho (Lo Hermida) que durante semanas não se desgrudou de suas botas de camurça, o gabardine que dia a dia foi ficando mais sujo, certa maneira oblíqua de olhar. Possivelmente, já nos últimos dias, quando o primeiro avião já tinha levado a primeira turma, poucos — o Médico, talvez Álvaro — perceberam que o agudo lampejo gelado de seus olhos vinha de mais longe e era mais geral que o enervante desespero de todos; era também, digamos, mais tortuoso — e escuro e estreito — que a inquietação, o medo, a desordenada quase alegria de todos.

Mas, para seu desgosto, a primeira coisa que notaram quando surgiu vacilante no saguão de mármore decorado com afrontoso barroquismo e esmagadoras cortinas de veludo verde, e quando estacou pálido, mãos nos bolsos, pés separados, envolto por uma aura que o isolava dos demais e o implantava no centro do círculo da mais absoluta solidão, e ainda quando moveu os olhos devagar, focando uma a uma as pessoas que se comprimiam contra as paredes ou se esparramavam sobre a alfombra como a pedir-lhes uma explicação do que ocorrera (o mesmo perplexo olhar que apanhou no velho Degrazzia ao vê-lo lutar com os guardas no portão da embaixada) — para seu desgosto — a primeira coisa que todos e cada um notaram foi a marca das unhas.

Esperou na fila olhando para o chão. Quando chegou sua vez, adiantando-se a qualquer pergunta, depositou sobre a mesa coberta por uma toalha de tecido púrpura o Colt 45, as duas granadas e o punhado de balas.

O funcionário contemplou os objetos com resignado pasmo e ergueu dois olhos acostumados a todos os espantos.

— Nome, por favor.

— Oliveira. Marcelo Oliveira.

— Documentos, senhor Oliveira.

— Não tenho.

O funcionário (gravata, bigode, óculos, brilhantina no cabelo) golpeia com mansa impaciência sua Parker sobre a toalha púrpura.

— Perdeu-os, senhor Oliveira?

O homem confirma com a cabeça. O funcionário suspira, olha a fila, toma notas, acaricia a Parker, ergue outra vez os olhos despojados de qualquer curiosidade.

— Como entrou na embaixada, por favor?

— Pulei o muro.

Alguns risos. O funcionário esparrama suave olhar interrogativo, os risos cessam. Apanha as armas com a ponta dos dedos e infinito nojo (risos) e passa-as para o enigmático rapaz bem vestido que fuma cachimbo encostado à coluna próxima. Mexe-se com desenvoltura o enigmático rapaz bem vestido, examina as armas pacientemente, o olhar preparado para luzir algo que poderia ser entendido como ironia, caminha pisando duro ao longo da fila em direção a uma porta. As conversas cessam, todos os olhares acompanham a passagem triunfal. Todos — menos o olhar do homem.

— Agora o senhor é hóspede do governo argentino, senhor Oliveira.

O homem tinha uma contração na boca, poderia ser um sorriso, o funcionário tomou como um sorriso, respondeu ao sorriso com outro sorriso.

— Aqui não tem nada a temer. Subindo essas escadas certamente encontrará companheiros. Já temos muitos hóspedes, o senhor é o número 780 e não duvido que chegarão outros. Estamos tratando de organizar-nos na medida do possível. O senhor compreende, não há habitações suficientes, precisamos nos arranjar de qualquer maneira. Felizmente é uma situação provisória. Para termos ordem aqui dentro contamos com a máxima colaboração dos senhores.

Meio segundo permaneceu absorto em algo que flutuava invisível no salão, espécie de fantasma pacífico formado pela gosma de pigarros, tosses, suspiros, fumaça de cigarro e a qualidade inferior da luz oprimida sem reação pela barreira verde das cortinas de veludo, e então, percebendo que o enigmático rapaz bem vestido aproximava-se com passo de dever cumprido, estendeu rápido, astuto olhar por cima do aro dos óculos.

— Entregou todas as armas, senhor Oliveira?

Confirmou com a cabeça.

— Naturalmente não se oporá que lhe façamos uma revista. É a norma.

O enigmático rapaz bem vestido apalpou com experiência as roupas do homem, olhou para o funcionário e sacudiu a cabeça. Limpo.

Subiu a escada. O tapete vermelho escapava das garras de metal e tornava-se perigosamente escorregadio. Começou a pisar com cautela. No primeiro patamar havia um grupo sentado no chão, jogando cartas. Olharam-no com indiferença. (Com desprezo, pensou num sobressalto.)

Aqui estás, pois, filho da puta. A salvo. Já podes deixar o medo derreter como uma barra de gelo, lentamente. Viste os cadáveres e estás aqui, a salvo. Mais uma vez viste os cadáveres. O que há de desamparo nos cadáveres, e o que há de ridículo, de pedinte, de menino nos cadáveres.

Sobe a escada. "Certamente encontrará companheiros, senhor Oliveira." Os olhinhos míopes escondidos pelos óculos grossos, o bigodão agressivo. Sabia disfarçar o sarcasmo, o crápula: para algo era diplomata. Claro que encontrará companheiros, senhor secretário, senhor encarregado de negócios, senhor sei-lá-que-bosta. Na hora de dar no pé sempre se encontra companheiros.

A escada termina num salão. Pensa em acampamentos de ciganos, na feira hippie que visitava aos sábados na praça do Hospital de Caridade em Porto Alegre; pensa no circo que armavam todas as primaveras junto à ponte, em Uruguaiana.

A grande mesa de mogno fora arrastada para um canto. Vê as pernas das pessoas que dormem debaixo dela ou simplesmente se refugiam da balbúrdia, dos papos-furados, do olhar de algum conhecido, do grande relógio imóvel sobre a parede forrada de papel. Passeia seu olhar; crianças com feições de mapuche chorando brincando brigando com nervosa energia; pesadas mulheres grávidas sentadas em cadeiras estofadas remoendo seus fetos; intelectuais de barba ostentando pose de pensadores; rodas animadas discutindo com veemência; rapazes com boinas do Che apreciando com ironia; vários rostos que já viu antes ou pensa que já viu antes; uma súbita chilena de olhos negros que o encara com interesse (apanha secretamente o olhar, guarda-o no bolso vazio) e há brasileiros conversando num canto, não os conhece, e há mais olhares interessados, nenhum escuro e profundo como o da chilena, e o cansaço o ronda como ave de rapina, desce em vôo silencioso, e precisa proteger-se, precisa dormir, encontrar um lugar sossegado, longe do choro das crianças, das gargalhadas (já há quem dê gargalhadas), longe do cheiro de mofo suor derrota que emana das pessoas e se impregna como um presságio no ar, nos móveis, no cortinado; precisa dormir e esquecer os cadáveres, esquecer Mara, esquecer — principalmente — a pequena mão amarela de Micuim em seu braço.

2

Dorival pressentiu que algo ia dar errado naquele dia, não só porque o horóscopo do *Puro Chile* aconselhava ficar em casa e não tomar decisões importantes. Também porque havia no ar uma cintilação esquisita, brotando de algum oculto canto da cidade a agravar-lhe a alergia da nuca; mas, principalmente, porque quando Ana abriu a porta do quarto e perfumou a atmosfera abafada com seu cheiro de bosque amanhecendo, trazia o rosto de estátua.

O rosto de Ana comportava-se regularmente com sensatez. Pela manhã reluzia frescura de pele lavada; perto do meio-dia, sempre, tornava-se quase belo. Nessas ocasiões, Ana apresentava-se inquieta, dona duma sensibilidade aguda, inquisitiva, a escapar pelos olhos em forma de manso fulgor. Porém, quando sentia medo ou solidão — ou quando recordava a chácara nos arredores de Diamantina — assumia o modo absorto, lento, desintegrado das coisas, que deprimia Dorival. Aos poucos, irresistivelmente, os gestos diminuíam, os olhos se entrecerravam (insistindo em fitar intermináveis minutos algo fora da visão das outras pessoas) e, instalando-se muda na cadeira de balanço no canto do quarto, tricotava blusas de lã. Ao crepúsculo, ou, mais freqüentemente, durante a madrugada, tomava, e carregava durante dias, o rosto de estátua.

Foi pensando em algo ruim que Dorival se acomodou nos lençóis e perguntou o que há, pô?

— O que há, pô?

— Golpe — respondeu ela.

Quando Xavier trouxe alvoroçado a notícia de que os tanques estavam marchando em direção à fábrica naquela manhã, em

Osasco, Dorival nem se deu ao trabalho de interromper o café. Já sabia. Disse deixa que venham esses filhos da puta e começou a pensar no problema concreto de evacuar a fábrica se eles começassem a disparar. Mas, agora, debaixo do cobertor, o *Puro Chile* nas mãos e o rosto de Ana transformando em pedra, sente a porrada de Juarez no estômago e contrai-se porque é o medo que volta mais uma vez. Aí está — aí —, dentro, vivo, quase pode tocá-lo, como a um animal (ou uma barra de gelo).

Estendeu o braço e ligou o rádio. Ficou a ouvi-lo, precariamente protegido das imagens difusas que o hino militar gerava: paradas militares, tarde de sol, pipoca quentinha, sorvete de morango. Procurou outras estações.

— Parece que tomaram todas as rádios.

— Não me surpreende nada.

Olhou para Ana — para a pequena Ana — e seu estômago se contraiu outra vez. O pressentimento. A voz dela estava controlada com rigor mas já nada poderia afastar o véu ou força ou ausência que, lentamente, tomava posse do seu corpo.

— Como você soube do golpe?

— Na padaria.

— Dizem o quê?

— Desta vez é sério mesmo. São os quatro ministros militares que pedem a renúncia.

Falava como se referindo a algo banal, à falta de cigarros ou ao preço da carne. Dorival não pôde deixar de admirar seu esforço. Sabia: o que dentro dela dormia poderia despertar a qualquer momento. E foi então atingido por brusco resplendor de lucidez que esmagou-o contra os lençóis e arrebatado pela mesma sensação de desamparo quando no sexto *round* Juarez o encurralou contra as cordas, nariz já quebrado e proteção de borracha já cuspida. O golpe, enfim. Poderia haver guerra civil. A tensão aumentaria até limites insuportáveis. E chegaria o momento em que Ana se abandonaria de todo às lembranças da chácara nos arredores de Diamantina. Invocou a cara suada de Juarez, invocou os olhos azuis do tenente Otílio, o cheiro a óleo da fábrica em Osasco e deles foi extraindo forças, reagrupando ódio. Pulou da cama.

— Faz um café, nega, que vou reunir o pessoal.

Avançou pelo quarto dando pulinhos de boxeador, brandindo os punhos junto ao corpo, fazendo saltar os músculos dos braços, sou leve como uma borboleta, nega, ágil como um dançarino, esquerda-direita-esquerda-direita. Ameaçou-a com seus exercícios, obrigou-a a encolher-se, esquivar-se, sorrir. Apenas de cuecas, justas, era um perfeito peso pesado praticando. Parou junto ao telefone, começou a discar. Com a ponta do olho vigiava Ana que desaparecera na cozinha. Quando ela voltou fez-lhe senhas pedindo um cigarro. Escutava o ruído monótono do aparelho soando num quarto vazio. Ana colocou em seus lábios um Monza aceso.

— Hermes e Mara não estão.

— Liga pro Marcelo.

Completava a primeira cifra do disco quando a cristaleira estremeceu com o troar avassalador da esquadrilha de jatos rente ao edifício. Ana correu à janela. Alguém atendeu na outra extensão da linha. Sim, sim. Muito bem, gracias, hombre.

— Marcelo está vindo para cá. Quem atendeu foi o boliviano que mora com ele. E vem também o Alemão.

— O Alemão? O Marcelo ficou doido? Trazer aquele hippie aqui pra casa numa hora dessas!

Dorival deu mais alguns socos no ar, esquerda-direita-esquerda-direita, parou junto a ela:

— O Marcelo sabe o que faz.

Avançou até a janela, negaceando, cabeça baixa, esquerda-direita-esquerda-direita, fez meia-volta e desabou no sofá. Soprou a fumaça do Monza, fechou os olhos.

— Tô ficando velho...

Ana abriu a boca para dizer algo sobre os aviões mas a marcha militar que pairava no apartamento como impreciso pano de fundo cessou e a voz do Presidente, distante e grave, suavemente foi enchendo a sala de tristeza.

Na Praça de Armas, quando a rajada de metralhadora estraçalhou sua coxa, Dorival tornaria a ouvir essa mesma voz, o peso de profecia que a deformava, a calma mortal de que estava possuída e instantaneamente saberia que tudo estava ruindo, rodaria ensurdecido procurando Ana num mundo gelado por pavoroso silêncio e a coisa caída na sarjeta suja de água de esgoto era a pequena Ana e arrastar-se-ia no centro do silêncio hostil vendo os soldados aproximarem-se e a Browning muito longe e gritava Ana Ana Ana e sequer ouvia a própria voz e se arrastaria para perto dela chamando sem parar Ana Ana Aninha e estenderia os braços até tocar aquilo e veria a Alameda estendendo-se na direção da Cordilheira e procuraria lembrar o que o Presidente dissera, algo a respeito de alamedas, a voz era tão grave e tão calma, espalhava suave tristeza, trazia ecos de quarto vazio, de frio inevitável, de qualquer doce e amarga tarde de domingo numa cidade do interior no fim do outono e então a dor o despertava e então é que via a coisa monstruosa rastejando na sua direção.

3

A primeira vez que Marcelo depôs as armas teve a consciência de que não o afligiu nenhum desgosto moral e que sua retirada era mera alternativa tática, desagradável mas necessária naquela circunstância.

Era manhã de domingo — e azul. O vento gelado de agosto entrava pela gola do sobretudo e o mar, logo ali, arremetia contra as dunas. Antes de descer do carro, Hermes examinou cuidadosamente os arredores da ruela de paralelepípedos, cercada de bangalôs pintados de branco, onde a pequena burguesia porto-alegrense compensava suas vidas em fugazes fins de semana.

— Descemos?

Marcelo confirmou com um aceno. Hermes saiu primeiro, puxou a caixa deixando a ponta apoiada no banco. Marcelo deu a volta ao Volkswagen e apanhou a outra ponta. Tiveram alguma dificuldade para transportá-la através da calçada até a porta do bangalô. Se alguém aparecesse diriam que eram provisões para a próxima temporada. Em meados de setembro, quando começava a soprar o nordeste e o sol tornava-se mais caloroso, era comum vir com Beatriz e os pais (Hermes, às vezes, também vinha) desfrutar os fins de semana vazios do balneário, antes que a ansiosa horda de veranistas, em novembro, chegasse e dominasse cada palmo de praia com suas barracas, loções de bronzear, rádios de pilha e ansiedades as mais variadas.

Depositaram a caixa no piso junto à porta, e Marcelo apanhou o molho de chaves. Abriu a porta. Cheiro a mofo, peso de ar encerrado, poeira nos móveis, uma borboleta morta na mesinha do *hall* e a presença de Mara. Na espreguiçadeira a curva do corpo de Mara. No interior do guarda-roupa o vestido vermelho de Mara. No armário do banheiro a loção de bronzear de Mara. As sandálias de Mara nas lajotas vermelhas da sala de estar. (O suspiro de Mara na varanda.) E em cada copo e em cada disco, nas páginas das velhas Manchete dentro do cesto de vime e no cinzeiro de argila sobre a mesa da sala o toque do marfim das mãos de Mara. Mara de *shorts* regando as plantas. Mara passando óleo nas pernas. Mara de imensos óculos escuros. Mara debaixo dos lençóis...

Hermes bateu com a porta e sumiu com o ruído do mar e com a presença de Mara.

— Não dá pra respirar aqui dentro.

— Vamos abrir as janelas.

— Alguém pode vir espiar.

— Já sabem que estamos aqui. Se ficarmos fechados poderão estranhar.

Abriram as janelas. O sol avançou sobre os móveis, chocou contra as paredes, resvalou, ficou quietinho no piso de lajotas vermelhas.

Hermes piscou com a luz, bocejou, espichou os braços.

— Precisamos dormir.

— Antes vamos esconder os ferros. Dormiremos um de cada vez.

Jogou-se sobre o sofá, a seu redor elevou-se silenciosa explosão de poeira e, num súbito pudor, desviou os olhos da porta que abre para a varanda, pois foi ali que enlaçou a cintura de Mara esperando que o mundo desabasse e foi ali que ela, displicente, apoiou o braço esquerdo no seu ombro (os longos dedos de unhas pintadas envolviam o copo de caipirinha). Com a mão direita abaixou um pouco os enormes óculos escuros e revelou dois olhos graves e verdes.

— Não vai me deixar passar?

Claro, não soube o que responder. A ereção impossível de dissimular provocou o humilhante riso dela e o copo de caipirinha se estilhaçou no piso oferecendo ao ar da casa o cheiro acre e adocicado da bebida e talvez também porque fosse verão — mais que isso — meio-dia de verão povoado de invisíveis cigarras, da pulsação do mar lá fora, do perfume de pinheiros, dos trinta e cinco graus, dos seus incômodos vinte e dois anos, da fresca solidão da casa e da presença dela que o gelava de pavor e desejo.

— Vamos acabar logo com isso — disse Hermes.

Ergueu-se e foi até o pátio. Levantou a gola do sobretudo. O ruído do mar, os pátios vizinhos. Os pinheiros atrás da casa respiravam, verdes, saudáveis. Hermes aproximou-se, esfregando as mãos para aquecê-las.

— Não será melhor esperarmos até a noite?

— Quem garante que este lugar é seguro agora?

Olharam o fundo do poço.

— Quantos metros tem?

— Uns dez ou doze. Aí nunca vão encontrar.

Voltaram ao interior da casa e apanharam a caixa. Arrastaram-na para o pátio.

— Certeza que não vai entrar água?

— Absoluta.

Só mesmo Hermes para ainda ter certezas absolutas. Ergueram-na até a borda de pedras: água escura, parada e cintilante aguardava a queda. Olharam uma última vez pela vizinhança.

— Agora.

A caixa mergulhou no poço, esguichou um jorro de água quase até a borda, desapareceu, e quando as ondas provocadas começaram a serenar em forma de círculos, pensou (depois, na sala, olhando a dança dos reflexos no copo com uísque tornaria a pensar o mesmo) que afogara junto com a caixa também suas ilusões. Evidentemente, tal vulgaridade não poderia ser formulada jamais na presença de Hermes, a não ser, talvez, se ambos ultrapassassem a dose sensata do uísque do Professor. Caso, por infelicidade, deixasse escapar semelhante frase, seria esmagado por um olhar de senador romano. O nariz de Hermes já era de senador romano — pelo menos desses senadores romanos de filmes da Metro — e de senador romano eram seus cabelos encaracolados sobre a testa, a irritante auto-suficiência e a pose para discursar. A pose para discursar — e o sangue judeu, segundo Micuim —

acabaram por elegê-lo presidente do diretório da Faculdade de Arquitetura.

— Mais?

Marcelo estendia-lhe a garrafa de *Ballantines*, a única que sobrara do verão passado. Hermes levantou a mão em gesto de tributo. Não. Lá se foi a frase. Para o poço. Como as armas. Como os outros. Como tudo. Como as ilusões. Porra, por que não dizer, berrar, rebentar os pulmões proclamando? Como as ilusões.

Foi à cozinha. Precisava encontrar algo para comerem antes de dormir. A única coisa que encontrou foi macarrão. Procurou por panelas, sal, azeite, algum tempero. Atrás da pilha de latas estava o livro de poemas de Rilke que Bia procurara uma tarde inteira sem encontrar no último verão que passou na casa. Abriu o livro e uma fotografia caiu. Apanhou-a. Longamente a esteve mirando. Depois guardou-a no bolso interno da jaqueta. E então, como apanhasse novamente o copo de uísque e o choro reprimido ainda lhe comprimisse a garganta, arremessou o copo contra a janela sobressaltando a casa com o som estridente de vidro partido.

Hermes surgiu na porta, lívido, o 32 na mão.

Não se disseram nada e tampouco Marcelo levantou a cabeça apoiada contra a pia, durante muito tempo. Quando a pressão na garganta diminuiu, quando um fresco alívio serenou seu peito, juntou os cacos, consertou a cortina e minuciosamente retomou os preparativos para fazer o macarrão. Hermes voltou para a sala, pôs um disco da Gal na vitrola, folheou bocejando uma *Veja* do verão de 70. Comeram em silêncio.

— Tu vem comigo ou não?

Hermes sacudiu a cabeça, não. Com cansaço, com sarcasmo, com um princípio injusto de fúria contra esse judeuzinho arrogante, Marcelo sorriu. Caralho. Sua pergunta escapara desafinada, denunciando crise. E Hermes, o safado, sacudindo a cabeça com condescendência, como se prestasse um favor. Exatamente da maneira que Marcelo esperava e exatamente da maneira que mais detestava.

— Está tudo acabado. Tu sabes.

Hermes sacudiu, sim, sabia, a cabeça de senador.

— Então, por quê?

— Já disse mais de cem vezes.

— Diz mais uma.

Tinham comido o macarrão com massa de tomate, bebido cafezinho, estavam sentados na sala, cômodos e infelizes, fumando. A voz, ironizando baixinho no canto escuro onde estava a vitrola, era João.

Hermes deixou de ler a capa do disco como se isso lhe partisse o coração e jogou-a no sofá em frente, com resignação de mártir.

— Tá bem. Por quê? Por sentimentalismo, meu chapa — pronunciou "meu chapa" demasiado lento para não ser sarcasmo. — Por romantismo, por machismo, por moralismo, por idealismo, por ser um judeuzinho pequeno-burguês arrogante. Por frescura.

Enfim, o senador romano também tinha seus pontos fracos.

— Posso até concordar com todas essas razões, meu chapa. — Devolveu no mesmo tom. — Mas a principal não é nenhuma delas.

— Não?

Marcelo esmagou o Minister no cinzeiro — não — olhou Hermes nos olhos e só viu cansaço e indiferença.

— É o Porco... meu chapa.

Cansaço e indiferença nos olhos que buscam o teto, talvez um riso disfarçado nos lábios que chupam o cigarro, seguramente um gesto de defesa na perna que se cruza. Não diz nada, suspira, fica a olhar o teto. Marcelo ri: agora sabe que está irritado. A música pára. O braço da vitrola levanta mansamente e acomoda-se no repouso de metal. Dirige-se ao canto escuro onde está a vitrola, vira o disco, espera a voz de João, baixinha, começar a explicar que os desafinados também têm um coração e senta outra vez frente a Hermes.

— Eu também quero vingar Bia. Ela era minha irmã, pô! Eu acordo de noite me lembrando dela. Acordo gritando. Tu sabes. Mas agora não é hora. Cada coisa tem sua hora.

Hermes sacode a cabeça de cima para baixo, lentamente, como

se concordasse, franzindo os olhos pela fumaça do cigarro, e então, parecendo encher-se de vitalidade, esmaga o cigarro no cinzeiro, ergue-se e enuncia com voz mansa, conciliadora, mas onde Marcelo reconhece, arrepiado e ferido, essa velada pontada de desprezo.

— Vai dormir um pouco. Eu faço o primeiro turno. Discutiremos isso depois, de cabeça fria.

4

No dia em que Josias resolveu libertar os pássaros teve a sensatez de reconhecer que bebera seis Brahmas estupidamente geladas e três batidinhas de maracujá a mais do que beberia num dia normal, que tal fato embotara as gastas reservas do seu Materialismo Dialético e acentuara o Teimoso Sentimentalismo que não o largava nunca e que, também, nesse dia, sentira o mesmo fundo aperto no coração que o fez disfarçar as lágrimas, dez anos atrás, na Praça da Matriz, em Porto Alegre, quando compadre João Guiné, terno de linho branco, sapatos da mesma cor, cravo vermelho na lapela, em pé no último degrau da escada de pedra do Palácio Piratini, proclamou com voz solene para a multidão fascinada que — finalmente — havia soado a hora da tão esperada e definitiva Revolução.

Já eram sete horas da noite, sobre a praia de Pedra Redonda desmoronava interminável crepúsculo e definitivamente não era um dia normal. Era o dia em que saíra da cadeia.

Saíra de manhã cedinho, piscando muito os olhos feridos pela luz que anunciava a primavera, respirando o cheiro da rua com a escondida esperança de que enchesse o vazio que não podia localizar mas incomodava barbaridade e controlando o compasso do coração para evitar que disparasse e fizesse alguma besteira. Conhecia de sobra esse coração.

— Quanto mais velho mais sem juízo — dizia Francisca.

E devia ser verdade. Francisquinha sempre tinha razão. Rédea curta com esse coração.

O guarda que abriu o portão de ferro era desconhecido e parecia de mau humor. Ótimo. Isso o livraria de um gesto de despedida. Deu seu primeiro passo livre tendo o cuidado de plantar com firmeza a sola dos sapatos na laje da calçada, como se temesse escorregar ao seu contato, ouviu o rangido dos gonzos malazeitados do portão e cuspiu de lado, embora não tivesse nada na boca, nem secura nem saliva nem gosto, cuspiu para o gemido do portão, para a cara mal-humorada do guarda, cuspiu também por outras coisas que apenas intuía e por puro costume. Cuspiu e espreguiçou longamente os braços até estalarem.

— Josias, seu vagabundo, estás livre.

E começou a caminhar. Agora, o trabalho de reconhecer as ruas. Devagar com o andor. O trabalho de reconhecer as ruas deveria ser como o trabalho com a broxa e a cal no alto do andaime: lento, cuidadoso, científico, um olho no trabalho, outro na paisagem, outro calculando os metros que faltam, outro vagando junto com o pensamento no passeio do domingo passado.

Não se preocupou com as pessoas que se aglomeravam na parada de ônibus perto da esquina. Sabia que não o esperavam. Pelo menos não o esperariam na saída da cadeia, tão bobos não eram. Ademais, fora solto meio de repente. Não avisaram nem a família.

Estranhou o preço da passagem, incomodou-se com os empurrões, o abafamento do ônibus trouxe-lhe o abafamento da cela, o escuro da cela e foi salvo do impulso de descer na primeira parada pela brusca visão verde das palmeiras da avenida Getúlio Vargas sacudidas pelo vento.

Quando Haroldo roncava, sonhava ou se masturbava, Josias revolvia o porão das lembranças em busca de algo que fosse como ar puro ou sábado de manhã, e então recordava as palmeiras da avenida Getúlio Vargas sacudidas pelo vento. As palmeiras, nessa hora da madrugada em que se dirigia à construção, boné de marinheiro de banda, quando os ônibus estão lotados de operários sonolentos, agarrados às marmitas, e as casas de comércio mostram a cara azeda das cortinas de metal e é a única hora do dia em que os choferes apresentam rostos saudáveis.

Quando Haroldo chorava, afogando-se em seus pântanos, Josias tapava os ouvidos, fechava os olhos, chamava as palmeiras. Dormia embalado pelo mesmo vento que as embalava. Para

Haroldo nunca falou das palmeiras. Nem do brilho delas. Nem do vento delas.

Haroldo contava-lhe todos seus pesadelos com inquietantes pormenores. Estavam povoados de pântanos, estádios de futebol vistos à noite com os refletores apagados e o vira-lata Lulu morto em seus braços. Rondando-o, sempre, uma estranha mulher de vestido vermelho e faces pintadas de branco.

Também contava seus sonhos para Haroldo. Não era nenhum egoísta. Mas das palmeiras nunca falou. Eram sua reserva, seu segredo e, afinal de contas, não eram um sonho. As palmeiras eram outra coisa.

Conseguiu lugar junto à janela. Olhava a cidade empobrecer-se. Perto do fim da linha só havia casas de madeira, limpas, cortinas nas janelas, conservando com tenacidade seu aspecto de pobreza honrada. Ainda não eram barracos sem luz elétrica, sem sanitários e sem assoalhos de madeira. Os barracos e suas cores e cheiros sórdidos começavam quinhentos metros mais adiante, onde sobrevoa infatigável negra nuvem de urubus.

Conhecia o orgulho de Luís por sua casinha e podia compreendê-lo perfeitamente. O que não podia compreender — e isso talvez fosse uma parte do vazio que o atormentava — era o rancor que o orgulho de Luís lhe produzia. Casa foi coisa que nunca teve de sua, apesar dos conselhos de Francisquinha.

Quando saiu da cadeia pela primeira vez — trinta anos atrás e, à luz do candeeiro, contemplando suas mãos, confessou a Francisquinha que era inútil continuar a procurar trabalho e que deveriam mudar-se para Porto Alegre onde ninguém o conhecia, ela fulminou-o com o peso de rancor acumulado.

— Tu tem é sangue de cigano. Precisa pensar mais na tua família. Isso é influência desse italiano desordeiro.

No que se referia a seu sangue cigano talvez tivesse razão, essas coisas nunca se sabe. Mas a referência a Degrazzia era totalmente injusta. Desde que Degrazzia, há oito anos, sumira na curva do ipê (a estrada fazia respeitosa curva para desviar da imponência dourada da árvore) que não o via. Sabia, é claro, de suas andanças. Mas isso toda gente sabia. Às vezes, quando cortava o fumo crioulo na palma da mão, acocorado na frente do rancho, lagarteando, fechava os olhos e via a madrugada em que ele pulou a cerca de taquara que dividia o quintal de suas casas e anunciou que ia partir.

Eram ambos adolescentes esquálidos. Josias tinha a pele acobreada e silêncios de índio. Degrazzia espalhava serenidade de seus olhos celestes e as mulheres do bairro não resistiam em passar a mão nos seus cabelos encaracolados e amarelos como o ipê na primavera. Degrazzia era aprendiz de sapateiro. Seu mestre, o corcunda Paolo. Meio cego, falando mal o português, ciciando-o com ar de sabedoria que intimidava o adolescente, remendando solas, amolgando o couro, cosendo rasgões ou cevando o mate, Paolo dissertava, no seu idioma de coruja gripada — sem olhar o aprendiz fascinado — a respeito duma coisa complexa, misteriosa, imensa, tentadora, uma coisa européia e todavia próxima, um tal de anarquismo. Ao pronunciar essa palavra o sapateiro baixava a voz, olhava para os lados como a prevenir-se de espias, ria risinho vingativo.

Aquela semana Paolo andava extraordinariamente inquieto. Sabia que as tropas rebeldes se reuniam nos arredores da cidade. Via os cavalos passarem em disparada, acordava com toques de clarim, cheirava pólvora pelo ar. Ao iniciar o dia de trabalho assoviava nervosamente canções de combate proletárias. Nem ele mesmo sabe se tinha essa intenção: acabou contagiando o aprendiz com sua febre.

Uma tarde, ao pôr-do-sol, Degrazzia foi visitar o acampamento rebelde.

Josias acabava de urinar atrás do pé de laranjeira quando viu Degrazzia pular a cerca de taquara. Era de madrugada. Tinha o rosto ainda morno de sono e precisava levar a ração dos porcos, conduzir a vaca até a sanga, dar milho para as galinhas. Só depois iria tomar seu chá de erva-mate com bolachas.

— Já de pé? — estranhou.

Como era aprendiz de sapateiro e seus pais — bem mais pobres — não possuíam animais domésticos para alimentar, Degrazzia costumava ficar na cama até mais tarde.

— Vou embora com os rebeldes.

Estava parado, imóvel na frágil luz da madrugada, transformando-se lentamente ante os olhos de Josias. O adolescente maltrapilho e subalimentado dava lugar a uma espécie de arcanjo louro, esguio — áspero e feminino — uma espécie de prematuro general, como se portasse dragonas douradas, botas reluzentes, como se viesse acompanhado de estandartes e rufar de taróis.

— Falei com o Capitão. Ele disse que não podia me impedir de ir. Ele disse que cada qual é dono do seu destino.

Da rua veio algazarra de multidão, veio tropel de cavalos, vozes de comando.

— E eu vou, nem que seja para carregar água pros rebeldes.

Foi vê-lo partir. O sol já havia vencido a copa mais alta dos angicos, resvalava sobre os humildes telhados e atingia em cheio a Coluna imóvel, aumentando-lhe o esplendor.

Aproximou-se abrindo espaço entre a gente que se aglomerava. O sapateiro colheu-o pelo ombro. Com dedo trêmulo e olhos brilhantes, apontou o homem montado no cavalo branco, na frente da Coluna.

— É o Capitão.

O Capitão levantou o braço. Alguém gritou uma ordem. O clarim ressoou. A Coluna começou a mover-se. Como algo irreal, como um trem, poderosamente, esmagando as casas com o poder da sua magnificência, a Coluna começou a mover-se. Os ponchos cobriam as ancas impacientes dos cavalos. Nuvens de vapor escapavam dos focinhos. As patas pisavam orvalho. Havia perfume de laranjas. Alguns galos ainda cantavam. O sol começou a tocar o rosto solene dos homens, a brilhar no metal das armas, no arreio dos animais, na ponta dum rifle, na bainha dum sabre, na roseta das esporas. Elevou-se pouco a pouco uma nuvem de poeira.

Josias sentiu a mão áspera de Paolo apertar com emoção seu braço. No meio da nuvem de poeira tornada dourada pela luz da manhã vislumbraram o aprendiz de sapateiro montado num animal escuro; o aprendiz de sapateiro: grave, soberbo — já longínquo — sagrado cavaleiro.

Na curva do ipê voltou-se na sela e acenou um adeus.

O ônibus parou. Estava quase vazio. Reconheceu o fim da linha. Desceu, caminhou alguns passos, acendeu o cigarro. Trouxera apenas dois, precisava comprar mais no boteco. Os outros deixara para Haroldo.

A padaria do português salazarista com quem discutira interminavelmente em outros tempos continuava no mesmo lugar, com as mesmas cores e o mesmo relógio circular de números romanos. Dez para as sete. Se Luís não mudara de hábitos, dentro em pouco sairia para tomar a condução. Levava exatamente quarenta minutos até a fábrica. Nunca se atrasava e alardeava o fato como grande virtude. Talvez fosse. Ele é que não tinha juízo. Além disso, em vez de ler sobre futebol durante a viagem, Luís estudava matemática e outras matérias. Queria fazer o exame de Madureza.

— Esse saiu a mim, graças a Deus — afirmava Francisquinha com seu olhar de dona.

Não era o único olhar de que era capaz. Os que dispensava a Sepé eram de ressentimento, fúria, receio e, uma vez, incrédulo, Josias captou, brilhando nos pequenos olhos de uva madura, uma faísca de ódio.

Na esquina, vacilando entre esperar e ir até a casa de Luís (não ficava longe), foi deslocado do seu centro de equilíbrio pelo pressentimento que o atravessou como agulha — aquelas em brasa que os ratos no Dops enfiavam debaixo das unhas dos presos que não queriam falar. Sabia que isso também era medo, mas que se vai fazer. Ninguém é perfeito.

Largou o cigarro no chão, esmagou-o com a sola do sapato e entrou no bar recém-lavado. Não conhecia o garçom. Acomodou-se no balcão. Dali poderia controlar a porta pelo espelho. Sentiu um alvoroço meio infantil. Café tirado na hora cai bem depois dum cigarro. E ademais, dava oportunidade para o homem de óculos e bigode escuro que o seguia.

5

Chovia sobre o mar e o mar era o Pacífico. Gostava da chuva, da atmosfera provinciana de Puerto Montt e da maneira como preparavam *la sopa marinera* nos restaurantes do porto. Estava acabando de almoçar, acompanhado de bom vinho barato. Da grande janela envidraçada apreciava o escasso movimento no porto Angelmo. Os pescadores chegavam em barcaças carregadas de mariscos e os despejavam em carretas puxadas por quadrilhas de cavalos. Os animais entravam no mar com a água até a metade das pernas e ali permaneciam, estóicos, chuva no lombo, esperando que a carreta estivesse cheia.

Enquanto saboreava as *lapas, locos e côngrios* misturados na sopa, João Guiné olhava melancólico o trabalho dos estivadores. Ao contrário de Valparaíso, onde embarcações de grande calado atracavam junto ao cais, em Puerto Montt os navios permaneciam no horizonte, fora da baía. Terminada a sopa, chegou a hora do café. João Guiné apreciava a chuva, a atmosfera de Puerto Montt, *la sopa marinera*. Mas o café que aí serviam era insultuoso para um brasileiro de 58 anos, careca, cavanhaque, anel de advogado no dedo, terno rigorosamente cortado, gravata discreta, flor de origem não identificada na lapela e tão lustrosamente negro que nos seus tempos de estiva em Porto Alegre, trinta anos atrás, os companheiros de trabalho o chamavam de Azulão.

Essa mistura horrível de chicória a qual insistiam em chamar de café para perturbar a digestão de João Guiné era o ponto fraco da casa. Nesse dia resolveu não discutir com o garçom. Pediu um conhaque. E enquanto o bebia, vendo o esforço dos cavalos para sair do mar com sua carga de mariscos, foi inevitável pensar que estava começando a tornar-se sentimental. Durante dois meses fora o mais popular freqüentador do restaurante. Chegara aí atraído pela possibilidade de apreciar o vôo dos albatrozes e das gaivotas enquanto almoçava e acabou deixando-se cativar pelo cheiro de comida ao meio-dia, pelo calor que vinha da cozinha, pela conversa fiada com os marinheiros que se acercavam sempre pensando que era um deles. Estabelecera com o garçom precária e eficaz comunicação: insultava com termos rigorosamente castiços o café que servia. Mas hoje estava distraído, olho na chuva habitual de Puerto Montt, e não pediu café para poder explicar como o do Brasil era sideralmente superior. Pediu conhaque e ficou calado. O garçom compreendeu. Era antigo marinheiro. Também detestava dizer adeus.

O mecânico garantiu que o carro agüentava, aconselhou cuidado no trecho entre Valdívia e Temuco, contou minuciosamente o dinheiro que João Guiné estendeu-lhe e bateu três vezes nas suas costas com a mão suja de graxa.

João Guiné controlou-se. Torceu o pescoço até senti-lo doer para ver a catástrofe. Seu precioso sobretudo com gola de pele de raposa estava ainda imaculado. Tratou de abandonar a oficina antes de nova demonstração de afeto do mecânico. Iria ao Bar do Inglês — onde todas as noites bebia seus dois copos de pisco *sauer* — para o trago de despedida. Talvez aí estivesse a viúva Perez. Talvez ela pudesse deixar por meia hora a caixa registradora. Talvez pudesse agregar ao primeiro talvez outros talvezes...

Na caixa estava a jovenzinha que o tratava com desprezo. A ela não se atrevia a perguntar pela senhora Perez. Pediu um café. De qualquer modo, no Bar do Inglês o café não era tão execrável. O bar estava cheio. Todos falavam em voz alta, o ar estava quente, saturado de fumaça e dum espírito de fraternidade que isolava o frio e a chuva. Mas não era sua hora habitual, não conhecia ninguém e sabia que o olhavam como bicho raro. Negro não é comum encontrar por estas bandas. Além do mais, sabia que a freguesia das duas da tarde era toda de *momios*. Das cinco às oito era da Unidade Popular. Daí em diante era dos marinheiros e borrachos e era quando chegava, distribuindo seu imenso sorriso de louça brilhante e quando o chamavam de todas as mesas para que batucasse numa caixa de fósforo e cantasse imitando Agostinho dos Santos. Essa noite não poderia aparecer. Tinha o último encontro com o pessoal da Passagem. A reunião duraria horas. Saco.

Bebeu o café e voltou para o carro. Levaria o último olhar de desprezo da mocinha da caixa.

Pagou a conta do hotel e desceu as escadas com a mala na mão. A chuva rala continuava, escondendo os morros. Tinha organizado os planos: tomaria café em Osorno, almoçaria em Valdívia. Olhou o relógio. Seis horas da manhã. Escuro, ainda. Viajaria todo o dia, sem parar. Talvez dormisse em Chillán. O safado do Sepé, se quisesse chegar a tempo para o encontro, não teria tantas oportunidades de descanso como ele. A não ser que saísse com bastante antecedência, o que não era aconselhável. Passou pelo Bar do Inglês. O letreiro estava apagado. Sentiu que a viagem iniciava.

Dois dias de estrada até Santa Maria da Boca do Monte, às seis horas da tarde, na Estação Ferroviária. Começa a subir a elevação que o afastará de Puerto Montt para sempre. Quando chegar ao ponto mais alto, se olhar para trás, poderá ver toda a cidade iluminada e o mar.

Aperta o acelerador: sabe que não olhará para trás.

6

— Então?

— É hoje.

A noite estava lustrosa e mansa. Alguém afinava um berimbau. De longe em longe brilhavam fogueiras. A respiração do mar era cadenciada. O luar salpicava a água de infinitos pedacinhos de luz.

— Vamos sentar ali.

O berimbau começou a emitir sons mais vivos. Caminharam na direção dos barcos.

— Toma.

Escuro estendeu-lhe um molho de chaves. Viu Sepé alvoroçar-se como menino que ganha brinquedo novo.

— Não vai esquecer as ordens.

— Controlar o nego véio. Pode deixar. — E adivinhando o rancor do outro: — Tu querias ir no meu lugar, né?

— Eu faço o que for melhor pra Organização.

— Mas tu querias ir.

— Eu acho que deveria ir alguém que controle os arroubos do João e não quem lhe meta mais fogo.

— Tu não confias em mim.

— Não é esse o problema. Acho que a pessoa deveria ter outro temperamento. Mas isso tá encerrado. Segura.

O saco pesava, Sepé enfiou a mão lá dentro.

— Uma caixa só?

— Trinta balas, é suficiente. E quatro granadas. Tua matraca tá em bom estado e já tens quatro caixas. Dá pra fazerem uma festa.

— Pode deixar que a gente vai fazer.

Cães guerreavam ao longe. Ao som do berimbau uniu-se o de um atabaque.

— O importante é que ele atravesse a fronteira em segurança e fique escondido sem que dê na vista.

— Deixa comigo.

— E essa mulata que vive contigo? A viúva.

— Que há com ela?

— Como é que isso vai ficar?

— Não te preocupa com ela.

— Como não me preocupo? E se ela sair a dar escândalo, a te procurar, se for a uma delegacia de polícia?

— Ela não vai fazer nada disso. Ela tá numa boa. Sabe que vou sumir dum dia pro outro. Já expliquei antes, porra.

O palmeiral sussurrou baixinho. Vozes uniram-se ao berimbau e ao atabaque. Os cães continuavam o combate. O mar respirava.

— Nego véio deve estar deixando Puerto Montt.

Havia algo de sonhador na voz de Escuro. Sepé pôs a sacola no ombro.

— Então tá chegando minha vez, tchê.

— Quando encontrar com ele...

— Quê?

— Nada.

Manteve o silêncio reservado, superior, um pouco remoto.

— Como está a mão?

Escuro levantou no ar um vulto enfaixado.

— Assim, assim...

Não tinham mais nada a se dizer.

— *Hasta la vista* — disse Sepé.

Esperou sentado no barco que Escuro se afastasse. Observou a cintilação do sal nos fios elétricos, rodeando Fortaleza, provocando pequenas chamas azuis. Apanhou uma concha no chão e levou-a ao ouvido. Atirou-a longe. Ergueu-se. Ficou olhando o mar.

Quando abriu os olhos (sonhava com uma laranja) descobriu que ainda estavam abraçados e ainda formavam um único corpo. Afastou-se devagarinho, aspirou com satisfação o cheiro que desprendia dela, livrou-se com muito cuidado da coxa úmida que prendia a sua — Lourdes gemeu qualquer coisa, aquietou-se — e Sepé saiu da rede. Custou a ver que horas eram. Os ponteiros fosforescentes sempre o confundiam. Cinco em ponto. Encheu a bacia de água e lavou o rosto, o peito, o sovaco, os braços e o sexo. Secou-se, a toalha cheirava a alecrim. Abriu o baú. Entre jornais e roupas velhas refulgiu o aço da metralhadora. Enfiou-a no saco de marinheiro, presente de Josias. Calçou as sandálias, apanhou um pulôver, duas camisas, meias, uma japona e um par de sapatos. Vai estar frio lá pros pagos. Permaneceu imóvel no escuro, saco ao ombro, rodeado pelo sopor da choupana e reconhecendo esse perceptível princípio de alegria misturado ao ataque dos mosquitos.

Abriu a sacola e apanhou um maço de notas. Deixou-o na mesa, sem contar, preso pela concha que serviu de cinzeiro.

— Não precisa se incomodar.

Estava em pé na porta da varanda, o luar em cima dela, as mãos fechando o decote da camisola, ar de sono e pasmo disputando espaço entre seus olhos.

Caminhou na direção de Lourdes.

— É hoje — disse com voz tranqüila. — Eu avisei. Um dia tinha que ser.

— Eu sei o que você avisou.

Passou por ele e apanhou o dinheiro sobre a mesa. Estendeu-o friamente.

— Não precisa pagar nada.

— Não estou pagando nada.

— Não quero este dinheiro.

— Lourdes, minha nega, eu não tenho nada pra te deixar. Esse tempo que passei aqui contigo foi o melhor da minha vida. Mas sempre ficou claro entre nós que um dia eu tinha de me mandar. Esse dinheiro não é pagamento de nada, é a única coisa que eu tenho pra te deixar.

— É dinheiro roubado.

— Roubado de quem roubou.

Ficaram se olhando no escuro. Os olhos dele brilhavam como ouro. Ratos corriam debaixo das tábuas do piso. Cães perseguiam a lua.

— Quero que você volte, Antônio.

— Eu volto.

— Jura.

— Eu volto.

Inclinou-se para beijá-la, ela retirou o rosto. De muito perto contemplou o negro rio translúcido dos cabelos, a esmeralda dos olhos, o pêssego maduro da pele. Então, desceu os três degraus de madeira e afastou-se em passos rápidos.

Mais um que se vai. Lourdes permaneceu parada na varanda, imóvel, cercada de luar e mosquitos, até cessar por completo o som do rascar das sandálias dele na areia e ficar cravado no ar da madrugada o canto anunciador do primeiro galo. Em breve as jangadas voltariam para o mar. Tornou a pensar no seu marido, no corpo tão jovem e tão formoso do seu marido navegando no fundo do mar, entre medusas e corais, e fez uma prece para Iemanjá.

Aproximou-se do Dodge estacionado junto ao poste. Olhou os arredores. Além do indiferente vira-latas que abriu um olho sonolento e tornou a fechá-lo, ninguém. Apanhou o molho de chaves e tentou abrir a porta. A primeira não servia. Tentou a segunda, a terceira, a quarta: abriu... Do interior do veículo deslizou o cheiro adocicado do couro dos assentos e uma espécie de gemido de coisa cara, confortável. Jogou as mochilas para o banco traseiro, acomodou-se ao volante percebendo seu pequeno tremor, a pele fervendo de febre, ungida de alguma força mágica, o violento sonho aproximando-se.

Experimentou uma chave de ignição. Não combinava. Experimentou outra. E outra. E outra. O suor desceu pela testa, entrou no olho, limpou-o com o braço, escolheu outra chave, introduziu-a na fenda, o carro — barbaridade, tchê! — emitiu um murmúrio de vida, a gasolina é suficiente para sair da cidade e afastar-se, o coração vai disparar, atenção, a febre toca-o como a um eleito e o coração vai disparar.

Rodou pelas ruas de Fortaleza sitiada pela brisa do mar. Lentamente rodou, lentamente rodavam as sombras. Os bancos vazios da praça José de Alencar. Os jardins da Visconde do Rio Branco. Apertou o acelerador. Adeus.

O vento do Atlântico tocou seu rosto. Pôs a cabeça para fora e gritou para as estrelas:

— Aqui vou eu, velho João de guerra!

A dez mil quilômetros, deixando Puerto Montt em direção a Santiago do Chile, primeira etapa de sua viagem rumo a Santa Maria da Boca do Monte, no coração do Rio Grande do Sul, João Guiné sente o vento do Pacífico tocar seu rosto. Aperta o acelerador. Sepé aperta o acelerador: três mil quilômetros até São Paulo. Quatro mil e tantos até Porto Alegre. Quase cinco mil até Santa Maria. Aperta o acelerador. Mais, mais, mais. Seu coração cresce, estala, transborda: a BR-116 estende-se aberta na sua frente: ampla, larga, prometedora, infinita — azul — entrecortada de cantos de galos.

Capítulo Dois

1

— Brasileiro?

Está atrás do bigode úmido, da manta vermelha exageradamente grande enrolada em seu pescoço como serpente dum filme de Fellini, do grande e curvo nariz de turco. Brasileiro, claro. Confirma com a cabeça. (Conhece essa peça, pô. Do bar da UNCTAD?)

— Eu sou da Comissão de Recepção.

Olhar de quem não entende.

— Nós organizamos uma espécie de comissão para explicar aos companheiros que chegam como as coisas funcionam aqui dentro.

— Ah!

Reconhece — sim, é do bar — a cara sufocada pela manta — e se não se engana é do Partidão — o dissimulado esforço em mostrar-se cordial. Sabe instantaneamente que não terá paciência com ele.

— Já se apresentou ao pessoal da embaixada?

— Já.

(Não. Não terá paciência.)

— Que número você é?

— 780.

— 780? Minha nossa! Mais vinte e seremos oitocentos. Amanhã seguramente chegaremos a novecentos. — Seu olhar descobre a marca das unhas, detém-se nelas, capta um esgar de contrariedade, desvia os olhos.

— O companheiro por acaso é médico?

— Médico? Não, por quê?

— Porque estamos precisando de médicos. A embaixada está parecendo um hospital. Temos vinte e duas grávidas, nove feridos e dois malucos.

— Dois malucos?

— Dois malucos completamente malucos. Uma barra. E pior que isso. — Estende o braço na direção do salão, dramaticamente. — Noventa e sete crianças.

O homem olha para o salão, distraído — ou sonolento — o-da-manta não sabe.

— Como é que vocês se organizaram?

— Ah! — o-da-manta despontou veemente dedo indicador, saboreando a perspectiva dum interlocutor sensato. — Por comissões. Comissão da Cozinha, da Saúde, da Limpeza, da Segurança. Da Informação. Há muitos jornalistas aqui. Temos também uma comissão que coordena tudo. Enfim, não foi difícil.

— E tu és da comissão de recepção.

Os olhinhos no fundo da manta ficaram subitamente alertas. Há qualquer coisa na maneira do outro...

— Você é gaúcho? — pergunta o-da-manta.

O homem boceja, pisca repetidas vezes incomodado pela luz, acena que sim.

— Dá pra ver pelo sotaque, tchê.

Dizia tchê sofrivelmente.

— E tu?

— Paulista.

O homem sacode a cabeça, entende — distraído — como se fosse uma verdade pública que com aquela manta ridícula, o bigode úmido, o nariz agudo e a ansiedade saindo pelos olhos, aquele indivíduo não poderia ter outra sina, coitado, a não ser ser paulista.

— Paulista — diz em voz débil (e o paulista, surpreso, curioso, alerta, descobre-o esmagado por algo que não era apenas sono e cansaço) — estou caindo de sono. Não durmo nem como há dois dias. Estou à disposição para o que for preciso, mas agora tenho de dormir.

— Claro, claro. Tua cara não está nada boa.

O homem tem que dominar com esforço a espécie de desânimo ou náusea que o acomete ao lembrar a marca das unhas. Levanta a mão até o rosto. Sente-a trêmula, deixa-a cair.

— A esta hora você pode conseguir um colchão. À noite eles são para mulheres e crianças. As grávidas têm prioridade. Temos apenas duzentos colchões. A embaixada prometeu arrumar mais. Vem comigo.

Segue-o desviando de pernas, almofadas, cartas de baralho, malas, olhares furtivos, bebês chorando, gente dormindo. Pára, apanha um livro do chão, *Pedro Páramo*. Olha interrogativo para o paulista.

— Nunca vai encontrar o dono, guarda-o. E depois me empresta. Ler vai ser das poucas coisas que poderemos fazer aqui dentro.

Saem para uma varanda. Os oito degraus da escadaria levam às árvores do pátio e o jardim começando a florir. (Antes que chegue a primavera, advertira Micuim com seu meio sorriso para esconder a cárie.) Ao fundo, a casa do zelador e o muro de dois metros de altura que separa a embaixada do hospital. O muro da direita dá para uma ruela estreita que termina num beco. O da esquerda para o consulado.

O paulista aponta discretamente para o alto dos edifícios de trinta andares que cercam a embaixada. Nos terraços, soldados armados montam guarda. Um oficial está olhando de binóculos.

— Às vezes eles apontam os fuzis, fingem que vão atirar. Provocações bobas. Mas sempre tem quem entre em pânico.

— É natural.

— É. Mas será melhor que não haja nada. Já pensou? Isto aqui superlotado, com paranóicos, boateiros, possivelmente provocadores. Nem é bom pensar.

Avançam até o fim da varanda. Detêm-se junto à escada. Um

rapaz de cabelos compridos, sentado nos degraus, dedilha o violão. Está cercado de ouvintes.

— Fui dos primeiros a entrar — solta subitamente o paulista. Esqueceu de — ou não pôde — ocultar no tom da voz a necessidade de explicação. — Minha mulher é doente e tenho duas crianças. Não podia me arriscar.

Tem o bigode outra vez úmido. Passa nervosamente o lenço no rosto. Sabe que está humilhado.

— Meu nome é Álvaro.

— Marcelo.

Parece mais satisfeito agora que sabe o nome do homem. Param frente a uma pilha de colchões.

— Você pode apanhar um deles e se acomodar. Cobertor não há. Se você tem frio posso emprestar um poncho.

— Não é preciso.

O homem — Marcelo — desce um dos colchões da pilha, acomoda-o num canto e contempla-o pensativo, como a aferir-lhe a comodidade, a medir-lhe a aparente possibilidade de absorver seu cansaço. Olha para Álvaro.

— Vou dar uma cochilada. — Procura palavras ou uma atitude — um tom de voz — que lhe ampare a dignidade. — Me diga, é muito difícil conseguir alguma coisa para comer?

Álvaro funga, ganha tempo, dobra cuidadosamente o lenço, examina o árido (agora ferido) orgulho do homem com um pouco de pena, um pouco de satisfação, de pequena e secreta vingança.

— Difícil, lá isso é... Mas seu caso é especial, você não está com uma cara nada boa, gaúcho. Vou ver se consigo algo.

Espera que Álvaro se afaste mancando — você não está com uma cara nada boa, gaúcho — e senta no colchão. Dormir. A fome não é nada. Já acostumou. O sono é que o martiriza. Fecha os olhos pensando em seu corpo como algo alheio, para examiná-lo melhor, para aquilatá-lo, pesar-lhe os pontos fracos, oferecer-lhe um diagnóstico. A fadiga torna-se pinça de metal, morde-lhe os músculos das pernas e os ombros. Vai deitando vagarosamente. Alguém, próximo, liga um rádio, volume muito alto. Os sons do hino marcial passam rigorosos como soldados em marcha.

Dorme — a mão crispada deposita o Colt 45, as duas granadas e o punhado de balas sobre a mesa coberta pela toalha de tecido púrpura — e acorda tenso, alerta, procurando na expressão das pessoas sinais de surpresa ou mofa. Tudo parece normal, o hino militar continua, continuam os gritos das crianças, o cheiro de urina, o surdo rumor de vozes. (Sim, há um cheiro de urina no colchão.) Vira-se de lado fugindo ao cheiro, pensando, com estúpido sentimento de triunfo que, desta vez, não gritara. Mara atormentava-o com a história de que gritava durante os sonhos. Consulta o relógio. Parado. Desde o escuro momento — três horas da madrugada em ponto — em que o chocara contra o muro de pedras. Não tem idéia de que horas são. Talvez meio-dia. O corpo ainda dolorido confirma que apenas dormitara.

A mão — crispada — entregando as armas. Belo sonho. Não bastava tudo que lhe acontecera. Inda por cima tinha de ser um imbecil com sentimento de culpa.

Mantém os olhos fechados e imagina o surdo rumor das vozes transformando-se numa gosma incolor, os membros lentamente começam a adquirir peso e mornidão, adormecerá, é só não perder o controle, concentrar nesse peso e nessa mornidão, deixar a gosma de sons transformar-se em música e afundar docemente no bálsamo escuro que os olhos fechados trazem, algo nebuloso emerge pouco a pouco do escuro, aproxima-se do seu rosto, exala esse olor que engole e esquece o cheiro de urina.

— Um pouco de sopa, companheiro?

Álvaro está ajoelhado a seu lado, o bigode mais úmido, a manta-serpente mais ameaçadora. Atrás dele um vulto faísca pequenos óculos redondos, flutua a sombra duma barba amarela.

O cheiro da sopa faz a fome eriçar as garras dentro do estômago. Apanha o prato meio dormindo, não vá se queimar sussurra uma voz, a primeira porção que engole é como ordem clara e lúcida a organizar o caos. (Comerá rápido e de cabeça baixa, sem olhar os dois homens. Saberá que o observam, curiosos, paternalistas, desconfiados, quem sabe.)

— O companheiro aqui é médico. Eu trouxe-o para que dê uma olhadinha em você.

— Deixe o homem acabar a sopa, Álvaro.

A voz é grave, tranqüila, excessivamente solidária, e o proprietário da voz é o vulto de barba amarela que pouco a pouco se materializa e mostra abaixo do brilho dos óculos sorriso semelhante a uma folha seca em plena queda. Apóia as mãos de dedos curtos nos ombros de Álvaro. Mexe no bolso do sobretudo.

— Você tem cigarros?

Nega com a cabeça.

— Vou deixar-lhe um. Não. Dois. Um pra quando acordar. *Et finis*. Cigarro vai ser artigo de luxo nos próximos dias.

Marcelo apanha os dois cigarros e guarda-os no bolso interno do gabardine. Não agradece nem interrompe a refeição.

— Que horas são?

— Onze e meia — diz Álvaro. — Você deve ter cochilado um pouquinho. Eu o deixei há quinze minutos.

Termina de comer e põe o prato no piso de lajotas vermelhas e brancas. Está a ponto de perguntar se há mais, refreia-se, passa a mão no rosto com cuidado. Álvaro lê em seus olhos.

— Infelizmente não posso oferecer mais. Mas não há de ser nada, pela uma o almoço estará pronto.

— Não faz mal, já me sinto vivo.

— Posso examiná-lo? — pergunta o médico.

— Eu não tenho nada.

— Não custa dar uma olhadinha.

Examina os olhos, a língua, mede o latejar do pulso. Agarra o queixo, aproxima a faísca dos óculos da marca das unhas, interessado.

— Andou brigando com os gatos?

O homem esquiva o rosto com brusquidão. O médico levanta-se, levemente vexado. Dá-lhe uma palmadinha no ombro. A palmadinha o irrita.

— Dormir. Dormir e mais nada. E mercurocromo nesses arranhões.

Álvaro ergue-se com o prato na mão.

— Conhece Dorival?

— Dorival?

— Um mulato escuro. Grandão. Saiu nos 50. Trabalhava numa fábrica em Cerrillos. Andava com o pessoal do PS. Foi o tal que encarou a guarda da Ilha das Flores. Conhece a história?

— Deixe a história pra lá, Álvaro — diz suavemente o médico.

Marcelo olha para o médico. Deve ter quarenta anos. Por trás do sorriso, da voz macia, da barba amarela e do brilho dos óculos há algo que exige obediência, algo que faz Álvaro deixar a história pra lá. (Não sabe se gostará dele.)

— Conheço de vista.

— Foi morto.

Álvaro espera a reação do homem. Há na sua expectativa uma espécie inconsciente de gulodice, uma maldade que ele vagamente reconhece, vagamente procura reprimir. O homem se mantém inabalável.

— Acabamos de saber. Se meteu num tiroteio frente a La Moneda, três dias atrás.

Olha para o médico como se ele pudesse confirmar.

— Estava com a mulher.

O homem — Marcelo — suspira. Sacode com um gesto os cabelos da testa. Estira-se no colchão. O ríctus em sua boca pode ser exaustão ou tédio. Entrelaça os dedos sob a nuca.

— Quando acordar, procuro vocês.

— Quer que o chame para o almoço?

— Não precisa. Vou dormir o dia inteiro.

2

A campainha tocou. Ana abriu a porta. Marcelo e o Alemão. Allende acabou de falar.

Do sofá barato onde estava estirado — as palavras do Presidente ainda gelando seu coração — Dorival viu os dois recém-chegados no umbral da porta ao mesmo tempo que voltava agressiva a alergia da nuca e o idêntico pressentimento que aterrorizava sua infância na Bahia ao ver urubus pousados numa cerca de estrada. Viu-os: Marcelo embrulhado no gabardine cinza, calças de veludo verde, absurdo pela sinceridade com que parecia lamentar o incômodo que sua presença causava. O Alemão de sorriso petulante, calça Lee remendada no joelho, sapatos de tênis desmanchando-se, jaqueta militar e violão.

— O Allende acabou de discursar — disse Ana.

— O que ele disse? — disse o Alemão.

— Disse que não se entrega — disse Ana.

Dorival fez ouvir seu risinho venenoso.

— Mas num tom de voz de quem fala do túmulo.

Marcelo despiu o gabardine e jogou-o no sofá. O Alemão encostou o violão à parede. Dorival coçou a alergia da nuca. E um constrangimento que nenhum pôde definir (embora de algum modo o identificassem) imiscuiu-se na sala e ali ficou transformado em silêncio habilmente destroçado pelo urro do vôo dos Hawkers.

Correram para a sacada. Ainda viram a esquadrilha traçar uma elipse no céu e precipitar-se atrás da barreira cinza dos edifícios da Providência. Em quase todas as janelas havia gente assustada. As poucas pessoas que andavam na rua aceleravam o passo, rentes às paredes.

— E agora?

— Agora nada de porralouquice — disse Ana ante o olhar assombrado de Marcelo, que fizera a pergunta. — Vamos seguir direitinho tudo que havíamos combinado.

— Precisamos... — começou a dizer Dorival.

— As instruções são para que esperemos aqui — cortou Ana. — Vamos cumprir os acordos. Eles se comunicarão com a gente.

— Foi por isso que vim — disse Marcelo. — E trouxe o companheiro — mostrou o Alemão que aproveitou para executar rápida vênia. — Ele não tem ligação em Santiago e está disposto a ajudar no que for preciso. Já foi milico, entende de pau-de-fogo.

Dorival e Ana olharam para o Alemão com a expressão cautelosa de quem examina um peru que acabaram de ganhar numa rifa. O Alemão executou outra vênia, modesto, e ergueu um dedo.

— Peço a palavra.

(Só faltava um palhaço, pensou Dorival. O horóscopo do *Puro Chile* finalmente deu uma dentro.)

— O que temos a fazer é muito simples. Comprar provisões para o caso de termos de ficar muito tempo aqui, não tirar o ouvido do rádio nem do telefone, queimar imediatamente qualquer papel comprometedor e procurar saber o que acontece na vizinhança. Como aqui é perto de La Moneda...

— Falou — disse Ana. — Eu vou fazer as compras, vocês dois dão uma volta pelo centro e Dorival fica de ouvido no rádio e no telefone.

— Logo eu, pô! Qualé?

— Você que é o homem dos contatos, meu filho. E sempre fui eu a fazer compras nesta casa. Por que mudar logo hoje?

Juntaram o dinheiro que tinham. Dorival num inesperado salto saiu dando murros — esquerda-direita-esquerda-direita — fez a volta na sala — esquerda-direita-esquerda-direita — e jogou-se no sofá. Ficou a olhar o teto, absorto, um pouco ofegante, começando a transpirar, sem saber esperando o momento de coçar a alergia da nuca.

Marcelo colheu o Alemão pelo braço.

— Vamos!

Aquela caminhada na manhã ainda fria de fim de inverno removeu a pedra que bloqueava o fluxo da memória do Alemão e ele reviveu a semelhança, ainda que resvaladiça, com outra manhã — dez anos atrás — no outono fragílimo de sua cidade sufocada de morros, Novo Hamburgo, no Sul. Então, tinha doze anos e tudo parecia uma festa. Os tanques não metiam medo, desfilavam aplaudidos por senhoras elegantes que lhes jogavam ramos de flores, houve uma solene Missa Campal na praça, oficiada pelo Bispo, e os rumores de campos de concentração nos arredores da cidade foram abafados pelos hinos militares que jorravam das rádios em contraponto com discursos patrióticos. Esquadrilhas passavam em vôos rasantes sobre os três edifícios do centro provocando-lhe um mal-estar gostoso, semelhante ao que lhe provocava o salto mortal do trapezista italiano, vestido com impecável malha vermelha, atração do Gran Circo Irmãos Sarraceni, acampado nessa semana num terreno baldio a duas quadras de sua casa. Tudo parecia uma festa. Ninguém jogou bombas de napalm sobre a praça como sobre os casebres de lata de Lo Hermida nem viu os feios rostos aterrorizados das mulheres correndo com os vestidos em chamas o que o obrigou a vergar a cabeça a vergar a cabeça a vergar a cabeça.

O terror que o esperava — e a Marcelo — durante a caminhada pelo centro foi, porém, de outra ordem. Frente ao cerro Santa Luzia deram-se conta: a terça-feira se transformara em domingo. Mas domingo sem o travo, o bocejo, a *non chalance* do domingo. Havia menos automóveis, menos gente, quase nenhum ônibus, uma ânsia de caminho de estádio ou preguiça de parque e no entanto era um arremedo de domingo e era como se a cidade sempre tivera aquele rosto e só agora o revelasse em súbito mau humor. Como um bicho doméstico que amanhece enlouquecido. (Que acumula a loucura lentamente, astutamente, com cuidado. Que a dissimula, a amadurece.) A cidade estava louca e não sabiam. Abrandava a face, mostrava caras alegres na saída dos hipódromos, risos nos cinemas, torcidas veementes no Estádio Nacional. A cidade (o bicho) disfarçava o bote que armava sorrateiramente com todos os músculos. Cada edifício escondia uma ameaça. Cada esquina uma cilada. E todos os habitantes eram prisioneiros da imensa armadilha.

— Vamos até La Moneda — disse Marcelo.

O Alemão olhou-o, atento. Sempre achara que Marcelo representava um pouco. Algo de mitômano ele devia ter. Está a seu lado, grave, compenetrado, o cabelo caído na testa, o rosto esbranquiçado pelo frio, possivelmente começando a sentir medo.

Uma coisa ondulou no ar. Pararam, sôfregos: o primeiro susto. Uma gigantesca faixa — O Povo Unido Jamais Será Vencido — tinha sido cortada do edifício onde estava e descia lentamente, oscilando, até ficar presa nos cabos elétricos.

Na próxima esquina, os caminhões. Cada soldado na carroceria portava uma fita alaranjada no braço. Os olhos escuros travados por calma tensa e perplexa. Alguns civis, mulheres na maioria, aproximaram-se e conversavam com eles. Observa as expressões hipócritas, fingindo ignorância, fazendo perguntas estúpidas, olhando os fuzis de perto, com curiosidade e receio. O oficial dava explicações, gesticulante. Na outra calçada, os dois ouviam pedaços de frase: salvar a Pátria, nosso Dever, Democracia em perigo. O oficial gesticulava, sem harmonia. Repetiu, com ênfase, várias vezes, a palavra "estrangeiros".

— Acho que a coisa vai ficar feia — sussurrou Marcelo. — Essa fita no braço deve ser para diferenciar dos outros.

— Que outros? Será que houve racha?

— Eu não acredito. Mas essa fita...

Caminhavam por Ahumada. Formavam-se grupos a discutir, havia ameaças de porrada, havia gargalhada e havia imperturbáveis vendedores ambulantes continuando com seu comércio de *empanadas* e pastéis de *choclo*. Uma colegial chorava desconsoladamente, cercada de pessoas aflitas ou divertidas. Sua mãe estava no Palácio, era funcionária, seria morta com certeza. Gravemente mas com certa simpatia, o senhor de cabelos brancos informava à menina que se sua mãe não era comunista não precisava ter medo de nada, *pués*. A colegial chorava então com mais desespero.

Os armazéns começavam a descer as cortinas de metal. Algumas mulheres ainda imploravam que lhes vendessem provisões.

Chegaram por fim à esquina da Alameda. Lá estavam os tanques: imóveis, ameaçadores. Brusco helicóptero impôs sua presença de inseto sobre a Praça de Armas, provocou pequeno e rijo vendaval, maravilhou as pessoas com sua leveza e mobilidade.

— Veio buscar o Allende! — gritou alguém.

Mas o aparelho tornou a elevar-se e avançou entre os edifícios até desaparecer. O Palácio estava cercado. Ninhos de metralhadoras eram armados de quinze em quinze metros. Um cordão de soldados com fitas alaranjadas no braço formava verde parede impedindo a passagem da multidão. A cada minuto que fluía a guarda do Palácio tornava-se mais pálida.

Nas escadarias fervilhava a fauna de jornalistas, fotógrafos, militares, diplomatas, funcionários saindo apressados, sorriso de desculpas nos lábios, susto nos olhos e um raio de pânico — súbito e indissimulável — em todos, quando a esquadrilha ousou um vôo mais rasante.

Negro e reluzente, enorme carro abriu caminho entre a multidão. Desceu um oficial, espocaram a seu redor centenas de máquinas fotográficas, zumbiram filmadoras, agitaram-se câmaras de TV, caíram sobre ele os repórteres. A guarda tentou afastá-los. O oficial impediu-a, sereno, com um único gesto. (Que fossem estragar o momento de glória de outro, *carajo*.) Pronunciou algumas palavras que foram febrilmente anotadas.

Junto ao cordão de isolamento Marcelo e o Alemão espremiam-se com a gente que tudo queria ver. Marcelo havia sussurrado a seu ouvido não fala mais português e o Alemão se voltara assombrado ué por que não quando a rajada da metralhadora varreu a praça.

A multidão gemeu como uma só boca. Corpos se chocaram e houve quedas e gritos e palavrões. Protegeram-se sob o umbral de grande porta esculpida em bronze. Nítido como um *slide* o helicóptero cresceu sobre eles, sacudiu suas roupas, tripudiou nos seus cabelos, obrigou-os a crisparem-se como uma mão ao verem o cano da metralhadora apontado para baixo, para suas cabeças. Uma mulher gritou como apunhalada. O helicóptero elevou-se rápido, soberbo, feliz com o susto que pregara.

Vagaroso, o caminhão avançava pelo centro da Alameda. Megafone na mão, o oficial, em pé, na carroceria, olhos vigiando as janelas dos edifícios, recomendava calma, cidadãos, vão para suas casas em ordem que nada lhes acontecerá, mantenham a calma, esses atiradores serão imediatamente localizados, mantenham a calma.

— Já vi o que chega — disse Marcelo. — Aqui não vamos ficar sabendo de nada e ainda podemos levar uma bala perdida ou ser linchados. Vamos voltar.

(O cadáver estava na esquina de Merced com Bandera, junto à escadaria da Catedral. Quando a mão do Alemão agarrou-se a seu braço como garra e o tanque surgiu a menos de cinco metros sentiu que a cutelada que rasgou-lhe as entranhas como vento polar e apagou de sua memória o sorriso de João Guiné era o medo inteiro que voltava e que teria de carregá-lo daí por diante, e comer com ele, e senti-lo no sabor da pasta de dentes a cada manhã, na preguiça de calçar os sapatos, que teria de vigiá-lo, de aproveitar a oportunidade ao senti-lo desprevenido e então agarrá-lo pela garganta e sacudi-lo contra uma parede, um muro, um tronco de árvore, um dia destes.)

3

Sempre recordaria aquela viagem, sufocados pela noite como por um túnel, cortando a estrada de areia da praia, os olhos buscando os córregos formados pelo mar onde poderiam ficar atolados e o carro perdido, os faróis descobrindo vultos de barcos e apetrechos de pescador que desapareciam tragados pela escuridão como a memória tragava a figura de sua mãe na cozinha — não vá ficar muito tempo no sol, meu filho, cuidado com a insolação — o pai na sala resmungando o cachimbo e o jornal — enquanto o Inter não botar esse técnico pra rua não vai ganhar campeonato na vida — e Beatriz gritando do seu quarto quem foi que pegou meu Rilke sem licença e não botou no lugar? Mas o mar se encarregava de exorcizar os fantasmas, higienicamente. O mar, isso, líquido e mineral, à esquerda, rosnando, suspirando, gemendo, avançando e recuando. Olha para o lado do mar e vê Hermes, o agudo e pálido perfil de Hermes recortado contra o fundo escuro do mar, os olhos fixos na estrada sem luzes, o nariz de senador romano erguido e desafiante, encouraçado em seu silêncio, remoendo. O velocímetro marca cem quilômetros por hora. Arroio do Mar ficando para trás. O céu escuro do Rio Grande do Sul escondendo discos voadores. E Hermes com as mãos no volante, os olhos fixos na estrada — nem sequer é uma estrada, é a beira da praia mesmo, lisa como tábua e perigosa nesta época do ano.

Marcelo o examina, por um momento desprendido e ausente, por um momento neutro e sem paixão, e o vê, e sabe que está remoendo essa coisa por dentro e essa coisa é um consolo impossível e adivinha qual é e entende que não há modo de dizer que não vale a pena, que tudo acabou, que espere, que vai vir um dia, que etc. Estão dando no pé a 100 quilômetros por hora mas Hermes não vai dar no pé e isso não faz sentido. Está tudo acabado. A Organização acabou. A guerra acabou. As armas estão no fundo do poço, dentro duma caixa calafetada, à espera. À espera de quê? Acredita, realmente, que chegará o dia em que voltará ao Arroio do Mar, aguardará impaciente que anoiteça, munido de cordas pescará a caixa portentosa do fundo silencioso das águas e, ante os olhos maravilhados dos companheiros (quais?), a abrirá e as mostrará e dirá aqui estão?

Varam a noite na direção de Porto Alegre, Hermes quieto, duro, compacto. Dele esperava tudo, menos uma atitude sentimental, porra.

Depois de dada a volta à chave na fechadura tinham ficado parados na varanda, ouvindo o silêncio da casa, compreendendo que a despedida era para sempre e o que deixavam lá dentro estava enterrado como as armas no fundo do poço e pensar em desenterrá-las, munidos de cordas, numa remota madrugada, foi uma ilusão a que se entregaram conscientemente, parados na varanda, ouvindo o silêncio da casa.

Combinaram que cada um dirigiria durante duas horas. Entraram no carro calados. Ao manobrar em direção à praia os faróis focaram a casa e Hermes enlouqueceu durante o segundo em que viu Bia flutuar no espesso luar que esmagava a janela — a mesmíssima janela em que vislumbrou um par de anos antes as coxas bronzeadas da adolescente que pregava as cortinas e cujo primeiro olhar seria de surpresa e coqueteria e que perguntou para Marcelo, Franjinha, ponho mais água no feijão?

Varam a noite, 110 quilômetros por hora em direção a Porto Alegre. Espécie de amuleto para seu humor era o hábito de carregar uma lapiseira Caran D'Ache, presente de Bia nos seus tempos de Arquitetura, e com ela rabiscar guardanapos de restaurantes, mesas de bar, margens de jornais e uma caderneta de capa marrom, encardida e misteriosa, sempre no bolso do paletó, onde já deixara marca permanente e na qual — segundo a voz sarcástica de Dorival — "escrevia versinhos".

Olha-o, sem fascinação: o afiado perfil, a Caran D'Ache espreitando do casaco de *tweed*, as mãos enfiadas em luvas de dirigir, a misteriosa caderneta no bolso esquerdo, o segredo que carrega nessa estrada natural de areia, à beira do Atlântico, no fundo sul do Brasil, a cento e quinze quilômetros por hora.

— Quando chegarmos a Cachoeirinha, cuidado.

— Falta muito.

— A barreira estava antes do posto Ipiranga.

— Eu sei.

— Podem ter mudado.

— Há um desvio. Um quilômetro antes do posto. Quando tomar a estrada tem que ir mais devagar para eu ver onde é.

Aperta o acelerador. Esparrama-se o bando de garças num vôo assustado. Os faróis tinham iluminado a casa: um par de coxas morenas na janela, o corpo que se curva, o rosto miúdo, os olhos vivos, os cabelos aparados como de rapaz e a coqueta interrogação, ponho mais água no feijão? Os faróis tinham iluminado a casa: bangalô de alvenaria, cerquinha de taquara, jardim gramado, quase abandonado, duas janelas, a porta oculta pela varanda, o pátio com o poço, as árvores com a rede, o campinho de bate-bola, o local de lavar o carro, o varal de roupas, a vista para o mar, o quarto com os mosquitos, a sala para sonhar, a varanda para a sesta e agora adeus casa que me vou para nunca mais voltar. Era uma casa mal-assombrada e apenas eles sabiam. Uma casa que nunca mais seria vendida nem comprada nem visitada (a não ser numa súbita traição da memória) nem olhada com simpatia pelos vizinhos e evitada pelos pescadores, e dominada por uma invisível, pesada nuvem de silêncio. Uma casa mal-assombrada: nela viviam agora espectros de verões deslumbrantes e um segredo — guardado bem fundo — no poço do pátio. Sobre a casa escorregariam os gritos das gaivotas.

— Dez — diz Marcelo. — É minha vez.

O carro pára. Descem. Recebe-os o frio, a nuvem de areia que o vento varre, esse peso que é o tamanho do mar numa praia deserta, à noite, no inverno. Urinam lado a lado, compenetrados e a favor do vento. Enquanto urinam são livres dos fantasmas que os acossam. E então Hermes suspira, Marcelo suspira, esfregam as mãos, consultam os relógios, consultam o céu, aí vem chuva diz Hermes, um cafezinho caía bem agora diz Marcelo, é verdade, entram no carro, agora pé na tábua diz Hermes acomodando-se, pondo o cinto de segurança, retirando as luvas de dirigir, toca que tem muita estrada pela frente.

(Tem muita estrada pela frente: trezentos quilômetros até Porto Alegre, quinhentos até Santana do Livramento, oitocentos se resolverem sair por Uruguaiana. Livramento ou Uruguaiana, não importa. O que importa é atravessar a fronteira.)

Marcelo liga o motor, procura acostumar-se com a imprecisão da estrada de areia, vai afundando o pé no acelerador, sente o carro tornando-se mais leve à medida que ganha velocidade e começa a compreender que está em retirada ao sentir a indiferença do mar, a distância da noite e a hostil qualidade que se oculta no silêncio de Hermes. (Vai dormir um pouco, discutiremos isso depois, de cabeça fria.)

— Cuidado!

Trava na beira do córrego. O mar cavara uma vala com quase um metro de profundidade. Não caíram por escassos cinqüenta centímetros. Dá marcha à ré, merda, merda. Desce o vidro do carro, espia, a água parece ferver, parece estender-lhe fina lâmina de medo.

— Por pouco. Por um triz.

— Pela praia não dá mais.

— Não importa. De qualquer maneira só poderíamos avançar ainda uns cinco ou seis quilômetros.

Quando encontraram o caminho de pedra moída que unia a praia à BR-116 começaram a cair as primeiras gotas da chuva. Hermes ligou o rádio.

— A Universidade não — protestou Marcelo. — Busca um troço mais quente. Não quero dormir.

Atingiram a rodovia: raivoso aguaceiro castigava o mundo. Desapareceu o vulto das serras. Os relâmpagos revelavam ameaçadores, indecifráveis blocos negros debruçando-se sobre o carro. Sentiram-se frágeis. Bruscamente sentiram-se frágeis e sentiram-se vulneráveis e pequeninos e encolheram-se. Forças poderosas espreitavam-nas. A chuva arremetia contra as vidraças com deliberada maldade. Na próxima curva surgiria a imensa mão branca que esmagaria o carro como um objeto de brinquedo.

— É aqui o desvio.

Diminuiu a marcha. Penetrou numa trilha de terra sem postes de iluminação. A chuva amaina. A sensação de terror amaina. A trilha é estreita e esburacada, recomeçam os solavancos. A sonolência é atravessada pelos sobressaltos dos solavancos, as repentinas casas de madeira esperando atrás das árvores, os cães a acuarem o carro, a ficarem para trás, a desaparecerem, o brilho inesperado da lagoa, na lagoa o bote imóvel, uma ponte de madeira, o estalo dum galho partindo, o susto dum coelho, as luzes desse FNM que vem em sentido contrário, os confusos pensamentos que se diluem antes de assumir forma definida, ficar não tem sentido, ficar apenas não tem sentido, e a vontade — essa vontade — imprecisa como os contornos da estrada, de dizer algo a Hermes (não tem sentido, cara), abrir os lábios e escandir lentamente, sem paixão nem raiva, algo nítido, água oxigenada na ferida aberta, algo, algo não sabe como dizer, mas algo puro. A mão no ombro não basta. As lágrimas talvez não bastem. Algo definitivo. Algo puro. Mas Marcelo olha a trilha e Hermes finge dormitar.

A BR-116 reaparece adornada de luzes de mercúrio. O carro galga o acostamento, estabiliza na rija maciez do asfalto, Marcelo pisa o acelerador.

(Quantas vezes já cruzou essa mesma estrada nessa mesma hora nessa mesma direção? O velho Chevrolet aboletado de bugigangas, o Professor na direção, preconizando interminável louvação das virtudes da sabedoria de Emanuel Kant, afagando a cabeça de Beatriz que dorme encostada à janela entreaberta. A mãe, atrás, a seu lado, muda, incapaz de dormir ou olhar a paisagem ou disfarçar a aranha do tédio que lhe cristaliza o olhar. Talvez pense como encontrará suas dálias. Talvez pense no capítulo da novela, segunda-feira. Talvez não pense.)

— À uma hora estaremos em Porto Alegre, às três em Cachoeira, às cinco em Rosário do Sul, às seis em Santana do Livramento.

— Por Uruguaiana é melhor.

— Pode ser. Mas por Santana é mais simples. Basta atravessar a rua. E é mais perto. O que deve haver de barreira por aí não é mole.

— Mesmo assim, o contato em Uruguaiana é certo.

Em Santana, claro, é mais simples. Bastaria atravessar a rua (espreitando atrás do nevoeiro — bando de quero-queros prontos a baterem asas — às seis horas da manhã aguardariam) e estariam em Rivera, Uruguai. O medo que pesa em seus ossos e que fingem ignorar começará a se transformar em farinha, depois em água fria, depois em vapor, depois em nada. Voltará alguma vez num pesadelo, ou ao entrarem num café, ou em meio a uma gargalhada, ou ao apagarem-se as luzes do cinema. Seguramente voltará na esquina de Merced com Bandera. Voltará por alguns minutos, vago e persistente e de surpresa e sempre.

4

O olho de Josias no espelho vigiava a porta de entrada, a mão acariciava inconscientemente o calor da pequena xícara de café, o pé descansava na barra de ferro junto ao balcão. O homem que entrou não era o homem de bigode e óculos escuros. O homem que entrou, apressado e gesticulante, batendo com a mão no balcão, era seu filho mais novo.

— Pedro, um oliú com filtro e uma caixa de fósforo.

Pedro jogou a caixa de fósforo de um extremo a outro do balcão. Uma mão adiantou-se e apanhou-a no ar. O recém-chegado voltou-se de mau humor, disposto a mostrar que não estava para brincadeiras a essa hora da manhã. Mas a mão que apanhara a caixa em pleno vôo recuara e surgira outra, isqueiro aceso.

— Fogo?

O velho Josias, com seu riso debochado, seus olhinhos enrugados e avaliadores, o jeito entre macio e duro.

— Pai!

Olharam-se sem falar, Josias sustentando o riso de duende, Luís pálido, cigarro imóvel entre os dedos. Aproximaram-se e apertaram as mãos com força, com exagero, ocultando e reprimindo qualquer coisa, evitando com esforço o impulso de se abraçar.

— Quando foi solto?

— Agorinha mesmo.

Luís ria nervoso.

— Grande, grande! Vamos até em casa tomar um bom café. O senhor deve estar com fome.

— Não, já tomei café. Este é só pra sentar o pêlo.

Luís acendeu o cigarro, deu uma tragada tranqüilizadora, examinou seu pai com menos cautela, mais proximidade.

— Não quer mesmo dar uma chegadinha lá?

— Agora pelo menos, não. Você vai terminar chegando atrasado na fábrica. — Bebeu o resto do café num gole só. — E tua mulher vendo eu chegar a esta hora da manhã vai ter o resto do dia estragado.

— Maria tem falado bem do senhor — disse com desgosto.

— Porque pensa que ainda estou na sombra. Quando souber que estou solto, voltarei a ser a mesma ameaça. — Riu para a feição contrariada de Luís. — Mas deixa isso pra lá. Do ponto de vista dela compreendo muito bem. Não boto a culpa nela não.

Luís tocou-o no braço.

— Então precisamos ir.

Depositou uma nota no balcão.

— Pedro, cobra o prejuízo.

Notou que Josias metia a mão no bolso e tornou-se quase frenético.

— É por minha conta, é por minha conta.

— *Bueno, gracias* — Josias encolheu os ombros.

Caminharam até a parada do ônibus. Várias pessoas formavam fila. Não viu o homem dos óculos e bigode escuro.

O dia tornava-se mais firme, mais confiante de suas possibilidades, mais generoso, e destacou um bando de andorinhas para dar espetáculo sobre a pracinha do bairro.

— O senhor está mais moço, engordou.

— Três anos e meio lá dentro sem me mexer muito. De qualquer maneira não é o tipo de regime que recomendo. E a piazada?

— Numa boa. Sempre perguntam pelo vô. O Carlinhos já está aprendendo a ler. Soletra e tudo. E já escreve o nome, direitinho.

— Eu não quero chegar lá sem levar um presentinho pra eles.

— Ora, que bobagem.

— Não é bobagem. Os meninos gostam. Sempre que eu vinha trazia um montão de porcarias pra eles, te lembra? Os safadinhos ficavam quase doidos de tanto que pulavam.

— Esse é o meu ônibus.

O veículo travou com ranger de ferro velho, envolvendo a fila num abraço de poeira.

— Quando vão asfaltar a rua dos pobres? — Josias cuspiu. — Eu te acompanho, tchê. Tenho mesmo que fazer hora.

Luís fez questão de pagar as passagens com energia meio agressiva. Conseguiram dois lugares no último banco. Josias olhou para os dois lados da rua. O homem de óculos e bigodes sabia se esconder.

— Eu quero explicar pro senhor por que não fui visitar o senhor lá.

— Não precisa nada. Eu acho que fizeste muito bem.

— Mas eu quero. É...

— Fez bem em não ir. Fez bem. Pra que se queimar à toa?

— Mas não é isso. — Olhava para as mãos de modo amargo. — Eu tentei, no começo. Tentei, no duro. Fui lá falar com os homens, por tudo que é mais sagrado. Mas eles disseram que o senhor não estava, disseram um monte de coisas, o senhor sabe como é.

— Sei, meu filho.

— Até me ameaçaram.

O bairro Partenon desfilava pela janela suja.

— Deixa pra lá. Vamos falar de coisas alegres.

— Eu tenho dois barrigudinhos pra alimentar.

— Eu sei, fizeste bem. Não tens por que te ralar com as coisas que eu faço.

— Mas eu queria ir!

Josias estremeceu porque no rosto vincado do homem encostado a si deslizou uma água súbita saída dos olhos imediatamente apagada pelo gesto raivoso do braço.

— O senhor tem um cigarro? Não acho os meus.

— Tenho.

Luís apanhou o cigarro e ficou a alisá-lo, como a um talismã, como se pudesse extrair dele força e consolo, enquanto controlava a voz, recuperava a respiração, recompunha o orgulho.

— Não precisa se preocupar por isso, meu filho. Eu não reprovo de maneira nenhuma. Se achasse que fez mal não teria vindo aqui, sabe como eu sou.

— Eu sei.

Luís relaxou o corpo com um suspiro. Josias contemplou — rapidamente e sem pena — o infortúnio do homem assoando o nariz a seu lado e olhou para fora, para essa cidade que era outra vez sua. A avenida Bento Gonçalves, maltratada, suja de cartazes, ruído, comércio barato e o imundo velho ônibus em sua trajetória acidentada, desviando de carros, parando, recolhendo gente, arrancando, buzinando, começando a cheirar a suor, a gasolina, a sono perdido e a roupa usada, o cansaço prematuro, a fome muitíssimo antes do meio-dia e foi envolvido por uma piedade bruta, feroz, por essas casas escuras, essa gente apressada, pelo sol faiscando nos trilhos de bonde que a Prefeitura teve preguiça de arrancar e por esse homem atormentado por algum remorso não explícito, ombro encostado ao seu, parecendo mais velho do que é, praticamente sem dinheiro no bolso, esse Luisinho menino chorão, sempre constipado, agarrado à mãe.

— Ânimo, rapaz.

Apertou seu braço.

— Ânimo, porra!

— Eu queria mesmo visitar o senhor. Queria em sério. Mas o senhor sabe como Maria é... Ela tem medo dessas coisas. E é muito católica, sempre condenou essas histórias de... de comunismo. Vive fazendo promessas pra que eu não me meta nessas coisas, e agora com a promoção que eu tive...

— Foste promovido?

— Pois é. — Sorriu, sem jeito. — Sou subchefe da minha seção. Aprendi a manejar o torno, estou fazendo umas peças bem caprichadas. Os homens têm confiança em mim, acham que eu posso progredir.

— Tão pagando bem?

— Aumentaram meu salário. Dá pra ir levando. Maria costura pra fora e faz a roupa dela e das crianças, é muito jeitosa.

— Eu espiei a casa. Tá bonita.

— A cerca é nova. Não tem um mês. Comprei a madeira dum conhecido que desmanchou um galpão. Falta pintar.

— Eu posso dar uma mão.

— Claro, podemos combinar para um fim de semana. Só que por enquanto eu não tenho grana pra tinta, mas...

— Talvez nisso eu possa dar um jeito. Preciso voltar à profissão. Se conseguir umas empreitadas de pintura posso arrumar tinta barata.

— É verdade.

Estava mais aliviado mas em seus olhos ainda boiavam restos de medo e vergonha.

— Como foi a coisa lá dentro?

— *Bueno*...

— É aqui a parada. Descemos e continuamos a pé.

(Descemos e buscamos Sepé?)

— O quê? — disse Josias sobressaltado.

— Vamos descer.

Josias seguiu-o, sufocando o sobressalto.

5

João Guiné chegou em Valdívia pouco antes do meio-dia. A chuva tinha parado e o sol brilhava azul sobre o rio que dividia a cidade em duas. Buscou o restaurante que a viúva Perez tinha recomendado. Sentia fome. Tinha parado quinze minutos em Osorno para comer sanduíches de presunto. Sem acelerar demasiado, fizera o trajeto embalado pela lembrança da mão alvíssima da viúva contrastando com o negro de sua pele.

A viúva era Perez, mas tinha origem alemã, coisa comum no sul do Chile. A primeira vez que pisou no Bar do Inglês e pediu um café, os olhos cinzentos da mulher madura atrás da registradora, rodeada de fumaça e zunzum de conversas, coloriram-se de reveladora centelha. Aqui há fogo. Ao receber o troco a mão dela roçou na sua o tempo necessário para entender que os dois meses que passaria em Puerto Montt não seriam necessariamente áridos. A viúva aparentava quarenta anos estupendamente aproveitados. E descobriu que realmente tinham sido quando ela o introduziu no quarto onde habitava, no segundo andar do hotel ao lado do café. A primeira semana em Puerto Montt deixou-o como adolescente. O pessoal da Passagem ficou desconfiado, aconselhou-o discretamente a evitar a viúva pois não a considerava de confiança e — supõe Guiné — pediu informações a Santiago sobre o companheiro e sua conduta vagamente escandalosa. Quando encontrar Sepé em Santa Maria vai deliciá-lo com a história da viúva. Mostrará o volume de *Vinte poemas de amor e Uma canção desesperada* e a ardente dedicatória. Recordará o pequeno escândalo na colônia de asilados. Dará estrondosa gargalhada sobre os copos de vinho e a picanha malpassada e não sabe se perguntará ou não sobre o velho Josias.

A primeira vez que parou numa cadeia era um negrinho esquelético e sem os dentes da frente, que sonhava compor sambas-canção de conteúdo revolucionário. Ardia em febre e tinha o dedo mínimo quebrado. Ficou sem reação quando o vulto saído do canto escuro o envolveu no poncho de lã. Era a primeira vez que alguém fazia tal gesto para ele e, talvez por isso, chorou. Ou pela febre ou pelo frio ou pela dor. Quando sossegou, apertou a mão que o rapazola de rosto indiático e bronzeado lhe estendia.

— Eu sou Josias.

Agora, trinta anos depois, atravessa o continente para apertar a mão do filho dele. Estará em alguma estrada do nordeste, entre palmeiras e *out-doors* de Marlboro, na BR-116, apertando o acelerador, pensando também em Josias e na sua mão dura como madeira. Sepé aperta o acelerador. Não há palmeiras ao redor da estrada. Em todos os lados sertão queimado, raso, amplo. As estradas do litoral são frescas, têm o mar se espalhando na areia, botecos com água-de-coco, têm Brahminha gelada. Mas esta estrada corta o sertão. O vento que sopra é quente, terral. Vem do fundo da caatinga. Se desprende do Piauí, atravessa os campos fantasmais do Crateús, traz o lamento dos poços secos, das estradas poeirentas, do impaludismo, das choças miseráveis. Traz a lembrança macia, dura, cheirando a fumo de corda e erva-mate, do velho Josias. Em Alegrete também não havia muitas palmeiras. Para contemplá-las, Josias tinha que andar muito, até perto do riacho. Ali, debaixo do ipê, saboreava as tardes de setembro untadas de mel. Pagava caro. Francisca não o poupava na hora do jantar.

— Em vez de andar com esses comunistas ressentidos devia era arrumar trabalho. Eles vão pagar o leite das crianças?

Francisca — Francisquinha, Chica — era sua mãe. As crianças, ele e Luís. (A mãe: aquele vulto áspero, vestido de negro, junto ao fogão de lenha.)

Aperta o acelerador. A tarde move com cautela a longa espádua azul. O mormaço é um carcará imóvel no céu. (Ele não sabe, mas vós sabereis: esse dia na 116 estava distante mil dias do tumultuoso dia em que Josias resolveu libertar os pássaros e Sepé, encurralado pela recordação de Lourdes, descobriria que a amava e que a estava perdendo para sempre.) Reviu-a dormindo na rede, morna, murmurando orações. Quando voltou do encontro com Escuro, pé roçando no chão, ela dormia. Pendurou a sacola com munição num prego perto da porta. Tirou a camisa e as sandálias, deslizou cauteloso para a rede, não queria despertá-la. Como flor na madrugada a mão dela abriu-se, buscou-lhe o peito. Passeou no tórax liso e provocou tão fundo arrepio que fez subir em sua boca gosto de laranja madura e depois desceu até o ventre e lutou cegamente com a fivela da cinta e obrigou o desejo dele a inchar no morno da palma da sua mão. Buscou a curva dos ombros dela, apossou-se da camisola de algodão, desceu-a cuidadosamente enquanto o calor transbordava pelo corpo todo e então curvou-se para contemplar os seios boiarem ao palor lunar que manava como melodia da janela sem vidros. As bocas se procuraram. A rede balançou, fremiu nos eixos dos mourões que sustentavam as paredes, a choupana rangeu como suportando o peso dum vento de alto-mar e Sepé mordeu o gemido ao sentir a mão morna de Lourdes conduzi-lo de forma que os corpos se completassem como o coaxar contínuo dos sapos lá fora completava a noite.

Guiné saiu do restaurante sentindo-se otimista e achando que merecia um passeio de vinte minutos pelas ruas de Valdívia. Comprou um exemplar do *El Mercurio* e um do *Puro Chile*. Leu-os em pé, no café frente à ponte, sorvendo um conhaque. Depois retomou a viagem. Já conhecia o caminho. A estrada ziguezagueava à beira de precipícios verdejantes, em breve bruscas muralhas de flores vermelhas o desnorteariam durante segundos, a primavera que avançava já estendia o fino olor dos escondidos *copihues* que rebentariam no verão. A travessia de Cautín era como mágico galope a beber a fragrância das florestas verdes, do ar puro rolando entre as serras, da promessa dum bom café com conhaque em Temuco. Dormiria em Chillán.

A BR-116 flutua. O céu não tem absolutamente nenhuma nuvem perturbando o vôo solitário do carcará. Sepé seguiu-o com o olho até não poder mais. Tem bezerro em perigo. A cor da terra é ocre e amarela. Uma mancha de árvores. Bom. Pelo menos enxugará o suor. Diminui a marcha. O grande grupo de juazeiros oculta um restaurante. Isso significa que está próximo de Salgueira. Dentro de uma hora cruzará o rio São Francisco e entrará em terras da Bahia. O restaurante parece antiga casa-grande de fazenda, com varanda e curral onde pastam burros e cabras. Estaciona ao lado do Ford em lamentável estado, um caminhão cansado de percorrer estradas, placa de Pernambuco. Há um Corcel e um Galaxie, ambos de Minas. Olha-se no espelhinho. Os óculos escuros o deixam com ar de gigolô barato ou locutor esportivo. A camisa de malha é nova e a calça Lee engana legal. Ajeitou a melena com as mãos, apalpou a metralhadora dentro da bolsa e preparou-se para desfrutar uma Brahminha gelada. Com essa pinta ninguém ia botar defeito. Cara de índio no Nordeste todo mundo tem.

Na varanda, um gato, duas cadeiras e a rede, rangendo. Na rede, o gordo imenso, boca aberta, afasta moscas e ronca. O pé direito, descalço, roça o chão. No grosso tornozelo, a correntinha de contas coloridas.

Capítulo Três

1

Não, não ia acrescentar agora Dorival à lista. Esperaria. E não apenas notícias mais concretas, pormenores, uma confirmação oficial. Esperaria, principalmente, que a idéia da morte de Micuim se amoldasse às suas lembranças como algo definitivo e neutro, gol feito numa pelada de praia que de repente brilha na memória e logo se apaga, indolor como fogo de artifício. Só então, com a memória (a Consciência, soprou Hermes num impreciso corredor do passado) acostumada ao peso — ou ao espaço dos mortos antigos, poderia acrescentar os do presente. Sabia — não vagara como alucinado pelas ruas de Santiago a testemunhar o massacre? — a necessidade de transformá-la em cemitério de portões sempre abertos para novos cortejos.

Tinha visto os cadáveres outra vez. Na esquina de Merced com Bandera, o Alemão parou dando uma exclamação, como se perdesse o equilíbrio. A dois passos, de borco, quatro fumegantes buracos na japona escura, o corpo imóvel. Foi o primeiro nesse dia. Estava singularmente digno, o rosto escondido, as costas voltadas com pudor, as mãos debaixo do corpo e as pernas dobradas com certa simetria. Aproximaram-se com cautela, escutando as longínquas rajadas que aguçavam o silêncio, sabendo que era preferível continuar a marcha, afastar-se daquele corpo, voltar para o apartamento de Dorival.

Era negro, o homem caído — poderia ser brasileiro ou cubano — e os fios grisalhos da barba ressuscitaram num relance o sorriso de João Guiné (deixa comigo, malandro), o mesmo sorriso que dois anos atrás povoou a gelada noite a empilhar-se ao redor do metro quadrado de Pilsener e na qual ele anunciou, como se fosse a coisa mais natural deste mundo, que ia voltar.

— Tenho um encontro com Sepé, em Santa Maria.

Para os assombrados olhos de Marcelo, com o sorriso humilde — e ambos estavam fartos de saber que de humilde nada havia nesse sorriso — explicou que era preciso dar exemplo pra moçada, afinal, se os velhos não dão, compadre, quem vai dar?

Dois anos depois ressuscitava o sorriso de João Guiné, ali, na presença daquele morto desconhecido — um negro de cabelos grisalhos, um estrangeiro como ele, encolhido com dignidade na sarjeta de pedra — ao sentir o impulso de se abaixar, examinar-lhe as feridas, conhecer seu nome, levar para alguém a notícia de que fora visto caído nessa esquina de Merced com Bandera, quatro buracos de bala fumegantes nas costas e o ar sereno.

Estrondo de tanque se aproximando. Mão do Alemão como garra no seu braço. Princípio de pânico na voz:

— S'imbora!

Vira-se no colchão. Dói o braço, dói a perna, dói uma parte não localizada do corpo e dói o cérebro e doem os olhos. Teria dormido? O relógio continua a marcar a violência da água, a queda contra o muro. Permanece de olhos fechados, procurando se acostumar com os ruídos, os cheiros, o espaço em que agora vai viver, não sabe por quanto tempo. O colchão é de palha, duro mas agradável. Cheira mal. Mijo, provavelmente de criança. O pensamento aguça seus sentidos, e ouve choro de criança e algazarras e corridas. Já estão organizadas, levando tudo como uma nova brincadeira, imensa, onde participam os adultos, embora estranhamente irritados e com expressões tensas. Pensa outra vez no seu corpo como algo alheio. Língua trêmula subindo pela perna, a dor aproxima-se da virilha. E a fome não saciada. E esse ardor no rosto: mercurocromo. Precisa dormir. Claro, aparecerá a mão engando as armas. Esquecê-la. Esquecer o cheiro de mijo, esquecer o choro das crianças, esquecer Micuim e principalmente esquecer a mão de Micuim em seu braço. Torna a volver-se, o céu frio e claro reluz acima da varanda, a luz é uma ave ansiosa, estende o curvo bico afiado e pica suas retinas. Lá fora rondam os tanques. Onde estarão todos? Compadre Hermes não quer que Nego Véio vá. Nego Véio foi. Olhos de Nego Véio o convidavam. A coisa velada recusando-se a brilhar no fundo deles — mas pedindo para ser decifrada — e que Marcelo recusava, disfarçava, fingia não perceber, era esse mudo, silencioso, pudico convite.

João Guiné chamou o garçom e pagou.

— *Bueno*, compadre, *hasta la vista*.

Ficou olhando a mão negra e enorme. (Tempos ainda mais atrás o adeus tinha sido para Hermes, também num bar vazio, com garçons distraídos e as xícaras de café e os cigarros gastos fumegando nos cinzeiros.) Apertou a mão que o homem calvo e de barbicha grisalha estendia, dá pra mim esse cravo, negão? — a voz de Bia — e viu-o desaparecer num táxi no tráfego da Providência. O sentimento de culpa enlaçou-o como tentáculo, as ventosas o asfixiavam, saiu inutilmente à procura de ar puro e caminhou em direção à Cordilheira. Não ficou apenas só: ficou como um órfão ficaria, com vontade de chorar e de quebrar as cadeiras do bar.

Perambulou devagar, pensando com amargura e pena e sempre asfixiado e cansado que não era apenas covarde mas profundamente infeliz e começando a compreender a extensão do seu ódio por Mara.

Abre os olhos. Será difícil dormir. Próximo de sua cabeça esse jornal velho. Toca-o, vira uma página. Colo Colo contratará Figueroa? Sente doerem os braços, vira outra página, DC interrompe diálogo com Allende, fecha os olhos. Mas é inútil fechar os olhos. Se dormir, sonhará. Se sonhar, inevitavelmente, gritará. Há crianças perto. Será desagradável. Tenta relaxar o corpo, abandonar os pensamentos num território vazio como uma canção de Roberto Carlos, tenta pensar numa dessas canções, tenta chatear-se, tenta lembrar o time do Inter que foi campeão em 71, não pode, acomete-o torpor de droga, como quando tropeçou nas pedras, como quando contra a dureza do muro, como quando deitado paralelo ao fragor da água. Vai aceitando a derrota, deixando-se enlear pela malha pegajosa da insônia. Paciência. Todo filho da puta que depõe as armas pela segunda vez não merece mesmo o sono tranqüilo.

2

Dorival escutou o relato da peregrinação de olhos semicerrados, incomodamente sentado junto ao telefone, coçando a alergia na nuca e exibindo sorridente desdém pelos hinos marciais que poluíam a atmosfera da sala. Já estava vestido. Vê-lo assim, de camisa limpa, calças vincadas, tênis novos, provocou um alívio que surpreendeu e desencantou Marcelo. Só agora percebia como lhe constrangia a visão daquele mulato imenso, irremediavelmente exibicionista, quase nu, empoleirado no horrível sofá como triste, pesado, perdido gorila. Quando Dorival retesava os músculos seu corpo readquiria por momentos o esplendor dos dias em que roçou a glória. Seus dias de ouro, formados de vitaminas e sonhos, inquietações e exercícios, madrugadas e bajulações, os dias rutilantes que antecederam o combate com Juarez. Mas quando os relaxava, quando se deixava cair mole no sofá barato, o corpo parecia estar a ponto de derreter, lembrava algo derrotado para sempre, exalava tristeza que era melancolia e obscenidade ao mesmo tempo, por algum motivo não decifrado recordava-lhe bordéis, putas baratas, decadência. Mas Dorival estava vestido. Camisa esporte, limpa; tênis branco, novo; calça de brim, vincada. Estava sólido, acessível, civilizado.

Ao entrarem na sala — antes de dizerem qualquer coisa — havia estendido o dedo terrível para o telefone e trovejado:

— Esse imbecil nem sequer gemeu.

Agora sorri, o sorriso é mau, olha Marcelo nos olhos.

— Mandaram um ultimato pro Allende.

— Ultimato?

— Ultimato. Se não renuncia, atacam.

— E o Allende?

— Mandou o cara à merda.

Seu sorriso se amplia, lustroso, o olhar desafia ou provoca algo que Marcelo não capta.

— E Aninha?

— Ainda não chegou.

— E as rádios?

— Todas tomadas. Bombardearam Balmaceda.

— Estivemos perto do Palácio — diz Marcelo. — Está completamente cercado.

— Deram até meio-dia pro homem se entregar. Depois começa o bombardeio.

— Então ainda faltam vinte minutos — diz o Alemão. — Dá de sobra pra gente tomar um cafezinho. — E olhando pachorrentamente para Dorival. — Cumé, amizade, tem café nesta casa?

Dorival responde com polida curiosidade no olhar.

— Tem. Eu vou fazer.

— Deixa que eu mesmo faço.

Dorival suspendeu o movimento de levantar-se do sofá para examinar, com um pouco menos de polidez e um pouco mais de atenção, o espécime cabeludo parado no meio da sua sala.

— À vontade. Faz que dê pra todos.

Falou o horóscopo do *Puro Chile*. Envolver-se com esse cabeludo logo no dia do golpe não podia ser uma boa. Seja o que Deus quiser. Viu: os olhos de Marcelo vidrados no telefone. Aproximou-se na ponta dos pés e bateu no aparelho com a mão espalmada.

— *Parla!*

Esse intelectual de merda vai se cagar. Com essas mãozinhas de moça, esse cabelinho na testa. Se os homens arrombarem a porta com as matracas em punho ele vai ficar branco — mais branco do que já é — perder a voz, pedir por favor que não me matem. Conheço essa laia. Antes o filho da puta do Sepé.

Quando corria pela Alameda, Browning em punho e berrando para Ana jogar-se no chão, duas imagens se fundiram penosamente na sua consciência apenas dois segundos antes da rajada ceifar sua coxa e jogar longe a arma: a fração de segundo de alegria em que sentiu no frio do suor que venceria Juarez e esse momento neutro, estirado no sofá, vendo o pobre sorriso de Marcelo na face pálida, seus próprios pensamentos rancorosos, o absurdo ódio contra o aparelho mudo e estúpido, o fugaz momento em que contemplou seu infortúnio.

Aproximou-se da janela. A rua deserta assustava-o. Claramente percebeu que assustava-o, esse susto chegava perto dele como um fantasma provavelmente chegaria, tocava-o de leve provocando arrepio quase carícia no braço, com o tempo poderia materializar-se, tornar-se uma pessoa a mais na sala ou um objeto como a televisão sobre a mesinha do canto. Pensou sobressaltado que poderia estar pálido. O Marcelo notará que estou pálido, o viado. Pensará que estou encagaçado. Vai adotar um ar sério, dizer qualquer coisa estúpida pra me dar ânimo, só faltava essa mesmo.

Ouviu o ruído na cozinha, o cabeludo também vai notar, já saquei a dele, esse hippie atrevido, ficar logo com essas duas peças, caralho, se pelo menos fosse o Hermes, é um chato mas eu sei como reage, esses dois aqui vai ser barra. Sentia-se fraco e infeliz, que diferença da noite em que encarou a guarda no presídio da Ilha das Flores, em que deu aquela cuspida enviesada, genial, bem no olho azul do tenente Otílio.

Voltou ao sofá, fechou os olhos e tentou ouvir os ruídos que a cidade produzia mas nada ouviu, nem sequer distantes buzinas. Os bairros silenciavam como rádio com as pilhas gastas. Abriu os olhos, esse hippie do Brás não faz nunca esse café, pô, e descobriu Marcelo vasculhando nas estantes de livros. Um dia ele lhe dissera pô negão, nenhum romance, nenhum livro de poesia, só o Engels e o barbudo e o careca e o chinês barrigudo, qualé? Deixou os olhos beberem a reprodução de Portinari na parede em frente e avançou (os olhos avançaram) até o toca-discos onde amontoavam-se caras redondas de Luiz Gonzaga e foi até as cortinas, à janela, à sombra do edifício em frente. Este apartamento, pensou. Seus cheiros. Ana falando sozinha no quarto. O dia em que esqueceram o gás aberto. O trabalhão para forrar o sofá com fazenda verde, bordada com inomináveis flores amarelas e que provocava justa indignação nas visitas. Este apartamento: ele e Ana sorvendo-se na penumbra do quarto. Os pavores noturnos. As paredes brancas, ainda limpas. Um dia casualmente feliz. O chão encerado, os jornais da manhã lidos na cama, o cinzeiro de Caruaru, a porta que se abre: Ana.

Era a hora em que o rosto de Ana começava a encontrar o equilíbrio necessário para aflorar a rígida espécie de beleza sempre velada por algo misterioso, talvez a nuance da luz nas outras horas do dia, talvez a serenidade inata das doze, tão semelhante à luz dos domingos do mês de março em Diamantina. Está carregada de provisões.

— Por que demorou tanto?

Não responde. Atravessa a sala ignorando olhares, larga os pacotes na mesa da cozinha, franze o cenho para o Alemão a mexer com intimidade na sua máquina de café italiana. Enquanto esvazia os sacos controla a furtiva mão do Alemão que escorrega para dentro dum saco. Dá-lhe rápido tapa.

— Daqui pra frente tudo está racionado.

Sente um bafo no pescoço, vira-se, esbarra com o focinho de leão de Dorival.

— Então?

— Comprei arroz, pão, alface, açúcar.

— As novidades, pô.

Ana suspira:

— Parece que é golpe.

Dorival volta para a sala em passadas enérgicas, atira-se no sofá com um rugido.

O ruído da esquadrilha de jatos rebota nas paredes, faz Marcelo apertar os dentes, praguejar com raiva, viados.

— Toma, bobo.

Ana estende uma xícara de café para Dorival. Apanha-a com ar amuado.

— Ninguém sabe nada na rua. Puro boato. E há um corre-corre nos armazéns que só vendo. Duas mulheres começaram a se puxar pelos cabelos bem na minha frente por causa duma lata de salsichas. Fui saindo de mansinho quando chegaram os *pacos*. Já começaram a pedir documentos para todo mundo.

— Tô ralado — rosnou Dorival.

— Faltam oito minutos — disse o Alemão.

Olharam-no com estranheza. Agora, cada um tinha sua xícara de cafezinho na mão. O novo vôo da esquadrilha obrigou-os a suspender o gole.

— Alguém telefonou? — disse Ana.

— Esse imbecil nem sequer gemeu.

E Dorival estendeu amplo, pulverizante gesto de desprezo para o telefone, vítima, por momentos, de quatro olhares rancorosos.

— Então, o negócio é esperar.

— Como está a barra aqui? — perguntou Marcelo. — Documentos, armas...

— Limpa. — Dorival pousou a xícara na mesinha em frente. — Tenho minha Browning, né. Aquela que tomei dum *patria y libertad*. E meia dúzia de balas. Mais nada.

O Alemão sentou no chão, ao lado da guitarra, tocou-a de leve, carinhoso, como quem pede calma, e olhou o relógio.

— Faltam cinco.

Dorival fulminou-o.

— Mas que mania é essa?

— Se o Allende não se entrega em cinco minutos...

— A esta hora ele já negociou um avião e está se mandando pro México ou pra Cuba com meia dúzia de cupinchas, "pra evitar derramamento de sangue".

Marcelo olhou com escândalo para Dorival.

— Ô, negão!

Mas calou-se. Mas calaram-se. O hino militar que já fazia parte dos móveis da sala cortara-se ao meio com leve estalido, e uma voz nasalada, uma voz pouco afeita a microfone, uma voz que tossiu, que deu a impressão de mão limpando garganta, essa voz paralisou os quatro na sala do apartamento.

— *Atención*, chilenos!

Houve uma pausa, ruídos de estática. Uma pomba descansou

no peitoril da janela e espiou para dentro do apartamento com mansos olhos redondos, houve essa pausa e essa pomba e a mão de Dorival nervosamente na alergia da nuca.

— Este é o comunicado *Número Uno de las Fuerzas Armadas de Chile* para o povo chileno. Desencadeamos a partir desta madrugada uma operação militar contra os inimigos da pátria, em especial contra os mercenários estrangeiros que vieram à nossa terra derramar o sangue de nossos irmãos. A partir deste momento fica declarado o estado de Lei Marcial em todo o território chileno, já que o senhor presidente da República não quis negociar nem aceitar as condições das Forças Armadas. A partir das doze horas será iniciado o toque de recolher. Todo cidadão que se encontrar na rua será automaticamente preso. Todo cidadão que portar armas de qualquer espécie será fuzilado no ato. Repetimos: todo cidadão.

Os aviões regressaram em vôo rasante, estremeceram os vidros nas janelas, abafaram a voz do locutor. Dorival correu as cortinas com fúria.

— Porra! — sua voz confundiu-se — ...será fuzilado no ato! — com a voz do locutor — estamos presos nesta bosta!

3

O cara na mesa do canto, abraçado na loura oxigenada, tem pinta de meganha. O café é novo, recém-coado. Um conhaque pra esquentar as tripas? Não vale a pena discutir por onde atravessar a fronteira: Livramento ou Uruguaiana, pouco importa. Importa é aquecer o peito com este conhaque, vigiar disfarçadamente qualé a do cara na mesa do canto. Seria engraçado (engraçado?) passar por Uruguaiana à noite, a cidade dormindo, as ruas conhecidas, as lembranças povoando os cantos como assombrações. Melhor não lembrar.

— Em Santana basta atravessar a rua.

Hermes transformado pelo sono e pelo cansaço, invulnerável e talvez feliz dentro de sua loucura, olha-o com rancor, com inveja, com incipiente piedade.

— Em Uruguaiana temos contato.

— O Josias caiu.

Sabia perfeitamente que o Josias tinha caído, mas e daí? A ligação para travessia da fronteira fora obra do velho Josias; contatara um compadre seu, canoeiro ou contrabandista, que atravessava os fugitivos a remo para Paso de los Libres, na Argentina. Desde a queda de Josias este canal de fuga tinha sido evitado, embora soubessem que a única indiscrição que o velho se permitiu nos longos dias do seu martírio fora a respeito da conduta sexual das senhoras progenitoras dos funcionários do governo que o interrogavam e soubessem, também, que o canoeiro simpatizante continuou, imperturbável, a exercer sua profissão.

Marcelo acende um cigarro.

— Pra mim pouco importa.

E era verdade. O que importava era arrancar de Hermes seu segredo, sacudir de seus olhos o determinado brilho de loucura que ali cintila, pedir que esqueça Bia por esta noite.

Abandonam o bar na Cidade Baixa. Desce sobre Porto Alegre um nevoeiro frio, que esconde as árvores, os guardas-noturnos e inaugura ao redor de cada poste um círculo de luz alaranjado. É bom que a cidade esteja assim escondida. Dói menos.

Estrada, outra vez. A noite lambuza de umidade, resto de chuva e frio as luminárias de mercúrio, os caminhões estacionados ao longo da rodovia como tristes monstros solitários. E quilômetros e sinalizações e bocejos, a barba crescendo, a irritação do *jingles* nas rádios, o olho no relógio e a pausa para um café quente no restaurante logo à saída de Rio Pardo: choferes de caminhão, uma copeira de avental branco, um velho dormitando na entrada.

Apoiado no balcão Marcelo vê, pela vidraça panorâmica, uma mulher com capa de chuva parada na beira da estrada, mala ao pé, esperando o ônibus. Mara! Em algum lugar, e agora, e anos depois, e antes, Mara com sua mala e sua capa de chuva, na beira de remotas estradas, no interior do Brasil, qualquer Goiás, qualquer Mato Grosso, esperando algum ônibus sempre atrasado, seguindo a rota do seu destino. A mulher se move. Não é Mara e não é uma mulher.

— S'imbora — diz Hermes.

Aproximaram-se das luzes de Cachoeira do Sul e do sabor da segunda-feira, prosseguiram pela BR-290 até os trilhos da Estrada de Ferro de Santa Maria, percorreram atalhos enlameados até encontrar o caminho para Cacequi, encheram o tanque num posto na saída da cidade aspirando o ar da madrugada que obrigava a noite a agarrar-se aos telhados alvos de geada, desviaram a rota principal para Rosário do Sul, perderam-se, um carreteiro indicou-lhes o caminho certo, estremeceram com o pio dos quero-queros, evitaram o perímetro urbano guiando-se pelas luzes dos edifícios mais altos e, após 45 minutos numa estrada sem curvas, tingida de suave azul pelo próximo amanhecer, constataram, a poucos quilômetros, Santana do Livramento, a rua que os conduziria a Rivera, ao Uruguai, ao suspiro de alívio.

— Te deixo em Santana e volto.

Claro. Já esperava por isso. Se atravessassem o rio em Uruguaiana, voltar seria mais difícil. Olha Hermes de frente, inquisidor. Hermes não se altera. Não há o que discutir. Ele já não é soldado duma guerra perdida que deve ser analisada, discutida, revista em detalhes para que não se repitam os mesmos erros. Ele é soldado duma guerra particular. Ele é seu próprio exército. E não quer nem precisa de aliados.

Fizeram um longo desvio. As rotas principais estavam coalhadas de barreiras. Entraram na cidade examinados pelo discreto silêncio dos postes de iluminação, acolhidos pelo frio úmido das ruas desertas. De repente, tão suave e de repente que custaram a dar-se conta, as ruas deixaram de chamar-se Sete de Setembro, Duque de Caxias ou Bento Gonçalves para passarem a ser Artigas, Soriano, Maldonado. Estavam no Uruguai. Rodaram até encontrarem o centro da cidade, desceram pela Avenida 18 de Julio, aproximaram-se da Praça Internacional.

Do outro lado da praça ressonava na madrugada a cidade de Santana do Livramento, Brasil. Estacionaram. O café da esquina, vazio, convidava com suas mesas de mármore. Um homem varria a serragem que espalhara no piso. Pediram ao garçom café e pão com manteiga.

— Em Rivera cuidado com os bares — advertira um dia Guiné. — De cada três fregueses pelo menos um é rato.

Através das imensas janelas envidraçadas contemplaram o território neutro: a praça, austera na sua solidão encharcada. A chuva cessou. As pombas começaram a descer. O rádio jogava um tango contra as vidraças, a voz de Libertad Lamarque não sabia onde refugiar-se, metia-se nas prateleiras entre garrafas, crispava-se. Passou um leiteiro enrolado na capa negra. A carrocinha tilintando sons que destoavam do cenário. (O cavalo também destoava, garboso, inquieto). A carrocinha e o cavalo sumiram. Para substituí-los, atravessou a praça, aos arrancos, perna esquerda arrastando, equilibrando a paisagem, colhendo papéis que se desfaziam, o varredor e sua vassoura. Um menino vende jornais. As pombas elevam-se, granada que explode. Marcelo ia comentar algo, o garçom chegou a tempo; a praça já se inundava de tristeza.

Beberam soprando as xícaras, olhando-se furtivos, gozando o bafo quente do vapor no rosto, sem se saberem aprisionados pela melodia veemente do tango, pela água escorrendo sobre o letreiro vermelho — Café Internacional — pintado na vidraça. Mas o café era quente, novo, recém-coado, exatamente o que necessitavam. No comprido espelho atrás do balcão estavam os resultados dos jogos da loteria esportiva do Brasil e do Uruguai. O Vasco ganhou — constatou Hermes, vagamente surpreendido. Já não sabia mais quem jogava com quem. Esquecera as páginas esportivas. Há quanto tempo não entrava num estádio lotado? Foi como se estivesse com a guarda aberta. A visão duma tarde de sol povoada de bandeiras e gente frenética atingiu-o perto do estômago e reagiu constrangido, que Marcelo não notasse sua contração de dor. Estava moído. Precisava tomar cuidado. Precisava voltar antes que se apresentassem mais armadilhas, antes que Marcelo organizasse seus argumentos e começasse a desfilar seus bem-intencionados propósitos. Pobre Marcelo. Até o fim, até o último minuto, até o derradeiro suspiro bem-intencionado.

Terminaram de beber, acenderam cigarros, vagaram com a atenção entre a praça e o tango, inconscientemente decidiram que estavam demasiado exaustos para comprar jornais e adivinharam que cada um esperava que o outro o fizesse.

— Bom — Hermes desceu a mão sobre o mármore como se despertasse. Acenou para o garçom.

Marcelo meteu a mão no bolso precipitadamente.

— Deixa que eu pago.

Bruscamente envergonhou-se do alvoroço com que falou, envergonhou-se do próprio gesto, tão prosaico, do sentimento de culpa que o maltratava e notou que Hermes pudicamente buscava algum interesse nos cartazes da Loteria Federal. Uma mulata infernal anunciava milhões para quem soubesse o número mágico.

Perguntou ao garçom se ele recebia cruzeiros. Sabia que estavam embaraçados, e distantes, e nada tinham a se dizer. Marcelo recebeu o troco, contou-o, guardou-o na carteira com minucioso cuidado e percebeu que Hermes fazia um movimento.

— Bom.

Durante paralisante segundo Marcelo guardou na memória a posição do garçom atrás do balcão examinando a limpidez dum copo contra a luz que entrava pela vidraça e estremeceu de leve quando a mão de Hermes desceu sobre seu ombro em rápida palmada.

— *Hasta la vista*, compadre.

Não o olhou afastar-se entre as mesas, abrir a porta de vidro, descer os quatro degraus até a calçada. Ouviu, porém, acima da voz crispada de Libertad Lamarque, o ronco do motor ligado, o chiar dos pneus ao fazerem a manobra, viu os reflexos do carro nos espelhos das paredes do café quando avançou em direção à Praça Internacional. Vai caçar o Porco, pensou. E a sensação de desperdício, de inveja, de impotência demorou alguns segundos até ser dominada pela outra — a de que encontrava-se completamente solitário numa terra estrangeira.

4

— A fábrica fica a duas quadras daqui. Temos tempo, podemos ir caminhando sem pressa.

— OK.

OK? O velho cada vez mais diferente. Primeiro dizendo coisas como porra, agora vem com essa de OK. Pudera: três anos encerrado.

— Como foi a coisa lá dentro?

— *Bueno*... No princípio o caldo engrossou, sabe como é. Dureza. Depois foram dando linha. A gente acostuma. E tinha lá uns caras divertidos, gente boa. Ficavam só falando em escapar. Era pra matar o tempo. A gente ia levando. Mas de vez em quando a coisa tornava a engrossar.

— Como?

— Nos deixavam sem banho de sol, essas coisas.

— Mas agora a coisa está calma aqui fora.

Josias encolheu os ombros.

— *Bueno*, se ficar de boca calada ou só dizer sim senhor é a coisa estar calma, então não resta dúvida de que está calma.

Luís sorriu sem alegria.

— Eu queria mesmo falar umas coisas com o senhor...

— Que coisas?

— Sobre isso tudo.

Fez um gesto com o cigarro, tornou a rir sem vontade.

— Sobre o que o senhor está pensando fazer da vida e tal.

Josias coça a cabeça.

— Vou arrumar uma broxa, uma escada, uns baldes de tinta. É assim que sei ganhar a vida.

— Eu sei, eu sei. Já vinha até pensando: quem sabe falo com meu chefe de seção — estou bem com ele — e explico o caso. A fábrica é grande e agora estão reformando algumas seções. Devem precisar de pintor.

— É uma boa idéia. Eu ganhei um dinheirinho lá dentro fazendo balaios, mas não vai durar muito não. Preciso dar um jeito meio rápido na situação.

— Então tá certo, eu falo com o homem. Mas tem uma coisa.

— Que coisa?

— É sobre isso mesmo que eu queria falar...

Jogou o cigarro na calçada, demorou-se pisando-o.

— O senhor continua com essas mesmas idéias... Olhe, eu não tenho nada com isso não, já discutimos essas coisas antes e o senhor sabe que no fundo eu não sou contra. Mas os tempos mudaram, pai. Hoje em dia a coisa não é mais a mesma do seu tempo. A barra tá mais pesada. O senhor mesmo que o diga. Não dá pra continuar pensando nessas coisas.

— Ué, tchê, e por que não?

— Porque não é mais a mesma coisa do seu tempo. Não vê que tudo mudou?

— Tudo o quê? Não entendo. Que coisa mudou?

Luís suspirou com desgosto. Respondeu aos acenos dum grupo de operários que passava de bicicleta. Olhou para Josias e encontrou o sorriso que o irritava.

— Vamos principiar do princípio — diz Josias, manso e um pouquinho irônico. — O que vocês tomaram no café da manhã, hoje? Leite? Duvido. Manteiga? Nem pensar. Queijo? Que é isso, meu Deus! Queijo, que coisa misteriosa é essa? Vocês beberam chicória com pão de terceira, esse pão onde misturam uma coisa horrível que parece cimento. E nessa marmita? Feijão, arroz, um pedaço de pão. Carne? Uma lingüicinha? Sei não.

— A carne é para as crianças.

— Claro que a carne é para as crianças. Por algo tu é meu filho. Mas vamos ver o dono da tua fábrica como é que levantou. Aliás, não levantou. Ainda está dormindo, o sacana. Gordo como um porco, roncando. Vai comer ovos e marmeladas e queijos franceses e tomar chá e leite e não sei quanta porcaria mais essa gente come pra ficar tão inchada. E depois o porco vai apertar um botãozinho na cabeceira da cama pra que tragam as roupas dele e depois outro botãozinho pro chofer trazer o carrão até a porta e depois vai entrar no escritório com ar-condicionado e de quebra dar uma palmada no traseiro da secretária que, lógico, deve ser um tremendo pedaço de mau caminho e o terror da mulher do porco. Que coisa mudou, pode me dizer?

— Quem eu vejo que não mudou nada é o senhor.

— E achas que só porque passei uma temporada lá dentro e levei uns apertinhos ia me assustar e ficar achando que está tudo no melhor dos mundos?

— Não. Só acho que o senhor devia olhar melhor pra o que foi sua vida.

— O que foi minha vida?

— O senhor sabe melhor que eu.

— Mas eu quero que tu digas.

— É melhor deixar isso pra lá, pai.

A rua enchia-se de operários apressados em seus macacões. Havia risos, vozes chamando, bicicletas e buzinas.

— Eu não tenho queixa nenhuma do senhor. Nem vou julgar o senhor nem nada. Se existiu uma outra vida, Deus se encarrega disso. Mas...

— Mas o quê? Vamos, diga.

— Mas eu não quero que passe com Maria e as crianças o mesmo que passou com mamãe e comigo.

Baixou a cabeça. Josias olhava para longe.

— O senhor sabe por demais de bem o que mamãe sentia quando levavam o senhor preso. O pavor que era. A aflição que ela ficava. Faltar comida nunca nos faltou, graças a Deus, porque mamãe era uma mulher trabalhadora, o senhor sabe. Mas o medo que a gente tinha... Não quero que meus filhos sintam medo como Sepé e eu quando éramos crianças. Nem quero que eles sejam apontados na escola pelos outros meninos como os filhos do comunista.

— Tu achas isso uma vergonha?

— Não. Não acho — disse duramente.

Luís adoçou a voz.

— O senhor tem que entender que os tempos mudaram. Não é mais a mesma coisa. Claro que o patrão continua patrão e o empregado empregado, mas o país não é mais aquele atraso que era, entendeu? Hoje em dia...

— Hoje em dia, o quê?

Luís executou um gesto confuso com as mãos.

— Sei lá. Existem mais oportunidades que antes. Essa minha casa, por exemplo. Estou pagando por ela. Dentro de vinte anos...

— Vinte anos?

— Vinte anos, sim. Dentro de vinte anos sou dono dela, e sabe o que isso significa? Pelo menos vou ter onde cair morto.

Calou-se, o mesmo infeliz aspecto de menino culpado que mostrava na infância ao voltar para casa com más notas no boletim. Custou a olhar para o Josias porque adivinhava que Josias sorria. Havia, efetivamente, no rosto de Josias um sorriso. Parecia acabar de perceber que a manhã anunciava a primavera, que tinha um vazio por dentro e a oculta esperança de preenchê-lo com o cheiro de flores que ocuparia as ruas.

— Compreendo o que queres dizer, meu filho. Eu...

— Eu não quis dizer que o senhor não tem um lugar onde cair morto.

— Não importa porque eu não tenho mesmo.

O assobio da sirene desceu sobre a rua.

— Merda, perdi de bater o ponto.

Saiu correndo em direção ao portão da fábrica, esquecido de tudo. Os operários retardatários se amontoavam querendo entrar ao mesmo tempo. Luís estacou de repente, voltou-se para Josias:

— O senhor tem onde dormir?

— Sim — gritou Josias. — Não te preocupa.

Pensou em pedir alguma notícia de Sepé, mas Luís já desaparecia no torvelinho de macacões de brim azul. Ficou olhando o portão se fechar, sabendo que em algum momento o vazio que o incomodava barbaridade iria atordoá-lo como fome de meio-dia no alto do andaime. A sirene calou-se e deixou um buraco no ar. Josias murmurou merda, merda, merda. Deu as costas à fábrica e começou a afastar-se. Não sabia para onde ir.

— Pai!

Luís estava no portão, metia a cabeça entre as grades.

— Vai domingo lá em casa! Vamos assar uma carne como nos velhos tempos!

5

Despertara à noite duas vezes: na primeira passava de carro diante dum bosque de eucaliptos quando uma menina de vestido branco apareceu de entre as árvores e começou a fazer-lhe sinais. Soube que de algum modo a conhecia. Levantou-se, bebeu um copo d'água. A boca estava seca, andava tomando aperitivo demais. Compadre Josias diria, que é isso, Azulão, virou pau-d'água depois de velho? Voltou para a cama, estava mais fria do que imaginava, custou a dormir e quando dormiu dirigia o carro frente a um bosque de eucaliptos: de entre as árvores surge uma menina de vestido branco a fazer-lhe sinais. Não tem mais de sete anos. Não sabe se o chama ou se lhe dá adeus. É vagamente conhecida. Desperta, incomodado. Pô, isso nem sequer é um pesadelo. E essa menina, tão frágil, mas com qualquer coisa de sinistro em sua figura. Já sabe: tem o rosto da caixeira do Bar do Inglês, a jovenzinha que o olha com desprezo. Senta na cama. O quarto está gelado. Ela tinha os olhos meio verdes, de gata. E a desejava. Certa noite, na cama da viúva Perez, surpreendeu-se, ao se aproximar o orgasmo, da furiosa necessidade de ter a caixeira entre seus braços, e não era mais a viúva que apertava com redobrado furor, e não era a ela que fazia gemer e suar, a aspirar seu cheiro de negro, a sussurrar obscenidades em espanhol.

Lavou o rosto com água fria. Cinco horas da madrugada. Chillán dorme na escuridão. Alisa a barriga. O feto do medo dorme intranqüilo. Alguma coisa se arrasta lá fora. Necessita dum trago. Necessita falar com alguém. Quando chegar em Santiago baterá um fio para Marcelo.

É melhor vestir-se, pagar o quarto e dar no pé. Não poderá

mais dormir. O ar da rua não diminuiu seu sentimento de urgência. Sente o estômago pesado. Alisa a barriga, paternal.

— Psiu — diz. — Quieto, filho da puta.

Os faróis iluminam ruas úmidas. Passou por Parral a mais de cem por hora. Caminhões carregados de madeira subiam cansadamente as curvas da serra. Buzinava sem paciência e ultrapassava sem precaução. Perto de Linares a cerração começou a ceder. Entrou às nove da manhã em Talca pensando que tomaria um café e trataria de relaxar. Na última vez que por lá passara distraiu-se flertando com uma das meninas que serviam na confeitaria frente à praça. A confeitaria ainda estava fechada, contentou-se em beber de pé um café sem açúcar num bar freqüentado por *carabineros*. Deveria haver um posto de polícia por perto. Passou por Curicó a cento e vinte por hora, em San Fernando parou para comer duas *empanadas* e beber um copo de vinho, apertou o acelerador ao aproximar-se de Rancágua, com sorte chegaria a Santiago antes da uma da tarde.

O apartamento na Simón Bolivar estava vazio. Havia um bilhete de Hermes avisando-o de que se reuniriam às quatro da tarde. Um P.S. aconselhava-o a descansar bem antes do pessoal chegar. Amassou o bilhete.

Santiago respirava de mansinho no outro lado da janela. Três da tarde. Com sol talvez a cidade não fosse tão triste. Seu olhar encontrou o bilhete amassado. Esse aspirante a Trotski de segunda sempre pensando que pensa em tudo. Telefonou para Marcelo e marcou um encontro no Jim's. Tomou uma ducha quente. Olhou rapidamente os jornais, deu uma bicada na garrafa de pisco, fechou todas as cortinas e deitou-se nu. Precisava duma sesta bem tirada. O aspirante a Trotski ficaria contente.

6

Empurrou a porta de tela. Dois ventiladores pendurados no teto, em remotas eras pintados de branco, executavam voltas vagarosas, fazendo o ar rodar também, vagaroso, sonolento.

Sentado junto à janela, um casal louro. Eram jovens e pareciam estrangeiros. No nordeste qualquer que tenha cabelo louro parece estrangeiro. Os do Galaxie, pensou. Noutra mesa, a um canto, lendo o jornal compenetradamente, movendo os lábios no louvável intuito de não perder uma só letra, um japonês de óculos. O do Corcel, pensou. O chofer do caminhão — só podia ser o chofer do caminhão — acomodava sua robusta figura num ridículo banquinho no balcão enquanto empinava o copo cheio dum líquido incolor. Era preto e barrigudo. Vestia jaqueta de couro e boné esfiapado. A mão que sustentava o liso de cachaça tinha o dedo mínimo esticado, sofisticadamente.

Sepé bateu no balcão, espiou para dentro, ninguém pra atender nesta espelunca, pô. O chofer do caminhão endereçou-lhe sarcástico risinho.

— Viu o gordo dormindo lá fora? É o encarregado. Aqui tem que ser na base do *self-service*, meu chapa.

Sepé encolheu os ombros, *bueno*, se é assim... Deu a volta ao balcão, apanhou uma garrafa de Brahma, olhou para o chofer do caminhão erguendo as sobrancelhas, o que significava — cavalheirescamente — o distinto deseja algo? O chofer do caminhão fez rápido não com o indicador e bateu na barriga.

— Tenho muita estrada pela frente.

— Muito bar, você quer dizer.

O chofer armou cara de surpresa, refletiu dois segundos cronometrados no despertador entre as garrafas da prateleira e trovejou uma polifônica gargalhada que custou a ser assimilada pelo ar que rodava mais sonolento.

— Essa me abriu o apetite! Passa uma pra cá, amizade.

A boa acolhida a seu senso de humor pareceu ativar a criatividade de Sepé.

— Apetite? Apetite é pra fome. O distinto quis dizer que abriu a sede.

Aparentemente nada poderia ser mais engraçado do que essas palavras para o chofer do caminhão. Desatou nova catadupa de risos que acelerou a rotação das hélices e provocou o olhar interessado dos demais fregueses.

— E para tira-gosto, amizade?

— Tira-gosto nestas bandas é formiga.

O chofer estava com a boca cheia de cerveja. Com bravura, durante angustiosos instantes, lutou com o riso que subia incontrolável em direção à garganta. Explodiu como represa e encharcou as prateleiras em frente. Sepé foi obrigado a ágil esquivada.

— Barbaridade, tchê!

A loura levou a mão à boca, escandalizada. (Que gentinha mal-educada.) O japonês que torturava o jornal abriu perplexo olho para as convulsões do chofer, sorriu compreensivo para Sepé e tornou ao jornal.

Sepé deu a volta ao balcão, lépido, vitorioso, ciente de que seu senso de humor era o maior barato. Boa gente, esse crioulo.

Sentou ao lado dele, disparou sensual olhar para a loura (que desviou o olhar, com nojo) e deu um tapa sonoro nas costas do negrão.

— A gente ganha pouco mas se diverte.

Novo riso trancado na garganta, novo esforço para controlar-se em vão e novo chorro de cerveja contra as imperturbáveis garrafas da prateleira.

Sepé olhou para a loura. Essa carinha de santa não me engana. Ela retirou seu olhar, olimpicamente, para o mormaço da caatinga.

Sepé cutucou o chofer.

— Quem desdenha quer comprar.

Era demais. O aficionado do humor de Sepé desta vez contorceu-se em risos que lhe provocavam cólicas, foi obrigado a descer da banqueta, agarrar-se a ela e ficar curvado, dando soluços e grunhidos para aliviar a pressão nas vísceras. Satisfeito com o resultado, meditava agora se não seria mais acertado pós-modernizar o próximo fulminante olhar quando viu duas figuras amarelas surgirem na porta do bar. Tô ralado.

— De quem é o Dodge lá fora?

— Meu — disse Sepé.

— Teje preso — disse o soldado.

— Tejo coisa nenhuma — disse Sepé.

Eram dois soldadinhos, fardados de amarelo. Levavam fuzis e pistolas, além de peixeira. Tinham a inocência de sua autoridade. Levantaram os fuzis mas o saco de lona que Sepé carregava pareceu explodir e uma cobra alaranjada saltou e se enroscou no pescoço do que estava mais à frente que gritou e agarrou o pescoço e sentiu que perdia a voz e tudo começava a escurecer e afundar e tornar-se morno e lento como o ar e a cobra alaranjada alcançou o segundo soldadinho no peito e ele se dobrou asfixiado e derrubou uma cadeira e apertou o gatilho e o soco da arma ajudou a derrubá-lo ao mesmo tempo que a explosão do tiro cegava Sepé, bicho pegajoso e quente mordeu-lhe a testa e cobriu seus olhos de vermelho e ele sentiu a arma escapar de suas mãos, a banqueta onde estava oscilar como barco e desabou num poço fundo e frio e escuro mas sua mão esquerda agarrou-se à borda escorregadia, estava pendurado no abismo, a água esperava cheia de sons cavos, passou os dedos nos olhos, arredou o bicho quente e pegajoso, viu sua mão aferrada ao banquinho de madeira, viu o duplo olhar assombrado do chofer e viu nitidamente seus dedos escaparem da banqueta e uma voz aguda exclamar minha nossa senhora e desabou nas trevas do poço.

— Minha Nossa Senhora!

Bateu com a cabeça na água. Não, não é água. É o assoalho de madeira do bar. Abre um olho. Afasta os sons cavos e o cheiro a algas. As hélices do ventilador continuam, estúpidas, sem objetivo específico nem convicção a empurrar o ar indiferente. Cresce sobre ele uma coisa. O soldadinho amarelo balança na sua frente, peito encharcado de sangue. A peixeira na mão descreve círculos. O saco, o saco, busca-o frenético, onde se meteu esse maldito saco? O soldadinho bamboleia na sua frente. Vê algo gasoso, vê a nitidez do sangue. O brilho de prata deve ser a peixeira.

— Vou te sangrar, cabra da peste.

A voz aguda exclama outra vez minha nossa senhora e o soldadinho desaba sobre Sepé. Cai pesado, mole, morto. Acha o puto do saco. Afasta o morto. Enfia a mão dentro do saco, encontra o gatilho.

O casal de louros, o japonês de óculos e o chofer do caminhão estão de braços estendidos para o teto, como clientes dum banco assaltado nos filmes de *cowboy*.

— Ué, quem mandou levantar os braços? Isto não é desapropriação nem nada. *Bueno*, já que assim estão, assim ficam.

Encosta-se ao balcão, firma melhor a mão dentro do saco. Levei um tiro na cara. Minha Nossa Senhora. Levei um tiro na cara. Posso até ficar cego.

— Minha Nossa Senhora!

Descobre finalmente o exclamador de minhas nossas senhoras:

— Cangaceiro, bandido! Lampião!

Apontava o dedo, histérico. Era uma mistura de hippie com pai-de-santo. Colares, miçangas, brincos, anéis. No tornozelo luzia a correntinha de contas coloridas.

Sepé apontou-lhe o saco de marinheiro.

— Cala a matraca, bicha!

O gordo emitiu agudo grito de prima-dona, juntou as mãos à altura do coração e desabou no piso como uma baleia no convés dum barco. Sepé apoiou-se mais firme no balcão. Apanhou seu copo, deu um bom trago. O japonês moveu-se.

— Alto lá.

O japonês virou estátua. Sepé sentou na banqueta. Levei um tiro na cara. Na cara, pô. Tenho que me arrancar. Não posso me apagar agora.

— As chaves dos carros aí nessa mesa, vamos.

O marido ou lá-o-que-seja da loura deu um passo vacilante e depositou as chaves na mesa. Usava barba e óculos escuros. Recuou com certa dignidade. Sepé tornou a meter os dedos nos olhos, limpou-os do sangue. O japonês pôs as chaves sobre a mesa, fez rápida inclinação de cabeça e tornou a ser uma estátua. Sepé olhou para o chofer do caminhão. Prontamente, com ar solidário, seriíssimo, apanhou sua chave, suspendeu-a no ar entre o índice e o polegar e depositou-a na mesa com gesto elegante. Segurava um risinho nervoso. *Bueno*, agora ver se posso caminhar. A loura tem a cara aterrada, devo parecer o lobisomem. Deu dois passos, pisou numa coisa que estalou, seus óculos. Puta merda. Passou sobre o corpo do primeiro soldadinho, apanhou as chaves na mesa e guardou-as no bolso da calça. Na porta voltou-se. Os estúpidos ventiladores rodavam, indiferentes à grave situação que se formara. Desde que entrara no restaurante antipatizara com eles.

O gordo começou a levantar-se, gemendo. Sentou-se numa cadeira, mãos na testa, encolhido. Ergueu para Sepé implorante olhar de desespero. Sepé ameaçou-o com o saco de marinheiro. O gordo jogou-se a seus pés.

— Não me mate, não me mate, não me mate!

Agarrou-se às pernas de Sepé.

— Desculpe eu ter chamado o senhor de Lampião.

Sepé tentou afastar-se, vacilou, rodou, perdeu o equilíbrio e estava outra vez agarrado à borda escorregadia do poço, sentindo o bafo frio que subia do fundo e os sons cavos e o cheiro a algas. A cara do gordo abria a imensa boca vermelha que avançava para devorá-lo. Os ventiladores rodavam cada vez mais vagarosos, cava vez mais sem objetivo e convicção e o ar também rodava, maciço, pesado, e sua mão começou a escorregar na borda do poço, o poço se abria úmido como a boca do gordo, baboso como a boca do gordo. Apertou o gatilho.

Uma hélice do ventilador partiu-se, saltou contra as garrafas. Todos se jogaram no chão. O gordo largou suas pernas gritando, mãos na boca, guinchou mais um minha nossa senhora e desmaiou ou fingiu.

Sepé abriu a porta. O ar parado da caatinga. Duas bicicletas. Os soldadinhos vieram prendê-lo de bicicletas.

— Tu aí.

O marido ou lá-o-que-seja se levantou pálido.

— Eu?

— É. Passa os óculos.

— Como?

— Os óculos, malandro. Os óculos escuros. Vou precisar mais do que tu.

Estendeu a mão. O louro entregou-os de longe.

— Todo mundo pra varanda. De frente pra parede.

E para o chofer:

— Negão, puxa aqui pra fora essa libélula desvairada.

O chofer abaixou-se e juntou os dois grossos calcanhares do gordo numa só mão. Começou a puxá-lo. O gordo esperneou, indignado. Ergueu-se, pôs a camisa para dentro das calças, alisou os cabelos. Lançou um olhar ofendido para o chofer.

— Queria se aproveitar, né?

— Eu?

— Não faça cerimônia — disse Sepé.

O chofer voltou-se para Sepé, com as duas mãos no peito.

— Eu?

— Todo mundo de frente pra parede e bico calado.

Desceu os dois degraus da varanda. Vou me mandar antes que apareçam mais bicicletas. Caralho. Nego Véio deve estar em algum lugar de Santiago, se preparando pra atravessar a Cordilheira. Não posso perder tempo. Qual carro levo? O grupo contra a parede o cuidava com o rabo do olho. O gordo rezava baixinho. Apenas a loura não afastava o olhar da parede. Sepé piscou o olho para o chofer e apontou para o Galaxie.

— Vou levar este, tchê. Senta com a cor dos meus olhos.

Capítulo Quatro

1

Amarrado ao colchão pelo sono escuro e pegajoso, sentindo martelar na memória alguma coisa sombria ocorrida às três horas da madrugada, cheirando a urina impregnada no colchão, tapando a boca com ambas as mãos para não gritar seu merda (ou já gritou?) rolando no colchão o corpo doído, sabe, mesmo na atmosfera amarelada de pátina do seu sono, que esse é apenas outro passo da retirada iniciada naquela manhã de Santana do Livramento, quando a chuva cessara e as pombas começaram a descer sobre a praça molhada. Então (sonha?) pequena mão amarela o agarra avidamente pelo braço, o sacode no ar, eleva-o acima dos edifícios da Rua da Praia, desce vertiginosamente, espiralante, em pânico, sabendo — devastador sentimento de frustração — que o grito já escapou.

Abre os olhos. Ante si esvoaça um rosto de bugre, nebulosamente conhecido.

— E essa marca na cara, tchê?

Dizia tchê como manda o figurino.

Senta no colchão protegendo os olhos do fulgor das lâmpadas na parede da varanda. Põe o cigarro na boca, faz o gesto de quem pede fogo. O bugre acende-lhe o cigarro e depois o que tem entre os lábios. Dão silenciosas e longas tragadas. Marcelo procura afastar os algodões do sono (havia um par de olhos profundos que guardara em algum lugar) e procura diminuir a secura dos lábios, a amargura do paladar, o tato da pequena mão amarela no seu braço enquanto medita no rosto curvado sobre ele.

— Qual é?

— Não precisa me olhar assim. Pensei que gostaria de comer, já é hora da sopa. Tu dorme desde o meio-dia.

O rosto sobre ele exala certa intimidade que não o agrada.

— Só isso?

— Também porque tu estavas gritando muito alto, tchê. — O largo sorriso, o jeitão iminente de quem vai dar-lhe uma palmada no ombro. — As crianças precisam dormir e tu não colabora muito com esses gritos.

Procura algum lugar onde depositar as cinzas. O bugre aproxima com ar solícito — demasiado solícito — uma caixa de fósforos vazia.

Começa a receber, aliviado do sono, as cores e os sons que o rodeiam. A varanda mudou de aspecto — ou talvez seja a tonalidade da luz que tenha mudado, a nuance das sombras nas paredes, o murmúrio pairando acima de suas cabeças como invasão de gafanhotos ou estádio lotado.

— Quem é você?

— Sepé.

Claro, devia ter adivinhado. Está aí, muito próximo, o nariz largo, os lábios grossos onde sobrevive o sorriso entre tolo e sarcástico, os cabelos arrepiados manchando o rosto de sombras, o amarelo dos olhos de onça ameaçando com candura.

— Então, é você...

Sepé sacode a cabeça, afirmativo, de algum modo paternal, o sorriso alterado por tênue crispação; pode ser pena, desculpa, falta de caráter.

— Estive com Hermes e Mara antes de serem presos.

Levanta o olhar.

— Quando?

— Coisa de três dias.

O corpo amortecido pelo sono é lentamente penetrado pelo

ferro da idéia de que Hermes e Mara caíram. Por enquanto é apenas uma idéia que começa a machucar.

— Como foi?

— Não sei bem. Quem me contou foi Gabriel, o chileno que morava com ele. O apê tresandava a documentos barra sujíssima. Não sei se conseguiram queimar antes dos homens chegarem. Mas agora não tem mais importância.

— E armas?

— Nada. Se tivessem era o fim. O Gabriel viu levarem Hermes. Não podia caminhar. Foi puxado pelas pernas, a cabeça arrastando no chão. Ficou um regueiro de sangue pelo caminho. Mas a Mara foi andando.

Está ainda embrutecido pelo sono. As luzes são demasiado intensas, descobre o cheiro de suor que exala do outro, recorda vagamente um interrogatório numa sala de delegacia, resolve ficar alerta e desconfiado, correm histórias estranhas sobre esse índio.

— Quando mesmo tu estivesse com eles?

— Coisa de três dias.

— Como estavam?

— Como todo mundo. Nervosos. Era natural. Fui lá ver como ia a coisa e marcar um ponto. Era quase hora do toque de recolher.

— Falta só meia hora — diz Hermes.

— Você fica ou vai? — diz Mara.

— Estavam nervosos — diz Sepé. — Eu também estava, todo mundo estava, quem não estava?

— Claro.

Sepé olha o homem na sua frente, examina o rosto contraído de sono ou outra coisa, a marca das unhas, frescas, atravessadas na face, sente-se impelido a apagar do sorriso a mancha de sarcasmo.

— Perguntaram por ti, se eu sabia alguma coisa. Eu não sabia nada, tinha ouvido rumores sobre armas que vinham da Argentina, um esquema com os *Montoneros* ou qualquer coisa pelo estilo, ficaram interessados. Mas eu não sabia nada concreto, só de ouvir dizer. Como foi isso?

— Não deu em nada. E eles, tinham algum esquema?

— A coisa não estava bem clara. Marcamos um ponto, eles levariam lá as informações.

— Você fica ou vai? — diz Mara.

— Vou — diz Sepé. — Amanhã?

— Amanhã. Irarrázabal com Ponce de León.

— Onze em ponto.

— Onze em ponto fui lá e não era o Hermes, era o Gabriel, encagaçado, não quis nem ficar no lugar.

— Os homens estiveram no apartamento deles de madrugada — diz Gabriel. — Dormi no andar de cima e vi pela janela quando eles eram levados.

— Polícia ou Exército? — diz Sepé.

— Exército — diz Gabriel. — Acho que eles não contavam com uma batida tão rápida. Eu disse pra não ficarem lá nem confiarem nos vizinhos. Estiveram até numa festa na casa duns *momios*.

— Numa festa?

— Pois é.

— Vocês vão mesmo ficar aqui? — diz Sepé.

— E pra onde vamos ir, pelo amor de Deus? — diz Mara.

— Pra casa da minha chilena, pô.

— Lá já tem gente demais, vai acabar dando na vista. Aqui é seguro. Os vizinhos são *momios* mas nos respeitam.

— Respeitam.

— Vai por mim.

— Faltam vinte e cinco minutos pro toque — diz Hermes.

— Bom, me mando. Vai ser barra pegar ônibus.

— Se houver ônibus.

— Como estava ela? — diz Marcelo.

Sepé baixa a cabeça e considera a pergunta. (A noite, dentro da embaixada, nos corpos.) Uma pergunta e várias maneiras de respondê-la. A resposta que Marcelo quer ouvir, a ânsia em seus olhos revela. Sepé fecha o punho, examina-o como a uma pedra encontrada no passeio. Ergue os olhos e encontra o relógio. Parado.

— Estava normal, eu acho. Um pouco nervosa.

Estava mais do que nervosa, sabes, e não vale a pena dizer. Havia algo que só descobriste ao sair, quando a porta do elevador se fechou.

Antes, no apartamento, percebeste que ela conservava a energia que sempre tivera, mas dum modo diferente. Ainda era brusca, dona da verdade. Ainda sabia agredir com as arestas afiadas da sua inteligência, sua súbita gargalhada capaz de arrasar qualquer argumento. Mara ainda cintilava. Mas, ao fechar-se silenciosamente a porta do elevador — atravessado por um frio de lástima e surpresa — notaste que o verde dos olhos havia desaparecido. E compreendeste. A energia mostrada no apartamento era falsa. Um ato de coragem, apenas. Seu esforço falhava porque não alcançava os olhos. E os olhos revelavam-te a verdade. Sim, estavam ainda magnificamente belos, mas a esperança que lhes dava resplendor já havia apagado para sempre.

— *Hasta la vista*, comadre.

Acenaste um adeus gelado. A porta se fechou. O homem que estava lá dentro percebeu tua angústia.

— Foi a última vez que a vi.

2

Lá vai o sargento, lá vai o pé do sargento avançando um passo, avançando outro, lá vai o ombro do sargento, curvado, roçando o muro, e vão as mãos do sargento, aflitas, agarradas à Fal. Os olhos do sargento não se desprendem das janelas e dos edifícios, voltam-se para trás cautelosamente, precisa conferir se esses *cabrones de mierda* o estão seguindo.

Dorival sentiu a mão de Ana em seu braço.

— Sai da janela.

Deu um passo para trás mas permaneceu atento à patrulha que avançava em lentos movimentos de mímicos amadores.

— Se eles te vêem, atiram.

Dorival resmungou não me vêem ou algo parecido. Marcelo entrou na sala.

— Como está a paisagem?

— Uma patrulha lá embaixo. Quero ver para onde vão.

Marcelo aproximou-se da janela, cuidadoso, evitando aparecer. Do oitavo andar os soldados pareciam irreais, meninos inofensivos, atores empenhados numa representação absurda.

— Dá a impressão de que vão para um lugar definido.

— Talvez estejam só tomando posição na rua para a cobertura da área.

O Alemão se aproximou.

— Novidades?

— Lá embaixo.

— Sem se mostrar, malandro.

O Alemão desprezou a lenta cerimônia.

— *Pacos*... Pensei que era o exército.

O sargento encostava-se à parede, perscrutava os arredores, cuspiu no chão num assomo de raiva. Conferiu seus *cabrones de mierda*, retornou a pesada marcha.

— Eu sim, tenho novidades...

Olharam para o rosto sarcástico do cabeludo.

— O último comunicado dos homens: uma lista de estrangeiros que devem se apresentar imediatamente à delegacia mais próxima. Os três primeiros da lista são brasileiros.

Estalou a fuzilaria como uma tempestade. Abaixaram-se. O silêncio ficou retinindo no ar. Dorival ergueu a cabeça e espiou. Descobriu que o calor era um júbilo feroz e que a alergia na nuca queimava com o último tapa dum baseado porque o sargento, em precário equilíbrio, dobrava-se para a frente. Porque as mãos do sargento largaram o fuzil-metralhadora e buscaram algo fervente em seu estômago. E porque, vagaroso, com pesar, evidenciando que de modo algum tinha pressa, o sargento deu demorado olhar de adeus ao mundo e caiu de cara no chão.

Os soldados já estavam paralisados, buscando com pavor o ser maligno que se ocultava numa daquelas mil janelas todas iguais. E de repente — como se ouvissem uma ordem, como se obedecessem à voz rouca do sargento — precipitadamente, atropelando-se, bateram em retirada.

O espaguete fervia na panela sob o olhar do Alemão. Ana estendeu a toalha, colocou ordenadamente os talheres e os pratos. Marcelo, junto ao telefone, fumava fitando a parede cinza do edifício em frente; do rádio, baixinho, desprendia-se o som duma marcha militar.

Dorival esfregou as mãos com entusiasmo, esperou que o olhar de todos caísse sobre ele e abriu a porta do pequeno armário sobre o qual ficava a televisão. Apanhou uma garrafa de vinho tinto.

— Safra de 50, coisa fina. Presente da Mara.

Olhou para o silêncio de Ana, cada vez mais pedra.

— Eu sei que bombardearam o Palácio de Allende, possivelmente mataram o Allende, acabaram com o governo popular, vão nos fuzilar a todos, se puderem. Mas enquanto há tempo, quero beber um copo, não em homenagem ao Allende, porque, vivo ou morto, ele vai ser muito homenageado depois do dia de hoje. Quero beber ao meu vizinho.

— Que vizinho?

Olhou para Ana com paciência, tirou a rolha da garrafa, despejou vinho nos quatro copos sobre a mesa, levemente cerimonioso e distribuiu-os um a um.

— Que vizinho? — disse Dorival. — Esse do edifício ao lado. Esse que está enfrentando os *fachos*, sozinho, armado com um 32.

— 22.

Olhou para o Alemão.

— Não importa. Enquanto nos sentamos aqui ouvindo rádio, pensando merda e esperando um telefonema que nunca vai ser dado, um vizinho meu, que eu não conheço, mata milicos.

Ergueu o copo.

— E eu bebo a isso.

Bebeu três longos goles, estalou a língua.

— Agora, ao espaguete.

O espaguete caiu mal para Ana. Estava delicioso, é verdade, mas o molho tinha pimenta demais (culpa do cabeludo: quem mandou se meter na cozinha?), além do tinto, que sempre a deixava com dor de cabeça. (O mais certo é que não fosse nada disso. Sabia: os nervos e essa coisa que se aproxima, cheia de gritos e porões.)

Desde o meio-dia, quando começou o bombardeio no Palácio, apanhou a blusa de lã que tricotava, sentou-se na cadeira de balanço a um canto do quarto e, olhar na janela, vendo algo fora da visão das outras pessoas, esperou a pedra subir pelo seu corpo.

Viu os Hawks no céu mergulharem numa direção que era a do Palácio do governo e desaparecerem detrás dum maciço de edifícios. Ouvia o troar de uma, duas, três explosões, via-os reaparecerem, ferozes, brilhantes, focinhos para o alto, e sumirem no espaço. Pouco depois, dissolvendo-se, aparecia a mancha de fumo, negra, por trás dos edifícios. Continuava a tricotar, absorta, instalada na grande cadeira silenciosa.

Da sala vinham os acordes da marcha militar, vinham os passos de Dorival, algum comentário fanfarrão do Cabeludo, vinha a muda crispação de Marcelo. Pelas duas da tarde, depois que os aviões silenciaram, abriu a porta, perguntou com voz natural:

— Não querem almoçar?

Atormentava-a a incerteza de não saber jamais se sua voz soava natural. Desde aquele fim de semana na chácara de Diamantino não tinha mais certeza de nada. Aí principiara o desmoronamento, o penoso arrastar-se. No aeroporto do Galeão, sentada no piso de cimento do grande hangar mormacento e algemada aos cinqüenta desconhecidos, teve pequeno impulso de esperança ao ver a mão escura estender-lhe o copo de laranjada com pedaços de gelo.

Aí principiou, pouco a pouco, a reunir os pedaços de alegria que sobraram, as poucas energias que conseguiu acumular e que julgou tinham desaparecido para sempre ao entrar na sala fortemente iluminada e apesar disso fria e custar a compreender que aquilo nu pendurado na barra de madeira e formando lentamente uma poça de sangue no chão era José.

Gritou. Pôs as duas mãos no rosto — sentiu as unhas cravadas no rosto — e gritou.

Dorival abriu a porta rapidamente. Sua mão empurrava para trás o Alemão e Marcelo. Fechou a porta.

— O que foi?

Sentou na cama, compôs a mecha de cabelo.

— Nada. Esse vinho. Sonhei.

Dorival aproximou a cara de mulato.

— Estou bem — ela disse. — Estou bem.

— Dorme de lado, nega. Você sabe que não pode dormir de barriga pra cima. Sempre tem sonhos.

Passou-lhe no rosto as costas da mão.

— Tá com o rosto quente. Quer que eu fique aqui?

— Não, não. Volta com os outros. Alguém telefonou?

— Ninguém.

Tornou a alisar o rosto com a mão, afastou-se e fechou a porta. Ela acomodou melhor o cobertor de lã, por um momento seus pensamentos foram uma rede confusa que só apanha algas, os enormes peixes rodando em torno e então seu coração saltou outra vez porque a companhia soou atravessando a sala, atravessando-a, detendo-se na capa da *Manchete* que tremia em suas mãos.

Correu ao telefone e não era. Ficou confusa no meio da sala, não sabendo se o que obrigava seu coração a ranger como uma velha cadeira era esperança ou medo quando a campainha da porta soou outra vez.

Abriu. O terno era caro, o sorriso fácil, a dentadura perfeita.

— Boa noite, minha senhora. Professora Ana Freitas?

Era.

— Venho da parte do seu marido.

— Zé! Meu Deus, onde ele está?

— Se a senhora quiser me acompanhar...

— Acompanhar? Onde? Aconteceu alguma coisa.

— Não aconteceu nada, fique calma.

— Mas onde está Zé?

— Não está longe daqui.

— Mas por que ele não vem? Aconteceu alguma coisa?

— Nada, minha senhora. Nada sério.

— Como nada sério? Então aconteceu algo. Quem é o senhor?

— Sou amigo do seu marido. Temos um negócio juntos.

— Negócios? O Zé nunca me falou nada.

— Seria uma conversa muito longa explicar tudo, a senhora deve confiar em mim. A senhora não quer encontrá-lo?

— Claro. Mas o que aconteceu, afinal? Ele quer me deixar louca? Ou houve um acidente? Ele nunca sumiu durante tanto tempo. Eu ando tão aflita. Já telefonei para todos os hospitais e todas as delegacias. Até pro necrotério. Ele está bem?

— Perfeitamente bem.

— Mas então por que não vem para casa? Eu não entendo. Quem é o senhor?

— Já lhe disse. Um amigo. Considere-me um amigo, confie em mim. Dentro de meia hora a senhora se encontrará com ele.

— Mas por que ele não veio aqui, por que mandou o senhor?

— Digamos que há um pequeno empecilho.

— Ele arranjou outra mulher, diga a verdade!

— Não, não, não. Não se preocupe. Nada disso. Apanhe um abrigo que faz frio.

— Mas não posso deixar a casa sozinha.

— Por que não?

— Pelo menino. Já são dez da noite, ele está deitado.

— Menino?

— Nosso filho. O senhor não sabia?

— Que idade tem?

— Quatro anos.

— A senhora pode trazê-lo conosco.

— Mas ele já está deitado.

— A senhora não quer encontrar seu marido?

Olhou para o homem, para a cara queimada com luz artificial, o cabelo cortado com esmero, as têmporas grisalhas, o terno caro, os olhos cinzentos.

— Quero, sim senhor.

O homem sorriu, os dentes surgiram, perfeitos.

— Então não vamos fazê-lo esperar.

— O senhor entre e sente um momento, se faz favor.

Não esperou para ver se ele sentava ou o que fazia. Entrou no quarto de Pedrinho. O menino estava na cama em meio a um tumulto de revistas.

— Quem é que está aí?

— Um amigo de papai. Vamos nos vestir e ir com ele aonde papai está nos esperando.

— Oba, onde é?

— Não sei... É uma surpresa. Tens que vestir a japona que está frio. E as botinhas.

Dirigiu-se a seu quarto. Ao passar pela sala quase assustou-se ao deparar com o estranho, elegante e sólido, acomodado familiarmente no sofá de couro, as pernas cruzadas, a mão empunhando um cigarro, o olhar de simpatia e encorajamento.

Calçou os sapatos (estava de pantufas), pôs uma blusa de lã, vestiu a capa. Apanhou a carteira, contou o dinheiro, nunca se sabe, examinou-se ao espelho. Meu Deus! Esses cabelos. E as olheiras. Culpa dele, que não durmo. Onde se viu desaparecer três dias sem dar notícias? Apanhou uma escova e desajeitadamente ia empurrando as mechas para trás, talvez polvilhe um pouco o rosto, será que dá tempo?

— Tô pronto, mãe.

Automaticamente espiou embaixo da japona para verificar se a camisa estava bem abotoada, pôs as meias direitinho? muito bem, vem aqui, vamos escovar o cabelo, não precisa molhar, estamos com pressa.

Parou na frente do homem que se ergueu. Pedrinho ficou atrás dela, olhando o estranho. Ana pareceu um pouco embaraçada.

— O senhor dá licença que eu vou telefonar.

— Telefonar?

— Para minha mãe. Vou contar que vou encontrar-me com Zé. Ela também está preocupada.

O homem sorriu.

— É natural. Mas não acha que isso vai complicar um pouco? Sua mãe vai fazer perguntas, quando, onde etc. Vai ser um pouco chato.

Ela vacilou.

— E a senhora não está em condições de respondê-las. O mais fácil é encontrar-se com ele, falar, depois dá os telefonemas que quiser.

Ela tocou no telefone. O Zé tem cada amigo. Esta ele me paga bem pago.

— Faça como a senhora achar melhor. — Olhou o relógio de pulso. — Mas a verdade é que o tempo se vai.

— Acho que o senhor tem razão.

Tomou a mão de Pedrinho.

— Olá, garotão — disse o homem.

— Olá — disse Pedrinho.

— Você vai ser uma grande ajuda pra nós — disse o homem.

Pedrinho sorriu, encabulado e satisfeito.

Saíram. Ana apanhou a chave na bolsa. Sobressalto: alguém no fim do corredor, desce as escadas precipitadamente.

— Não necessitamos de elevador, não é? — e o homem escabelou Pedrinho brincalhonamente. — São só dois andares.

— O Zé nunca me falou no senhor.

— Meu nome é Vale.

Desceram as escadas em silêncio. Ela abriu a porta do edifício. Ninguém na rua. Frio. Carros estacionados. As copas das árvores balançando docemente. Os morros que asfixiavam Diamantina confundiam-se com o escuro da noite sem estrelas. Um carro acendeu os faróis e avançou até eles.

— É este — disse o homem.

Abriu a porta de trás. Primeiro entrou Pedrinho, depois Ana. Dois vultos no banco da frente, fumando. O homem entrou também atrás.

— A professora Ana Freitas — disse.

— Boa noite.

Disseram ao mesmo tempo. Ela não tem certeza: julga ver no cumprimento um tom de deboche. (O vulto da direita teria mesmo piscado o olho para o que está na direção?) Aperta a mão de Pedrinho, instintivamente.

— Para onde, doutor?

— Para a chácara.

3

Pelo espelho do carro Hermes viu-o imóvel na mesa, as xícaras vazias e os cinzeiros fumegando de tocos na sua frente: Marcelo de olhos culpados no fundo do Café Internacional. Irá para o Chile. Estará a salvo. E cheio de boas intenções. Foda-se.

Já são dez para as oito. O dia é cinza, pesado e triste. É uma carga a mais que o Volkswagen vai suportar. Tanta estrada pela frente. Santana do Livramento ficou para trás. Abre o vidro e respira o ar úmido. O café fez-lhe bem. Os cigarros ajudaram. Marcelo com sua cara de vítima olhando os cinzeiros cheios de pontas de cigarros é algo que deve ser esquecido rapidamente, esquecer como quem toma um remédio, esquecer, porque, agora, como diria Sepé, vai começar o fandango.

Aperta o acelerador. O carro avança sobre o asfalto. A paisagem é um deserto encharcado. Cercas acompanhando as curvas das coxilhas, como nas gravuras dos livros de João Simões Lopes Neto. Não sabe do campo. Nada quer saber do campo. Marcelo vinha, às vezes, com papos furados sobre isso, nostalgia difícil de precisar onde se alimentava. Falava de galpão, mate amargo, invernadas, como se tivesse participado nessas transas. Não lhe importava. O assobio do minuano não lhe diz nada, apenas lhe enche o saco. Mete-se em seus ouvidos como agulhas fininhas. Não entende de caçar perdiz nem capincho. Sua caça é outra. Está em Porto Alegre, em algum apartamento simulado num edifício burguês, guardado por dez gorilas armados de metralhadoras, falando ao telefone, assinando algum papel, injetando-se alguma droga, olhando pela janela, perscrutando alguma recôndita paixão, buscando decifrá-la, reconhecê-la, arrancar dela qualquer consolo desconhecido que o ilumine e sustente mais um dia. Estará, é provável, pensando em Beatriz e na maneira como ela se retorcia no chão de cimento.

— Não tenho dinheiro.

— Pedimos carona.

— Não sei pedir carona.

— Não seja imbecil.

— Não sei, não sei.

— É uma moleza.

— Não sei, porra!

— É só levantar o dedo. Tua honra de presidente do diretório continuará imaculada.

— Vai à puta que te pariu.

— Está assim de executivo viajando sozinho. Esses caras mandam a família pra praia e ficam trabalhando na cidade. Até gostam de dar carona pra ter com quem conversar.

— Sei não.

— O bom é ir hoje mesmo. Sexta é sempre o melhor dia. Tá todo mundo de bom humor. A gente se planta num posto de gasolina. Não falha.

Tinham faltado à aula de Descritiva para o encontro com Micuim. O verão se colava à parede de vidro do bar da Arquitetura. Hermes remoía o convite de Marcelo para passar o fim de semana na casa de praia em Arroio do Mar.

— Teus pais não vão...

— Vão o quê, pô? Não seja chato.

— Vão... sei lá. Encher o saco. Um cara desconhecido aparecer assim de repente na casa deles.

— Já falei que os velhos são gente boa. O velho é liberal. É kantista. Vai gostar de ter alguém pra mostrar os livros em alemão que ele tem. E a casa tem lugar de sobra.

Hermes concentrou-se no copo de guaraná.

— E tuas vizinhas?

— Deusas. Deusas. Ouve o que te digo: macias, cor-de-rosa como nessas fotografias da *Playboy*. Eu me ocupo da menorzinha, tu da mais velha.

— Quem garante que ela vai me dar bola?

— Eu. Eu garanto, pô. Mas tu é retardado mental ou o quê? Essas gringas do interior o que querem é um cara universitário. É só tu dizer que é da Arquitetura e ela tá no papo. Conheço essa onda.

— Não tô a fim de me meter com uma menor.

— Não é menor, é alemã. Mete isso na cabeça. Vem de São Leopoldo. O pai é dono duma fábrica de sapatos. Com alemão não existe esse negócio de que é menor. Elas já praticam desde que pesam trinta quilos.

— Quem é o retardado mental?

— Andam pelados pela casa. Completamente. Todos. Pai, mãe, filhos, avó. É de enlouquecer. Tu vai ver. Além do mais, juro que a maiorzinha usa óculos de grau. De grau, cara.

— Aí vem ele.

Micuim afastou uma cadeira e sentou-se.

— Que estão bebendo?

— Guaraná.

— Quem paga?

— Tô duro — diz Hermes.

— Bebe do meu. — Marcelo estendeu-lhe o copo.

— Estamos pensando em ir à praia este fim de semana.

— Eu não posso — diz Micuim.

— Então?

Micuim olha para os lados, o bar está vazio. Bate na pasta.

— Aqui.

— Vamos ao banheiro.

Hermes levanta-se com sua pasta de estudante. Foi um dos últimos a deixar de utilizar-se daquelas pastas horrorosas. Micuim tira um papel do bolso e estende a Marcelo com algo de sigiloso no gesto.

— Lê e depois me fala.

Os dois se afastam. Marcelo desdobra vagarosamente a folha de papel. Olha as linhas escritas a máquina sem tédio nem preguiça, com uma espécie de eufórica indiferença. Não pode ler, simplesmente. Assalta-o o verão. Seu pensamento chia como o asfalto sob o sol lá fora. Dobra o papel. O fim de semana seria de escaldar. O verão mais quente dos últimos vinte anos, anunciara o Professor solenemente. A praia estará gloriosa. Vê a onda azul, a suave chicotada no rosto, a noite na areia palpitando ao redor da fogueira. Alguém tocará um violão. (Claro, alguém tocará um violão. Sempre tem um que toca violão.) O Hermes precisa curtir um pouco disso, descontrair-se. O diretório duma faculdade não é o centro de decisão política do mundo. Falava com certo desprezo desses "prazeres burgueses". Pelo menos uma vez empregou essa expressão. Causou tanto assombro que começou a vigiar-se. O problema era sua timidez. Não deixava de ser incômodo chegar numa casa desconhecida, enfrentar os pais desconfiados dum amigo. Mas quando conhecesse o Professor perderia o constrangimento. O velho era liberal, boa-praça. Poderiam, à noite, enxugar copos de uísque e resolver os problemas do universo. E tinha Bia. A guria sempre estava numa boa, fazendo planos, organizando brincadeiras. E eram jovens, porra! Precisavam divertir-se. O mundo não vai acabar se o diretório ficar um fim de semana esquecido.

Voltam, Micuim está com a cara particularmente feia. Deve estar doente, não dormiu toda a noite escrevendo o poema que lhe passou ou — o que é mais provável — não come há dias.

— Cumé?

Hermes bateu com a mão na pasta.

— Tudo certinho.

Micuim estendeu um olhar de mendigo para Marcelo.

— Leu?

Gesto de calma, homem, calma. Sufocou a tentação de torturá-lo com uma sugestão de desagrado.

— Vamos almoçar antes que a fila fique muito grande.

— Vou com vocês — disse Micuim. E segurando Hermes pelo braço. — Tô duro, meu irmão. Descola um vale aí.

Aperta o acelerador. O carro derrapa, levanta uma esteira de lama, o homem a cavalo volta-se para mirá-lo longamente, o rebenque pendurado em seu pulso. Oito horas. Marcelo não entenderia nunca. Hermes — ele — o frio, o metódico, o racional. O antissentimental. Tivera que confessar, escutando a voz de João Gilberto elucubrar fantasias a respeito dum pato, que era isso mesmo: pequeno-burguês, idealista, moralista, machista, e quanto *ista* mais houvesse para lhe aporrinhar o saco. Menos marxista, claro. Todos aqueles livros não tinham servido de muita coisa, afinal. Horas e horas metido no porão, a voz do tio varando as paredes, queixosa, mas onde se meteu esse rapaz? E a velha casa no Bom Fim exalando seus suspiros, suas contrações, queixumes vários, e ele, olhos acesos na penumbra (a luz entrava por uma janela rente ao solo, lutando com as teias de aranha e a imundície do vidro) sentindo indefinível prazer ao ver as letras de caracteres antigos, as palavras escritas com *ph*, a folha amarelada rangendo como pergaminho. Pensava nas mãos que já os haviam folheado, com vagar, com espanto, descobrindo lentamente a matéria do mundo.

É obrigado a travar. Aparece na sua frente um semáforo fantasmal. Está numa encruzilhada. Imensos caminhões de carga se amontoam, esperando o sinal mudar. Atrás da cerca de arame um grupo de meninos descalços aprecia o espetáculo. Deve haver um restaurante por perto. São oito horas. Aquele café caiu bem, mas agora sente fome outra vez. Saiu de Santana do Livramento lá pelas sete, uma hora de estrada, esta encruzilhada conduz à esquerda para Uruguaiana, à direita para Porto Alegre, em frente para Santa Maria. O melhor é não perder tempo e tomar logo a direita. Marcelo deve estar ainda no bar, lendo *Marcha*, olhando a fumaça do cigarro executar preguiçosas evoluções em direção ao teto, vigiando discretamente cada homem que assoma os degraus do café. Um deles se aproximará, afável, natural, puxará uma cadeira, sorrirá delicado, posso? Porá na sua frente o jornal aberto. Enquanto não chega, cada indivíduo que entrar representará uma pequena agonia; pensará em si, talvez, metido nesse Volkswagen coberto de barro, parado nessa encruzilhada, esperando o sinal abrir, vendo os imensos caminhões se adaptarem ao dia cinzento, vagamente recordando as navegações do porão através das páginas amareladas dos terríveis volumes roubados à biblioteca do tio. Cada vez que avançava pelas páginas rangentes de caracteres antigos, o universo além da penumbra tornava-se mais nítido, mais agudo, com cores perigosas. Os poemas já eram difíceis e o jantar com o tio celebrava outro ritual escondido atrás das rugas, dos olhos murchos, das longas mãos trêmulas do velho, onde te meteste toda a tarde, rapaz?

Há qualquer coisa, o semáforo não muda. Um chofer mete a cara barbuda pela janela, parece uma lágrima que vai pingar do olho do monstro parado, o chofer gesticula, alguém atrás começa a buzinar, os meninos na cerca se agitam, radiantes. O homem a cavalo avança lentamente pelo campo. Hermes olha ao redor. O pampa. No horizonte, um umbu. Coxilhas. Casas pequeninas como desenhos. Mais coxilhas. Gado pastando. Verde. Os quero-queros em vôos circulares. Beatriz diria:

— Se visse o pampa, o pobre Cézanne se matava.

Depois daria uma risada. (Sim, depois daria a sua risada.)

As buzinas aumentam. O sinal mudou. Avança. Vagamente percebe que os meninos acenam adeus.

Quem deu a primeira carona foi um executivo quarentão, queimado de sol, cúmplice, paternal, tagarela. Hermes considerava-o com inúteis olhares de desprezo. Marcelo esforçava-se por mostrar que estava atento e agradecido e, ao mesmo tempo, buscava maneira de conciliar esse gesto com a manutenção da dignidade ante os olhos de Hermes.

Tinham tomado o ônibus para Cachoeirinha, depois caminhado pela rua principal da cidade até a estrada que ligava à BR-116. O almoço no Restaurante Universitário fora animado. À sobremesa, Micuim pediu o poema que dera a Marcelo e, para consternação dos dois, atacado dum arrebatamento lírico, propôs-se a lê-lo. As inclinações estéticas do bardo eram lamentavelmente conservadoras. Ler, para ele, era empostar a voz, revirar os olhos, lançar os braços para a frente. Hermes gelou: com a barriga cheia, Micuim era capaz de tudo. O RU fervilhava. Era sexta-feira e o dia cumpria excelentemente suas funções de sexta-feira.

Micuim concedeu em ler o poema sentado. A folha tremeu

na sua mão direita. A outra ergueu-se, crispada. Fecharam-se os olhos, em transe; entreabriram-se os lábios, palpitantes. E uma laranja descascada explodiu exatamente no centro de sua testa.

Na estrada, Marcelo e Hermes recordavam a cena e rolavam sobre suas mochilas, às gargalhadas. Absolutamente impossível ser solidário naquele momento. Houve o inevitável corre-corre, quem foi o filha duma puta, que apareça se for homem e coisas semelhantes. O autor do atentado permaneceu oculto.

Os olhos do bardo lançavam faíscas, sua boca despejou um anátema:

— Covarde! — E acrescentou, superior: — Verme desprezível.

Dobrou dignamente a folha de papel, estendeu-a com gesto altivo para Marcelo, (depois me diz o que achaste, aqui não há ambiente) e afastou-se orgulhosamente, dirigindo olhares furibundos para os lados, filisteus, reaças.

O céu sobre eles era perfeito. Fizeram sinal com o dedo e o primeiro carro que passava parou.

Quando chegaram a Arroio do Mar — três caronas depois — as luzes das casas acendiam. Havia silêncio de província, cheiro de comida nos fogões, vozes de crianças nos jardins. Uma mulher com lenço na cabeça regava o gramado. Avançaram pelas ruas de paralelepípedos e deixaram de ver o mar. Chegava-lhes, porém, o sopro aromático de sua respiração.

— É verdade que a mais velha usa óculos?

— De grau, cara.

Caminharam mais algumas quadras, passaram pelo clube, organizava-se uma festa. Jovens decoravam o salão com serpentinas e bandeirinhas. Hermes e Marcelo trocaram olhares. Chegavam em boa hora.

— É lá nossa casa.

Estava iluminada e cálida. Marcelo abriu o portão. Hermes viu o vulto dum homem atravessar a sala, cachimbo na boca. Televisão ligada. Odores de comida. Breve movimento na janela. Aproximaram-se.

— Ui, que susto!

Um par de coxas bronzeadas, o corpo que se dobra, delgado, o busto que aparece, dois olhos negros, o cabelo na testa.

— Estou arrumando as cortinas. Só te esperávamos amanhã, Marcelo.

E percebendo o estranho, recuando, mostrando surpresa e pondo uma chispa de coqueteria na voz:

— Então, Franjinha, ponho mais água no feijão?

Aperta o acelerador. As cercas voam. Tem os documentos em ordem. Se apressar, se tudo correr bem, chegará a Porto Alegre às duas da tarde. Buscará um hotel tranqüilo. Dormirá. Dormirá. Podará um a um os espinhos da fadiga e do sono e da fome e do remorso e das lembranças. Fará os onze minutos da ginástica canadense. Tomará uma ducha fria. Limpará o Colt. Sairá atrás do Porco.

4

Faltam três dedos na mão do homem. Segura o cigarro com o polegar e o indicador. O resto é um vazio incômodo. Observa Josias por trás dos óculos escuros com delicadeza forçada. O bigode parece defendê-lo do ridículo. A outra mão — cinco dedos bem contados — esvazia a garrafa de Brahma no copo de Josias.

O homem desce os óculos para o nariz, mostra dois olhos mansos, desconhecidos de Josias.

— Sou Escuro — diz.

Tinha se aproximado na rua depois que Josias contemplara longamente o portão da fábrica engolir Luís e seus companheiros de macacão azul, depois que a fábrica começara a soltar ruídos e chiados sem nexo, depois que murmurara merda merda merda e buscara sem encontrar o cigarro atrás da orelha. Tinha se aproximado sem dissímulo e é provável que com o sorriso profissional. De qualquer modo, tinha se aproximado no meio da rua, no momento em que deu as costas à fábrica e começara a pensar que faço agora?

— Posso convidá-lo para um café?

No bar — o engraxate mastigava avidamente, o rádio explicava a diarréia que acometia a ponta esquerda do Grêmio (era véspera de Grenal) — esperou que Josias sentasse, sempre amável e com isso que parecia tão bem sorriso, sempre com os movimentos pesados, espécie de recuo ou articulação emperrada.

— Talvez uma cervejinha, acha que é muito cedo?

Josias encolheu os ombros. O homem de bigode e óculos escuros fez sinal para o garçom, uma Brahma, amizade, apanhou o maço de Hollywood e estendeu-o para Josias. Josias ia apanhar um mas disfarçou o gesto: faltavam três dedos na mão do homem.

— Os companheiros me mandaram para que retomasse contato com você. Não sabíamos o dia certo que iam soltá-lo. Nem o advogado sabia. Venho rondando o presídio já faz mais de uma semana.

Escuro espera, pensa que ele quer dizer algo. Josias não diz nada.

— A barra está feia — diz Escuro.

Escuro espera, cauteloso. Não sabe que fazer.

— Nos desmantelaram completamente — diz com certa brusquidão. — Bom, completamente é uma maneira de dizer. Mas rebentaram todos os aparelhos aqui no Sul. A coisa esteve na base de cada-um-por-si. Uma correria.

Bebe um gole da cerveja, parece chateado e sem paciência, contempla a mão sem dedos, lembra-se dela, esconde-a no bolso com um princípio de horror.

— Mas alguns estão tentando manter os contatos, salvar o que for possível do desastre, compreende? Articular o mínimo indispensável para um funcionamento orgânico. Há algumas notícias animadoras no Norte, ainda não posso dizer onde, não me leve a mal. Mas a coisa começa a se rearticular. Os companheiros mandaram circular um documento onde propõem que se inicie a nível nacional uma discussão sobre a nova linha.

— O que querem comigo?

O homem sorriu.

— Retomar contato, ouvir sua opinião.

— Estive três anos em cana.

— Temos bons motivos para ouvir o que você tem a nos dizer. E claro, dentro do possível, também queremos ajudar o companheiro.

— Quantos caíram no total?

— Isso a gente não sabe ao certo ainda. Houve seções inteiras que pararam de funcionar. Ainda não temos possibilidade de juntar todos os pedaços.

— Por que caiu tanta gente?

— Ainda não foi possível fazer uma discussão a respeito.

Josias bebeu vários goles de cerveja, apanhou um cigarro do maço de Hollywood sobre a mesa. Escuro acendeu-lhe o cigarro.

— Três anos atrás meu filho foi encarregado duma tarefa. Apanhar o João que estava voltando. — Os olhos de Josias firmam-se em Escuro. — Você lembra disso?

— Eu dei as instruções para ele.

— Quando ele saiu de Fortaleza a polícia já estava avisada.

— É possível.

— É possível? Eu diria que é certo.

— Pra isso é preciso dar o nome do boi.

— Eu tinha acabado de cair. Mas aqui fora, o que fizeram? Tinha um cara infiltrado e que fizeram?

— Um infiltrado é um risco que a gente corre.

— É mais que um risco, no caso. É um fato. Muita gente se ralou por isso.

Escuro largou o copo na mesa.

— Você não confia é em mim.

— Eu não confio em ninguém.

Ergueu-se, abotoou o casaco.

— Eu acho que você tem razão. Não me conhece e tal. Burrice mandarem alguém desconhecido. Mas não tínhamos muita escolha. E aqui no Sul não me conhecem... Já somos poucos, companheiro.

— Preciso ir.

— Preciso lhe dizer uma coisa.

Ergueu-se também, pagou a conta no balcão.

A primavera impõe-se na rua como um exército de adolescentes. Josias sente o vácuo por dentro. Sente vontade de escapar desse homem e dessa coisa que ele tem para lhe dizer.

— Nós temos uma suspeita de quem seja o infiltrado. Não temos certeza, é uma suspeita. Mas eu acho que o companheiro devia saber.

Respira fundo, atrás das lentes que faíscam estão dois olhos agora indecifráveis.

— Nós achamos que é Sepé.

5

Sepé limpa o suor do rosto. Os olhos ardem, a cabeça parece que vai explodir. Aperta o acelerador: a cidade mais próxima, Belém de São Francisco, está a mais de cem quilômetros. Pode alcançá-la em uma hora e atravessar o rio para a Bahia. Sabia que o restaurante não tinha telefone, mas não estava tranqüilo. Saíra sem sequer furar os pneus dos carros. Levar as chaves não significava muito. Eles bem podiam ter outra ou fazer em poucos minutos uma ligação direta. Em dez minutos estariam em Salgueira. Teria toda a polícia do Estado atrás de si. Apagar dois macacos. Santa mãe, que estupidez. Mas não tinha saída. Se pudessem imobilizá-lo sabia o que aconteceria. Amarravam-no no primeiro mandacaru que encontrassem e o sangravam como se fosse cabrito: um furo de peixeira na jugular e sangraria horas ao sol, os dois soldadinhos sentados numa sombra próxima, pacientes, sem maldade. Levou um tiro na cara. Agora que pode ver-se ao espelho sabe que não é nada. A bala tocou a carne e deve ter raspado o osso do crânio acima da orelha, mas não é nada. Amarrou a manga duma camisa na cabeça. Parece mesmo um índio. Desses dos filmes americanos. A manga da camisa em pouco tingiu-se completamente de vermelho. Vai chamar a atenção. Menos mal que até as barrancas de São Francisco não vai encontrar nenhuma povoação. Um tiro na cara, barbaridade. Se tivesse desviado o rosto milímetros para a direita levaria o tiro na boca. Sabe o caso dum cara que levou um tiro na boca e cuspiu a bala sem que tivesse acontecido coisa alguma. Se tivesse levado o tiro na boca e cuspido a bala os soldadinhos talvez... Enxuga o suor que cai nos olhos. Merda. Parar de pensar bobagem. Se tivesse levado um tiro de rifle na boca a bala atravessaria sua cabeça saindo pela nuca e quebraria algumas das garrafas na prateleira, que tanto sofreram com as borrifadas de cerveja do caminhoneiro seu fã. Barbaridade, seu. Aperta o acelerador. Essa estrada reta na sua frente pode duma hora pra outra esverdear de tanto milico. Fino pressentimento o faz vacilar à entrada de Belém de São Francisco. (Já sentia o cheiro do Rio.) Parou à sombra de cajueiros magros como vaqueiros. Abriu sobre os joelhos o mapa que começou a receber circulares gotas de sangue. Evitou a entrada da cidade e optou pela via secundária em direção a Santa Maria da Boa Viagem — um tirão de quase duas horas. Dali, mais duas horas até Petrolina, sempre na beira do São Francisco. Um posto de abastecimento. Olhou-se no espelhinho. O sangue já coagulava de sol e poeira. Desamarrou o pano escuro e sujo da cabeça. Deveria lavar a ferida, podia ir ao banheiro do posto dando uma explicação qualquer. Se houver polícia por perto vai ser aquele fandango. Entrou no posto, os dois homens o olharam.

— Sofreu um acidente?

— Não foi nada. Um cavalo atravessou a estrada, tive que frear, bati com a cabeça. Posso ir ao banheiro?

— Claro, claro, por aqui.

O banheiro era surpreendentemente limpo e fresco. Pôs a cabeça debaixo da torneira. A água fria lembrou-o que tinha fome, uma fome feroz a furar-lhe o estômago. Talvez conseguisse algo para comer nos arredores. Lavou bem o rosto. Não havia espelho no banheiro. Estava louco para examinar detidamente a ferida. Sentia a mordida da ardência logo acima da orelha (por pouco não fica sem ela) e buscou no saco de marinheiro o vidrinho de sulfa em pó que sempre carregava. Saiu renovado. Sentia-se limpo, alerta, otimista.

Chegou aos arredores de Petrolina perto das quatro da tarde. Teria que ter cuidado. Rodou por ruas pobres, empoeiradas. Deveria evitar o centro e livrar-se do carro. Parou numa rua deserta, observou para ver se não vinha gente e saiu do carro com a bolsa a tiracolo e o saco de marinheiro na mão. Afastou-se a passos rápidos. Sentia deixar o Galaxie. A pé sentia-se mais vulnerável. E além do mais, ele sentava com a cor dos seus olhos.

O sol batia duro quando se aproximou do rio. Pôde notar que o subúrbio era longínquo. A cidade avançara para oeste, plana e calma. Não viu a ponte. O pressentimento. Algo vai mal. Mal. Malíssimo. Poucas casas. Uma igrejinha. Nenhuma sombra. Cavalos magros e sedentos amarrados a um poste. Caminhões. Poeira. Mormaço. Cabras mordiscando o capim seco que medra entre as pedras. Ficou parado, escutando a modorra do bairro, o retinir longínquo de um martelo, gritos de crianças, o ruído das lavadeiras batendo a roupa. O otimismo o foi abandonando e de repente se viu afundado em escuro devaneio: chegaria tarde ao encontro com João, seria preso na entrada da ponte, o identificariam pela ferida no rosto, a notícia da morte dos dois soldadinhos já percorria todas as delegacias e quartéis e não havia mais uma só estrada sem barreira, rodoviárias sem cerco e ponte sem vigilância. Apertou as mãos, a fome moveu-se no seu corpo. Barbaridade. Esse tiro atrofiou-lhe o cérebro. Nunca antes se sentira deprimido na vida. Também nunca antes levara um tiro que poderia arrancar-lhe a cabeça e nunca antes matara um soldado, muito menos dois soldados. Era demais. E nem sequer vira como eram, se havia medo ou ódio nos seus olhos quando as balas os derrubaram. Eram dois soldadinhos escuros, queimados de sol, cabeça chata, subalimentados e analfabetos, acostumados à prepotência e à crueldade. Possivelmente dois grandes filhos da puta de que o mundo se livrara. Possivelmente dois estupradores de filhas de camponeses. Possivelmente — seguramente — dois assassinos inocentes de sua maldade. Mas estavam mortos. Caíram quietos, sem muito teatro, sem protesto, sem gemido, calados: nordestinos. Não olhara seus olhos nem sua boca. Dois soldadinhos amarelos. Esses não sangram mais ninguém.

Subia uma poeira vermelha das barrancas do rio. Canoeiros deslizavam rápidos, apoiando-se nas longas varas e impulsionando a embarcação. O rio São Francisco é belo como uma estrada na montanha. O rio São Francisco é uma estrada. Alguém cantava: "a vida dói meio de viés no peito da gente". Tô precisando é duma boa sesta, pôr os parafusos em ordem, esses tiros, essas mortes, deixar a poeira sentar.

Caminhou pela margem em direção ao centro. Atravessar o rio! Do outro lado a Bahia, a estrada para o Sul, a BR-116. O rio São Francisco corta o Sertão, a Caatinga, a Chapada, avança até os costados da Serra do Espinhaço nas Minas Gerais, avança mais e mais e mais.

Precisa avançar. Precisa dar um jeito de atravessar o rio e avançar rumo do Sul, até Santa Maria da Boca do Monte, onde daria um abraço de estalar as costelas no Véio Guiné e comeriam um suculento quarto de ovelha com muito vinho tinto e se contariam as histórias da viagem e as novidades e os companheiros e coisa e tal e explicaria que não tinha outro jeito, pô, a não ser apagar os dois pés de porco e Guiné olharia com os olhos meio divertidos e abanaria em silêncio a cabeça.

Quatro horas da tarde. Buscou o toco de cigarro atrás da orelha, mas claro que não estava. O tiro tinha arrancado. Tirou um do maço, acariciou-o, acendeu-o devagar. Lourdes deveria estar passando a roupa que lavara pela manhã, rádio de pilha ligado. Desceu um barranco, afundou os pés na terra mole da margem e então, levantando o olhar, viu a ponte. Constatou, sem susto, que seu pressentimento se confirmava. Dois jipes do Exército estavam estacionados à entrada dela. Soldados de metralhadora examinavam um por um os carros que passavam. O caminho estava cortado. Teria que imaginar algo rápido e eficaz para não chegar tarde ao encontro com Nego Véio.

6

João Guiné — Azulão, Nego Véio — saiu de Santiago noite escura. A reunião durara quase toda a tarde e latejava no seu cérebro. Encontrara Marcelo no Jim's, beberam um metro quadrado de Pilsener, estreitaram as mãos com um não identificado e incômodo sentimento que repeliram por sentimental ou derrotista (a última vez que nos vemos, toma cuidado etc.). Levaria pelo menos três horas de viagem até o restaurante na primeira encosta da Cordilheira. Aí faria um descanso, comeria algo e beberia café quente, forte. E um cálice de conhaque. Lá em cima vai estar abaixo de zero. Vai estar gelado. *A última vez que nos vemos*. Demasiado cafona. Mas isso estava nos olhos de Marcelo. Ou não? Algo havia nos olhos de Marcelo, algo culpado e sombrio que o persegue e se transforma em tristeza porque lembra de Beatriz, de Bia: dá pra mim esse cravo, negão? O restaurante — sua primeira etapa — está longe. Até lá é apertar no acelerador e esquecer que abandona esta cidade. Aperta o acelerador. O carro voa. A tristeza se dissipa lentamente. Voa. Na noite chilena, alta e constelada, voa. Recorda aquela tarde em Porto Alegre — quanto tempo atrás? Um ano? Dois? Três? — em que voou de verdade, quando os dois carros da polícia, escuros e brilhantes (os dois fetos escuros e brilhantes) fecharam a rua e ele avançou em sua direção, mastigando o feijão da alegria, sentindo pânico e lucidez, quando viu-os abrirem passagem no último segundo e sentiu os tiros estilhaçarem os vidros do carro e cegarem completamente sua visão. Então, voou. O carro elevou-se sobre a rua. Subiu, um dois três cinco quantos metros? E vinte minutos antes estava tão cômodo no aparelho, olhando aborrecido o teto e pensando que tudo que queria nesse momento era um oliú com filtro. Tocou no braço de Hermes, uma fumaça dormindo aí, amizade, mas ele não tinha, Marcelo fez um gesto negativo. Porra, ninguém mais tem cigarro, os três outros caras das outras organizações parece que também não tinham e mesmo assim a sala estava inundada de fumo e do cheiro do fumo. A porra dessa reunião já durava dois dias e necas de acordo para um troço tão simples. Já tinha dito duas vezes e tinham levado a coisa meio na brincadeira (o mal é que sempre o levavam meio na brincadeira) que é isso, negão, calminha. Só porque falara que bastava entrar no maldito banco, botar todo mundo no banheiro e agarrar a grana, pombas. Riam disfarçado, com cansaço, como quem escuta um menino, e depois se tornavam outra vez sérios, revolucionários, precisamos de duas viaturas, companheiros, e o cara da outra organização, o de óculos, sorria superiormente, sacudia a cabeça, três, dizia, sem três viaturas é impossível. A coisa encrespava mesmo quando passavam das viaturas para as armas. Sem três AK-47 não dá nem pra saída, precisamos bloquear duas esquinas, manter fechada a porta do banco, enquanto a expropriação se desenrola com três homens participando diretamente, mais dois nas viaturas que esperam na rua lateral, sem isso é um risco muito grande, esse banco é supervigiado, companheiros. Dois dias nisso. O cara de óculos sorria superior, citava Lenin e dizia só teremos esse material na próxima semana, até lá faremos o levantamento do local sem precipitação, o mal todo é que continuamos a agir como amadores e então João Guiné dizia, compadre, já fizemos o tal levantamento duas vezes, tem um cigarrinho aí, por acaso? Não, não fuma, parabéns! pô, ninguém tem um cigarrinho. João Guiné levanta-se, espicha os braços, boceja acintosamente, Nego Véio tá nervoso, pensa Marcelo, precisamos entrar em acordo logo. João Guiné passeia pela sala, se o guri do Josias estivesse aqui já tínhamos feito este trabalhinho. Café também não tem mais, a Mara vem mais tarde, ela traz café e cigarros diz Hermes olhando firme para Guiné e Guiné sorri, senta na sua cadeira, coça o cavanhaque, vamos fazer uma pausa diz, assim não dá, precisamos clarear as idéias, tanto carro vai acabar dando engarrafamento de trânsito e tudo que queremos é fazer um trabalhinho rápido e limpo, não é mesmo, rapaziada? Eu acho que tô ficando velho, no meu tempo era menos conversa e mais ação, mas vocês sabem o que fazem, vocês é que lêem esses livros todos, Nego Véio tá por fora, querem saber duma coisa? Nego Véio vai fazer o que é obrigação de todo Nego Véio que sabe seu lugar — olha diretamente para Hermes — vai abastecer a casa, quem quer cigarro? Tomou nota dos pedidos, entrou no banheiro, lavou o rosto com água fria — o filho de Trotski não teve coragem de se meter — secou-se demoradamente com a toalha limpa, recém-lavada, aspirou o cheiro dela pensando que bom que ia deixar essa sala irrespirável. Falta açúcar? Não, açúcar tem, ótimo, então compro só café e cinco maços de oliú, dois com filtro, confere? Vestiu o casaco, consultou o relógio, duas horas da tarde, não vou demorar nada, rapaziada, podem ir discutindo sem mim que eu não me importo. Apanhou uma grande bolsa de lona para as compras, o aparelho ficava num segundo piso, desceu as escadas assobiando *A noite do meu bem*, era uma vergonha esperar elevador apenas por dois lances de escada, tão velho assim não estava. Na rua colocou os óculos *rayban* e considerou que nessa tarde de verão tão linda era pena que não pudesse usar uma flor na lapela, os companheiros tinham proibido. Tinham lá suas razões, mas flor na lapela numa tarde como a de hoje tem seu valor, além de atrair olhares interessados de damas sensíveis ao vocabulário das flores e até, quem sabe, ser o início dum bate-papo agradável com possibilidades, malandro, com possibilidades... O tal banco da ação que discutiam ficava a apenas três quadras do aparelho, pertinho do supermercado onde costumam fazer as compras. Entrou no supermercado, comprou café e os cigarros, agradeceu educadamente à moça da caixa, uma mulata gordinha, vesga do olho esquerdo, que ficava nervosíssima quando tinha de atendê-lo. Saiu, ainda pensando se deveria ou não dar uma cantada na gordinha, quando fez distraidamente sinal para o táxi. Acomodou-se no banco de trás, pra rodoviária, nosso amigo. O chofer ligou o taxímetro, pois, pois, o patrício vai para o interior ou exterior do Estado? Pro interior, amizade. O táxi arrancou, João Guiné bateu com a mão espalmada na cabeça pelada provocando um som oco que despertou o olhar bigodudo do chofer, esqueceu alguma coisa? Sim, disse Guiné, preciso descontar um cheque antes de tomar o ônibus, pode encostar um bocadinho aí no Banco do Comércio, nessa esquina? O chofer vacilou, não vou ficar esperando um tempão aí, pá. De jeito nenhum, é só para descontar um cheque direto no caixa, patrício, em cinco minutos estou de volta e além do mais não posso perder meu ônibus, sai às duas e meia, se o patrício me deixa lá a tempo é um grande favor que me faz e o chofer pois, pois. Desceu do táxi, atravessou a calçada cheia de gente, subiu os quatro degraus até a porta giratória de vidro e espetou o dedo indicador, firme, nas costas do guarda. É um assalto, murmurou cavernosamente, se te move te queimo. O guarda empalideceu e João Guiné desarmou-o rapidamente do Colt 45, uma boa arma, pensou, a rapaziada vai gostar e para o guarda, vai andando. O segundo guarda viu o primeiro aproximar-se e somente soube que ele não tinha o revólver no coldre quando o viu numa mão preta, imensa, e quando o cano aproximou-se do seu nariz e a voz suave, musical, não te mexe, amigo, ou morre. João Guiné tomou-lhe o revólver, meteu-o no cinto e então anunciou, alto, simpático, para os funcionários e os clientes, senhores, peço a gentileza de vossa atenção por um momento, isto é um assalto, todos para o banheiro, em ordem e sem pressa, qualquer ato impensado será fatal, assim é a vida. Esse era um momento que sempre desgostava à sensibilidade estética de João Guiné pois as reações era invariáveis e monótonas. Havia o tipo que ria pensando que era uma piada e quando se dava conta da verdade empalidecia tão depressa que parecia a ponto de desmaiar, havia o sujeito que ficava silencioso, remoendo coisas, e que devia vigiar especialmente, podia ser um paranóico influenciado pela televisão disposto a morrer pelo dinheiro alheio ou por uma fotografia nos jornais, havia o tipo cordato que tentava demovê-lo, mas amigo, isso é uma loucura, havia a senhorita que começava a soluçar e progressivamente ia tornando-se histérica até ser necessário quatro para segurá-la (a pobrezinha tão magra, precisa é duma boa guasca, mais nada), havia o gerente que resmungava sem parar logo no meu banco, pô, logo no meu banco, e baixava em João Guiné ganas irreprimíveis de doutrinar tamanha alienação, havia sempre uma senhora distinta com um bebê nos braços e desta vez estava quase a seu lado e tremia sem parar. João Guiné armou seu sorriso mais cavalheiresco e disse eu seguro o menino, madame e agarrou o bebê no braço esquerdo — não teria mais de seis meses e olhava-o com a seriedade que os olhos profundos de menino de seis meses têm — só espero que não faça xixi no meu terno, pensou João, é casimira da boa e comandou com voz calma, para o banheiro, senhores, para o banheiro, menos o gerente, preciso ter uma conferência com o senhor. Na entrada do banheiro devolveu o bebê para a paralisada senhora que não piscava os olhos arregalados de espanto, ela foi a última a entrar, conferiu que o gerente chaveava a porta, disse um simpático muito obrigado, agora vamos abrir o cofre, não é mesmo? um espantado cliente entrava nesse momento no banco vazio, que está acontecendo aqui? Guiné saudou-o seja bem-vindo, o senhor chega a tempo de participar do nosso assalto, o homem estacou com um riso nervoso agarrado à garganta vendo o enorme revólver apontado para ele, não atire não atire, João Guiné foi até a porta giratória, trancou-a com o gancho junto ao piso, voltou e disse ao recém-chegado, deite-se aí atrás do balcão, mãos na cabeça, amizade, isso. Voltou-se para o gerente, está aberto o cofre? O gerente suava apesar do ar condicionado, o cofre estava aberto, João estendeu-lhe o saco, ponha os maços aqui se faz favor, o gerente suava, o suor pingava de seu nariz dentro do saco e João Guiné achou que isso não era desdouro nenhum, até que o homem mantinha o ar digno e ainda por cima não lamentou nenhuma vez terem assaltado logo o seu banco, mantinha o ar profissional, por um lado detestável, claro mas por outro eficaz nessas ocasiões, além de impessoal e impermeável a ódios súbitos, enfim, o cara era decente mesmo para gerente de banco. Os maços eram novinhos, brilhantes até o deslumbramento, e chiavam de leve quando caíam na bolsa. Dentro do cofre havia uma papelada que o gerente perguntou apenas com o olhar se João queria ou não e João só grana, por favor e espichava rápida olhada para a entrada, havia dois clientes querendo empurrar a porta giratória trancada, o cliente no chão suava e observava a operação entre o gerente e João trancando o risinho nervoso que lhe dava pânico só de pensar que poderia rir na cara desse negro imenso com essa pistola imensa na mão, a bolsa de lona por fim ficou cheia, ainda havia muitos maços dentro do cofre, uma bolsa, rápido, ordenou João, o gerente apanhou uma de sob o balcão, encheu-a, acabou, disse, e João disse muito bem, agora para o banheiro se faz favor, e fazendo sinal para o cliente no chão, o distinto também se faz favor, empurrou os dois para o interior do abarrotado banheiro, fechou-os. Vazio, o banco parecia maior e mais fresco. Parecia mesmo vagamente tristonho — como se fosse domingo de manhã e o ronrom baixinho do ar-condicionado lembrava modorra de sesta. Enfiou o Colt numa das bolsas, atravessou o salão em passos rápidos, destrancou a porta com o pé. Agora havia quatro clientes querendo entrar, o banco está em greve, avisou gravemente João, solidarizou-se fugaz com as exclamações de ira, não é possível, este país não vai mesmo pra frente, aproximou-se do táxi, o chofer resmungou pensei que não vinha mais, pá. João olhou o relógio, demorei cinco minutos e meio, patrício, agora toca pra rodoviária senão perco o ônibus e o chofer voltou para João o olhar bigodudo nunca passageiro meu chegou atrasado a lugar nenhum, pá e João isso é que é falar, patrício, por essas e outras que Portugal é grande e o chofer tornou a voltar-se, desta vez com um sorriso, pois, pois. Foi apreciando a paisagem de verão que a cidade vestia, atravessaram o Parque da Redenção, casais sentados na relva sob a sombra das árvores, os barcos no lago, os vendedores de picolé, o vendedor de balões, os hippies curtindo uma, o ar limpo de festa da tarde de sexta-feira, o dia mais bonito da semana. Como? perguntou o chofer e João Guiné estava pensando que o dia mais bonito da semana é sexta-feira, o patrício não acha? E o chofer observou João pelo espelhinho, pois, eu cá gosto mesmo é do domingo, não tem esse tráfego todo e eu encosto o táxi num lugarzito tranqüilo e fico escutando o futebol e Guiné quer dizer então que o patrício trabalha aos domingos e o chofer pois, que remédio. Chegaram. A rodoviária era um prédio circular, impressionante e feio, precocemente envelhecido, e não conseguira ganhar ainda o ar festivo desses lugares públicos porque nascida em plena ditadura sempre teve, em boa quantidade, a vagar aparentemente sem objetivo em seus corredores modernos, cidadãos de maneiras ambíguas, de olhar disfarçado, a lerem a página esportiva dos jornais, encostados em pilares ou sentados nas esplanadas, observando com ar inocente os passageiros com destino ao Uruguai ou Argentina. Tais cidadãos, por mais que se perfumassem, fediam sempre — isto é uma observação científica e não emocional — e jamais atingiam a qualidade da gente decente que queriam aparentar e por mais que deixassem crescer o cabelo e desbotassem o *blue-jeans* não enganavam ninguém que fossem hippies e muito menos passavam por estudantes. Tudo rato. (Daí o fedor.) Bem: João Guiné pagou, apanhou os sacos, boa viagem, patrício, desejou o chofer e Guiné, *gracias*. Quando começou a afastar-se em passos rápidos descobriu de repente que o medo estava dentro do seu estômago, movendo-se como um feto esverdeado. O estômago, porra. "Em operário e negro não percam tempo dando porrada na cabeça, o ponto sensível é o estômago." O medo não o fazia suar nem tremer as pernas nem baixar a pressão. O medo se aninhava no seu estômago. O medo era uma lombriga gigantesca. Doía. O medo inchava em seu estômago. O medo dava-lhe náuseas, o medo escalava o esôfago, verde, apodrecido, cheirando mal, as pequenas mãos de aço e os olhos cegos, o medo o faria vomitar nos corredores da rodoviária, a ele, um baita dum negão, óculos *rayban*, careca, cavanhaque, dois sacos cheios de dinheiro e que já estava sendo procurado histericamente na cidade inteira. Calma, negão. Já fizeste a cagada, agora agüenta. Sem dar bandeira. Relaxa. Encosta aí no pilar. Passa o lenço na testa, isso. Nada de ir ao banheiro, tens é que te arrancar daqui imediatamente. Tomar outro táxi. Caminha vigoroso para fora do edifício, a fila de táxis é longa, o dia de verão deslumbra, toma lugar na fila atrás de um grupo de velhotas. Puxam-lhe de repente pelo braço. O feto-lombriga sobe até a garganta, um cego estende a mão, feroz, exigente, a menina descalça sacudia-lhe o braço, sorridente e agressiva, esmola para um ceguinho pelo amor de Nosso Senhor Jesus Cristo, mete a mão no bolso, a fila avança, quase rebento os miolos deste cego, santa mãe, dá-lhe umas moedas sem contar, Jesus Cristo e Nossa Senhora dos Navegantes o recompensarão por sua generosidade, a menina e o cego avançam, a menina toca, decidida, o braço gordinho duma das velhotas que se encolhe enojada, o cego estende a mão dura, profissional. A fila avança um pouco mais, os táxis vão engolindo as gentes e as malas, ouve sirenes ao longe, entra e se acomoda, o chofer espia-o pelo espelho, tem cara de quem não gosta de preto, para onde? Cidade Baixa, diz Guiné, o carro avança, sobe um elevado, atravessa um túnel de luzes amarelas, sai numa avenida larga e mistura-se no trânsito, Guiné encosta-se ao banco e suspira, fecha os olhos e abre-os imediatamente, o olho do chofer no espelhinho despertou o feto, obrigou-o a mover-se espernear, a voz do chofer o gelou: para onde na Cidade Baixa? Riachuelo esquina Duque, pode ir pela Borges. O chofer diz pela Borges demora mais e Guiné não faz mal e o olho do chofer no espelhinho, a tarde quieta de verão perdendo seu frenesi de sexta-feira e transformando-se numa quinta gris e outonal e o chofer prende o rádio, *Lucy in the sky with diamonds* e imediatamente é sexta-feira outra vez e o chofer muda de estação com raiva e o som das sirenes se torna cada vez mais alto. Parece que houve um assalto diz o chofer e Guiné: assalto? E o chofer um banco na Cidade Baixa, não ouve as sirenes e Guiné não sabem quem foi? E o chofer deu na rádio mas não disseram, nunca dizem pra não assustar a caça e Guiné estes tempos andam perigosos e o chofer eu não me assusto, sei como me defender. Param num semáforo, João Guiné passa o lenço no rosto para limpar o suor, vê o olho curioso do chofer pelo espelhinho, o chofer desvia o olhar, o sinal muda, o táxi avança, ouve as sirenes diz o chofer, estão dando uma tremenda batida, deve haver barreiras nas esquinas e João Guiné não responde. O chofer insiste, olho no espelhinho, tem que ser assim, não se pode deixar esses filhos da mãe escaparem impunemente não acha e João Guiné nem sempre os assaltantes são bandidos e o chofer é tudo igual, tudo da mesma laia, eu se ponho a mão num desses levo imediatamente pra polícia, não dou colher, tá vendo essa corrente aqui, é grossa, da boa, semana passada entrou um cabeludo no meu carro, todo cheio de colar, de pulseirinhas, dá pra manjar o tipo né, jaqueta do exército, essas coisas, um hippie completo, me chamando de cara, de bicho, esses troços, me deu nojo, sabe como é, aí entrei com a minha nele, passei a conversa, perguntei como é bicho, chamei ele de bicho também, como é bicho, tem coisa aí pra gente, coisa é maconha, ele me olhou meio surpreso, eu olhava pelo espelhinho como estou lhe olhando agora, pisquei o olho pra ele, tou nessa jogada bicho eu disse, aí ele amoleceu, tomou confiança, legal disse ele e meteu a mão no bolsinho da jaqueta, tenho aqui um fininho preparado, podemos acender, eu esperei que ele acendesse e dei uma travada que ele saltou até aqui na frente, peguei meu Taurus 38, este aqui, tá vendo, e encostei na testa dele, quietinho bicho eu disse, daqui as mãozinhas bicho, enrolei as correntes nele e prendi com o cadeado, levei na delegacia do Partenon onde trabalha um compadre meu e levei lá porque lá não dão colher de chá pra maconheiro não, deram um pau tremendo nele pra cantar quem vendia erva pra ele, porque o cara já era conhecido de uma redada há poucos dias, não era traficante, só viciado, o filho da mãe, mas agora tá ressabiado, duvido que tenha vontade de pôr um cigarro de maconha na boca, que lhe parece? Guiné disse me parece um tremendo baixo-astral, bicho, e o olho no espelhinho cresceu de susto porque o imenso negro no banco de trás encostava-lhe nas costelas o cano duro dum Colt 45, pára o carro aí na esquina, bicho, a outra mão de João Guiné avançou até a cintura do homem e tirou-lhe o Taurus, daqui as mãozinhas bicho, enrolou-as nas correntes, agora o cadeado bicho, e deita aí no chão e fica quietinho porque se tu mexer um fio de cabelo que seja alcagüete filho duma grandíssima puta eu te enfio este 45 na boca e aperto o gatilho e teus miolos vão parar na tal delegacia do Partenon, bicho, lá onde teu compadre tortura meninos, sacou, bicho? Acomodou-se na direção, abriu a porta, deu um empurrão com a sola do sapato no homem deitado que o olhava assombrado e depois que o viu rolar no asfalto ligou o motor e avançou entre os carros até as proximidades da Praia de Belas. Tornou a ouvir o assobio das sirenes. A Cidade Baixa deve estar cercada, entrar nas ruas labirínticas calçadas de paralelepípedos não vai ser fácil, vamos ver. Avançou até o semáforo, deu-se conta de que Paulinho da Viola cantava na rádio *Foi um rio que passou na minha vida*, aumentou o volume, o carro de polícia aparece bem na sua frente, avança, dobra à direita em alta velocidade, acaricia o Colt, minha santa, esqueceu que tinha estômago e no estômago aquilo. Nada como um pouquinho de ação para esquecer o medo. O carro da polícia pára na esquina, o medo desperta, revira-se, é um feto, tem a impressão afiada e nauseante que tem um feto guardado na barriga, puta que pariu, qualquer general ou coronel, qualquer tenentezinho arrogante, qualquer sargento ou cabo de cassetete na mão sabe que não é nada disso, crioulo: são só anos e anos de fome e verminose. Que feto que nada. É imaginação, falta de dormir, fumo demasiado, qualquer troço parecido. Esse bicho verde e assombroso é a água da favela, a comida nos pratos de lata na favela, a sobrevivência na favela, negão. Nada mais. O carro de polícia parado na esquina é o feto. Está imóvel e esplêndido na luz raivosa do sol do verão e é um feto luzidio, negro, cintilante, carregado de ameaça. O sinal abriu, mete a mudança, aperta o acelerador, avança, um susto: alguém de paletó e gravata acena-lhe histericamente, lembra-se que está na direção de um táxi, talvez seja boa idéia tomar um passageiro, não, chega de cagadas, aí vem ele, o feto gigante e luzidio e negro e cintilante de sol avança entre os carros na sua direção e os homens de óculos escuros dentro dele fazem-lhe sinais para que estacione junto ao meio-fio e ele levanta o polegar positivo chefe e diminui a marcha, aproxima-se do meio-fio, uma mulher gorda arrastando uma criança arremete ululando clamorosamente táxi táxi táxi e ele recorda com alegria subitamente seca porque o samba de Paulinho terminou que está com dois Colt 45 e um Taurus 38 e seja o que Deus quiser. O polícia tirou os óculos escuros, guardou-os sem pressa no bolso da camisa cáqui, toca no braço da mulher com delicadeza e arrogância afaste-se senhora, curiosos param para ver que coisa vai dar, dentro do estômago o feto se assanha como cobra acuada, a cara de bigodes do polícia se introduz na janelinha do carro a escassos centímetros da sua e João Guiné pode apreciar arrebatado que esse homem que vai morrer tem os olhos amarelados e cortados de estrias vermelhas, que uma minúscula bola de carne escura cresce ao lado da aleta direita do nariz, que seus lábios movem-se dizendo documentos faz favor e permanecem colados por fina camada de espuma e que no fundo da boca reluz o relâmpago amarelo de um dente de ouro e que há dois pequenos cortes de lâmina de barbear no queixo cuidadosamente escanhoado e que a testa poreja de pequeninas, redondas gotas de suor e que poderia chamar-se Francisco ou Pedro ou até Anastácio e que exalou no seu rosto um bafo choco de cerveja ao urrar mamãe mamãe mamãe quando as duas balas calibre 45 atravessaram-lhe a cabeça como se fosse uma melancia. Apertou o acelerador. Pânico. Buzinas. Avança, o coração batendo, saltando, é um girassol o que carrega dentro do estômago, um girassol, amarelo, dos grandes, as macias folhas verdes fazem-lhe cócegas no estômago e provocam-lhe essa alegria absurda e animal que o faz rir com histeria e avançar patinando, bater contra o assustado Fiat azul guiado pela loura de óculos, olhar pelo espelhinho e não ver polícias nem carros a persegui-lo, ouvir sirenes, ver as copas das árvores agitarem-se serenamente na tarde perfeita de verão. Furou o bloqueio, precisa livrar-se do carro, dar um jeito de chegar ao aparelho, é o fim da picada, depois desta com certeza será expulso, pelo menos pedirão sua expulsão, o Hermes, não tem culhões para isso, esse judeuzinho intelectual arrogante pequeno-burguês fanático de bosta não tem culhão pra pedir minha expulsão coisa nenhuma, calma, negão, tranqüilo, cuidado, presta atenção no trânsito, negão, relaxa, pô. Revolução é coisa de macho e de pobre, não desses menininhos bem-falantes dessas bacanas metidas a santas ou então a falar palavrão em cada frase que dizem como se isso as tornasse mais independentes ou lhes desse igualdade aos machos. Minha santa, estou gelado, de repente estou gelado, as pernas geladas, o corpo todo gelado, tremem os dentes, girassol coisa nenhuma, um feto, verde, feio, repugnante, uma lombriga imensa e mole a devorar mansamente suas entranhas num lugar bem longe, bem quieto, poças d'água suja, manchas de gasolina, a mãe lavando a roupa, pai não tenho não senhor, ha! é filho das macegas o negrinho, a casa de madeira e lata, o orfanato, o muro, a tarde de domingo, nego quando não caga na entrada caga na saída, quero ver quem vai ter culhão pra pedir minha expulsão. O feto é um carro de polícia fechando a rua. São dois carros de polícia. São três. Aperta o acelerador. 120. O vento na cara. A alegria. O girassol. 130. Os vultos apavorados e pequeninos das pobres pessoas indefesas correndo para dentro dos edifícios. 140. O carro de polícia está a 50 metros, 20, recua, 2, abre um corredor, raspa nele, as balas estilhaçam os vidros do carro, não vê mais nada, avança cego, no escuro, quantos tiros lhe acertaram? Avança na súbita e alucinante noite que inventaram para ele, o girassol abre-se como agitado por brusco vento, sente esse vento, o carro parece sacudido por ele, o carro parece levantar vôo, parece voar alto sobre o asfalto da rua, parece elevar-se metros no ar, sabe que o carro dá uma volta sobre si mesmo porque os estilhaços saltam e deixam-no ver os edifícios virados ao contrário durante curto espantoso momento e então o choque contra a parede, o rugir de ferro sendo torcido, lataria sendo amassada, chiar de motor ardendo, agora sim tô fudido. Agarra os sacos no banco de trás, minha santa, não sinto nada, enfia o Taurus no cinto, não sinto dor não sinto tortura tudo clarinho como se fosse de manhã muito cedo, empunha um Colt, devo estar ferido gravemente, afetou alguma parte fundamental, se não sinto nada agora é porque estou realmente fudido e mal pago, dá um pontapé na porta e sai revólver em punho para o deslumbrante sol do verão na tarde de sexta-feira, para os olhares de espanto, para os fetos duros, luzidios, imensos, que se aproximam silvando suas sirenes, relampejando suas luzes. Atira contra eles várias vezes e arremete contra a primeira porta que encontra, uma mulher no *hall* do edifício levanta as duas mãos, larga o esfregão e o pano molhado, Ogum meu padrinho me proteja, Guiné passa por ela como em transe e então patina no chão ensaboado, perde o equilíbrio, braceja desesperado a centímetros do piso molhado e estatela-se completamente, braços e pernas abertas. A mulher grita com as mãos no rosto como na xilogravura de Dürer. João Guiné levanta-se com as nádegas e as costas molhadas, não largou o Colt nem os sacos, ai meu pé, puta que pariu, torci o tornozelo, ai como dói, puxa então estou bom, não me aconteceu nada, nada, o táxi do alcagüete desgraçado capotou mas não me aconteceu nada, sai mancando por uma porta que dá para os fundos, está num pequeno pátio silencioso e íntimo abraçado pela sombra fresca duma parreira carregada de uvas, atravessa o pátio, pula o muro, outro pátio, uma mulher assombrada regando as plantas vê um negro imenso descer o muro do seu pátio, um negro careca e de cavanhaque, um negrão de quase dois metros de altura com um revólver deste tamanho na mão sem exagero nenhum e com sacos cheios de dinheiro na outra e me deu um sorriso faiscante, inclinou a cabeça como um *lord*, disse boa tarde minha senhora, pode continuar a regar suas plantas, não repare, uma boa tarde para regar as plantas não é verdade, com esse calor as pobrezinhas sofrem muito e pulou o muro e sumiu e caiu no outro pátio vazio e avançou mancando, sentindo a calma descer e ouvindo pacíficas buzinas e tomou susto mais medo que alegria porque era sua rua, minha santa: a rua do aparelho. Espiou para os lados. Nada. Ruazinha quieta barbaridade, com cinamomos, nenhum trânsito, janelas fechadas, sombra. Avança rapidamente, faltam vinte metros, duas casas, uma, é a próxima. Se os fetos aparecerem tem que correr para o terreno baldio e agüentar sozinho, não pode meter os companheiros nesta, meteu-se de vaidoso, se pedirem sua expulsão têm toda razão, vai fazer uma autocrítica como manda o figurino, até agora não apareceu nenhum feto na esquina minha santa, estou chegando, se a rapaziada cair por minha causa juro que preferia nem ter nascido, tomara que tenha inferno pra eu padecer lá o resto da eternidade, tô chegando gente boa, é essa a porta, passa por ela, um, dois, três passos, pára, olha para os lados, ninguém, volta, toca na maçaneta, torna a olhar, ninguém, agora ou nunca, abre a porta, o *hall* está escuro, entra, fecha a porta, escuta com a respiração parada, mete o Colt dentro dum saco, tira o lenço, limpa o suor do rosto, o alto da cabeça, as mãos, controla a respiração, torna a escutar, nada, começa a subir a escada, o coração bate forte, a rapaziada vai levar um susto, começa a assobiar *A volta do boêmio*, bate na porta quatro vezes, espaçadamente, a alegria é um girassol, bate mais duas vezes, Hermes abre, que é isso, negão, por que demorou tanto? E João Guiné com ar de santo: demorei? Só vinte minutos, ué. Joga os maços de Hollywood sobre a mesa, taí os cigarrinhos pra moçada, ouve as sirenes ao longe, joga o café sobre a mesa, quem bota uma água a esquentar aqui pro nego véio que merece um cafezinho e joga os sacos de dinheiro sobre a mesa e sob os mudos olhares de espanto, vamos discutir outra ação gente boa, porque essa já era.

Capítulo Cinco

1

A embaixada da Argentina em Santiago do Chile fica em um palacete vitoriano na Avenida Vicuña Mackena. Um palacete vitoriano: cinza, portanto, e pesado e de mau gosto. Mesmo quando o sol brilha e o céu é azul o edifício não perde sua atmosfera musgosa, de frio recolhido e outono. Isolando-a da calçada há um muro de pedra encimado por grades de ferro. Dois portões, altos, solenes, ferro pintado de negro — dois frios e tristes portões — desencorajam os que buscam refúgio. Ao lado de cada portão, uma guarita para os *carabineros* que vigiam a entrada. Do muro até o prédio, oitenta metros de jardim rigorosamente geométrico, tratado pelo jardineiro com eficiência mas sem amor. No centro do jardim, a fonte de azulejos espanhóis com peixinhos dourados. Entre os refugiados na embaixada e os *carabineros* de guarda no portão há uma espécie de acordo tácito sobre a zona do muro à fonte. É a zona neutra. É essa zona que Marcelo olha, aspirando o cheiro a suor do índio de olhos de onça. "Foi a última vez que a vi." A última vez. Mara e Hermes no Estádio Nacional, entre cães e metralhadoras. Sepé o olha atento. Precisa dizer alguma coisa.

— E então? — pergunta.

— Então? Então tomei o elevador.

O homem do elevador está bem vestido, irradia discreto perfume de lavanda, mantém-se acintosamente imóvel, gira os olhos cada vez que encontra os de Sepé. O elevador move-se dentro do edifício. O homem do elevador sorri. Ou parece que sorri. Ou sorri e disfarça o sorriso. Ou não é nada disso. É apenas a angústia transformando-se lentamente — acompanhando a descida do elevador — o perfume de lavanda — naquilo que mais odeia. O medo. E o medo avança dentro do elevador e através da sua angústia. O homem do elevador já percebeu sua angústia e agora percebe o medo nascendo como asas de borboleta na larva, nascendo como a noite lá fora, estendendo as mãos muito magras, deixando de ser uma sensação fria na boca do estômago e transformando-se em palidez, fraqueza nas pernas, suor. O medo faz suar. Sente o suor agarrar-se às suas roupas, alagar suas pernas, transmitir o cheiro acre até as narinas do homem, que arfam suavemente. Ele sabe, claro. Ele sabe e sorri esse sorriso que não é sorriso, que se junta ao perfume da lavanda, ao terno claro e o ameaça unido ao brilho cromado do elevador, ao cintilar discreto de espelho, ao escorregar silencioso de máquina azeitada.

O elevador chega ao térreo. *Hall* de mármore, vistosos pilares, o zelador atrás do balcão fingindo ler o jornal. Afasta-se rapidamente, atravessado por um sentimento de cão, a pontada da desconfiança cravada entre duas costelas.

A rua, agora. Caminhar de mãos no bolso e cabeça baixa, rapidamente. Não mostrar preocupação, apenas pressa. Pressa de sujeito sério que vai para casa, a família espera. Passar pelas patrulhas dando olhares obtusos de congraçamento, se for possível ao ânimo e a cara permitir. Não pensar no frio (o de dentro, não o de fora: o dos olhos de Mara). Esquecer que a primavera se aproxima. Não lembrar que nesta rua, que naquele banco, que debaixo daquelas árvores, que na esquina da Biblioteca. Não lembrar. Ser humilde ao menos uma vez. Os caminhões carregando soldados. O tanque na entrada da ponte sobre o rio Mapocho. Dar meia-volta. (Avançam as sombras dos edifícios; quando tocarem a amurada de pedra do rio serão seis horas.) Apanhar o ônibus na outra margem. Tentar a segunda ponte. Caminhar olhando o chão. Caminha olhando o chão. Ouve o fervilhar gelado da água contra o muro. Outro tanque. Os automóveis em fila, esperando a vez de serem revisados. Os pedestres contra o muro, mãos na cabeça. O oficial passeando sua autoridade, a arrogância transparecendo agora sem recato em seus gestos, os soldados ainda atônitos com o novo papel que desempenham, pouco a pouco começando a tomar gosto. O mais baixinho, buço de adolescente, caça-o com olhar malvado. Dá a volta, chega ao Parque Florestal. As estátuas de bronze, o Museu, a Escola de Belas-Artes, as árvores escuras desabrochando pequeninos brotos de tufos verdes. Micuim — Santo Deus! — advertira: antes que chegue a primavera. Precisa fazer alguma coisa. Alguma coisa louca e urgente ou simplesmente sentar no meio-fio e esperar a noite. Voltar para o apê de Mara e Hermes? Encontrará a mesma patrulha, o soldado baixinho lembrará de sua cara... Ainda bem que tem essa cor acobreada, essa cara de bugre. Muitas vezes foi confundido com *mapuche*. Antes assim. Nesta situação mil vezes pensarem que é *mapuche* do que brasileiro. A patrulha! Moderar o passo. Idiotizar o olhar. *Yo mi cabo?* Fingir que procura um táxi. Não há táxis. E não se deve confiar em táxis, se houver. Sim, o baixinho o está olhando. Tem cara de *mapuche* também. Deixa medrar o buço para disfarçar. Não quer que o chamem *mapuche*. Índio. Negro. É soldado do Exército. Exige respeito. Índio é bicho atrasado. Caminha por uma calçada, a patrulha por outra. Os olhos do soldadinho estão cada vez mais malvados. Neles há curiosidade e desejo de mostrar o poder que goza. O soldadinho num repente muda de idéia, desvia o olhar, não quer correr o risco de encontrar alguém da sua região, pode ser um primo, *carajo*, já corria a história do cabo que fuzilou o próprio tio, devia ser mentira desses comunistas de merda para causar mal-estar. Seria muito azar que o sujeito matasse realmente o próprio tio. Chile é um país tão grande, quem iria acreditar num boato desses? os marxistas são capazes de tudo avisou o general na televisão batendo com a Parabellum na mesa. Tinham planos de assassinar todo mundo. Só deixariam vivos os marxistas. Precisava defender a família, não tinha nenhum marxista na família, pelo menos que soubesse. Se o general dizia era verdade. Era general, *pués*.

Sepé pára na esquina. Dentro de dez minutos, o toque. Não tem alternativa. Precisa atravessar a ponte. O último ônibus está na outra margem, entre as árvores. Tem os documentos regularizados. Está com a roupa limpa. Botinas novas. Mas há esse frio subindo pelas suas pernas como uma cascavel. Cheirando a elevador, lavanda e rio Mapocho. Talvez esteja ficando velho. Compadre João Guiné, do alto de sua sabedoria, deixou-o paralisado no dia que anunciou que medo todo mundo tem, guardado bem dentro. Um dia salta pra fora. Não acreditou. Ele, Sepé, não. E seu tempo chegara. Isso que tem se chama assim: medo. Não sabe de onde vem. É um tanque parado na entrada da ponte. Fede. E escorre pelo corpo, molha a roupa, torna-o denso e raivoso. Só resta voltar para o apê das torres, carregando na pele essa sensação de cobra, essa coisa.

Aproxima-se do bloco de trinta andares com a irreprimível sensação de rechaço que essas obras lhe causam. Lá está sua figura — e seus olhos inchados de medo — na porta de vidro. E a porta não abre.

O zelador sai detrás do balcão. Oscila um sorriso em seus lábios? Ele desaparece pela porta lateral sem se dignar a dirigir-lhe o olhar. Viado! Nunca foi mesmo com a cara desse viado. Força a porta. Trancada por dentro. Aperta o botão do interfone do apartamento 2222. Não emite o menor ruído. Comprime o botão com fúria. Comprime com desespero. Inútil. Foi desligado. Desligado! E a porta fechada. E o *concha de su madre* do zelador se mandou de mansinho. E a hora de recolher. Cerra os punhos, concentra-se fervorosamente. Vejamos: chamar os vizinhos, claro. Mas não conhece os vizinhos. Quem serão os vizinhos? Pode ser um filho da mãe dum *momio*. Deve ser. Seguramente é. Ou talvez não. Não recorda. Há dois anos freqüenta o prédio e não sabe quem é o vizinho de Hermes e Mara. Inacreditável. E toda essa conversa fiada sobre segurança — comprime o botão. Mudo. Força a porta num acesso de raiva. Sua imagem crispada está a um palmo do nariz. Controla-se. Esse zelador filho da. Dois minutos para o toque de recolher. Se o pegam na rua... Nem é bom pensar. Viados. Desligaram todas as campainhas e interfones. Só entra quem tem chave. Devia ter desconfiado. Procurar um telefone para chamá-los é absurdo. Onde encontrar um? Os bares estão fechados. Os telefones públicos destruídos. Merda. Dá alguns passos para trás e olha a imensa massa de concreto e vidro que fulgura ao sol do crepúsculo. Tenta localizar o vigésimo segundo. As janelas de vidro resplandecem, cegam-no por momentos, tem vontade de gritar, de berrar por Mara e por Hermes, de soltar palavrões.

— Aí vi que se aproximava um cara na porta.

Avança para ele, frenético.

— Senhor, senhor.

Recebe um olhar surpreendido e cinza e gelado.

— Sim?

É alto, grisalho, reluzente: reluzem os sapatos, reluz a pedra da gravata, reluzem as unhas. O chaveiro na mão reluz.

— Eu preciso entrar, mas a porta está fechada e o zelador sumiu. As campainhas não funcionam e...

— O senhor mora no edifício?

— Não senhor, mas...

— O senhor não é chileno.

— Não senhor.

— Todos os estrangeiros devem se apresentar à polícia, à comissaria mais próxima. O senhor sabe disso?

— Sim, senhor, mas...

— E o senhor se apresentou?

— Sim senhor.

— Então deve ter o certificado. Para entrar no edifício o senhor deve ter o certificado.

— Eu tenho o certificado, sim, deixa eu ver.

— E tu tinhas o certificado? — pergunta Marcelo.

— Tinha nada.

Procura no bolso com concentrada seriedade, apalpa-se, olha dentro da carteira, sorri sem jeito, o homem impassível, onde será que se meteu esse bendito certificado?

— O senhor é cubano?

— Cubano? Deus me livre! Sou brasileiro.

— Havia muitos brasileiros por aqui pregando a subversão.

— Eu sou estudante.

— Onde está o certificado?

— É incrível. Estava aqui agorinha mesmo. O senhor vê que coisa incrível. Eu tinha ele ainda agorinha.

O homem o agarra pelo braço.

— O senhor me acompanhe.

Olha para a mão no seu braço. As unhas são bem tratadas, as unhas reluzem.

— Um momentinho, senhor, acompanhar aonde?

— À comissaria.

Tenta livrar o braço, o homem aperta-o mais.

— Se não há nada contra o senhor não precisa temer.

— Mas eu já fui lá.

— Venha comigo.

— O senhor está enganado, eu sou estudante.

— Vem, marxista de merda.

— O que você fez? — pergunta Marcelo.

— O que eu podia fazer?

Desce o primeiro degrau com um suspiro resignado. Só quando está certo do imperceptível espasmo de satisfação crispar os bigodes do homem, vira-se e o atinge com o joelho entre as pernas. O homem dobra-se, o gemido sobe. Nova joelhada: o nariz esborracha-se — tomate — espirra algo rubro, voam papéis, voa uma caneta. Nova joelhada: o homem se derrama no chão como pacote.

O sangue o sangue o sangue nos degraus.

Afastar-se rapidamente. Olhar para trás. (A mão do homem, branca, pende, imóvel.) Dobrar a esquina. Correr. Evaporar-se. A hecatombe aconteceu. Agora pode vir terremoto, o dilúvio, todos os tanques do regimento Tacna: está no mato sem cachorro. Está parado na esquina de Monjitas com 21 de Mayo, no centro de Santiago do Chile, às seis horas e dez minutos da tarde de 18 de setembro de 1973 — sete dias após o golpe militar — aos vinte e seis anos de idade, vestindo jaqueta marrom de couro, já gasta, calças Lee desbotadas, botinas de camurça compradas há apenas duas semanas e está abraçado por um suor gordo e pegajoso que lentamente se transforma em lama e imprime a seus músculos essa necessidade urgente de tremer que o assusta e humilha.

2

Ana dorme na cadeira de balanço, o tricô no regaço: atravessa num carro escuro a distante noite de Diamantina, Pedrinho a seu lado, três desconhecidos silenciosos.

O Alemão descobriu na prateleira um jogo de xadrez. Marcelo sacudiu a cabeça sem despregar os olhos do almanaque de Charlie Brown.

— Não sei jogar isso, nunca tive paciência.

— E você? — olhou para Dorival.

— Só jogo capoeira.

— Serve.

Dorival então afastou o *Puro Chile* que amarfanhava inutilmente e se propôs a examinar melhor essa peça, pô. Aí estava o cabeludo — desconhecido — no meio da sua sala; com seu jogo de xadrez na mão, louro, olho azul como bolinha de gude (os olhos do tenente Otílio tinham evidentemente outra qualidade) a barba medrando com dificuldade no queixo, deixando-o vagamente parecido a Jesus Cristo, misto de soldado e de hippie.

— Ensinavam capoeira no exército?

— Não. Aprendi nas horas de licença.

— Aprendeu mesmo?

— Só tem um jeito de saber.

Dorival concordou gravemente. É verdade. Só tem um jeito. Ergueu-se do tenebroso sofá verde-amarelo, apanhou a mesinha de centro da sala com jarro de flores e tudo e encostou-a à parede. A sala tornou-se imediatamente maior. Marcelo arregalava os olhos.

— Posso saber que brincadeira é essa?

Dorival estendeu-lhe a mão, apaziguador e prepotente.

— Calminha, malandro. Tu fica de juiz.

Escolheu um disco na pequena pilha, colocou-o na vitrolinha barata. Despiu a camisa, inflou o peito, sua soberba arquitetura rejuvenesceu. Descalçou os tênis e chutou-os contra a parede. O Alemão tirou a jaqueta verde-oliva e as botinas. Apanhou o violão encostado no canto e cautelosamente depositou-o sobre a cômoda onde guardavam os talheres. Marcelo estava pasmo.

— Pronto?

Como resposta o Alemão inclinou-se elegantemente. Dorival rugiu com satisfação, premiu com o dedo o botão vermelho da vitrolinha e no segundo seguinte o som dum berimbau pingou como grossa gota de chuva no silêncio da sala. O espanto de Marcelo atingiu o clímax: viu o escuro pé de Dorival crescer e projetar-se na direção do peito do Alemão que se esquivou com passo de dança e, ao som do ritmo da corda do berimbau e do rufo dos atabaques que enlouqueciam a sala, lançou o pé direito na direção do pescoço de Dorival que desviou o golpe com o braço, abaixou-se e deslizou por baixo da perna estendida do outro, voltou-se e topou com o Alemão já de frente, curvado, gingando o corpo ao ritmo da música. Encararam-se, controlando a respiração.

Dorival descobriu que o cheiro do Alemão era o mesmo de Joly Svendsen, A Fera da Escandinávia, que tinha nascido no Brás, claro, filho de imigrantes poloneses e passara a adolescência a descarregar fardos dos caminhões que abasteciam a feira livre e que foi seu primeiro adversário num *ring* e que despachou no quarto assalto: gancho de direita no molar que o elevou três centímetros do tablado e o arremessou contra as cordas, comprimiu-o a elas como bola de papel contra um elástico e voltou projetado a seus braços, completamente nocaute.

Os dias de seda. Champanhe barato no vestiário. Tapinhas nas costas. Homens de charutos caros e promessas fáceis. Igualzinho a filme B.

— Você ainda vai enfrentar Juarez pelo título, tigre.

O pé do Alemão atingiu-o no ombro. Precipitou-se, fez mal

o cálculo, errou o revide e foi atingido no peito, com força. Uma ginga ágil, o cabeludo escapou à sua investida. Caralho. Não posso me distrair. Esse hippie parece que conhece o dobrado. Daqui a pouco ele me acerta os cornos, me deixa grogue, vai ser minha desmoralização. O erro todo com Juarez foi a falta de controle. Precisava concentrar-se mais. Evitando a direita de Juarez, metade da luta estaria ganha. O treinador jurava, ele vai trabalhar só com a esquerda, vai te distrair com ela e de repente bum! lá vem o direitaço. Tens que te concentrar nela. No terceiro *round* acertou o fígado de Juarez — a cara suada ficou instantaneamente verde — alguém exclamou na platéia agora, tigre! Investiu sentindo-se vitorioso sobre o corpo dobrado do outro quando o filho da puta do gongo soou e gelou-o como baldaço de água fria. Era seu momento: seu único, grande, dourado momento. E nem chegara a acontecer. Projetou com raiva o pé direito, sentiu o choque e a dor e o gemido do Alemão despertou-o para a realidade do vôo dele ao ver os cabelos louros esvoaçarem, o corpo bater com estrondo na cômoda, arrastar o violão, estatelar-se sobre a mesinha de centro da sala agora junto à parede, ouvir os estalos do jarro partindo-se em centenas de fragmentos.

Do espantado silêncio que se seguiu, apoderou-se a imobilidade dos três. Olharam para a porta do quarto onde Ana dormia. A porta permaneceu fechada.

— Se machucou, malandro?

Ajudaram o palidíssimo Alemão a levantar-se.

— Você precisa me contar essa história de quando encarou a guarda.

— Um dia eu conto.

Abriu a porta do quarto. Ana dormia. Espantoso que não despertasse com a barulheira que fizeram. Na mesinha-de-cabeceira o vidro de Valium. Examinou-o. Não tomara mais do que duas pastilhas. Voltou à sala na ponta dos pés. Fechou a porta e a rajada da metralhadora ameaçadoramente próxima o fez estremecer como os vidros das janelas. Jogou-se ao chão.

— Os *pacos*, outra vez — informou Marcelo na janela.

O Alemão aproximou-se.

— Cuidado, não se mostrem.

— Desta vez trouxeram um oficial.

Na rua, imobilidade e silêncio. Os homens fardados pregados à parede. O oficial na frente, óculos escuros.

— Atiraram por atirar. Parece que não sabem onde o homem está.

— É muito difícil saber com tantas janelas.

— Acha que vão dar uma batida de edifício em edifício?

Dorival acomodou-se contra a parede, limpou o suor.

— Não sei — e olhou para o Alemão: — Que você acha?

— Hoje, acho difícil. Há combates em toda cidade. Deve haver combates nas fábricas, nos bairros populares, até nos quartéis, quem sabe? Não dispõem de gente para dar uma batida desse tamanho só por um atirador. Eles vieram mais por vingança, porque ele faturou o sargento.

Dois tiros secos, rápidos. Se entreolharam, incrédulos. Precipitaram-se à janela. Os *carabineros* estão espalhados, em desordem. Dois deles afastam-se arrastando um ferido. Dorival escorrega até o chão, costas contra a parede, rindo mansamente.

— Vou preparar um cafezinho pra nós, com ou sem racionamento. Esse cara com a 32 merece outro brinde.

— 22 — diz o Alemão.

Dorival dá uma palmadinha no joelho dele.

— Falou, malandro, 22.

O carro penetrava agora nos bairros mais retirados da cidade. Os três homens completamente silenciosos, fumando. Pedrinho começou a dormitar, com pequenos sobressaltos. Vontade de perguntar que aconteceu com Zé, por que desaparece três dias de casa e depois manda indivíduos estranhos buscá-la em plena noite? Bem que notava o Zé estranho ultimamente. Pensativo. Nos cantos. Ou lendo intermináveis folhas de papel mimeografado, que ele pachorrentamente dobrava quando ela se aproximava e abria seu mais amplo sorriso — o falso — e perguntava então Aninha, quais são as novas? Agora, sumir assim, sem avisar ninguém... Só se foi atropelado, que Deus me perdoe. Mas não deu nada na rádio nem na televisão... Em lugar nenhum. Provavelmente tem outra mulher. O Zé não é desses. Mas com os homens nunca se sabe. Andava frio. Distraído. Quando passava no consultório, antes dessa fase, tudo era sólido e perfeito. A sala de espera sempre cheia, a enfermeira de avental engomado, o ruído arrepiante da máquina de obturação vindo da sala ao lado. Ele estava ali, sabia. Eficiente, limpo, afável. Uma pessoa de confiança. Era com orgulho que escutava as vizinhas dizerem que o único dentista de que não tinham medo era o Doutor José. Contava para ele à noite, ele imitava as queixas das clientes, riam às gargalhadas. Assistiam a um filme com Alain Delon no Rex e depois bebiam cafezinho no Grilos. Entrava no Volks e suspirava, feliz. Dentro de dois anos — se Deus quiser — trocariam de carro. Algo mais distinto. Um Dodge Dart, talvez. Vermelho. Às vezes, assaltava-a a desconfiança de que sua felicidade se fazia de alguma coisa mesquinha e triste. Não sabia o quê. Então, assustada, percorria tardes inteiras as lojas do centro procurando uma fazenda para as almofadas que combinasse com o forro do sofá da sala.

A primeira vez que passou no consultório e ele não estava não se importou. A segunda, sim. A segunda vez estava Dona Dorotéa, nervosa e ofendida, protestando porque havia marcado hora e o doutor nem sequer tivera a gentileza de mandar avisá-la que não atenderia nessa tarde. Fazer isso comigo, sua primeira cliente, ou paciente, não sei como se diz ao certo, Dona Ana. Depois dera para ler. Para ficar silencioso olhando o pôr-do-sol, bebendo cerveja gelada. E ela aflita, sem saber que fazer, com medo de tocá-lo. Vamos ao cinema hoje, bem? Ele parecia desprender-se de amarras misteriosas, regressar de portos ou de ilhas, olhava-a com curiosidade, paciência, uma espécie polida de atenção que ela resolveu aceitar sem discutir.

O solavanco do carro sobressaltou-a. Pedrinho abriu os olhos, resmungou qualquer coisa, aquietou-se. O único movimento que o homem fizera até agora fora apanhar o cigarro, acendê-lo, chupar a fumaça e depois soprá-la com indiferença. Ela pensou que um cavalheiro teria perguntado se o fumo não a incomodava. O homem estava tão imóvel, tão silencioso, tão distante que ela pensou ver o medo entrando vagaroso na sua pele. Bobagem. Mas por que os dois homens no banco da frente não diziam nada? E seguia aquela impressão desagradável de que debochavam dela.

As casas terminaram. Os faróis revelavam apenas a estrada e pedaços de campo arborizado.

— Para a chácara — dissera ele.

Que chácara? Alguma surpresa do Zé? Teria feito algum negócio? Comprado alguma chácara nos arredores? Tudo podia ser. Só não entendia sua ausência — e o silêncio absoluto durante três dias. Não era coisa dele. Sempre tão atencioso. É verdade que nos últimos meses... Mas agora tudo ia terminar.

Os papéis misteriosos que lia talvez fossem ofertas de chácaras e os escondia dela para fazer depois a surpresa. Por que não? Já estava meio arrependida de ter saído tão depressa. Deveria ter pedido para o homem esperar um pouco mais, escovar melhor o cabelo, vestir roupa mais decente, arrumar a maquilagem.

Assusta-se: o homem da frente estende o braço na sua direção. Tem algo escuro na mão. O homem a seu lado apanha a coisa, aproxima-a da boca.

— Aqui é Vale. Me aproximo da área. Câmbio.

Devolve o aparelho para o da frente. O carro entra num atalho. Pedrinho desperta, assustado. Ela o acalma, não é nada, não é nada, vamos encontrar papai. O atalho é estreito, pressionado por árvores e curvas. O carro pára. Uma porteira: vultos, a lanterna, palavras cochichadas, uma risada, o pedido de cigarro. A porteira abre, o carro avança. Ela olha para o homem. O homem não diz nada. O carro avança.

— Falta muito ainda, senhor Vale?

— Já chegamos.

O carro pára. Abrem-se as portas, os homens saem. Falam qualquer coisa que ela não entende, esperam-na equilibrar-se com Pedrinho nos braços. Sente frio no rosto, ouve a noite: as árvores da noite, os pios da noite, o sussurro da noite. Está diante de um sobrado colonial cujos contornos o escuro do céu e das árvores desfoca.

Ela aperta Pedrinho contra o corpo. Há qualquer coisa com o

sobrado... Um cão late. As árvores se mexem. E há qualquer coisa com o sobrado, qualquer coisa maligna.

Sobem os degraus, chegam à varanda. O cão se precipita contra ela, latindo. Encolhe-se, horrorizada. Está preso pela corrente num dos mourões da varanda.

— Quieto, Diabo!

Entreabre-se a porta principal. O facho de luz sobre o homem de bigode, chapéu, terno, gravata.

— É essa?

Vale afasta o homem.

— Entre, Dona Ana Maria.

A sala enorme, sem móveis. Dois homens jogam cartas, sentados em caixotes. A mesa é outro caixote. Erguem as cabeças, examinam-na com vaga curiosidade, entreolham-se, sorriem — fraternos — de um segredo que os une. (O segredo a faz estremecer.) Voltam às suas cartas.

No meio da sala fumega, sossegado, um tacho com brasas.

— Por aqui — diz Vale.

Súbito vulto na escada, o fulgor dum charuto.

— É essa, doutor?

Vale não lhe dá atenção. Ana procura ignorar o tremor nas suas pernas, pensa que não há motivo para isso, que Zé vai rir da sua aflição. Pedrinho se mexe, inquieto. Pedrinho pesa. A casa cheira a tabaco e mofo.

Vale abre uma porta.

— Entre.

A sala está fortemente iluminada e apesar disso fria. Alguém sentado ao contrário em uma cadeira, lendo jornal, volta para eles o olhar indiferente. Insólito aparelho no meio da sala: um pau atravessado entre duas mesas. O magro corpo nu pendurado de cabeça para baixo. Esse gemido que parece arrastar-se pelo chão. E algo que pinga, que pinga.

3

A chuva é tão branda que parece amolecer os vidros do carro. Na paisagem, homens a cavalo envoltos em longas capas pretas. Aproxima-se de um posto Ipiranga. Estaciona junto à bomba. O encarregado vem atendê-lo enrolado numa toalha de plástico. Traz um rádio de pilha encostado ao ouvido.

— Completa.

Entregou-lhe as chaves.

— Tem café lá dentro?

O encarregado ergueu o polegar. Correu até o posto. Entra na pequena loja sacudindo a água da roupa.

— Um café, por favor.

A mulher estava grávida. Barriga de sete meses, e olhos de ver pelo vidro da vitrine a estrada vazia e as coxilhas sucedendo-se até o horizonte. Serviu-o sem uma palavra.

Bebeu em pé, olhos na chuva, no descampado irreal, na flâmula do Grêmio pregada na parede. Marcelo, nesse momento, também estaria com uma xícara de café na mão, também olhando essa mesma chuva através da vitrine do Café Internacional, o vôo das pombas na praça, as pessoas que os ônibus vão despejando.

(Moves um pouco mais o rosto e aí estás; no espelho: precisas fazer a barba, pentear o cabelo, aliviar as feições dessa dureza.)

Regressa ao carro, apanha o barbeador elétrico, dirige-se ao banheiro. Sabe que o encarregado volta porque a voz de Teixeirinha aumenta, fanhosa, deformada pelo rádio de pilhas gastas. Quando era secundarista tinha ido com amigos entrevistar Teixeirinha para o jornal da escola. O cantor recebeu-os como um rei magnânimo, sentado numa espreguiçadeira à orla de sua piscina em forma de cuia de chimarrão. Desligou o barbeador. Examina minuciosamente o rosto. Quando era secundarista! Meu Deus... Já passaram séculos. Agora tem 27 anos, está no banheiro dum posto de gasolina perdido no meio do pampa, com um 32 no bolso, longe de qualquer afeto, de qualquer amigo, de qualquer coisa familiar e suave.

Saiu do banheiro como novo. O rosto limpo, o cabelo penteado, chega a sorrir para a mulher quando paga o café. Antes de entrar no carro respira fundo o ar úmido. Está cheio de energia, outra vez. Manobra pela lama até o asfalto da estrada. Faz que não vê os dois rapazes que lhe pedem carona. Aperta o acelerador.

— A que horas é o baile?

— Não é um baile, mãe.

— Não é um baile? O que é, então?

— Uma festa.

— Como, uma festa? Vão festejar o quê?

— Ah, sei lá. A entrada do verão, qualquer coisa assim.

— Vou dizer pra teu irmão tomar conta de ti.

— Só faltava essa!

— Sem essa, coroa. Eu não fico de anjo de guarda dessa franga não.

— Mais respeito, Marcelo. É pra isso que tu estás estudando? Por que não aproveita e aprende maneiras com teu amigo? Esse rapaz, sim, sabe se comportar. Vou pedir para ele acompanhar Beatriz.

— Pelo amor de Deus, mamãe! Pare com essas caipirices. O que ele não vai pensar. Além do mais, ele não é meu amigo. É amigo aí do Franjinha.

— Eu vi o olhão que tu estava botando pra ele, franga.

— Mentiroso!

O travesseiro voou e Marcelo evitou-o abaixando-se com soberana indiferença.

— E pensa que não vi como bancavas a interessante na mesa? Rilke pra cá, Rilke pra lá. Fazendo gênero.

— Bobalhão, tecnocrata!
Outro travesseiro voou.
— Meninos! Vocês não são mais crianças.

— Você gosta de Jimmy Hendrix?
— Essa caipirinha está terrível.
— Eu não bebo essas porcarias.
— Não? Por quê? É abstêmio?
— Eu sou o quê?
— Nada não. Já viu festa mais careta do que esta?
— Já.
— Onde?
— Na Arqui.
— Sei.
— Marcelo já te levou lá?
— Se o Franjinha já me levou lá?
— É.
— Se o Marcelo já me levou lá? Mas você saiu de onde? Do mato?
— Digamos que sim.
— Não precisa fazer essa cara. Não disse por mal. Mas você tem cada uma. Parece o Professor.
— Que Professor?
— Não sacou ainda? Meu pai.
— Ele é simpático.
— Espera até ele te pegar pra um papo sobre racionalismo.
— Não pensei que viesse tanta gente, a praia é pequena.
— Esta praia é um saco. A praia dos caretas.
— Tão tocando *Chove chuva*.
— Não sou surda. Você gosta mesmo de Jimmy Hendrix ou é cascata?
— O que você acha?
— Você não tem pinta.
— Precisa ter?
— Bem... Tudo informa, né? A roupa, as palavras.
— Abstêmio.

— É.
— Você andou folheando o *Gênio de plantão*.
— *Gênio de plantão?*
— MacLuhan. Você estuda o quê?
— Instituto de Educação.
— Ahá! Secundarista.
— ...
— Não precisa ficar vermelha, não é crime.
— Estou fazendo cursinho.
— Parabéns, já é um progresso.
— Manjo teu tipo.
— Manja mesmo?
— Manjo. Tudo que quer na vida é um escritório bem montado, se encher de dinheiro, casar, ter filhos e uma casa na praia.
— Naturalmente você não quer nada disso.
— Cuspo em quem quer isso da vida!
— Uma radical!
— Pior é não contestar coisa alguma.
— Essa foi profunda.
— Pode gozar, não me atinge. Você contesta alguma coisa pelo menos?
— Contesto as contestadoras.
— Gracinha.
— Isso já é uma qualidade. Ser gracioso.
— Você é uma peça engraçada. Mas tem pinta de careta. E olhe que eu disse careta por delicadeza.
— Ia dizer reaça?
— Não sei, mas se nota que você é do tipo que tem medo das coisas novas. Qual é o teu signo?
— Eu não tenho medo de nada.
— Qual é o teu signo?
— Não sei.
— Isso já é medo, não querer dizer.
— Não sei mesmo. Nunca me importei com essas bobagens.
— Quer dizer que você não tem medo de nada?
— De nada.

— Mas de nada nada nada?
— De nada nada nada nada.
— Muito bem, vem comigo. Vamos ver se é verdade.

Lembra o mar avançando nas dunas de Arroio. Ultrapassa um caminhão de carga, o chofer acena, retribui com uma buzinada. O mar persevera, suave, trazendo-lhe à pele o gosto do sal, nos ombros o sol, a espuma desmanchando-se por todo o corpo. Insistente, a imagem do mar. E nele Beatriz. Beatriz saindo de entre as ondas, brilhando como uma pérola, a água escorrendo pelo corpo queimado e duro. Mas o mar frio, o mar do inverno, o mar batido de vento, deserto e inóspito, esse mar avança sobre o mar do verão como uma onda maior, a casa silenciosa e empoeirada sobrepõe-se à imagem da outra, cheia de vozes e ruídos, como esses truques de fusão dos filmes americanos dos anos 50. A casa vazia. Marcelo na varanda com a chave na mão. Bater em retirada, agora. A brincadeira acabou. Os homens não estão mais prendendo nem interrogando. Estão exterminando mesmo. Solução final. O que queriam saber já sabem. Agora o jogo é bruto. A barra pesou, moreno. O exemplo ninguém seguiu. Ledo engano. No campo ninguém se levantou. Nenhuma cidade foi cercada. Ficou aquele gosto dos papos no bar, frenéticos, e ficaram as madrugadas frescas, nas praias desertas, fazendo tiro ao alvo. Ficou a sensação de claustrofobia pelos meses encerrados nos aparelhos sem sequer poder espiar pela janela. Ficou a lembrança da granja onde recebeu instrução para montar explosivos e o sentimento de êxtase com que via voarem pelo ar os vasos sanitários que utilizavam nas provas. Ficou o gosto. Está tudo acabado e tu sabes. Claro. Metade está na cadeia, metade morto. Os outros, os poucos, estão por aí. Esperando em bares da fronteira o contato que os leve para o Chile. Metidos em aparelhos como animais na toca à espera de alguma notícia que dê coerência à tempestade. Tudo acabado. E no entanto, nem tudo. Há os que perderam demais. Há os que ultrapassaram o limite do horror e têm contas inadiáveis a ajustar antes de dar adeus. Há os que voltam.

Atravessando o país, metidos em carros velozes, o rádio desligado para sentirem mais claramente o ódio que lhes lateja no corpo, que os ensurdece, que os transforma no mensageiro da terrível notícia, voltam.

Ultrapassa um caminhão carregado de cavalos de corrida. Atravessa uma ponte. Perto do horizonte de nuvens escuras (não chove mais) um trem rugindo, como se cortasse o campo, como se não tivesse trilhos. Uma boiada vem pela estrada. Diminui a marcha. Os peões tocam com a ponta dos dedos na aba dos chapelões. Retribui o cumprimento. Um cão persegue o carro, latindo. A boiada passa. A estrada está limpa outra vez. Pensa na mão de Beatriz — fração de pássaro — pousada na sua; pensa na insolência; pensa no contínuo espanto; no viço.

Aperta o acelerador.

4

Desceu do ônibus na Praça do Portão, acometido de náusea e vontade de urinar. A última vez que estivera na Praça fora no Carnaval de 69. Estivera sozinho, bebendo cerveja no restaurante. Acalentara todo o tempo a esperança de levantar a magnífica balzaquiana sentada solitária numa mesa junto à porta, abanando-se indiferente com um leque negro. Ela já afugentara três propostas possivelmente indecorosas com rápidas palavras sussurradas em voz cortante. No momento que seus olhares se encontraram, Josias levantou o copo num brinde. Ela sorriu, imperceptível, e desdenhosamente desviou o olhar. Em seguida levantou-se e, rebolando as estreitas cadeiras, dirigiu-se ao toalete. Josias quase largou o copo no chão. Era um travesti. Da cintura para cima era perfeito, mas a minissaia fora péssima idéia.

Quando começou a briga foi que reparou que a maioria dos freqüentadores era gay. Sentiu imediatamente um profundo — embora injusto — sentimento de fúria contra o proprietário do restaurante. Fazê-lo perder quase duas horas num bar freqüentado por bichas era demais. No momento em que a garrafa explodiu a seu lado e metade dos clientes arrancava o cabelo da outra metade, retirou-se olimpicamente.

Agora, aproxima-se do restaurante, três anos depois. Era o mesmo. Apenas a grama dos canteiros próximos estava mais machucada. Urinou trancando a respiração. Náusea. Pode ser fome. Pode ser a sensação de espaço e o movimento da rua. Três anos trancado não é sopa. Mas pode ser a mão de Escuro fugindo rápida para o bolso. Sequer olhara para trás para ver se ele o seguia. Talvez o seguisse. Tentaria uma aproximação outro dia, usaria outra tática, seria menos direto. Filho da puta. E se for mesmo da Organização?

Entrou no restaurante, aproximou-se do balcão, pediu um conhaque. Jogou a bebida para dentro da garganta com um só movimento. Esperou de olhos fechados o calor espalhar-se no corpo. Arre. O primeiro trago em três anos. Tudo agora — como nas outras vezes — começa a medir-se por esses anos. Três anos. Olhou ao redor. A mesa onde estava o majestoso travesti com quem flertara continuava no mesmo lugar. Azulão daria muita risada com essa história. Deixou o restaurante — desta vez pagou a conta — atravessou a Galeria Cruzeiro e saiu na Rua da Praia. Quase foi levado de roldão pela massa apressada. Parou um pouco em frente à Livraria do Globo, olhou as moças que passavam — a primavera começava a forjar seus milagres — e tratou de afastar-se. Continuava enjoado. Além do mais, nunca fora vago de ficar parado na Rua da Praia olhando bunda de mulher. Atravessou a Borges e desceu até a Praça da Alfândega. Sentou-se num banco e não tentou reconhecer nada nem ninguém. No momento que cerrou os olhos e o buzinaço neurótico do carro na esquina espicaçou-lhe o cérebro, ouviu a voz cansada do comissário Alves dizer seu Josias, eu sei que o senhor é um homem sério, mas precisa saber que eu também sou um homem sério e uma coisa dessas eu jamais inventaria para um homem como o senhor.

A voz do comissário, o cheiro a cigarro barato do comissário, a roupa cinza e sem vida do comissário. Ali, no pau-de-arara, de cabeça para baixo, completamente molhado e nu para que os choques elétricos fossem mais efetivos, não podia pensar suficientemente na mentalidade do comissário, em suas manhãs de tira veterano para arrancar dele uma cumplicidade impossível, no papel de homem amargurado e compreensivo que ele tão bem representava.

— É uma profissão danada esta nossa, seu Josias — dizia-lhe com o cigarro apagado no canto da boca, olhando para as mãos e afagando um a um os dedos escurecidos. — Uma profissão sem nenhuma gratificação fora o salário. E olhe que o salário é uma grande porcaria. Que não me ouçam dizer uma coisa dessas pro senhor. Uma grande porcaria. Imagine que ontem por ter de interrogá-lo até a meia-noite perdi de ver o *tape* do Inter com o Corinthians. Tá bem, tá bem, a gente não ganhou o jogo, mas e o golo do Cláudiomiro que todo mundo fala? Aqui na delegacia não se fala de outra coisa, o jeito que ele recebeu, se estava impedido ou não, o jeito que matou na coxa, como se virou, o toque no canto. Coisa que eu modestamente não acredito. Lhe digo com toda a sinceridade. Desde quando esse crioulo soube matar bola na coxa? Mas os rapazes todos garantem que ele dominou o balão e deu um toque no canto quando o goleiro saía. Um toque no canto! Não é para rir? Os rapazes sabem que eu não vi o *tape* e ficam me gozando. Aquele balãozinho do Bráulio. Aquela levada de cabeça de *don* Figueroa. A ponte do Scheneider. E dão risadas, trocam olhares. Coisa de rapazes. Sabem que eu fico louco quando perco um *tape* do Inter. Mas Deus é grande.

Olha atentamente o dedo indicador, chupa-o de leve, mordisca-o, depois pousa o olhar banhado em brando interesse na cabeça de Josias, pendida para baixo, pingando suor.

— Seu Josias, seu Josias, juízo. Em sua idade. Eu respeito suas convicções. Longe de mim estar discutindo se tem razão ou não. Apenas eu cumpro meu dever e o senhor cumpre o seu, não é verdade? — Tira o toco de cigarro de entre os lábios, examina-o, torna a pendurá-lo. — Não estou querendo convencê-lo de minhas idéias. Apenas, se isso é possível, mostrar-lhe a impossibilidade que tem de tomar qualquer iniciativa, a não ser estar aí, dependurado nesse pau, sem abrir a boca. Os rapazes lá dentro, no cafezinho, até já começam a falar que estão perdendo a paciência, que o melhor é começar a jogar duro. Quer dizer, levar esses choquezinhos e estar aí de cabeça para baixo é só uma amostra, entendeu? Os rapazes quando querem podem fazer coisas bem desagradáveis. Sei não. Cada um na sua. Eu sou de conversar. Conversando a gente se entende. É ou não é?

Dá alguns passos, olha para o teto com as mãos nas costas, parece tomar uma decisão, puxa um banquinho, senta bem próximo da cabeça pendente de Josias.

— Vou lhe confessar uma coisa. Sou pai de três filhos. O

maior já tem vinte anos. Estuda medicina, imagine. É o nosso orgulho. O senhor não sabe a alegria que sinto quando me lembro que eu, um humilde funcionário, serei pai de um médico. A patroa chegou a fazer promessa para Nossa Senhora dos Navegantes quando o rapaz passou no vestibular. Vinte e três anos. A idade do seu menino mais velho, também. O Sepé.

Observa o rosto de Josias. O suor desliza pela face emagrecida. As veias inchadas. O comissário não está seguro da reação dele. Desse ângulo é difícil observar bem.

— Um rapaz muito inteligente o Sepé. Muito inteligente. De primeira.

Fica olhando o chão entre seus pés longo tempo, como se estivesse a pensar. De repente, levanta a cabeça e diz numa voz modificada, uma voz mais íntima.

— Seu Josias, eu sei que o senhor é um homem sério, mas precisa saber que eu também sou um homem sério, e o que vou lhe dizer agora é uma dessas coisas que eu jamais inventaria para um homem como o senhor.

Sacode a cabeça para os lados, jamais, como se algo o incomodasse ou tivesse um tique. Apanha outra vez o cigarro apagado, o isqueiro no bolso dentro do paletó, fica com os dois objetos na mão, olhando-os como se não soubesse para que fim serviam.

— Seu Josias, o que vou lhe dizer é algo que não tem a autorização de meus superiores, eu sou um pobre funcionário, um pé-de-chinelo. É algo que eles não devem saber que eu lhe disse. É um segredo entre nós. Porque se eles souberem podem prejudicar tremendamente minha carreira, até minha aposentadoria.

Sorri, parece animar-se, sacode a cabeça num movimento diferente do tique, sacode a cabeça como quem inicia uma história muito engraçada.

— O senhor sabe, terminamos ontem o trabalho muito tarde porque o senhor se mantinha nessa atitude de não colaborar com a gente. Cheguei em casa cansado, sabendo que já tinha perdido o *tape* do Inter. A patroa estava acordada me esperando, eu disse vai dormir que eu tenho que pensar. Ela pensou que eu estivesse aborrecido porque tinha perdido o *tape* do jogo. É verdade que eu estava aborrecido por isso, mas era por outra coisa também. Por outra coisa. Algo assim como um sentimento de fazer coisas inúteis, entende? Eu perdendo de ver o *tape*, o senhor de estar na sua casa, cuidando de sua vida. E comecei a pensar. Esse homem aí, sofrendo, porque deve estar sofrendo, quando o interrogatório chega nesta fase é natural que haja um pouco de sofrimento; bom pra encurtar o caso, seu Josias, pensando no que eu perdi — o *tape* do Inter — e no que o senhor está perdendo, pensando que é um pai de família como eu, um homem com responsabilidades, resolvi tomar a decisão e lhe abrir o jogo.

Olha ao redor, aproxima mais o banquinho.

— Eu sou um homem que acredita em Deus, seu Josias, e por isso não sou de dizer mentiras. O senhor sabe que esse menino, o Sepé, foi preso há duas semanas, quase ao mesmo tempo que o senhor, não é mesmo? O senhor, aqui em Porto Alegre, o garotão lá em Santa Maria.

Sua voz torna-se um sussurro.

— E sabe que ele foi solto no dia seguinte?

Espera, respiração presa, a reação do prisioneiro.

— Sabe por quê? Sabe?

Aproxima os lábios do ouvido de Josias.

— Porque é dos nossos.

Diz e se afasta como o pintor ao dar a última pincelada na obra recua para apreciar o efeito. Josias segue de olhos fechados, pingando suor. O comissário levanta-se, faz sinais para o homem sentado sobre a mesa no centro da sala, com gestos indica-lhe que deve soltar Josias do aparelho de tortura. O homem aproxima-se, começa a desamarrar as cordas que envolvem as mãos e os pés de Josias. Lentamente desce-o até o piso de cimento. O comissário acende o toco de cigarro. Josias jaz imóvel, respirando cadenciado; às vezes, a barriga estremece em pequenas convulsões. O comissário faz outro sinal, o homem afasta-se. Fuma lentamente, apreciando o corpo no chão, sem pensamentos, sem interrogar-se, paciente, neutro, impassível e satisfeito com a impassibilidade. Então, começa a abaixar-se, e à medida que se aproxima do corpo molhado e arquejante vai armando o sorriso, vai soprando a fumaça, vai preparando a pergunta:

— Então... que lhe parece?

Josias suspira. Mantém os olhos fechados.

— Não há motivos para estarmos um contra o outro. — Sua voz é musical, insinuante. — Praticamente formamos uma família. Esse garotão, o Sepé, é muito vivo. Tem um futuro enorme pela frente.

Josias se move. O comissário se imobiliza. Josias abre os olhos. Por um momento os dois homens se encaram, de muito perto.

— O nome dele é Sepé Tiaraju... — a voz de Josias é débil, ferida, mas o comissário estremece porque nela reluz uma faísca de desafio que se acende também nos olhos que o fitam. — ...A Luz do Dia.

5

— Um café, por favor.

O homem atrás do balcão, proprietário do restaurante — vulgar na sua gordura de proprietário de restaurante, no avental nem limpo nem sujo, na cara recém-barbeada — armou honestamente um esgar espantado. Não era todo dia que entrava no estabelecimento um negro reluzente, quase dois metros de altura, vestido como nobre.

A luz do amanhecer batia nas cortinas e adornava suavemente o contorno das cadeiras de respaldar alto e as mesas circulares, pesadas e sólidas. Nenhum ruído. Lá fora o vento dormia nas pedras.

As mãos peludas do proprietário depositaram a xícara de café fumegante no balcão. Depois apoiou nele os cotovelos, escorou o rosto entre as palmas das mãos e dispôs-se a contemplar a maravilha, a penetrar o mistério até onde era permitido à sua condição de proprietário de restaurante.

João Guiné sorriu com paciência. O proprietário sentiu sua oportunidade.

— Vai ou vem?

— Vou.

O proprietário sacudiu a cabeça, compreendia...

— Mendoza?

João Guiné fez um gesto que queria dizer adiante, muito mais adiante. O proprietário tornou a sacudir a cabeça, tornou a compreender. Fascinavam-no as unhas amarelas na ponta dos dedos negros, longos e macios.

— Mau tempo lá pra cima — diz. — Degelo.

— Dá para passar?

O proprietário encolhe os ombros, busca postura mais digna, mais importante, descobre de repente que deixa de ser uma peça da mobília da sala.

— Por enquanto parece que dá. Mas duma hora para outra as estradas podem ficar bloqueadas com a enxurrada. Isso ninguém sabe. Nevou muito este ano. Tem metros e metros de neve começando a derreter.

— Não escutei nada no rádio.

O proprietário sorri, complacente, secretamente ligado a algo que não sabe explicar, a esse negro altíssimo com um cravo na lapela, misterioso, absurdo, afável, transpirando mundos que ele entrevê e receia.

— Os boletins de informação não são bons. Mas breve começarão a dar notícias. Falei com um tenente que estava de serviço em Las Cuevas, passou por aqui para tomar *la once*, ia para Santiago. Diz que a água escorre pelas pedras como uma cascata e se espalha pela estrada.

Acende um cigarro, oferece a João, João recusa, oferece dos seus, os olhos do proprietário brilham, não sabe que fazer com o cigarro que tem entre os dedos, João o apanha, trocamos, diz.

Tira uma piteira do bolso, enfia nela o cigarro.

Fumam em silêncio; pouco a pouco a luz do amanhecer andino ocupa a sala, como uma obrigação ou um rito, conhecendo cada canto e obedecendo a cada posto de cada sombra.

— Bom este cigarro — diz o proprietário.

— Brasileiro — diz João.

O proprietário sorri, conivente, astuto.

— Desde que o vi entrar sabia que era brasileiro.

João apanha a carteira e põe uma nota sobre o balcão. O proprietário cata moedas na gaveta e passa-as para a mão espalmada.

— Esta é a última oportunidade de encontrar refúgio se houver mau tempo no caminho. A última até Las Cuevas, evidentemente. Mas são muitas horas de viagem daqui até lá. É uma subida muito braba.

João dá um aceno e se afasta.

— Se o degelo estiver muito forte é melhor voltar! — grita o proprietário. — A enxurrada quando desce pela montanha já arrastou até caminhão de carga.

A Cordilheira não movia um músculo, como os guardas postados na porta principal de La Moneda. Lá embaixo, miniatura, a povoação de Los Andes desprendia pequenos rolos de fumo. Abriu a porta do carro e lembrou-se de Sepé. Viajar mais de dois mil quilômetros pra encontrar esse guri safado. Já passei da idade pra essas correrias. No fundo, o aprendiz de Trotski até que tem razão.

Entra no carro, liga o motor. Vagamente recorda o rosto esquivo de Marcelo, o cabelo na testa e os olhos culpados no fundo daquele bar na Providência. Deveria ter conversado melhor com esse rapaz. Avança até sair do estacionamento. Pelo espelho vê o proprietário do restaurante espiando pelas cortinas. Chega na estrada, aperta o acelerador.

Nas pedras, o vento começava a despertar.

Enfia a mão no porta-luvas, apanha a garrafa de conhaque, arranca a rolha com os dentes, bebe um gole. Começa a esfriar. Já deve estar a mil e quinhentos metros de altura. Las Puertas fica a três mil. Lá terá de descer do carro, mostrar os documentos, ser revistado. Primeiro no lado chileno, depois no argentino. Debaixo do banco não encontrarão o 38. O vento soprará gelado. As pessoas estarão encolhidas. Nenhum rosto será amistoso. Haverá ecos de antigos tropéis, de estertores de exércitos esfarrapados, de gente perdida na vastidão de pedras. Pensa no rosto de Hermes na reunião, cada vez mais Trotski, você não é o homem indicado para ir, continuo discordando e perguntara por que e Hermes sorrira sobre o evidente mal-estar e dissera companheiro, há no mundo inteiro outro crioulo com sessenta anos de idade mas com frescuras de vinte, que veste com elegância de inglês, que é completamente careca mas usa bigode e cavanhaque, que só fuma de piteira e que de vez em quando mete uma flor na lapela? Os homens te manjam a quilômetros, negão, isso é loucura total mas aqui estás, subindo a Cordilheira, observando cada curva, aguçando o ouvido para descobrir algum rumor de água descendo atrás do rumor do vento e sentindo ser necessário apelar mais uma vez para os poderes da garrafinha de conhaque.

Apesar dos vidros bem fechados percebia o vento despregar-se das escarpas milenares e descer em rodopios, zunindo, chocar-se contra o carro, fazê-lo oscilar junto aos precipícios. A grande subida iniciara de verdade. A imagem da última povoação descolando seus rolos de fumo se desfez.

— Temos um traidor, compadre.

Esse fora o adeus, no fundo do Jim's, olhando as cortinas e a sombra da Cordilheira detrás delas. Talvez fosse o efeito do metro quadrado de Pilsener que beberam. Talvez estivesse com raiva de Marcelo, da maneira hipócrita com que desviava os olhos, do modo evasivo como não enfrentava os problemas.

— Por quê? Porque eu não sei. Às vezes é a polícia que se infiltra. Não é tão difícil assim. Mas, outras vezes, isso tá é dentro de um mesmo. Os psicólogos falam em formas de evasão, os sociólogos em ressentimentos de classe. Sei lá. Tô ficando cafona moderno. Cafona moderno é sociólogo. Eu gosto de ser cafona e é à la antiga, estilo advogado baiano dos 50. Derramado, gongórico. Gostou da palavra? Pelo menos advogado baiano falava bonito. Os cafonas modernos, os sociólogos, economistas, essa arraia-miúda, tu já viu gente falar mais feio e sem propósito? Mas o fato é que temos um traidor entre nós. Não é engraçado? Se até Jesus Cristo... Acho que cada um nasce com seu destino, mas eu não vou nesse papo de psicólogo e sociólogo não. Pra mim não passa de um bom filho da puta, esse seja quem for. A verdade é que dá uma tristeza na gente...

Colocou cuidadosamente um cigarro na piteira.

— Quando eu entrar no carro, quando eu ficar sozinho lá dentro, sabendo que tenho um mundão de estrada pela frente, sabe como é que vou me sentir? — Sorri, acende o cigarro. — Sete dias abaixo dos cachorros.

Dá uma tragada e olha para a cortina, para a sombra escura atrás da cortina.

— Mas mais adiante, quando começar a ficar pertinho do Brasil, a alegria vai começar a voltar, devagarinho.

A Cordilheira dos Andes ergue suas torres de pedra. Nelas, durante séculos, bateram o vento e a chuva. Escorreu lava de vulcão. A neve cobriu tudo e depois desceu, rio veloz, até a planície. E o vento, sempre. Por aí passou Bolívar e seu Exército. Borba Gato e seu Exército. San Martín e seu Exército. As várias bandeiras, nas várias épocas, esfarrapadas. Os homens duros, empurrando os canhões molhados, fustigados pelo vento irredutível, pela chuva gelada, pela noite de mil cristais, pelas madrugadas de escarpas rubras, pelo pânico dos cavalos, pela solidão. Foram, vieram, subiram, desceram, empurrados por sonhos poderosos, domaram a Cordilheira inacessível, construíram trilhas, os soberbos fantasmas unem-se ao vento, assediam o carro de João Guiné, exigem a continuação da aventura.

6

Uma coisa dessas não se conta pra ninguém, nem mesmo pra o véio Guiné, que já viveu muito e correu mundo. Uma coisa dessas só mesmo estando muito borracho, só mesmo sendo muitos anos depois, em ocasião especial de churrasco ou aniversário ou — quem sabe — de festa de toma de poder. Só mesmo se um dia for — por exemplo — ministro. Ministro de qualquer coisa. Pensava que, se fosse ministro — se o escolhessem um dia para ministro — ministro de quê seria? Bom. Não importa. Se um dia fosse ministro talvez contasse a história numa roda divertida. Seria bom porque talvez não acreditassem.

Em todo o caso, tudo poderia ser muito engraçado, se não fosse o medo; não o medo de cair, o medo do fogo, o medo de enfrentar os milicos à bala na entrada da ponte. Nesse tempo não tinha medo de nada. A não ser do ridículo. Cair vestido de mulher não é coisa de macho. E estava vestido de mulher.

A infeliz idéia instalou-se na sua cabeça ao cair da tarde, quando voltou a verificar a ponte e constatou que a barreira continuava. Rondava-o o desespero.

— Quanto quer pelo vestido?

Ela riu, surpresa e divertida.

— Quer só o vestido?

Não teria mais do que quatorze anos. Possivelmente teria menos. Arrependeu-se. Já tinha até abandonado esse plano imbecil. O que o atraíra fora mais que o vestido, que a possibilidade de disfarçar-se, de enganar os soldados. Como poderia usar um vestido daqueles? Amarelo brilhante, curto, muito acima dos joelhos. Jamais poderia vesti-lo sem que despertasse atenção imediata. Queria, na verdade, era falar com a menina, roçar a tentação de vê-la nua, de senti-la humilde e obediente, de ver as magras pernas abrindo-se, e silenciosa, calada, fechando os olhos. Sabia que não se deitaria com ela. Assustavam-no as doenças venéreas. Indignava-o saber que o maior impedimento era esse. Deveria era ter respeito por ela, tratá-la como ser humano, saber o abjeto que era pagar para ter seu corpo.

— Para que quer o vestido?

Ela sentiu que o possível cliente vacilava. Deve estar envergonhado. Deve ter a mesma mania do coronel Jasminzinho que gosta de se vestir de mulher e pede a seus cabras que o montem e depois manda chicoteá-los para que não falem nada.

— Não é para mim.

(Está envergonhado, sim.)

— É para dar de presente a uma amiga. Fiquei de ir na casa dela esta noite e cheguei atrasado na cidade. O comércio já fechou e não posso comprar nada. Mas pensei...

— Só tenho este vestido.

— Pode ser um velho mesmo, não tem importância.

— Minha irmã tem dois. O prefeito é cliente dela.

— Será que ela...

— Por que não pergunta pra ela?

— Meu vestido? — surpreendeu-se a irmã. — Pra quê? O Carnaval já passou.

— É pra dar de presente — explicou a outra. — O comércio está fechado.

— Eu pago bem — disse Sepé.

As duas irmãs se entreolharam.

— Mas é só o vestido, olhe lá. Eu não faço porcaria nenhuma. Sou mulher da vida mas tenho respeito.

— É só o vestido que eu quero.

Enquanto se barbeava com esmero no mictório da rodoviária pensava no olhar que as duas irmãs haviam trocado. Era só o que faltava. Inda por cima o confundiam com viado. Caminhou em direção às barrancas do rio. No saco de marinheiro a metralhadora, a caixa de balas, o dinheiro e o vestido de Shirley. O vestido de Shirley servia-lhe sob medida. Mas quanto mais o olhava mais se horrorizava da situação. O vestido de Shirley era um magnífico vestido de prostituta, vermelho, decotadíssimo, com babados ao redor do decote. As pequenas flores vermelhas, tornadas cor-de-rosa com as constantes lavagens, não lhe tiravam certa majestade. Era um magnífico vestido. Mas não era o que pretendia para seus planos. Como poderia vestir um troço desses? No mínimo o prenderiam por atentado à moral. Tentara explicar a Shirley que o que desejava era um vestido velho, muito velho, que desse a impressão duma pessoa que trabalha muito com ele e que...

— Mas como se pode dar de presente uma coisa assim?

Pagou pelo magnífico vestido vermelho e afastou-se antes que começasse a enredar-se em explicações. Não. O vestido não servia. Era uma pena, mas não servia. E se o enviasse pelo correio para Lourdes? O decote era muito cavado.

Sentou desanimado a olhar o rio. Ao longe, a ponte intransponível. O plano era simples: vestir um vestido velho e usado de camponesa, esconder o saco de marinheiro dentro de um saco de estopa comprado na feira, atulhá-lo com jornais velhos e uma galinha ou pato ou qualquer bicho capaz de desviar a atenção de sua pessoa. Dentro da boca colocaria uma bola de algodão para simular inchaço. Pés descalços, lenço na cabeça. Pronto. Entrar no ônibus madrugadinha, no meio dos camponeses sonolentos, sentar-se quieto num canto seria canja. Canja, como se dizia antigamente. Canja com pirão, como dizia o safado do Aparício. Tinha que ser antes do dia clarear. Olhava o rio. O plano ainda estava a zero. Não tinha vestido nem saco de estopa nem galinha nem bicho de espécie nenhuma. O vestido de Shirley, sinceramente, até que não lhe ficaria mal, mas não era coisa que macho vestisse, mesmo com a maior firmeza ideológica.

Caminhou pela feira livre. Um cego cantando, os trabalhadores limpando as barracas. Parou de repente.

— Quanto quer pelo bichinho?

Um leitão amarrado pela perna à trave dum balcão de feira. Pronto. Já tinha o animal e o saco de estopa. Ainda faltava o desgraçado do vestido. Por mais que se disfarçasse, sendo homem era seguro que lhe pediriam documentos. Já a uma mulher, não.

Quando anoiteceu, sentiu uma pontada no coração. Perdia tempo! Guiné vinha levantando poeira por alguma estrada do Sul do continente, avançando na sua direção, e ele com esse rio na sua frente, essa ponte com esses guardas.

O leitão grunhia, dava estremeções dentro do saco, começava a pesar. Estava bem amarrado, pelo menos. Deve ter fome, o pobre.

Caminhava em ruas pobres de subúrbio. Queria afastar-se bastante, dormir em terreno baldio longe dos olhares curiosos ou de algum encontro indesejável. Apagar dois meganhas não é brincadeira. Então, no pátio, o varal de roupas. Vários vestidos pendiam da corda estirada entre o pé de manga e o limoeiro. A coceira que se espalhava pelo seu corpo sabia que era suor: suava em cada milímetro de pele e começava a sentir o cheiro do suor. A tensão durante o dia fora demasiada e agora isso: a possibilidade do ridículo absoluto. Entrar num quintal alheio como o mais vulgar dos ladrões e avançar no varal duma família classe média. Apertou os dentes, apertou o leitão embaixo do braço e avançou decidido. Lá dentro, exclamações melodramáticas de telenovela, cheiro de comida, risos abafados e uma voz enérgica, silêncio, é hora da novela, senhor!

Apanhou o vestido, enrolou-o, enfiou-o dentro do saco, voltou-se rapidamente e quase tropeça no imenso cão parado na sua frente.

Peludo, gordo, de olhos luzindo, escuro e grande como um bezerro, o cão se abaixa, a cola mexendo inquietamente. Sepé, imóvel. Dentro da casa há uma dramática declaração de amor seguida de uma gargalhada cruel. E a cabeça de Sepé num átimo dói, dói, dói, dói. Ponta afiada lhe atravessa o crânio e esse cão escuro e grande como bezerro sacode a cola e se abaixa mais e emite som rouco, amável. Amável!

— Quer brincar o filho da puta...

Faz festinhas na cabeça do bicho, diz qualquer coisa incoerente que parece alegrar o monstro que ergue as patas dianteiras e instala-as pesadamente no seu peito.

A longa, áspera língua molhada estica-se e passeia no seu rosto. Barbaridade. Só comigo acontecem essas. Antes tivesse atravessado essa merda dessa ponte à bala.

Caminha na direção do portão (tem a impressão de que se arrasta na direção do portão) e o cão lambe suas mãos, fareja, terno, dócil, o saco com o leitão dentro. Ganha a calçada e ensaia largas passadas para afastar-se o mais rapidamente possível desse lugar, mas o cão o segue. O imenso cão de olhar amigo e melancólico segue-o de perto, fiel, sacudindo a cola peluda. Sepé aponta o caminho de volta, enérgico. O cão baixa a cabeça, ferido, a cauda pára de abanar. Sepé acelera a marcha. Da esquina vê o imenso cão olhando-o afastar-se, esperando um sinal para segui-lo.

Dormiu no local mais deserto que encontrou. Ao acordar, doíamlhe as juntas e o sonho que tivera: corria por uma rua deserta usando um espalhafatoso vestido amarelo, e calçando sapatos de salto alto. Perseguiam-no dois soldadinhos amarelos montados em bicicletas. Às vezes, surgia de esquinas súbitas um gordo de aspecto alucinado que avançava guloso para seu pênis e no momento que o apanhava aparecia Josias e estalava uma bofetada no seu rosto. "Filho meu não anda de agarramento com fresco!" Acordava assustado, sentindo o cheiro hediondo do leitão dentro do saco, mudava de posição e dormia novamente para encontrar-se nessa pequena cidade do Nordeste, cheia de poeira e de vento, e — desgraçadamente, vulneravelmente — usando esse vestido amarelo. Não. Desta vez o vestido era vermelho e ficava-lhe bem melhor que o anterior, mas não podia apreciar essa vantagem porque dois soldadinhos amarelos montados em bicicletas o perseguiam brandindo peixeiras afiadas; na esquina o gordo maquilado com exagero fazia-lhe gestos obscenos e nesse momento aparecia seu pai e lhe dava tremenda bofetada no rosto de modo que quando despertou pela segunda vez resolveu que não valia a pena dormir mais.

Eram três horas da madrugada. Ouvindo os grunhidos do leitão e latidos distantes, achou que era hora de preparar-se para o salto. A primeira coisa a fazer era sujar o vestido que roubara. O vestido de uma camponesa que vai à feira vender seu leitão não é assim tão limpo. O soldado da polícia militar que entrou no ônibus ostentando a metralhadora e escondendo o bocejo não deu importância à mulher com o rosto inchado e atado com um lenço, carregando um saco de estopa de onde escapava a cabeça adormecida de um leitão.

O velho ônibus superlotado atravessou a ponte. Alguém tinha ligado um rádio de pilha. A mulher de rosto inchado apurou o ouvido para o noticiário. Aparentemente nada escutou que lhe interessasse. O locutor informou que eram cinco horas e trinta minutos e a temperatura ao meio-dia seria de vinte e dois graus; o tempo, seco.

O ônibus entrou em Juazeiro, Bahia. A voz de Maria Bethânia anunciava que a barra do dia vem.

Capítulo Seis

1

A noite ocupa a embaixada, estabelece seu regime: sombras, pequenos ruídos misteriosos, suspiros, alguma risada súbita, monótono choro ao longe. Houve a leitura do boletim informativo, houve a tentativa de reunião terminada em fracasso, houve o princípio de porrada por causa de um colchão. Marcelo sentou na escadaria, apoiou a cabeça numa coluna, ficou olhando a unha do dedo indicador. Precisava encontrar um lugar para dormir. Morde a unha. Esse índio, Sepé... Qual é a dele? E esse cara, Álvaro? Partidão, seguramente. Entre os pensamentos que rodavam em torno da ansiedade de Marcelo como as mariposas em torno da lâmpada acesa no salão nobre da embaixada, havia um, incisivo, forçando espaço próprio, ocupado por dois olhos negros. Vagou pelos corredores na esperança de encontrá-la. Cansou, sentou na escadaria, apoiou a cabeça na coluna. O olhar de Mara: uma força verde e agressiva, um gesto medroso e dilacerado por sombras, uma pose grave e um tique deslumbrado. Uma busca constante.
— E sempre a transformar-se rapidamente sem causar estranheza a ninguém.

— Estava normal, eu acho. Um pouco nervosa.

Índio matreiro. Percebera a ruga na sua testa, os olhos desviados, a rapidez incômoda com que respondera.

Claro, era uma mentira. Mara estava mal. Intuía. Sentiu frio e aconchegou-se dentro do gabardine porque o frio vem de pensar em Mara e Hermes, desamparados, e tensos, não no estádio — entre cães e metralhadoras — mas isolados no apartamento das torres de San Borja, olhando pela janela a noite sobre a cidade de Santiago do Chile, desconfiando de cada ruído, pensando aflito (mais que aflitos: perdidos) como sair dessa, onde a chave do labirinto, onde qualquer coisa que não esse dia-a-dia de pesadelo, adornado de tanques, homens fardados, gente pálida e olhos vermelhos.

A noite ocupa a embaixada. Não são ainda dez horas da noite. O tiroteio aumentou. Ouve rajadas, explosões, silêncios longínquos. Dez dias após o golpe e as escaramuças noturnas ainda continuam. Coragem não faltou, bradava com eloqüência um colombiano na fila de comida. Não faltou, toda gente sabe, e pensa em Micuim. Pensar em Micuim é pensar em sua pequena mão amarela, suas pequenas unhas sujas, escorregando pela manga do gabardine. Esquecer Micuim, esquecer Mara, esquecer o relógio imóvel como uma ameaça e esquecer as três horas da madrugada em ponto. Preparar-se. Em breve começarão os comunicados dos partidos, as acusações recíprocas, as falsas autocríticas, o reino dos pequenos imperadores do exílio. Agüentar tudo isso. Melhor não pensar em Hermes e Mara jogados em celas superlotadas — Hermes olhando a parede, Mara enrolando os cabelos nos dedos — pensando em quê? Sepé dissera — e Sepé mentira — que ela estava normal, eu acho, apenas um pouco nervosa.

— Ele não devia ter ido — diz Mara.

— Agora é tarde — diz Hermes.

— Você devia tê-lo impedido de sair.

— Por que eu? Quando Sepé quer fazer alguma coisa ninguém o faz mudar de idéia.

— É loucura sair faltando vinte minutos para o toque de recolher.

— Também acho.

— Você tem mais autoridade sobre ele.

— Eu não tenho autoridade sobre ninguém.
— É numa hora dessas que a gente vê quem tem cabeça.
— Também acho.
— Então por que não...
— Vou fazer um café, Mara.
Na porta da cozinha volta-se:
— Olha a bagunça que está.
Entrou na cozinha, abriu a torneira de água fria, deixou a água escorrer nas suas mãos. Procurou o pote de café no armário. Silêncio na casa. Foi conferir: Mara em pé no meio da desordem. Papéis, almofadas, jornais, fotografias. Alice no País das Maravilhas. Não consegue precisar por que, mas é fortíssima a impressão de estar vendo uma ilustração do velho livro. Apenas, aquela Alice da sala estava próxima do fim da juventude, mas muito mais velha. Os longos cabelos esfiapados, os olhos sombrios, marcas no rosto e restos de uma beleza submetida à luxúria, a rancores, acumulados, a acumuladas frustrações. Alice, ou então uma dessas rainhas de lenda que são menos belas por não serem princesas, por serem rainhas e por arrastarem grandes mantos imperiais, como despojos.

Voltou ao café, pôs a água a ferver, olhou a chama azul. Uma chama azul. Ao alcance da mão. Bela — azul — intocável. Desse jeito precisava mais do que uma xícara de café. Precisava era do pisco na prateleira. Misturá-lo com água mineral e limão, aquela receita horrível que Dorival lhe ensinara.

A água ferveu. Derramá-la sobre o pó escuro que seu tio mandou do Brasil, aspirar o cheiro forte, valeu como consolo. Mas precisava mais do que isso. Sentia-se com vontade de estirar-se no sofá da sala, esconder a cabeça sob uma almofada, dar um suspiro tão longo que o devolvesse ao bairro do Bom Fim, à mesa do tio, a uma qualquer página de Drummond lida sábado à tarde no Parque da Redenção. Principalmente, não quer olhar pela janela, ver esse anoitecer de Santiago, a última centelha de sol escorregar lentamente atrás dos edifícios que lhe limitam o horizonte, apagar os pequeninos brilhos nas janelas da Providência, impor essa quietude de catacumba no apartamento, imobilizar

Mara como uma Alice mal desenhada no meio dessa derrocada de papéis e almofadas.

Ouviu que ela falou.

— Você falou?

Ouviu que ela ria.

— Nada, nada.

Apanhou o bule de café, duas xícaras e foi para a sala.

— Com leite?

Ela não respondeu. Tinha o olhar nos edifícios que o sol insistia em lambuzar de cores arbitrárias.

— Estava só lembrando — disse ela.

— Quer que ponha açúcar?

Mara abriu a janela de golpe, os papéis no chão se agitaram. Respirou fundo e estendeu os braços lentamente. Permaneceu assim, estática, teatral, abraçada pelo brusco frio. Hermes depositou a xícara na mesinha.

— Precisamos limpar isto, já pensou se vem alguém?

— Pouco me importa.

Voltou-se e encarou-o; estava mais velha, mais triste. O rosto foi desmanchando-se como papel que se amassa, tornando-se mais vulgar, mais grosseiro, boca apertada entre ódio e deboche.

Atravessou a sala pisando forte.

— E pode enfiar no cu esse café fedorento.

Bateu com a porta.

Hermes deu tempo aos nervos para assimilarem o estrondo, abaixou-se e apanhou uma fotografia entre os papéis. Examinou-a, pensativo e fatigado, uma espécie de sorriso nostálgico no canto da boca. Guardou-a no bolso da camisa. Apanhou sua xícara e aproximou-se da janela. Santiago. A sombra da Cordilheira, os edifícios iluminados, ainda a faixa lilás do crepúsculo, diminuindo brandamente, como uma mão a dar adeus na janela dum trem que vai pouco a pouco desaparecendo. Bebeu um gole. Onde caralho estaria Marcelo? Marcelo andava metido nuns esquemas estranhos, algo a ver com os *Montoneros* argentinos, coisa do louco do Dorival. Marcelo era um sujeito sensato. Percebeu que pensava isso com amargura. Sabe onde se mete. Sempre com sua maldita sensatez, sempre na difusa faixa entre o medo e a audácia. Nesse momento talvez esteja metido numa enrascada. Talvez esteja morto. Ou, sensatamente, talvez tenha sido o primeiro filho duma puta a pular o muro de qualquer embaixada. Quem pode saber?

Som agudo de sirena. Motocicletas escoltam carros lá embaixo. Carros oficiais, naturalmente, com milicos de rostos tensos, apertados em seus uniformes, ruminando agora vão ver quem manda nesta merda... (Amava essa criatura. Ou pensava que amava essa criatura. Ou tinha o dever de amar essa criatura. Amava-a? Que horror é esse que o estremece?) O carro desaparece. Talvez nem fosse um milico. Como são feios. Como suas caras inspiram desconfiança, como há maldade em seus olhinhos brilhantes, como são desastrados para falar e fazer gestos.

A porta do quarto dá um estalido.

— Ainda está quente esse café?

Parece refeita. Alisou a voz, descansou o rosto.

— Prova. Se não está eu...

— Está, está.

— Vou acender a luz.

— Não, não, deixa assim.

Desliza entre os pequenos destroços sobre o tapete, tropeça, equilibra a xícara precariamente, aproxima-se da janela. Agora a cidade está toda iluminada e o céu escureceu como num cinema. Surgem as primeira estrelas.

— Que gozado. Tão tranqüilo. Nem parece que deram um golpe.

Ele aceita essa paz fictícia que jorra do anoitecer e se imiscui no apartamento, acomoda-se na estante com os livros, repousa sobre os discos, se aquieta, imóvel, no ar escuro.

— Sabe...

Procura ver o rosto dela na penumbra. Descobre vestígios da maldade lutando por se restabelecer.

— Já te contei como foi minha primeira experiência sexual?

Falou jovialmente, a voz adornada do ruído de gelo em copo de uísque, cintilar de pulseiras, óculos escuros. Chanel. Na penumbra não é nada disso. É um vulto escuro junto à janela.

— Já, Mara.

— Então, menti. A verdade eu nunca contei pra ninguém.

Dá uma risada coquete.

— Foi com a Irmã Hortência.

Olha-o. É um olhar de desafio, de menina necessitada de afirmação entre os mais velhos, de e-essa-agora?

— Considerando as circunstâncias parece-me perfeitamente natural.

A campainha da porta! Os dois se olham. Hermes consulta o relógio de pulso. Sete horas.

— Pode ser Sepé que voltou...

Ela sacode a cabeça rapidamente como se tivesse perdido a voz, não não. Dois pequenos seres assustados dentro de um apartamento em Santiago do Chile olham-se imóveis. A campainha, outra vez. Hermes se mexe. Move-se mais rápido. Mara toma-lhe a frente.

— Não.

Hermes acaricia a mão magra agarrada a seu pulso.

— Calma.

Os olhos dela reluzem de terror. No outro lado da porta, no corredor iluminado, há — deve haver — algo horroroso.

O pior de tudo é esse tremor filho duma égua, esse suor filho do tremor que o faz feder, que o avilta, que o paralisa na esquina de Monjitas com 21 de Mayo, completamente desnorteado, colado à parede, levando a mão atrás da orelha, buscando pelo cigarro, não encontrando, apalpando-se, porra, metido nesta sinuca e sem cigarros, tô mesmo fudido. Como é que me meti nesta fria, pô? Como posso ser tão imbecil? Estava a salvo lá no apê deles. Pelo menos tinha onde dormir. Eles iam encher um pouco meu saco com as discussões, mas eu ia comer bem, tomar um bom café, com jeito abrir aquela garrafa de pisco que apodrece dentro da cristaleira. Poderia até escutar aquele disco antigo do Nelson Gonçalves quando eles fossem dormir. Mas está aí, Monjitas com 21 de Mayo, começando a sentir frio, esperando o tremor passar, vendo a mão do homem, branca, pendendo do degrau. Acertou bem o *momio* filha duma. Derramava sangue como se tivesse picado o bicho pra fazer morcilha. E nem gemeu. Os golpes acertaram direitinho, ele foi tornando-se menor, encolhendo, diminuindo de tamanho, perdendo o brilho das têmporas, das unhas, do alfinete da gravata, dos botões, do sapato, até se amontoar, cinzento e mudo. *Momio*. Devia ser graúdo. Chefe de comissão de moradores, qualquer coisa assim. Talvez até fosse um delegado de polícia voltando para casa. Não, isso não. Um delegado teria mostrado o berro, um tremendo 45 bem nas suas fuças. Ainda deve estar lá caído, o filho da puta. O sangue silencioso nos degraus. O corpo se remexendo devagarinho como caranguejo com a perna quebrada. Voltar lá, dizer pra ele, ô meu, culpa tua. Eu só queria entrar aí, falar com meus cupinchas, descansar, talvez com jeito um traguinho de pisco. Você se atravessou, malandro. Taí, dançou. Comigo é assim. Pisou no poncho... Imagina o vulto caído, o lento mover dum braço no ar que escurece, a vontade de voltar lá, perguntar o que há, meu, isso já é fita, não peguei tão forte assim. Porra, tá fazendo falta um cigarrinho. O *momio* deve estar com o bolso cheio de cigarros. E grana. E documentos. E sei lá que mais. Devia era ter chutado o filho da puta. Todos os fascistas viraram valentes de repente. Com o exército nas costas qualquer vagabundo vira macho. Quero ver o contrário. Quero ver topar a parada com os milicos do outro lado da sanga. Aí eu quero ver quem é macho. (Aparício é macho, isso é verdade. Há que ser justo. Aparício era burro como um jumento e mais grosso que sorete de carreteiro, mas era macho. Ainda vai descer um dia em Porto Alegre, Caxias, Ibicuí, Judas-Perdeu-As-Botas, onde quer que ele esteja, bater um fio, alô, sargento Aparício Conceição, tá reconhecendo a voz, *bueno*, não pude vir antes mas sempre é tempo de resolver aquela nossa questãozita que ficou pendente.)

Som profundo de sirene. Motocicletas na rua deserta. Um carro. Outro. Vários. Cortejo de Mercedes, escuros, silenciosos, rápidos. Cola-se à parede, roga para desaparecer. Os carros passam.

Sente o cheiro do suor, a roupa molhada de suor, o frio da

noite na cara, fome. Preciso sair daqui. A cidade é outra. É uma estranha com disfarce parecido à cidade que conheceu. Já passou por essa rua a essa mesma hora, mas estava povoada de meninas com uniformes de colégio que se demoravam a ver vitrines, homens apressados voltando do trabalho, meninos gritando com maços de *La Última de La Hora* debaixo do braço, o tráfego fervendo, os ônibus sendo disputados com ferocidade, o pó e a pressa e o asfalto da cidade familiar, reconhecível nos guardas patrulhando a rua, nos semáforos funcionando cristãmente, na sombra da Cordilheira, velando pela normalidade do anoitecer. Agora é esse frio, esse suor, esses passos que ressoam como culpados. Aquele *momio* filho duma grande puta. Estragou tudo. Na certa vão bater na porta de Hermes.

Fustigado pela primeira real chicotada da consciência que o atinge, pára, como quem leva um susto. Barbaridade. Vão bater na porta de Hermes e de Mara. Por sua culpa. Por ser um idiota, um porra-louca, um estabanado. Seguramente vão bater na porta deles, perguntar coisas, algum vizinho vai falar, o porteiro confirmar, a conspiração subir e descer pelos elevadores. Estão sitiados no alto da torre — e é o culpado.

O som duma sirene começa a nascer no fundo da rua, vem aumentando, devastador, confunde-se a seu coração que arremete, ao suor que fede, ao tremor que o martiriza. Correr!

2

Correr! Apertar bem forte a mão de Pedrinho e correr. Correr para longe desse porão, dessa casa, dessa noite. Quando era pequena, certa vez a encerraram na despensa, quarto escuro cheio de volumes estranhos e cheiros desconhecidos, onde não entrava absolutamente nenhuma côdea de luz.

— É essa, doutor?

Vale não lhe dá atenção. Ana procura ignorar o tremor nas suas pernas, pensa que não há motivo para isso, que Zé vai rir da sua aflição. Pedrinho se mexe, inquieto, Pedrinho pesa. A casa cheira a tabaco e mofo. A despensa cheirava a café e mofo. E ela de olhos fechados porque nas suas costas, dos negros volumes estranhos, lentamente começa a desprender-se uma mão cabeluda, unhas curvas e pontiagudas. Vale abre a porta.

— Entre.

A sala está fortemente iluminada e apesar disso fria. A despensa estava escura e abafada. Alguém sentado ao contrário numa cadeira, lendo jornal, volta para eles o olhar indiferente. Fecha os olhos porque o escuro da sala é pior do que o escuro que faz quando se fecham os olhos. Fecha-os e sabe pelo tremor das pernas que mesmo deixando-os fechados não poderá impedir que a mão de unhas afiadas se aproxime, crispada, com grossas veias. Insólito aparelho no meio da sala: um pau atravessado entre duas mesas. Sentiu vontade de urinar. Quando as garras se cravarem nas suas costas sabe que a urina escorrerá pelas pernas, o magro corpo nu pendurado de cabeça para baixo, a mão cabeluda de grossas veias roça-lhe a nuca e um vulto — cobra, aranha — rasteja entre seus pés como esse gemido parece arrastar-se pelo chão e ela grita de pavor no momento que a urina escorre pelas suas pernas e pinga nos sapatos, amarela, pinga, pinga. Algo que pinga. Rubro. Gritou. Agarrou-se a Pedrinho e gritou. Suas mãos meteram-se pelos cabelos, ambos gritavam e se apertavam e não sabiam bem por quê: havia na sala de luz cegante esse homem lendo jornal; havia outro, nu, magro, pendurado de um pau, cabeça para baixo, deixando escapar essa gota vermelha. Que pinga. Que pinga. Que pinga. Que pinga. Esse homem não pode ser, mas é ele, não pode ser, mas é Zé. Correr! Voltou-se para escapar do pesadelo e da loucura que se aproximava espiralante e aí estava esse homem moreno — Vale — e seus cabelos grisalhos e o ar inteligente e simpático. Não podia passar. O homem estava na sua frente. O homem olhava-a com simpatia. O homem falou:

— Calma, Dona Ana Maria.

O homem que lia jornal levantou a cabeça e sorriu. É possível que tenha dado um suspiro. (É possível porque o sorriso murchou da mesma forma que havia surgido em seus lábios, seco e automático, buscando uma forma remota de participação. É possível que tenha suspirado assim como sorriu, possuído por um tédio moderado e habitual, como os burocratas olham das janelas dos escritórios a tarde de sol, o bando de colegiais.)

— Aproxime-se, Dona Ana Maria.

A mão no seu pulso era morena, dura, firme, unhas tratadas por manicure. Não sabe se foi arrastada ou caminhou. Mas está aí, tão perto que estendendo o braço pode tocá-lo, a esse corpo nu, inchado, esquelético, coberto de manchas roxas e vergões vermelhos, a barriga pontilhada de pequeninas e circulares marcas de ponta de cigarro. Esse homem que não a vê e que é Zé. É o Doutor José Azevedo Dias, cirurgião-dentista, seu marido. Está nu. Dependurado nu dessa coisa. Está tristemente nu. E de seu corpo desprende — como de uma torneira mal fechada, e ela tem um tremor de riso: como de uma torneira mal fechada! — essa gota vermelha que pinga. Regular. Monótona. Sinistra. Pinga e pinga e pinga no chão de cimento e forma essa poça brilhante a seus pés.

— A senhora repare bem o estado em que ele está.

O homem que lia jornal ergue outra vez a cabeça e sorri outra vez o mesmo sorriso. (Há uma minúscula alteração no sorriso: ele vem com a ligeira, fatigada expectativa do espectador que conhece o espetáculo, mas assim mesmo o aprecia, mais por vício que por prazer.) Ergue, pois, a cabeça, esboça o sorriso e vê Ana em pé, tensa e muda, olhos brilhantes, o menino no colo enrolado em seu corpo de braços e pernas e vê Vale, curioso, atento, educado, coçando a cabeça, acumulando paciência. Pousa o olhar no homem pendurado de cabeça para baixo, faz uma avaliação rápida, profissional, e, vagaroso, olha as manchas de umidade na parede em frente. Acha que parece um mapa da Europa. Vale acha que parece um cavalo. A sala — o porão — é ampla, espaçosa, antiga despensa, possivelmente. Há uma pequena janela que deve ficar ao nível do chão. A mesa, no centro da sala, serviria antigamente para escolher feijão, engarrafar cachaça, fazer pacotes. Ao lado da mesa, um acumulador com manivela. Encostado à parede, um toca-discos barato, caixa de plástico verde, com amplificador e dois alto-falantes. Uma cadeira caída. Folhas de jornal no chão. Um balde. Uma mangueira.

— Está assim porque não quis colaborar. Sinceramente esperamos que a senhora colabore conosco.

Foi como quando era pequena e a encerraram na despensa escura. Quando imaginou que dos sacos de café e feijão sairia uma mão terrível para cravar as unhas nas suas costas. Quando de puro medo a urina escorreu pelas suas pernas. A voz saiu frouxa, como se a não dominasse, como aquela vez à urina:

— O que é isso, meu Deus?

Vale fez um gesto de desagrado.

— Perdi três dias com ele, minha paciência está esgotada. Pedrão, ele disse alguma coisa enquanto estive fora?

O homem que lia o jornal ergueu a cabeça lentamente, já com o sorriso e o possível suspiro reprimido, e sacudiu-a, exausto, indiferente.

— Necas.

Então o grito explodiu em Ana, o que é isto meu Deus! Sua voz subiu contra o teto, Pedrinho recomeçou o choro num arranco.

— O que é isto? É o santinho do seu marido. É um comunista, um terrorista, um inimigo da nossa sociedade, um ateu. Ia à missa todos os domingos e é um ateu. Esse é o seu maridinho.

Ana gritava sem saber que gritava e deu a volta correndo em direção à porta. Vale caçou-a pelo braço, arrastou-a até a mesa. O homem lendo jornal ergueu apenas uma vez o olhar e devolveu-o à leitura. Vale puxou uma cadeira e obrigou-a a sentar-se nela. Ana começou a embalar Pedrinho, como a um bebê, e começou a cantar uma cantiga de ninar.

— Cale essa boca! Esse é o seu marido. Sabemos que a senhora não tem nada com eles, com os terroristas, mas pode nos ajudar muito fazendo seu marido falar e fique sabendo que precisamos de sua ajuda. Precisamos e queremos. É pra o bem de todos.

Apoiou-se na mesa, aproximou o rosto do dela. Ela recuou, com asco, com pavor, escondendo Pedrinho no peito, olhando como em busca de refúgio para as paredes manchadas.

— Não vai acontecer nada pra senhora e vamos tratar bem de seu marido. A senhora não conhece destas coisas. Fazemos tudo por seu bem. Somos gente decente. E eu vou informar qual é sua situação pra que não crie ilusões.

Afastou-se, deu uns passos confusos sem saber aonde ir, resolveu parar, tirar um cigarro do bolso, bate-o na unha do polegar, olha para ela.

— Nós temos poder para fazer o que bem quisermos. A senhora precisa entender isso. Absolutamente ninguém sabe onde a senhora está. Absolutamente ninguém. Ninguém a pode socorrer aqui. Nem pai nem parente nem advogado. Nada. Não importa que tenha primo juiz ou tio coronel, compreende? Isso não apita nada. Aqui mandamos nós e mais ninguém. Aqui nem o presidente da República interfere. Isso ficou claro? Para terminarmos rápido depende unicamente da senhora. A senhora vai para casa, chamamos um médico para seu marido.

Faz uma pausa, acende o cigarro, parece lembrar-se de alguma coisa.

— Pedrão, e ele? — indicou o homem no pau-de-arara.

— Assim, assim.

— Como, assim-assim?

O homem largou o jornal com um suspiro.

— A gente deixou ele descansar meia hora como o senhor mandou e depois pendurou ele de novo. E como estava aborrecido isto por aqui dei umas picadinhas nele com o jacaré pra ver se adiantava o serviço. Até aumentei um pouquinho a voltagem mas ele continuou se fazendo que não sabia de nada.

Vale fechou a cara.

— Eu não disse pra não tocarem nele enquanto eu não estivesse aqui? Aumentou pra quanto?

— Não sei bem, foi meio a olho.

— Imbecil!

Aproximou-se do corpo, agarrou a cabeça que roçava o chão, Ana olhou com curiosidade e repulsa, constatou que Zé começava a perder cabelo, em pouco tempo vai ser careca o coitado, e é tão vaidoso. Arrepia-se. Vale está abrindo um olho com o dedo, está escutando no lugar do coração.

— Merda.

Largou a cabeça que ficou sacudindo.

— Solta ele.

Pareceu ficar pensando, coçou a testa, contemplou com raiva o homem que se deslocava pachorrentamente sem largar o jornal, com má vontade, com insolência. Começou a desfazer os nós que atavam os pulsos e os tornozelos do prisioneiro com uma só mão. O braço direito soltou-se e descreveu um semicírculo no ar. Bateu no chão molhado e aquietou-se. O homem desfez o outro nó, o corpo se precipitou de cabeça, produziu um rumor de fardo mole, amontoou-se no chão, palpitante. Ana Maria continuava sem poder ver-lhe o rosto. Ouvia, porém, a respiração cansada e o débil gemido, monocorde e lento, deslizando rente ao chão. Vale cutucou-o com a ponta do sapato.

— Manda chamar o médico.

— Ele está na cidade.

— Manda chamar o médico, porra!

O homem dobra o jornal com extremo cuidado, meticuloso

e atento, o sorriso transformando-se em sarcasmo e humilhação recolhida, anda com dificuldade até a porta, joga de repente o jornal sobre a mesa, assustando Ana. Fechou a porta. A sala ficou em silêncio o tempo suficiente para ouvirem as pequeninas patas de aranha no piso frio. Vale deu passos compridos pela sala, mãos nas costas, cabeça baixa. Ana sentiu que ia desmaiar, mas resistiu ao receber contra o corpo o estremeção repentino de Pedrinho. Apertou-o com mais força. Como Zé parecia magro! Como respirava mal e que horríveis esses vergões nas suas costas. Atravessa-lhe outro raio de pânico. Não, não é ele, não pode ser ele, Zé é dentista, é uma pessoa pacata, não se mete em política nem em negócios nem em clubes. Esse homem não é Zé.

— Esse homem não é Zé.

Vale levanta o olhar. A mulher parece que vai ter um ataque. Os olhos estão congestionados. Neles paralisa a luz amarela. O aspecto de histeria e loucura se acentua com o tremor dos lábios e a ponta do cabelo que se soltou.

— Papai, papai, papai.

Ana sacode Pedrinho com inusitada fúria, chocada.

— Papai não está aqui!

— Está sim, está machucado.

— Não está aqui, não está aqui, não está aqui.

Dá dois passos, encara Vale, tensa, agressivamente controlada, a loucura iluminando metade do rosto.

— Eu quero ir embora deste lugar!

— A senhora vai embora depois de falar com seu marido.

— Meu marido não está aqui!

— Eu não vou tolerar comédias, minha senhora. Já perdi tempo demais. É melhor colaborar.

— Eu quero ir embora!

— Então vai fazer o que eu mandar, entendeu?

— Eu quero ir embora!

— Muito bem. A gente arruma isso. Venha cá.

Puxou-a pelo braço para junto do corpo caído. Ajoelhou-se ao lado dele, obrigou-a a abaixar-se. (Viu de perto o corpo nu, suado, a pele arrepiada, constatou com curiosidade, com pavor, com um riso reprimido e com pena e com repulsa que ele cheirava a urina e excremento e frio.) Vale agarrou-o pelos cabelos, forçou a cabeça a erguer-se um pouco. Ana viu o rosto inchado e de barba crescida, a boca aberta com os dentes quebrados, um olho fechado, o outro aberto. Vale largou a cabeça que bateu contra o cimento.

— Está morto!

— Tá nada. Tá fingindo, o seu maridinho. Nisso ele é bom.

Aplicou dois tapas rápidos, secos, profissionais, no rosto do homem. Ana saltou para trás, caiu com Pedrinho sobre ela.

— Fica aí!

O berro de Vale teve o dom de despertá-la. Tudo isso era mesmo verdade: esse porão, esse homem, esse corpo nu. Os olhos de Vale se transformavam, sem pressa começou a avançar para ela.

— Pelo amor de Deus, pelo amor de Deus.

— Vamos falar com seu marido.

— Deixe o menino lá fora, pelo amor de Deus.

— Ele fica.

— Pelo amor de Deus.

A garra apertou outra vez seu pulso. O homem usava perfume. Era um perfume forte, não podia saber se era caro ou barato, Zé nunca gostou de usar perfume. A mão que apertava seu braço era mão de unhas bem tratadas. Vislumbrou o homem na manicure, a toalha branca, solene e poderoso, bajulado, doutor pra lá, doutor pra cá, fumando, olhando o teto, sorrindo sem vontade, pensando no jogo de cartas de logo à noite com os amigos finos, o empresário, o jornalista, o publicitário, também eles, como a manicure, servis e amedrontados. "Nunca falamos de política com o delegado. Cada um na sua."

— Se não ficar quieta quem vai pagar é ele.

Indicou Pedrinho com um gesto de cabeça.

— Pelo amor de Deus.

— Então trate de colaborar. — Agarrou pelos cabelos o homem no chão. — Azevedo, você tem visita.

— Ele não é meu marido.

— Cala a boca!

Bateu sem pressa, quase sem ódio, com uma ponta de tédio,

uma duas três quatro cinco e seis vezes no rosto inchado. Pedrinho recomeçou o choro histérico.

— Papai, papai, papai.

— Não é papai, Pedrinho.

Vale olhou-a, ameaçador.

— Azevedo.

O homem abriu o olho fechado, tornou a fechá-lo.

— Tua mulher quer falar contigo. E teu filho.

— Ele não é meu marido, doutor.

— Azevedo.

Deu outro tapa, agora com um estremecimento de raiva.

— Onde é o aparelho?

— Doutor, posso ir embora? Ele não é meu marido.

— Azevedo, onde é o aparelho?

— Doutor, meu marido saiu de casa há três dias e ainda não voltou. Esse senhor não é meu marido.

— Azevedo, abre os olhos, pô. Tua mulher tá aqui.

— Eu não sou mulher dele, doutor. Não conheço esse senhor.

— Azevedo, não te faz de bobo. Quer que eu entregue eles pra o Sovaco? Quer?

— Doutor, o senhor está enganado, esse senhor...

— Cala a boca!

Ergueu-se num assomo de fúria.

— Agora tu vai falar de qualquer maneira, comunista de merda!

Caminhou energicamente em direção à porta.

— Tadeu, Tadeu, vem cá. E chama o Sovaco. Agora vocês vão trabalhar, porra! Chega de *dolce vita*.

— Aqui ninguém tá de *dolce vita*, doutor.

— Chama o Sovaco, porra!

— O Sovaco que tá *dolce vita*, doutor, tá lá jogando carta. Eu fiquei de guarda o tempo todo, o senhor sabe como é que é, não dá pra facilitar.

— Anda, caralho, te mexe, pústula!

Vale fecha a porta, está outra vez calmo, rosto serenado, aproxima-se sorrindo, pousa a mão na cabeça de Pedrinho.

— Dona Ana Maria, pela última vez, convença seu marido a falar. É para o bem de todos. A senhora ama seu país, não ama? A senhora sabe o que é o comunismo, Dona Ana Maria? Sabe o perigo que isso significa? Me diga uma coisa: a senhora quer que sua pátria se transforme num satélite da Rússia? A senhora já ouviu falar na Cortina de Ferro, não é verdade? A senhora já pensou nosso povo, nossos costumes, nossa maneira de ser dominada pelos comunistas? Já pensou? Vai terminar toda nossa alegria, Dona Ana Maria. Isto vai virar um país triste, sem lei. Já pensou nossas praias, nosso futebol, todas essas coisas do nosso povo? Eu não posso pensar nisso, a senhora veja, fico todo arrepiado. Eu lhe confesso, Dona Ana Maria, tudo que eu faço, minha luta toda é pelo futuro desse menino, desse brasileiro. Pelas nossas famílias, pelas nossas crenças. A senhora fale com seu marido.

— Esse senhor não é meu marido, doutor. Eu peço que o senhor tenha consideração.

— Eu vou ter consideração. Eu vou ter toda consideração.

Caminhou até a mesa e sentou-se nela. Cruzou os braços. Esteve uns momentos assim, mordendo os lábios, até que a porta se abriu. Vale incorporou-se e caminhou em direção à porta. Parou.

— Sovaco.

O homem sorriu. Tinha dentes de ouro.

— Carta branca.

O sorriso aumentou. Apareceram mais dentes de ouro.

— Mas quero serviço limpo. Que ninguém abotoe antes de cantar.

— Deixa comigo, doutor.

Vale saiu sem olhar para trás, fechou a porta sem ruído, dir-se-ia que com delicadeza. Os dois homens olharam para Ana Maria e Pedrinho, depois entreolharam-se. Sovaco esfregou as mãos exageradamente, Tadeu o observava, servil, pronto para exagerar a graça, para aplaudir.

— Não está mal o material.

— Um pouco baixinha.

— Assim que eu gosto, mulher grande quem gosta é turco.

Aproximou-se de Ana Maria, mostrando os dentes, gingando o corpo, aumentando-lhe o pavor dos olhos.

— Olá, chuchu. Exatamente o que o doutor recomendou. Sob medida.

Falava arrastado, tocou numa pedra que tinha na gravata, conferiu se Tadeu o observava.

— Você tem qualquer coisa do veneno, da graça, do charme da mulher brasileira. Você me sacode, chuchu. Tadeu, vou convidar a *lady* pra um arrastapé, bota uma música lá. Vem cá, gostosa, pedaço de mau caminho.

Outra vez uma mão forte no seu punho, uma mão grande, estranhamente morna e macia. Sentiu que encostava-se ao corpo balofo de cerveja daquele homem com cheiro a suor e perfume barato, que suas pernas fraquejavam, que ele sussurrava numa voz musical insinuante:

— Por que não deixa o garoto ir brincar um pouco?

Tentou separar Pedrinho dela mas ela aferrou-se ao menino.

— Sabe, você é uma mulher sensual. Você é quente. Tem essa carinha de santa mas é quente. Mulher eu conheço.

— Santinha do pau oco!

— Cala a boca, Tadeu, e bota o disco. Larga o menino.

— Não.

Sovaco sorriu.

— Larga, chuchu. Larga que tu ganha um presente genial. Larga por bem que tu não vai te arrepender, chuchu.

— Um presente de palmo e meio!

— Não te mete, Tadeu, o assunto é privado.

Simonal começou a cantar "Tão bonita que ela é, cabelos lisos como eu nunca vi..."

Num brusco movimento Sovaco arrancou Pedrinho das mãos de Ana. Ela gritou. Avançou para recuperar o menino mas Sovaco desviou-se dando risadas.

— É valente a baixinha.

Empurrava-a apenas com uma mão, ela dava socos e pontapés, mordia e arranhava. Sovaco ria divertidíssimo. Tadeu chegou por trás e agarrou-a pelos seios. Sovaco protestou.

— Pera aí que o material é meu, primeiro me sirvo eu depois tu. Qual é?

Tadeu largou-a, a contragosto. Sovaco era quase o dobro do tamanho dele.

— Toma.

Sovaco atirou-lhe Pedrinho que atravessou uma distância de dois metros e foi parar nos braços de Tadeu. Ana voltou-se contra este, investiu para recuperar o filho mas Sovaco tinha corrido para o lado e gritado joga! e Tadeu atirou-lhe Pedrinho de volta e Ana voltou-se para Sovaco que lhe fazia caretas e mostrava os dentes de ouro como numa brincadeira e negaceava, evitando seu assédio, com Pedrinho debaixo do braço a chorar aos gritos. Quando Ana conseguiu alcançá-lo, atirou-o para Tadeu, que já esperava de braços abertos. Ana conseguiu agarrar uma perna de Pedrinho enquanto Tadeu agarrava-o pelo corpo. Caíram os três. Sovaco dobrava-se de rir.

— Tu é frouxo mesmo, Tadeu. Não pode com essa tampinha. Vou te mostrar como é que macho de verdade faz, olha pra aprender.

Com um safanão arrancou Pedrinho das mãos de Ana. Fugiu em passos rápidos para uma porta do canto da sala. Ana veio detrás como uma tigresa, agarrou-se às costas de Sovaco, ele jogou-a longe com um empurrão. Abriu a porta com um pontapé.

— Vamos encerrar o garotão no cagador.

Ana saltou sobre Sovaco cada vez mais transtornada. Sua unha abriu um sulco no rosto dele, junto ao olho. Sovaco largou Pedrinho que caiu de cabeça — quase afogado de tanto chorar — e agarrou o rosto com as duas mãos.

— Puta!

Olhava-a com assombro. Examinou as mãos em busca de rastos de sangue. Por um momento Ana pareceu reconhecer o perigo, vacilar, mas logo precipitou-se e apanhou Pedrinho. Sovaco segurou-a pelos cabelos. Empurrou-a para dentro da pequena sala fétida.

— Essa puta me saiu mais atrevida que a encomenda.

— Quem é ela?

— Sei lá quem é! Só sei que tá ralada. É uma pé-de-chinelo qualquer. O homem deu carta branca.

— Cortou fundo, tá saindo sangue.

— A filha da puta...

Apanhou o lenço que saltava do bolso do casaco, começou a dar pancadinhas delicadas no local do arranhão. Olhou o lenço, apreensivo.

— Cadela. Me deixou marcado. Quê que a moçada vai dizer? Tadeu, se eles souberem alguma coisa é tu que alcagüetou, olha lá, hein?

— Sovaco.

— Vê se me encontra um espelho. Quero ver essa porra na minha cara. Quero ver como é que ficou. Pode até infeccionar, nunca se sabe.

— Sovaco.

— Que é, porra?

— Acho que o cara ali virou presunto.

— Por quê?

— Tive cutucando ele mas tá mais frio que bunda de pingüim. Eu conheço de longe, virou presunto. É só olhar o branco dos olhos e eu sei.

— E daí?

— Daí que a festa acabou.

— Que papo é esse?

— O doutor não falou que a mulher não sabe nada, que quem tinha que falar era o cara?

Sovaco ficou segurando o lenço junto ao rosto, imóvel.

— Que papo é esse, Tadeu?

— Ué... Quer dizer, sei lá. Se o cara virou presunto quê que a gente tá fazendo aqui? Atiramos ele no rio e vamos dormir.

Os olhos de Sovaco brilharam.

— Tá querendo me sacanear, Tadeu? Vamos dormir? Essa puta me estraga a cara e tu vem dizer que vamos dormir? Qual é a tua, Tadeu?

— Pô, Sovaco, foi só um arranhãozinho.

— Um arranhãozinho? Um arranhãozinho? Um arranhãozinho é a puta que te pariu, Tadeu. É a puta que te pariu. Olha aqui meu lenço, pô! Ela quis me fuder, tá sabendo, ela quis me esculhambar a fachada, conheço bem esse tipo de puta! Mas isso não vai ficar assim.

A mão de Sovaco moveu-se fendendo o ar e estalou no rosto de Ana. Voou contra a parede.

— Agarra o moleque, Tadeu!

Puxou-a pela blusa que rebentou. Apareceu o sutiã branco. Tadeu deu uma risada grosseira.

— Tá começando a aparecer a leitaria.

Sovaco olhou firme para Tadeu.

— Tadeu, vou te dar uma distração pra parar de encher meu saco. Dá um caldo no moleque.

Surpresa no rosto de Tadeu.

— Ué, pra quê? Isso vai terminar em complicação.

— O homem deu carta branca, pô.

Tadeu olhou para o vaso sanitário. Estava entupido, cheio até a borda. Na água imunda boiavam fezes e pedaços de papel.

— Mas, Sovaco...

— Que mas nem meio mas! Olha aqui o que ela me fez! Quer que isso fique assim? Comigo é elas por elas.

— O doutor pode não gostar, Sovaco.

— Já falei que ele deu carta branca, seu viado. Dá aqui esse moleque!

Arrebatou Pedrinho das mãos de Tadeu, empurrou Ana que avançava contra ele, afundou o menino de cabeça no vaso sanitário. Ana mordeu o braço de Sovaco.

— Tira essa puta daqui, tira essa puta daqui!

Largou Pedrinho que afundou se debatendo. Virou-se para Ana, transtornado, enorme, curvado, estendendo as mãos cheias de anéis, agarrou-a pelo pescoço.

— Agora é a tua vez!

Foi empurrando a cabeça dela para perto da água fedorenta, do corpo de Pedrinho que se retorcia. A cabeça mergulhou ao lado da de Pedrinho, a água transbordou. Sovaco segurou a cabeça dela dentro do vaso até sentir o braço cansado. Levantou-a, descansou o braço, observou-a tossir, respirar, tornou a afundá-la.

— E o moleque? — Perguntou Tadeu.

— Tira ele daí.

Tadeu puxou Pedrinho pelas pernas, deitou-o no piso.

— Sovaco, acho que o moleque apagou.

— Apagou nada.

Levantou a cabeça de Ana, deixou-a cair no chão, arrastou-a para perto de uma cadeira. Sentou-se, desabotoou a camisa, começou a abanar-se.

— Puf, que calorão.

Bateu no rosto dela. Ela tossiu, abriu os olhos.

— Sovaco, acho que o moleque apagou.

— O homem deu carta branca.

Desabrochou a braguilha, tirou o pênis, agarrou Ana pelos cabelos.

— De joelhos, puta.

A porta abriu-se, entraram Vale e Pedrão.

— Como vai a coisa?

— Estamos amolecendo o material, doutor.

— Endurecendo, você quer dizer.

Todos caíram na risada. Tadeu ria mais alto.

— Esse doutor é uma parada.

Vale cutucou com o pé o homem no chão.

— Pedrão, pendura ele outra vez.

Tadeu olhou significativamente para Sovaco. Vale caminhou até o toca-discos e aumentou o volume. Sovaco puxou a cabeça de Ana pra perto de seu pênis.

— Me chama de gostosão, puta, me chama de gostosão.

Tadeu ria, estridente. Wilson Simonal cantava um país tropical, abençoado por Deus, bonito por natureza.

3

Exímia, enrolou o cigarro, passou-o na língua, riscou um fósforo. Tinha mãos inquietantemente pequenas. Usava-as com propriedade, como instrumentos independentes do seu corpo. Deu longa, sonhadora tragada de olhos fechados e estendeu o cigarro para Hermes.

— É da boa.

Hermes apanhou-o cauteloso como quem apanha um escorpião.

— É a primeira vez?

Poderia jurar que não havia ironia na voz dela. Mas Hermes já sentia-se humilhado desde o momento que seus olhos revelaram assombro ao vê-la apanhar da bolsa o pequeno embrulho de papel, abri-lo e mostrar, excitada e curiosa, o bolo de folhas secas picadas.

— É a primeira vez? — repetiu.

Sacudiu a cabeça que sim, infeliz. Ela imediatamente adotou um ar maternal e pleno de experiência.

— Relaxa. O segredo é relaxar. Aspira bem o fumo e deixa entrar até o cérebro.

Não tinha outro remédio. Afinal, foi falar que não tinha medo de nada. Deu uma tragada valente.

— Não senti bulhufas.

— Calma. Tem que dar tempo de fazer efeito.

Ficou subitamente nervoso.

— Vamos caminhar.

Afastaram-se dos bangalôs. A música da festa chegava até eles, distante e nítida. Alguns casais nas dunas. Cabanas de pescadores. O mar, permanente.

— Apagou.

— Espera que eu acendo.

Sentaram na areia. Fumaram mais. Hermes deitou-se e fechou os olhos. Procurou e encontrou a mão de Beatriz.

— Não sinto nada ainda.

— Calma. Relaxa.

Ficaram de mãos dadas, ele deitado e de olhos fechados, ela sentada e vendo o rosto sério dele tocado pela lua do verão. Era bom ter a pequena mão dela dentro da sua.

— Daqui se ouve a música.

Puxou-a suavemente e ela veio, leve, trêmula. Beijaram-se. Ela afastou o rosto, olhou-o de muito perto, risonha.

— Pelo menos você sabe beijar.

— Pelo menos?

Ela riu.

— Você usa óculos?

— Lente de contato.

— Ah.

— Parece decepcionado.

Ele riu. Olharam-se cômodos, tranqüilos. Ela levantou-se, deu alguns passos saltitantes, abriu os braços e começou a rodar. Tudo girava. As estrelas se precipitavam. Ela acabou caindo, tonta, rindo sem parar.

— É o maior barato!

Quando pôde ver percebeu que ele descalçava os sapatos. Em seguida, tirou a camisa.

— Ué, que você vai fazer?

— Vamos tomar banho.

— Vamos?

Ele tirou as calças.

— Eu não tenho biquíni.

— Não precisa. Ou você tem medo?

— Medo? Eu?

— Então, vamos.

Ela não sabia o que fazer. As palavras atrapalhavam-se.

— Sabe que é? A coisa mais por fora que pode haver é tomar banho sem roupa. E ainda mais de noite. É totalmente por fora.

— Quem contesta as estruturas não pode ter medo do ridículo nem de convenções provincianas como o que é por fora ou não.

Ela arregalou os olhos.

— Puxa, essa erva faz efeito rápido.

Rapidamente despiu o *blue jeans* e ficou de calcinha. Virou-se de costas para ele e tirou a camisa. Hermes estava só de cuecas. Vacilou olhando a água e então praticamente arrancou-a do corpo. Entrou na água dando pulos e gritos. Ela seguia-o, queixando-se. A água estava fria, cheia de luar, misteriosa. Agarrou Bia pelos braços e ergueu-a. A água escorreu pelo corpo dela. Os pequenos seios próximos de sua boca como dois pequenos frutos prateados. Beatriz quer dizer aquela que trará a felicidade. Aperta o acelerador. O carro atravessa o dolorido deserto cinzento. A voz de Gardel no rádio prometia que *no habrá más pena ni olvido*.

— Estou gelada.

— Vamos ali para as dunas.

Começaram a secar-se freneticamente com as camisas. Ele parou. Olhava-a, fascinado.

— O que é?

— Deixa que eu te seco.

Ligeiramente trêmula, a mão com a camisa deslizou pelas costas dela, pelos ombros, deteve-se num seio. A outra mão atraiu-a. Beijaram-se. Atraiu-a mais. Ela sentiu o sexo dele roçar seu ventre. Beijaram-se com mais intensidade. A mão dele percorreu-lhe o corpo, ansiosa. Ela afastou-se. Tremia. Olharam-se nos olhos. Ela diz num sussurro.

— É a minha primeira vez.

Ele sente o coração, ouve latidos longínquos de cães. Apossa-se da calcinha, começa a baixá-la. Ela ajuda-o. Ele paira acima das dunas e do mar, suavemente arfa. Ela — a pequena mão dela — toca-lhe o sexo. Ele treme.

— Você ainda tem os óculos?

— Tenho, em casa.

— São de grau?

— São de grau.

— Genial.

— Ih, cara, você é meio pinel.

Põe a boca no seio dela. Começa a escorregar, deslizando o rosto pelo corpo dela. Ajoelha-se, abraça as coxas, repousa o rosto contra os pêlos úmidos do ventre dela.

Aproxima-se dum grande cruzamento. Consulta o relógio. Quase meio-dia. Cachoeira do Sul. Pararia para almoçar e esticar as pernas. Estava começando a sentir sinais de câimbras. A chuva fininha caía interminável, alastrando a tristeza por todo o Estado. Talvez fosse apenas cansaço, mas essa chuva está a cair diretamente sobre seus nervos. As casas comerciais ao longo da rodovia aumentam sua depressão. Há algo de reles nessas casas, algo de pobre e feio, uma espécie disfarçada de solidão, uma remota miséria que pressente nessas casas de alvenaria, sólidas e de mau gosto, seus letreiros de propaganda clamorosos, suas mercadorias baratas penduradas nas portas. Passa por um cinema. O programa da noite é um filme de caratê. Bruce Lee ameaça do cartaz o golpe mortal. Passa por churrascarias, bares, restaurantes, funerárias. A chuva cai, impessoal, vagarosa.

Estaciona junto ao meio-fio. O centro da cidade está longe. Vê no ar cinzento as torres da igreja. Um cão vadio, molhado, busca abrigo sob a marquise duma padaria. Passa uma carroça puxada por um burro. Fecha bem os vidros, abre a porta. No momento de sair certifica-se que está de barba feita, cabelo penteado, está com o casaco de *tweed*, as luvas de dirigir. Os sapatos limpos, sem nódoas de lama. Notarão um forasteiro no bairro, sem dúvida, mas ninguém o olhará com desconfiança. Apenas um viajante. Bate a porta do carro, fecha-a à chave e corre até a marquise.

Sacode a água que entra-lhe pelo colarinho. O cão sacode-se também, examina-o, curioso, aproxima-se. Parece que há alguém na mesma situação que a sua. Hermes olha-o desconfiado. O cão tem sarna, costelas à mostra e feridas perto da boca. Mas seus olhos buscam amizade, indecisos entre a confiança e o medo. Hermes acha melhor ignorá-lo. Olha para outro lado. O cão se imobiliza, atento. A cola já está erguida, as orelhas alertas. O estranho está molhado, está sob a marquise e parece não ter para onde ir. Um igual. O cão se anima. Aproxima-se, farejando, emitindo pequeno ganido, sacudindo o rabo. Hermes se aborrece. Recua, enojado. Aborrece-o essa chuva, essa cidade deserta, esse cinza, esse cão sem dono. Desiste de almoçar.

Entra no carro e começa a abandonar a cidade, em direção à rodovia. Passa pela carroça puxada pelo burro. O homem que a conduz, enrolado em capa escura, abana-lhe e sorri, mostrando a boca sem dentes. Pára no cruzamento esperando o sinal abrir. Liga o limpador do pára-brisa. Aborrece-o o vaivém mecânico do braço de metal. O sinal muda. Avança, engata uma segunda. Está na estrada outra vez. Ultrapassa um caminhão. Engata a terceira. Aperta o acelerador.

4

O olho da arara era redondo como moeda e dava a impressão de ser duro como casca de besouro. Movia a cabeça em movimentos rápidos, quase histéricos, e, às vezes, largava seu grito cheio de farpas, da cor das penas.

— Tem fogo, amizade?

Josias examinou a cabeça peluda que se inclinava para a sua, barba, sobrancelhas, cabelo, tudo eriçado, encaracolado, superlativo e enredado. Apanhou a caixa de fósforos do bolso da camisa e acendeu o cigarro do cabeludo.

— Falou, amizade — o cabeludo deu-lhe um tapinha nas costas.

Aspirou o fumo com satisfação (Josias farejou o ar para comprovar a pulcrabilidade do fumo: era tabaco comum), apoiou uma mão contra a tela de arame do viveiro e contemplou o movimento inquieto dos pássaros encerrados.

— Tão nervosos os bichinhos.

— Também... encerrado qualquer um fica nervoso.

O cabeludo olhou-o com interesse.

— Nossa amizade não acha isso um crime?

— Isso o quê?

— Encerrar a passarada aí nesse gaiolão.

— Claro que é crime. Passarinho nasceu pra voar.

— Falou. É isso aí.

Fumou mais, soprava a fumaça, sacudia a cabeça de baixo para cima e repetia falou, falou, é isso aí. De repente agarrou com duas mãos a tela e sacudiu-a com toda a força, até ficar vermelho, o cigarro preso na boca, vendo com satisfação os pássaros se agitarem, ensaiarem vôos, grasnarem, arregalarem os olhos assustados.

Dirigiu a Josias o rosto pleno de satisfação.

— Nossa amizade viu? A passarada tá nervosa.

— Assustando eles assim ainda ficam mais.

— Nossa amizade não sacou. Eu tô a fim de me comunicar com os bichinhos. Fazer eles entenderem que é essa tela de merda que impede a liberdade deles. Eles ficam o dia inteiro mordendo a tela e pra quê? Isso não vai derrubar ela nem nada.

Josias examinou o cabeludo com cautela.

— O cidadão acha que sacudindo a tela eles vão entender alguma coisa?

— Quem sabe? Esses bichos estão adormecidos, é preciso agitar um pouco pra que tomem consciência, sacou? Agitar as massas, sacumé?

— As massas? Desde quando bicho de pena é massa?

O cabeludo olhou-o entre avaliador e irônico, com uma pontinha de superioridade. Bateu no seu ombro, consolador.

— Isso é papo de Partidão, amizade... Tá com nada não.

Afastou-se até a esquina do viveiro, encostou a cabeça na tela, o nariz metido para dentro, as mãos penduradas no arame. Josias sentou-se no banco frente à imensa gaiola. Meio-dia no Parque Farroupilha — ou da Redenção, como o povo prefere. O maior parque da América do Sul segundo os folhetos de turismo, com lago artificial, jardins romanos, asiáticos, gregos, espanhóis e franceses. Campos de esporte, monumentos, *boulevards* e um pequeno zoológico, frente ao qual estava Josias sentado, procurando distrair-se. A manhã do início da primavera — e sua primeira manhã livre depois de mais de três anos — e já havia sombras sobre ela. Olhava os velhos aposentados tomando sol, os meninos a venderem amendoim torrado, o hippie de cabeleira e barba bíblicas encostado contra a tela, nariz metido para dentro da gaiola, meditando nos inquietos movimentos dos pássaros. Era uma manhã de primavera. Havia sol de uma manhã de primavera. Mas... "Nós achamos que é Sepé." Fechara os punhos, precisara de toda sua força de vontade para não esbofeteá-lo. Na verdade não o fizera porque havia nos olhos de Escuro qualquer coisa que o transformara de repente, que parecia uma lágrima. Afastara-se dando rápidas passadas, adivinhando o gesto de Escuro para que esperasse. Tomara o ônibus quase na corrida e não olhara para trás. Deveria esperar, deveria sacudi-lo, gritar, exigir uma explicação. No primeiro momento pensou que se afastara para evitar uma cena, agora pensa que foi o horror de ouvir uma confirmação. Seu primeiro dia livre, barbaridade!

— Nossa amizade desculpa, mas pode me emprestar fogo outra vez?

Apanhou o fósforo, passou-o para o cabeludo. Estava cheio de colares como se fosse pai-de-santo e — Josias deu um risinho — um brinco numa das orelhas. O cabeludo percebeu o risinho.

— Nossa amizade gostou do brinco?

Josias coçou a cabeça. Isso vai terminar mal...

— Não me preocupo por esse tipo de coisas.

— O amizade tá cada vez mais Partidão. Brinco é coisa de homem, não sabia? Pra ser mais claro, coisa de macho.

— Não me diga.

— O amizade agora tá irônico. Pirata usava brinco. Marinheiro também. Cigano. Os bárbaros que invadiram Roma. Os *vikings*. Essa gente toda. Vai me dizer que eram todos viados?

— Todos acho que não.

O cabeludo riu.

— Partidão, você não tem jeito. Deixa isso pra lá.

Levantou-se, pôs as mãos na cintura, olhou para o viveiro como se fosse pela primeira vez, observou os pássaros movendo-se inquietos, sacudiu a cabeça com raiva e perguntou sem olhar para Josias:

— Partidão, sabe qual é a maior vergonha da civilização ocidental, cristã e capitalista?

Josias sacudiu a cabeça negando.

— Qual é... Bom Cabelo?

O hippie sorriu sem se voltar.

— Não é a exploração do trabalho, cara. Não são as ditaduras, a tortura, essas coisas todas que estás pensando. É isso aí, ó. —

Apontou com o queixo para o viveiro. — Isso aí que o amizade está vendo. Pode crer. A destruição do planeta em praça pública.

— É meio discutível, não lhe parece?

— Claro.

Cenho franzido, mãos na cintura, curvado e inquisidor, ficou olhando Josias nos olhos. Depois relaxou, ergueu o busto, tocou com o dedo indicador na fronte — tchau, Partidão! — e afastou-se agitado, alto, esfarrapado, a juba de leão fendendo o ar ao redor da cabeça.

5

Água e pedaços de gelo despencam das rochas afiadas. O vento crava suas unhas no vidro do carro. Guiné destapa a garrafinha de conhaque. Pasmo: um grande pássaro bate duas asas gigantescas na sua frente, toca na estrada, alça vôo. Tem quase o tamanho do carro. É obrigado a enfiar o pé no freio, diminuir a marcha, torcer o pescoço para ver a ave planar majestosamente sobre os abismos. Já está subindo há cinco horas sem parar, fazendo curvas, descobrindo povoações encravadas em poços longínquos, assustando-se com jatos de água que atravessam a estrada, percebendo os blocos de gelo e neve aumentarem de tamanho à medida que avança a dura escalada. Cinco horas de viagem e passou apenas por uma caminhoneta. Vinha cheia de turistas argentinos, de Mendoza, para fazerem compras em Santiago. A primeira caminhoneta do ano, talvez. Um gordinho de bigodes acenava freneticamente e fazia caretas. Esta noite estaria na primeira fila do BimBamBum para ver o bimbambum das coristas.

Uma hora mais e estará em Las Cuevas. Terá que descer, sorrir para o soldadinho, olhar firme para o tenente, mostrar os documentos frios sem piscar, fumar olhando com cara de turista as neves cobrindo a encosta de pedra, sem demonstrar que nota os ríctus de assombro ou riso para o negro de cavanhaque, roupas caras, essa incrível flor vermelha na lapela do casacão.

Aperta o acelerador. O céu está carregado de nuvens. Mau sinal. Se chover a estrada ficará mais escorregadia do que já está. E poderá acelerar um desmoronamento. Melhor pensar em outra coisa. Breve estará em Las Cuevas. Apanha a garrafinha de conhaque.

Las Cuervas: a passagem pelo lado chileno não teve problemas. Já esperava. Mas agora aproxima-se do lado argentino e o frio que o tomou quando teve que descer do carro para entrar na *aduana* chilena não o abandona. De nada serve já a garrafinha de conhaque. Está gelado e seus dedos escuros ao redor do volante parecem cinzas. Está em seus ouvidos o assobio do vento. A sensação de laceramento em seu rosto. E incômoda, começando a mexer-se, a enorme cabeça úmida do medo.

A Cordilheira aqui em Las Cuervas é negra. Há milhares de anos está aí, essa pedra imóvel, negra, fria, moldada pelo vento e pela chuva e pela neve e pelos terremotos e um dia pelas patas dos cavalos dos primeiros conquistadores.

Aciona o limpador de pára-brisa para retirar a umidade acumulada no vidro durante o tempo em que ficou estacionado. Avança numa velocidade moderada: sabe que o medo começa a mexer-se. Sabe que inconscientemente vinha procurando retardar sua chegada à *aduana* argentina. Sente um impulso raivoso e aperta o acelerador. Na próxima curva surge um soldado que faz sinal para o carro parar.

O sorriso do major era dirigido diretamente aos olhos de João Guiné e suficientemente dúbio para obrigá-lo a responder com outro sorriso, neutro, formal, escudado na eficiência com que brilhavam os dentes. O major folheava o passaporte com vagar, quase com carinho. As mãos finas e morenas desdobravam as páginas com delícia, seus olhos tinham o mesmo brilho indecifrável do sorriso. Claro: havia nele um pouco de surpresa, muito, seguramente, de frustração, outro tanto de enfado, mas o que avultava verdadeiramente no pouco que o sorriso revelava era a inveja do major. Afinal, ele estava ali sentado naquela solidão gelada e ventosa, cercado de oficiais entediados e egoístas, observado com pavor por soldadinhos brutos e servis. E aí, na sua frente, esse negro: quase dois metros de altura, roupas finas e caras, tão elegante como jamais sonhou ser mesmo em seus sonhos mais generosos. Esse negro e o carro caro e forte, viajando de um país para outro, com ar de quem está cheio de dinheiro e de confiança, com ar de quem é mais inteligente, com ar de quem sabe entrar num bar e pedir com naturalidade uma bebida exótica, e sabe falar com mulher e sabe dar gorjeta. Esse negro tem o ar superior. Esse negro o humilha. O major sente o gosto de leite azedo na boca. Esse negro tem o ar de quem dorme com a mulher que quer. E branca. Branca. O major sente o gosto azedo descer pela garganta, começar a inundar seu corpo como veneno. Esse negro tem mãos mais bem-feitas do que as suas. Deve ter agarrado muito seio de mulher. E branca. Esse negro é mais alto do que ele, major. E mais bonito. E usa uma flor na lapela do casacão, o negro. Isso é coisa de negro. Mas o major sabe que morrerá com o desejo de pendurar uma flor na lapela, entrar num bar elegante, pedir sem gaguejar uma bebida sofisticada. Não. Não é só a cor da pele desse homem — lustrosamente negra — que o aflige. Aflige-o saber, com sua simples presença, que é um pobre coitado.

— Cabo.

O cabo, da mesa do canto, levanta a cabeça.

— Dê visa de entrada para este senhor.

Depois volta a cabeça para a janela e contempla a Cordilheira nevada. Ali, numa dessas passagens, anos atrás, muitos anos atrás, em outro século, passou um Exército.

6

Por aqui, cinqüenta anos atrás, passou a Coluna. (O adolescente montado no cavalo escuro ganhou uniforme e fuzil. Seu buço cresce, dourado.) Por aqui vagaram Lampião e seus cabras. Por aqui, Antônio Conselheiro desafiou o governo numa guerra de muitos anos e muitas mortes. Por aqui sopra o vento da seca, voa o carcará e germina mandacaru e xique-xique. Aqui é o Sertão.

Oito horas de viagem até Feira de Santana. Espera chegar lá às duas da tarde e comer alguma coisa. Tinha descido do ônibus em Juazeiro, cedinho, ainda escuro, um pouco frio. Caminhara por ruas que não conhecia, repletas de mendigos dormindo, ouvindo os sinos de uma igreja próxima. Num beco deserto pousou no chão o saco de estopa com o leitão, tirou de dentro seu saco de marinheiro com as roupas e a metralhadora, calçou as sandálias, jogou longe o vestido, vestiu as calças, abotoou a camisa, passou as mãos nos cabelos e cuspiu a massa de papel que tinha na boca e provocava-lhe náuseas. Desamarrou o porquinho e soltou-o. Para sua surpresa ele ficou imóvel, sonolento, possivelmente com as pernas adormecidas. Afastou-se rápido, rente às paredes. Os mendigos sonhavam em voz alta.

Forçou a porta dum Maverick, descobriu depois de muitas voltas o caminho em direção a Feira de Santana, quando deixava Juazeiro apertou o acelerador e recebeu no corpo a velocidade do carro trazendo-lhe outra vez a alegria. Precisava beber estradas, precisava atravessar o Brasil inteiro, pô, e não avançara quase nada. Aperta o acelerador. Precisa voar, precisa deslizar pelas estradas, precisa chegar ao Sul em quarenta e oito horas. Encheu o tanque na entrada de Senhor do Bom Fim, bebeu caldo de cana na saída da cidade, apertou o acelerador: o dia começava a esquentar, o céu era completamente azul e seu coração outra vez cheio de confiança.

Chegou em Riachão do Jacuípe ao meio-dia. Sentia fome mas o lugar era muito pequeno, poderia ser notado. Seguiu viagem, em duas horas estará em Feira de Santana. (Lá compreenderá que o suor que lhe incomoda a nuca é um filete de sangue.)

Deixou Feira de Santana às três da tarde. Às três e meia atravessou Cachoeira e a ponte sobre o rio Paraguaçu. (Cravada no verde do morro, branca, silenciosa, guardada pelas duas palmeiras e pelo jegue imóvel, vivendo num ar de escravos e incensos, a capela de Nossa Senhora dos Prazeres.) Se tudo correr bem — aperta o acelerador — terá estrada limpa até o rio das Contas. Aí haverá uma barreira.

Não havia barreira na ponte sobre o rio das Contas, assim que chegou a Itabuna às nove da noite, morto de cansaço. Durante a travessia teve que atar um pano ao redor da cabeça (a outra manga da camisa) porque a hemorragia não parava. O desgraçado do tiro talvez tenha rebentado um vaso sangüíneo. Chegou a Itabuna com o pano negro de terra. Estacionou num canto escuro, perto dum restaurante para choferes de caminhão. Lavou-se, penteou-se, comeu. Reconfortado, bebendo café, consultou o mapa. A próxima etapa da viagem é Vitória, no Espírito Santo. Pelo menos uns oitocentos quilômetros de estrada reta e sem povoações de importância. Não precisará trocar de carro. O Maverick está respondendo bem e dificilmente encontrará policiais no caminho.

Amarrou um pano limpo ao redor da cabeça. Tem talvez oito horas de paz pela frente. A noite é alta e estrelada. 110 quilômetros por hora, aperta o acelerador. 120. O carro voa. Na noite baiana, alta e estrelada, o carro voa. 130. 140. O pano na sua cabeça estala como uma bandeira.

Capítulo Sete

1

O relógio continua marcando três horas da madrugada em ponto. Cabeça encostada na coluna, pensa no conforto absurdo que seria ouvir seu tique-taque uma vez que fosse. Assim, pêndulo imóvel, sugere uma ameaça qualquer, desconhecida. No seu pesadelo dessa noite, branco e imenso e imóvel, surgirá.

A brisa fresca obriga-o a recordar a marca das unhas. Sorte que o médico pôs mercúrio. Nem sabe seu nome. Melhor assim. Busca no bolso, apanha o livro.

— Que está lendo?

Volta-se para a voz. Álvaro. Ainda não a reconhece. Está sobre ele, o bigode úmido, o nariz de turco saltando da manta vermelha.

Mostra a capa. *Pedro Páramo.*

— Não te esquece, sou o primeiro da fila.

— Pode deixar.

Recebe um tapinha nas costas, durma bem companheiro, ouve os passos se afastando. Está fazendo a ronda. Não faz parte do pessoal da segurança, mas já sacou seu tipo: não pode estar quieto, tem sempre de intrometer-se, de dar palpite, de fazer a segurança da segurança. Torna a encostar a cabeça na coluna. Guarda o livro no bolso. Meia-noite. Tiros distantes. A varanda fria, mesmo assim apinhada de gente dormindo no chão. Roncos. Vozes confusas. Tosses. Um choro que não pára, baixinho, sentido, como alguém em estado de choque. O corpo ainda dói, mas menos. Precisa achar um lugar para dormir. Sem cobertor vai ser duro. Se descobrisse aquela chilena... Olhou-o com interesse, o olhar negro e profundo. Sacode-o um estremecimento de frio. Será melhor entrar, buscar as salas atapetadas, repletas de quadros e cortinas de veludo verde, encontrar um canto, uma mesa, talvez uma cadeira onde possa recostar-se e dormir. Está ainda cansado, é possível que não sonhe. E se sonhar, é possível que não grite. "Desse jeito você não colabora com as criancinhas." O bugre filho duma puta. Precisa dormir, sim. E enfrentar a ávida mão de Micuim em seu braço, a queda contra o muro, as três horas da madrugada imóveis no relógio de pulso. Precisa dormir. Talvez apareça a chilena; os olhos negros. Engraçado. Nos últimos dias praticamente não pensara em sexo. Encerrara-se dentro de si mesmo. Mostrava o olhar cortês, que confundiam com humildade, estava atento para tudo que diziam, era ágil e lesto para qualquer tarefa física. Mas, por dentro, estava parado como o relógio na parede. Sem funcionar. Fechado.

— Tu é fechado, hein, cara?

A voz de Micuim. Ninguém como ele era tão exímio em atirar na cara dos outros, entre agressivo e ressentido, tu é fechado, hein, amizade? A água do Mapocho gela suas pernas. Avança com dificuldade porque Micuim pesa mais do que imaginara. Sua pequena mão amarela, pequena aranha amarela, sobe pelo braço, chega ao ombro, tateia. As unhas sujas, geladas, roçam-lhe o pescoço...

Sobressalto. Está nas escadarias, cabeça encostada à coluna, a noite na sua frente. Olha ao redor. Não, não gritou. (Nunca sabe se gritou ou não.) Os vultos no chão ressonam, apesar dos tiros distantes. Não gritou: alguém teria acordado, um cara da segurança teria acorrido. Merda. Precisa tomar cuidado. Suspira, afasta o cabelo da testa, recosta a cabeça outra vez na coluna. Calor de gente dormindo se espalha, reconfortante. O ressonar é tranqüilo. Os tiros ao longe não quebram a paz pesada que exala dos corpos no chão. Pode retirar do bolso do gabardine o olhar negro da chilena, vê-lo refulgir, topázio, na palma transparente de sua mão. Acorda com um tropel. Descem correndo a escada, pulam por cima de suas pernas. Já é de manhã.

— Que foi?

Ninguém responde. Vê Álvaro entre os que correm. Levanta-se, dolorido. Toma Álvaro pelo braço.

— O que está acontecendo?

— Pegaram alguém na entrada!

O tumulto é no portão da direita. Vê vários *carabineros*, policiais e homens de terno e gravata, com certeza funcionários da ONU ou da Anistia Internacional. No chão, algo — alguém — caído. Discutem acaloradamente. Marcelo examina os rostos ao seu redor. Impotência, perplexidade. Sente um princípio de vertigem que o desanima, rouba-lhe forças. Observa aproximar-se em passo manso o funcionário da embaixada: o enigmático rapaz bem vestido, cachimbo no canto da boca.

— Voltem para dentro — ele diz. — Voltem para dentro, não há motivos para estarem aqui.

O crápula tem razão. Para que estar aqui, parado, vendo o pobre-diabo se ralar lá no portão sem poder fazer um gesto para defendê-lo? Já entregou as armas, não entregou? Mas não se move. Ninguém se move. Parece que ninguém ouviu as ordens do rapaz bem vestido. A altercação na entrada continua. Sente fraqueza e desânimo, vazio no estômago e sabe que está pálido. Pressão baixa. Só faltava essa mesma. Lentamente, o jardim começa a rodar. Afasta-se da multidão, nauseado, cabeça baixa, rogando para o sangue circular. Avista uma torneira de irrigar o jardim. Enche as mãos de água, sorve um longo gole. Torna a encher as mãos, passa a água pelo rosto. As marcas das unhas se crispam. A água desperta-o mais. Torna a beber. Está melhor. Agarram-no pelo braço com rudeza.

— Pegaram o Velho.

Depara com o rosto ansiado de Sepé.

— Que velho?

— Degrazzia. Tentou entrar disfarçado de padeiro mas não deu pé. Pegaram ele. Tá lá na entrada.

Conhecia de nome o velho Degrazzia.

— Que fizeram com ele?

— Sei lá. Tem uns caras da Igreja e da ONU tentando negociar com os *pacos*. Mas não vai dar. Não vai dar. Só tem um jeito.

Marcelo maravilhou-se com o brilho de onça do olho do bugre.

— Vamos botar ele pra dentro na marra, tchê.

Não espera resposta. Dá-lhe as costas. Marcelo o vê caminhar decidido na direção do portão. Entra-lhe o pânico, corre atrás dele.

— Espera aí!

Sente-se ridículo, desajeitado. Sepé caminha inabalável. Álvaro destaca-se da multidão, assombrado, apanha o braço de Sepé.

— Companheiro, onde vai?

Sepé tira o braço com gesto brusco.

— Botar ele pra dentro.

O agudo nariz de turco parece aumentar com o susto. Tira os óculos, limpa-os nervosamente na manta vermelha.

— Mas é impossível!

— Problema meu.

Torna a segurá-lo. Só nesse momento, ao vê-lo quase correr para segurar Sepé, Marcelo deu-se conta de que o paulista mancava.

— Companheiro, me escute. Não podemos fazer o jogo deles. Se armarmos uma provocação eles podem até invadir a embaixada.

— Me cago pra embaixada.

Marcelo aproximou-se. Álvaro deitou-lhe um olhar desesperado.

— Você também vai?

Sentiu o olho de onça de Sepé sobre ele.

— Claro. E tu?

O paulista passou um lenço no bigode úmido.

— Também — murmurou.

Caminham na direção do portão: Sepé de punhos cerrados, Marcelo desabotoando o gabardine, Álvaro mancando.

O enigmático rapaz bem vestido guardou o cachimbo no bolso do paletó, desabotoou-o para deixar à mostra a Walter 9 mm e começou rapidamente a cortar caminho em direção a eles. Sorria.

— O polícia vem aí — diz Álvaro.

— Deixa comigo — diz Sepé.

Nesse momento há um estrondo no portão. Caem para dentro do jardim, embolados, um *carabinero* e um homem de guarda-pó branco. O homem se levanta, o *carabinero* segura-lhe uma perna, o homem dá um arranco e escapa.

Na calçada, outro *carabinero* dá curta rajada de metralhadora para o ar. A multidão no jardim, o enigmático rapaz bem vestido, as pessoas na rua, Marcelo e Álvaro, todos se jogam no chão. Menos Sepé.

O primeiro a levantar-se é o homem do guarda-pó branco. Corre pela trilha de saibro em direção ao prédio. O *carabinero* ergue o fuzil e aponta para o homem.

— Virgem Santíssima! — exclama uma voz de mulher.

O homem corre. Sepé levanta os braços.

— Não atire, não atire!

O homem corre. O *carabinero* faz pontaria. O homem cai nos braços de Sepé.

— Padrinho.

O *carabinero* baixa a arma. O velho nos braços de Sepé é frágil, só ossos. Escorrega devagarinho para o chão. Sepé acomoda-o na grama orvalhada. A multidão o cerca.

— Afastem-se, afastem-se, deixem o homem respirar.

Marcelo observa a cabeça curvada, branca. A pele é vermelha, coberta de suor. Treme. As mãos de camponês, as sardas. Ergue a cabeça. Os olhos são docemente azuis. Sepé se ajoelha ao lado dele.

— Agora tá tudo bem, padrinho, passou o perigo.

Ele sacode a cabeça que sim, toca no joelho de Sepé com a mão, procura mostrar que está calmo.

— Me fingi de morto — sua voz é difícil, vegetal. — Quando se descuidaram dei um pulo na direção do portão. Não sou bobo nem nada.

O médico aparece com um copo de água.

— Beba um gole, companheiro.

O velho apanha o copo, bebe sofregamente, fecha os olhos, deixa escapar incontível suspiro. Abre os olhos, vê com fingida surpresa o copo na sua mão.

— Quem pediu pra beber esta porcaria? Não sou mulher nem tenho chiliques!

Sepé agarra o copo. O velho faz força para levantar-se. O médico o ajuda. Quando abre a boca nota-se que não tem um só dente. Fica em pé, respira fundo, passa a mão pelos cabelos. Olha para o médico, reconhece-o, tira o guarda-pó branco.

— Segura isso aí, ô açougueiro. Você precisa dessa porcaria mais do que eu.

A turba ao redor ri, já livre do susto. O médico apanha o guarda-pó com espírito esportivo. O velho Degrazzia mete a mão no bolso do casaco e retira — sensação na turba! — uma dentadura postiça. Mete-a na boca. Ajeita-a. Experimenta-a, exagerado, dando dentadinhas que estalam. Alisa outra vez os cabelos. Olha ao redor os curiosos e solta um risinho debochado. Rejuvenesceu. Dá três passos na direção do portão. Abrem-lhe espaço. Está cada vez mais jovem. Os olhos adquirem esplêndido brilho de moleque travesso. O velho coloca as mãos enrugadas entre as pernas, agarra o sexo e sacode-o na direção do portão gritando na sua voz de taquara rachada:

— Tá aqui pra vocês, milicos filhos da puta!

2

A única luz vinha abafada do abajur sobre a mesinha do telefone. O infeliz não tocara durante todo o dia. Ouviam-se tiros distantes. Dorival bocejou.

— Alguém quer café?

Ninguém respondeu. O Alemão tocou de leve na corda do violão.

— Conhece isto?

Dedilhou as primeiras notas, cantou baixinho:

— Vou me embora, vou me embora,

Prenda minha, tenho muito que fazer...

— Isso tá devagar, malandro — atalhou Dorival. — Escuta: — cantarolou. — Covarde sei que me podem chamar / Porque não guardo no peito esta dor / Atire a primeira pedra, iáiá, / Aquele que não sofreu por amor.

— Genial. Pega uma caixa de fósforo — disse o Alemão.

Dorival precipitou-se para a cozinha, voltou com a caixa e sentou-se no piso ao lado do Alemão.

— Ó intelecto, tu sabe cantar alguma coisa? — perguntou para Marcelo, piscando o olho para o Alemão.

— Não enche meu saco, negão.

— Intelecto, fica aí quietinho que nós vamos fazer um som legal agora. Coisa fina, não é, Alemão?

— Isso aí.

Marcelo afundou na poltrona, fechou os olhos. A voz rouca de Dorival tornou-se meiga, adoçada, e os dedos do Alemão arrancavam sons ao instrumento que pingavam na penumbra, contrastando com os tiros esporádicos que vinham da rua. Em alguns momentos, Dorival se entusiasmava e sua voz subia de tom.

— Não muito alto — advertia Marcelo. — Aninha dorme.

— Não perturba os artistas, pô. Vai fazer um café pra gente — disse Dorival.

Marcelo foi até a cozinha. Já eram sete horas da noite. Seria bom fazer um café. O Alemão diminuiu o ritmo, sussurrou para Dorival:

— Certeza que ela não acorda?

— Não te preocupa. Vivo com ela há dois anos.

— Pensei que estavam há mais tempo juntos.

Dorival sacudiu a cabeça, não.

— Fomos trocados pelo embaixador francês. A primeira vez que nos vimos foi no hangar, antes de tomarmos o avião para o Chile.

Os cinqüenta prisioneiros estavam acorrentados uns aos outros. Sentados no chão de cimento do hangar, há mais de quatro horas, suavam incessantemente no calor de quarenta graus. Perto das duas da tarde trouxeram o almoço. Pela primeira vez, em oito meses, Dorival viu um bife acebolado, sangrento, com uma porção de arroz branquinho ao lado de um copo de laranjada com pedaços de gelo. Nada como ser trocado por um embaixador. A seu lado, o velho Degrazzia perguntou ao polícia que tipo de veneno tinham posto na comida. O polícia não respondeu. Em outra ocasião a resposta seria uma coronhada no rosto do insolente.

O velho Degrazzia incomodava Dorival. Ou falava demasiado sem dar oportunidade de resposta ou cochilava de boca entreaberta, o suor escorrendo pelo rosto, indiferente ao zumbido das moscas. Quando despertava e percebia o policial, metralhadora na mão, vigiando, dizia, em voz suficientemente alta para ser ouvido:

— Esse aí é lavador de latrina no Dops.

E ria baixinho. O prisioneiro encadeado à sua direita era uma mulher. Pequenina, calada, mantinha o tempo todo a cabeça baixa, olhando o piso de cimento. Nas duas vezes que Dorival tentou puxar conversa com ela, enterrou mais o queixo contra o peito. Filhos da puta.

Que terão feito para esta mulher. Parece em estado de choque.

O policial depositou ao lado dela a bandeja e o copo de laranjada. Ela esperou o policial afastar-se para levantar o rosto. Buscou o copo de laranjada. Mas a mão trêmula chocou nele e derrubou-o. Pedir outro seria inútil. Ela olhou para o líquido derramado com o rosto completamente impassível. Como pedra, pensou Dorival. Viu-a, depois, fincar o queixo no peito e imobilizar-se.

Dorival apanhou seu copo e estendeu para ela sem dizer palavra. Ela demorou a entender. Vagarosamente, volveu o rosto. Foi essa a primeira vez que Dorival viu os imensos olhos de corça assustada.

— Café — anunciou Marcelo. — Para as Bonecas Cantoras.

— Quero ver se tu sabe fazer café mesmo, intelecto, ou se tu é bom só na teoria.

— Vê se te manca, negão. Não sou capoeira mas sou faixa preta de caratê.

— Cago e ando pro caratê. Por mim tu pode ser até faixa cor-de-rosa.

— Faixa verde calipso — disse o Alemão.

— Faixa cor-de-burro-quando-foge.

Dobravam-se de gargalhadas.

— Aninha vai acordar, imbecis.

Marcelo serviu o café e sentou-se ao lado deles.

— Vocês, artistas, conhecem *Canto latino*, do Milton?

— Só conhecemos sambinha — disse Dorival.

— É muito difícil de tirar — disse o Alemão.

— Experimenta aí, pô.

— É difícil. Como é, dá o tom. É uma toada, né?

— Começa assim: "Você que é tão avoada..."

Dorival tapou acintosamente os ouvidos.

— Vai desafinar assim diante do túmulo do Costa e Silva.

Um pedaço de janela voou enchendo a sala dum sopro quente e da vibração de vidro estilhaçado. A cortina inflou no ar escuro como vela de barco.

Dorival apagou a luz do abajur sobre a mesinha. Ficaram colados ao chão.

— Estão atirando contra nós — disse o Alemão.

— Não me diga — disse Dorival.

— Esperem, esperem — disse Marcelo. — Não mostrem a cara.

Outro pedaço de vidro se desprendeu da janela e caiu ao piso. Passos e vozes de comando na rua.

— Não pode ser contra nós — disse Marcelo. — Não iam atirar assim sem mais nem menos. Não sabem quem somos, quantos somos.

— Foi contra o vizinho do lado, o da 22.

— Atiraram de bazuca. Uma granada. A gente pegou a sobra.

Dorival aproximou-se rastejando da janela. Afastou os cacos de vidro com a mão. Lá embaixo, um grupo de *carabineros* e soldados do exército amontoavam-se contra a parede. Dorival suspirou.

— Fuderam minha janela. Filhos da puta.

Tornou a rastejar para o meio da sala. Depois incorporou-se e abriu a porta do quarto. Sentiu o cheiro de bosque amanhecendo. A voz de Marcelo, será que apagaram o cara da 22?

Fechou a porta atrás de si. Ana estava em pé no meio do quarto, de camisola branca, imóvel, os olhos abertos. Dorival arrodeou-a com o braço.

— Não foi nada, nega, não foi nada.

Conduziu-a para a cama. Ela deixou-se levar. Deitou-a. Cobriu-a com o cobertor. Ela estava fria. O medo cresceu dentro dele, animalesco. Ela estava fria, os olhos muito abertos e tomando aquela aparência de estátua que o deprimia, o arrasava, o tornava vulnerável e medroso. Apertou-a contra o peito.

— Não foi nada, nega, não foi nada.

Quando, finalmente, veio a ordem para encaminharem-se para o avião, procurou ajudá-la agarrando a porção da corrente que cabia a ela arrastar. Um polícia aproximou-se:

— Vai pro teu lugar, crioulo.

Olhou com ódio para o homem. Ele surpreendeu-se.

— Qualé, malandro? Cuidado que vocês ainda não salvaram o pêlo.

Aproximou-se outro policial, com ar divertido.

— Sabe quem é esse mulato? O tal que encarou a guarda.

O primeiro policial mostrou cara de surpresa.

— Então vamos ficar de olho nele.

— Tomara que apareçam os caras da Aeronáutica e encham esses filhos das putas de bala.

— E a gente na linha de fogo, né?

Degrazzia cutucou Dorival:

— Viu o que ele disse?

— É boato.

— Calem a boca vocês aí!

— Tem um comando da Aeronáutica que quer impedir que a gente embarque — insistiu Degrazzia. — Podem chegar a qualquer momento. E a gente acorrentado como escravo.

— É boato, velho, é boato.

— Podem ter sabotado o avião.

— Corta esse papo, velho. Vai deixar a companheira nervosa.

— Calem a boca, vocês aí, já falei!

Dentro do avião estava mais quente do que no hangar. Em cada fileira de banco havia um policial com metralhadora. O nervosismo de todos aumentou. As roupas ficavam encharcadas de suor. A corrente era substituída na entrada do avião por algemas de plástico. Dorival sentou entre Degrazzia e a pequena e silenciosa mulher. Ela tinha bebido dois goles de sua laranjada e agradecido com o olhar. Dorival pensou que olhar era esse. Corça assustada. Vira numa fotografia. Mas havia outra coisa dentro do olhar, por trás do terror e da distância. Uma coisa doce, de bicho de pelúcia a que arrancaram um pedaço. Na sua infância tivera um urso de pelúcia a que faltava um olho. Por isso o queria mais. Essa mulher pequena e aterrorizada tem qualquer coisa do desamparo daquele remoto ursinho de pelúcia que não tinha um olho.

Os cinqüenta estavam algemados cada um à sua poltrona. Não

podiam sequer limpar o suor. Os motores do avião começaram a trepidar. Vou deixar o Brasil. Olhou pela janelinha. Policiais, policiais, policiais. Era tudo o que levava, essa visão? Precisava urgentemente lembrar qualquer coisa alegre e bela. O avião se moveu. A voz de Degrazzia, debochada:

— Esses tiras ganharam um passeio de avião à nossa custa.

— Cala boca, velho imbecil, ou te boto pra fora do avião.

Um frio na barriga, os olhos azuis do tenente Otílio, a pista começando a desfilar, a cara suada de Juarez, a velocidade aumenta, o suor entra-lhe nos olhos, malditas algemas, maldito o canalha sádico que a desenhou, a cada movimento que faz mais elas apertam seus pulsos, o avião levanta vôo. Não sente alegria. Fecha os olhos. Quando os abre, vê que ela o está olhando. O Brasil começa a tornar-se uma porção de casas pequeninas, lá embaixo.

Abriu a porta, voltou à sala. Marcelo e o Alemão consertavam a janela.

— E eles?

— Na esquina. Tão com medo.

— Não é pra menos. Ainda tem café? Esse tiroteio derramou o meu.

— Na garrafa térmica.

Dorival serviu-se, olhou a janela com descaso, sentou-se ao lado do Alemão.

— E Aninha?

— Tá boa. — Bebeu um gole, suspirou. — Tá dormindo.

Parecia preocupado. O Alemão deu-lhe uma palmada na coxa. Sacudiu-o pelo joelho.

— Tristezas não pagam dívidas, moreno. — Apanhou o violão. — Vamos lá, como é aquele sambinha? "Covarde sei que..."

Dorival apanhou a caixa de fósforos, começou a batucar acompanhando a batida do violão. Marcelo aproximou-se. Dorival estendeu um braço ao redor do ombro do Alemão.

— Quer dizer que tu era milico, Alemão?

— Era. Pra tu ver como são as coisas.

— E por que te botaram pra fora? Apagaste algum graduado?

— Não. Eles não gostam de homossexual.

O braço de Dorival saltou do ombro do Alemão como picado por uma abelha. O Alemão deu um toque numa corda, sorriu com ar culpado.

— *Voilá!*

Dorival e Marcelo se entreolharam e logo desviaram o olhar. O Alemão continuava dedilhando as cordas.

— Não se preocupem que não é contagioso.

Marcelo levantou um olhar assustado.

— Não vai pensar que... Eu não me importo. Quer dizer, isso pra mim é um preconceito. Eu só estou surpreso. Eu não sabia.

Olhou para Dorival mas Dorival olhava para o chão.

— Preciso telefonar para Hermes...

Ecoam três disparos secos, curtos, muito próximos. E logo a resposta: rajadas de metralhadora que estremecem as paredes e os móveis.

Encolhidos no escuro, ouvindo ainda o eco dos disparos, a voz do Alemão pareceu longínqua, apagada, adornada de um resto de desafio e assim mesmo conciliadora:

— Viu, negão? Nem tudo está perdido. O cara da 22 continua combatendo.

3

Dois umbus atrapalham o horizonte. Estará em Porto Alegre dentro de cem minutos. O Porco está em Porto Alegre e Porto Alegre é uma cidade muito engraçada. Bia chamava Porto Alegre de Portinho. O rádio diz que está chovendo no Portinho. As ruas refletirão os anúncios luminosos. As pessoas irão afobadas para casa, tem novela esperando. O carro buscará ruas discretas. Numa delas mora o Porco. Em uma delas sesteia o Porco, neste momento. Ou lê a *Manchete*. Ou escuta um disco da Elizeth Cardoso. Quem sabe discute com a mulher ou rememora tristezas. Precisa achar o Porco. Precisa apertar o pescoço do Porco. Precisa cortar o pescoço do Porco. Aperta o acelerador. Cento e trinta por hora. As cercas voam.

— Estamos ralados — diz Mara.

Há pânico no seu olhar.

— Calma — diz Hermes.

— Esse cara não me engana.

— Calma, precisamos pensar.

— Pensar!

— Pensar, sim. Pensar. Calma.

— Chega de me dizer calma.

— Eu moro no andar de cima — dissera o homem.

— Ele disse que mora no andar de cima — diz Hermes. — Eu nunca vi ele antes.

— A cara não me é estranha.

— Pode ser que já tenha me encontrado com ele no elevador — diz Hermes. — Agora me confundo todo.

— Somos vizinhos há tanto tempo — dissera o homem. — É uma vergonha que não nos conheçamos melhor.

— Eu fiquei sem saber o que dizer — diz Hermes. — Nunca vi tamanha cara de pau.

— Vamos dar uma festinha no apartamento — dissera o homem. — Minha mulher está de aniversário.

— Viu como ele espiava aqui para dentro? — diz Mara.

— Também, com a bagunça que isto está.

— Além do mais — dissera o homem — não é só o aniversário. Temos um outro grande motivo para festejar, não é verdade?

— O modo como ele disse "um grande motivo" — diz Mara. — Você reparou?

— Agora que derrubaram o marxismo somos outra vez um povo livre. Vale a pena beber um bom vinho chileno, brindar pela queda desse senhor Allende, não é mesmo?

— É uma armadilha — diz Mara. — É uma armadilha.

— Pensamos em vocês. Quando se está contente sempre se pensa nos outros, não é mesmo? Sempre temos vontade de estender nossa alegria aos outros. Pensamos em vocês aqui, sozinhos, estrangeiros, vendo a alegria do nosso povo, e sem dúvida sentindo a mesma alegria que ele, não é mesmo? Então minha mulher disse, não vamos ser egoístas, por que não convidamos o casal de brasileiros para vir aqui festejar com a gente? Aposto que eles vão adorar. E aqui estou.

— Não devia ter aceito, não devia — diz Mara.

— Ele não me deixou saída — diz Hermes.

— Não diga que não — dissera o homem. — Não aceitamos recusa. Simplesmente não aceitamos. Seria uma grande ofensa. É uma festa completamente informal. Só vem gente do prédio, claro. Todos conhecidos. Com o toque de recolher... E temos uma bandeira do Chile. Estamos vivendo uma ocasião muito especial, por isso o aniversário também vai ser especial. Vamos fazer uma pequena cerimônia cívica, vamos hasteá-la em nossa janela.

— É uma armadilha — diz Mara. — Estamos ralados.

Estou ralado, suspira Sepé. Ralado. Sem um cigarro. Sem poder entrar no apê de Hermes e Mara. Sem ter para onde ir. Todos os edifícios com as portas chaveadas, as trancas corridas, os intercomunicadores desligados. Ralado. Fudido e mal pago. Já devem ter encontrado o *momio* na entrada do edifício. Todo rebentado. Pediu. Só queria entrar no edifício. Mas ele manjou minha facha, o racista. Tava todo contente. O bigode chegava a dar uma tremidinha. Depois arregalou os olhos. Não fez cara de dor nem de medo. Foi susto. Dobrou-se, sem poder gritar, sufocado. Saltou uma caneta. Saltaram papéis. E o nariz desmanchou como tomate esmagado. Depois rolou na escada de mármore, o terno cinza colorindo-se rapidamente, os olhos esbranquiçados, baba aparecendo entre os lábios e o lento mover da mão no ar escuro. Buscou, achou. Assim falava Aparício. Buscou, achou. E sem um cigarro. Sem um cigarro.

(Estás sem um cigarro, sim. E estás exalando o suor fedorento que gruda tuas roupas, te dá frio, te desmoraliza nesse beco escuro onde meteste teu medo assustando os gatos que farejam comida nas latas de lixo que há dias ninguém recolhe. O beco amplia teu medo, Sepé. E o silêncio do beco, o cheiro do beco, as sombras do beco, os ratos que moram no beco e a merda que pisaste e quase te derrubou quando penetraste no beco escapando ao ruído das sirenes que se unem e esmagam-te contra a parede. Estás só, Sepé. Sem um cigarro. Contra a parede. Alguma coisa partiu-se para sempre. Na imensa cidade poluída e pobre — de repente tornada inimiga — alguma coisa mudou para sempre. O suor, talvez. O cheiro particular desse suor. Não é do cansaço nem do esforço. Vem das tripas. Vem dum lugar que nunca tocaste. E de repente está exposto — trêmulo — como as vísceras dos novilhos que Josias carneava para fazerem churrasco. A verdade é essa: tiveste medo. Pior que isso: tiveste a humilhação do medo. Quando estiveste frente a frente com Aparício, quando o insultaste, quando cuspiste na cara dele, não sabias o que era isso: medo. Era apenas uma força bruta, como um touro, uma inundação, o vento. Quando os soldadinhos te intimaram naquele restaurante em Salgueira, rias. No saco de marinheiro tinhas a grana, a caixa de munição e a metralhadora. E vinte e quatro anos. Agora, não tens sequer um cigarro. Os porteiros dos edifícios olham-te com desconfiança. As sirenes dos carros descontrolam-te o coração. E, suprema ironia, a gota d'água: essa merda na entrada do beco. Pisaste nela, patinaste, foste contra os latões de lixo, os gatos se eriçaram, elétricos, uma golfada de vento jogou-te no rosto o cheiro podre do beco, teu refúgio. Quando deixaste Lourdes, aquela madrugada ferida de galos, o mangue exalava também seu cheiro a podre. Mas uns passos mais estarias junto ao mar e ao cheiro de mar. Haveria palmeiras. E o sono de Lourdes era suco de araçá na lembrança.)

Limpou a sola da botina raspando-a contra a borda duma lata. Sentou-se no chão, costas contra a parede. A mão trêmula buscou o toco de cigarro perto de seus pés. Acende-o, dá uma tragada. Está melhor. Pensa que poderá dormir um pouco atrás dessas latas. Uma patrulha dificilmente irá fuçar por aqui. Ruído. Escuta, atento. Apaga o toco de cigarro na botina, guarda-o atrás da orelha e Josias tira detrás da orelha o toco de cigarro, alisa-o entre os dedos, molha-o com a ponta da língua, amolda-o, busca o fósforo no bolso da camisa. Olha o rio. Tinha vagado pelo centro da cidade até sentir as pernas doerem (não era mais rapazinho), olhado as vitrines sem prestar atenção, soturno e confuso, comprado a *Folha da Tarde* e lido página por página enquanto consumia a garrafa de cerveja. Mas, impressa em cada página, descobria as palavras de Escuro — nós achamos que é Sepé — e via-as reluzir em cada bolha que se apagava na espuma do copo. Que maneira de começar a liberdade. Tinham razão os companheiros: jamais seria um bom quadro. Se esquentava facilmente, não sabia ouvir e muito menos discutir. Tinha o sangue quente. Por algo Sepé se metia nessas enrascadas. Olhava o rio. Metera-se nesse bar na esplanada desde que deixara o Parque da Redenção — rindo ainda do hippie maluco diante da gaiola dos pássaros — e não tirava Sepé da cabeça. Como era diferente de Luís! Luís sempre quieto, pelos cantos, cuidando os brinquedos, obediente, bom no colégio. Sepé brigão, chefe da *gang* do bairro, altercando com os professores, levantando a saia das mulheres na rua.

— Esse menino só vai tomar jeito quando foi servir à Pátria — profetizava Francisquinha olhando de relance do tanque de lavar roupa.

Quando foi "servir à Pátria" Sepé não tomou jeito como esperava Francisca. Ele descobriu um mundo onde se sentia completamente à vontade. O espírito machista das casernas, a lei do mais forte entre os recrutas, os códigos de lealdade e o aprendizado das leis marciais o fascinaram. Estudou como louco. Fez curso para sargento e recebeu as tiras da promoção. Brigaram feio.

— Filho meu não serve pra milico!

Foi a vez que se olharam com fúria e que descobriram — arrebatados — que há muito esperavam esse momento.

Sepé — encostado à porta da cozinha, dois degraus acima do pátio onde ciscam galinhas e Francisca lava roupa — apanhou um cigarro, bateu-o com gesto displicente na unha do polegar como o capitão fazia, acendeu-o e deu uma baforada provocadora. Josias se encrespou.

— Tira já esse cigarro da boca, piá atrevido.

— Paguei com meu dinheiro.

A mão de Josias é uma mão pesada, mão de operário. Parece um toco de madeira. Desceu aberta no rosto de Sepé que voou dois metros e caiu estatelado no pátio embarrado. Um soldadinho elegante — uniforme rigorosamente engomado — humilhado no chão frio. O casquete caiu longe, o cigarro desapareceu.

Nessa manhã do princípio do outono — molhada ainda da chuva da noite — Sepé tinha vinte anos e os olhos amarelos começando a sujar-se de lágrimas, as primeiras desde que tinha oito anos e quebrara o braço.

Luís correu lá de dentro para ver o que acontecera. Francisquinha, no tanque, tinha as duas mãos no rosto. Josias começava a ficar envergonhado.

Sepé passou uma mão raivosa nas lágrimas. Levantou-se devagar, olhos escurecidos de paixão. Josias esperou o ataque. Sepé abaixou-se, apanhou o casquete, ajeitou-o na cabeça, retirou um lenço imaculadamente branco, limpou o rosto muito devagar, olhando sempre para os olhos de Josias. Afastou-se arrastando os pés, sem dizer uma palavra.

Nunca mais voltou à casa e jamais tornou a falar com Josias.

O Partido meteu-se na questão (então, ambos eram militantes) e tentou mostrar a Josias a valia imensa que era ter um sargento nos seus quadros. Josias, na verdade, já estava convencido. O que não podia era dar o primeiro passo para a reconciliação. Seria um ato de fraqueza.

Agora, passaram sete anos, deixara o Partido, estivera três em cana, Sepé desertara para a guerrilha, caíra preso, escapara de maneira misteriosa, metera-se em mil confusões, estava no Chile, tinham dado um golpe no governo popular há mais de uma semana, onde estará esse menino? (Está no beco, Josias. Um beco sujo de uma rua obscura em Santiago do Chile. Suado, assustado, o pé sujo de merda, começando a sentir frio e sem poder evitar o tremor que o avilta.) Sete anos sem se falar. A verdade é que não podia buscá-lo. Ficaria desmoralizado. Francisquinha implorava, Luís intercedia, o Partido ofereceu-se de mediador. Nada. Sete anos sem uma palavra. E agora vinha esse filho duma puta confirmar o que lhe dissera o torturador durante o interrogatório. Seu filho virara um traidor.

Olhou o rio. O rio Guaíba às cinco horas da tarde de um dia de setembro, brilhando de sol e de velas, moribundo e alegre. Tomou mais um gole da cerveja. Já era a terceira essa tarde. Há três anos — desde que caíra — não botava álcool na boca. Sabe que começa a emborrachar-se, contempla a idéia como algo divertido, aproveita para fazer sinal ao garçom que vai passando:

— Uma batidinha de maracujá, meu irmão.

4

O restaurante estava quase vazio e tinha aspecto respeitável. Pediu ao garçom churrasco com salada e vinho tinto. Duas vezes flagrou-se esfregando as mãos como um canibal diante dum missionário. Desde que fora para o Chile, há mais de ano, não comia carne de verdade.

Gostou de Mendoza ao primeiro olhar. Limpa, tranqüila, tráfego civilizado. E, ao que constava, um povo decidido: dois anos atrás quase a transformam em cinzas no famoso *mendozaço*. Seria bom, talvez, dar uma volta pelas suas ruas, ver cafés, vitrines, colegiais. Gostara dos sicômoros dando sombra às ruas e dos carros antigos, modelo T, que circulavam espantosos e dignos. Mas tinha um encontro. Se o safado do guri do Josias chegasse antes dele seria sua desmoralização. Teria que comer o churrasco, beber o vinho e pôr o pé na estrada. Tirou o mapa do bolso e estudou-o. Um bom caminho seria entrar por Uruguaiana, como haviam decidido na reunião. Subir e descer a Cordilheira — mais de oito horas de viagem — fora a primeira etapa. Já estavam longe os olhos tristes de animal sem futuro do major em Las Cuevas. Enquanto fincava os dentes na picanha macia sonhava com a estrada de Mendoza a San Luis, a estrada plena de árvores e de sombra que bruscamente terminaria para dar lugar a extensões de parreirais e camponeses de imensos chapéus que contemplariam com morna curiosidade o carro avançando a cem por hora na estrada dura.

Aperta o acelerador. Esta paisagem não tem nada parecido com a região dos vinhos no Rio Grande do Sul. Lá é tudo montanhas, vales, pinheiros, igrejas brancas, italianas de violenta beleza —

olhos límpidos, lábios carnudos com as pontas puxadinhas para baixo, como a Cardinale. Aqui nasce o Pampa. Em pouco não haverá mais parreirais, mas trigo. Um mar de trigo. Depois, além de Mercedes, na direção de Rio Quarto, passará por plantações solitárias e imóveis, por homens a cavalo, por caminhonetas carregadas de trigo dirigidas por camponeses fortes e taciturnos, será detido por uma patrulha na entrada de Santa Rosa, os soldados o olharão maravilhados e o oficial sorrirá compassivo, fará uma cordial continência depois de olhar o passaporte, você apertará o acelerador e começará pouco a pouco a sentir qualquer calor de girassol dentro de você, uma espécie enrustida de alegria que vem saindo muito do fundo, como batucada que começa de mansinho, só toques de agogô, e depois vai se alastrando com uma frigideira, o tamborim, cuiquinha agora, apito, reco-reco.

Aí começa o Pampa. Além de Santa Rosa e fundo fundo na direção de Corrientes, Entre Ríos, Buenos Aires, La Pampa. Por toda essa gigante extensão de terra estão as solidões verdes, ventosas, os rebanhos monumentais, os gaúchos a cavalo, pitando cigarros de palha e levando preso no arção da sela o radinho de pilha onde escutam milongas de Athaualpa Yupanqui, quando não estão proibidas. E pisas no acelerador. Sepé — em algum lugar talvez da BR-116 — pisa no acelerador. Comem distâncias. Aproximam-se um do outro. Alegria, gente boa! Assim é a vida, amigaço. Expulso do partido por indisciplina, incoerência ideológica e não sei quanta baboseira mais. Mas que pensava o partido, pô? A Revolução não pode ater-se a regras impostas por burocratas, né mesmo? Só os mortos não fazem autocrítica, disse o Marighella. Eu estou vivo, malandro. Não tenho medo de errar. Cometo todos os erros que tiver de cometer desde que a consciência esteja leve. E ela está. Ela flutua, leve como estava naquela tarde na Praça da Matriz em Porto Alegre — dez anos atrás — quando o Rio Grande estava em pé de guerra e Brizola prometera armas para o povo. A multidão se acotovelava na praça. Todos olhavam para o céu: um general mandara bombardear Porto Alegre. Piquetes a cavalo, de longos ponchos, desfilavam com bandeiras. Um vento brabo sacudiu as árvores e nesse momento sentiu que seu coração se apertava como o do compadre Josias no meio da multidão. Assim é a vida, amigaço: luzia seu terno de linho branco, sapatos da mesma cor, cravo vermelho na lapela. E estava em pé no último degrau da escada de pedra do Palácio Piratini. Com voz solene proclamou que — finalmente — havia soado a hora da tão esperada e definitiva Revolução. Que tinham armas na mão. Que era o tal Momento Histórico aguardado há tanto tempo. Que o governador estava com o povo. Que o III Exército estava com o povo. Que deveríamos marchar em direção a Brasília, empossar Jango, exigir a instauração duma república popular. Suava. O suor fazia manchas nas axilas, descia pelo rosto, entrava salgado na sua boca. Já não media as palavras. Via na sua frente o povo fascinado, a multidão guerreira bebendo as palavras de fogo do negro imenso, enlouquecendo com o sonho da conquista do poder. Seus braços se ergueram.

— É a hora! — gritou — É a hora!

Um cavalo corcoveou. O cavaleiro ergueu a lança com uma bandeira vermelha.

— É a hora, é a hora! — gritaram.

Mas frágil mãozinha puxava-o pela manga do casaco. Que é isso, companheiro? Esqueceu a linha do Partido? Afastou a pequena mão com enérgica sacudida, está chegando a hora, minha gente, a mãozinha voltava insistente a puxar-lhe a manga do casaco, a linha, companheiro, a linha do Partido, tá esquecendo a linha do Partido.

Tinha razão a pálida mãozinha frágil. Esquecera a linha do Partido. Como explicar-lhe que não entrara no Partido pela linha? Em seus sonhos de adolescente o Partido significava camaradagem acima de qualquer mesquinhez, solidariedade sem limite, mão estendida em qualquer circunstância. E significava reuniões na madrugada, cheiro de tinta, limpeza de mimeógrafo, o recado perigoso, esquinas de medo, café no bar com o companheiro do norte, o lado do Bem contra o lado do Mal.

Quando tudo foi transformando-se numa engrenagem pesada e lenta? Talvez quando percebeu que também no Partido havia divisões de classe, egoísmos, desejo de poder e vaidade. Acostumar-se a tudo isso, foi a parte mais difícil do aprendizado. E a paciência, a humildade, a tolerância. As pessoas não são como a gente quer nem como as idealizamos. Aperta o acelerador. Atravessa a povoação de La Paz, detém-se para deixar passar um enterro de gente pobre, à sua esquerda dança um trigal, pisa no acelerador. (Pisas no acelerador. Às três horas da tarde estarás em San Luis, beberás café com conhaque na rodoviária, examinarás os ponchos coloridos em exposição no cavalete de madeira em frente ao edifício e vigiado por índios taciturnos, pensarás que se a menina Bia fosse viva, coitadinha, comprarias o mais colorido de todos para dar-lhe de presente. Seguirás viagem por uma estrada reta e bruscamente triste. Durante duas horas fugirás a todos os pensamentos que te assediam porque são todos tristes e tristeza chupa a força da gente mais do que o pior dos vícios. Às cinco horas chegarás em Mercedes a tempo de ver um avião descendo no aeroporto e seguirás firme, duro, rádio apagado, reconhecendo silencioso as formas milenares da noite ordenando-se sobre os campos tomados da luz dolorosa do crepúsculo e às sete horas entrarás em Rio Quarto.)

5

Às oito horas atravessará o rio Jequitinhonha. Às nove da noite estará na solidão da BR-116. Perto das onze pensará que sente cheiro de mar e será a lembrança do cheiro de Lourdes derramado sobre ele na madrugada da rede. À meia-noite em ponto a lua aparecerá — branca, silenciosa — sobre a estrada. O carro manterá a velocidade média de 120 por hora. Será visitado pela morte calada dos soldadinhos amarelos, pelo modo sem aflição como foram triturados pela serpente alaranjada. Às duas horas da madrugada tornará a sentir a mão pesada de Josias desabando no seu rosto. Os olhos arregalados de Luís. A mãe com as mãos na cabeça.

Às três horas resolve parar para respirar ar puro e urinar. A noite se estende povoada de ruídos. A noite é um coração. Tantas estrelas. O coração imenso palpita tranqüilo como o coração dum boi dormindo. Talvez isso tudo seja mesmo um imenso coração.

Encosta-se ao carro. Tantas, tantas estrelas. O pai, mano Luís e padrinho sentados ao redor duma fogueira, olhando estrelas.

O dia em que Degrazzia voltou ficaram até tarde da noite no pátio, até a fogueira transformar-se num tesouro de brasas sussurrantes, até a voz do visitante — grande, duro, dourado, atrás da fogueira — atingir ressonância de canavial, até sua figura crescer, ornada de cartucheiras e esporas de prata.

Volta para o carro. Tem muita estrada pela frente. Liga o motor. A lua se afastou, cada vez mais redonda e pálida. Aperta o acelerador. Tem muita estrada pela frente. Esse Brasil é um país tão grande. O dia em que Degrazzia voltou de suas andanças pelo Brasil foi um dia de glória. Tinha sete anos de idade, estava sentado no portal depois do almoço, observando as formigas e tomando o sol do princípio do inverno. Não se assustou quando o homem de chapéu negro, rosto avermelhado de sol e vinho parou na sua frente e perguntou se é aqui que mora meu compadre Josias.

Josias conseguiu metade duma ovelha que assaram debaixo dos cinamomos do pátio, mateando. Acocorado ao lado dos dois homens, Sepé enchia a cuia de chimarrão e passava-a, ora para um ora para outro, olhando distraído as alpercatas do visitante furadas nas pontas, escutando com silenciosa e assombrada homenagem a voz de taquara rachada ir vagarosamente enriquecendo-o de homens a cavalo, camponeses em armas, incêndios, fuzilamentos, grileiros, posseiros, tomas de terra, norte do Paraná, Manoel Jacinto, Gregório Bezerra. (Foi um dia de glória.)

De tardezinha — já tinham principiado a segunda garrafa de cana — Degrazzia enrolou meticuloso o papel de palha no fumo crioulo, olhou longamente para Sepé e apontou com o dedo:

— É esse piá aí o meu afilhado?

À noite sonhou com o país misterioso que fluía como caldo da voz vegetal de Degrazzia.

Começa a amanhecer. Raios de luz rompem a fragilidade do horizonte, ferem-lhe os olhos. Às quatro da madrugada tinha atravessado a divisa Bahia-Espírito Santo. Às cinco horas rompeu como Mula-Sem-Cabeça estremecendo as ruas desertas de São Marcos. Às sete, a maldade da manhã vibrava ferocíssimas pedras polidas na entrada de Vitória. Às oito, bebeu café sem açúcar em Cachoeiro do Itapemirim. Não pode parar por nada deste mundo. Este país é muito grande. Aperta o acelerador. Com sorte ou sem ela quer chegar ao Rio antes das quatro da tarde. Bom Jesus do Norte: na curva, no cimo da elevação, barroca, a igrejinha. (Lá dentro, o Cristo Ensangüentado.) E aperta o acelerador: Campos. Duas xícaras de café forte em Friburgo. Por Niterói passa como raio. Às quatro da tarde, apesar da azia, do ardor nos olhos, da dor na cabeça, dos nervos, dos soldadinhos mortos, com a banda manchada de sangue tremulando ao redor da cabeça, pode constatar que o Rio de Janeiro continua lindo. Continuava lindo. Em verdade vos digo: no fletir das gaivotas sobre a barca apinhada de gente, no céu tropical estalando como uma melancia, nos morros, continuava lindo. Continuava lindo na esmeralda e no turquesa da água fundidos ao sol e nas espáduas perfeitas da turista americana debruçada na amurada. Sepé aproximou-se e reconheceu o olhar de deslumbramento diante de tão pródigos tesouros. Apontou com o dedo por cima do ombro dela o perfil conhecido.

— A cidade mais bonita do mundo.

A turista deparou com o rosto de bugre, o pano manchado. Sepé achou que deveria sorrir para não assustá-la e arreganhou os dentes ferozes:

— *Me* espiquinglish, *baby*.

Como ela sorrisse, aproximou-se mais:

— *This is* zi vonderful citi.

Gaivotas desciam em vôo rasante. Um grupo de músicos ensaiava um chorinho. Encostou-se a ela. Não encontrou resistência sincera. O chorinho embalava a tarde, a barca, a vontade da turista americana. Rostos pendiam sobre a água dançante. Olhavam a cidade de São Sebastião do Rio de Janeiro, aproximando-se.

Rostos magros, negros, cansados. Rostos mulatos, brancos, silenciosos, famintos, resignados, cafuzos, mouros, escandinavos, alegres, revoltados. Apertou-se a ela, sentiu a cabeça girar. O chorinho continuava. Crianças vendiam caldo de cana. Um afoxé de branco deitava pétalas de rosa ao mar.

Capítulo Oito

1

Cabeça encostada numa das colunas do átrio, afastando os cabelos da testa com gesto preciso, grave (feminino, diria Sepé) examinando com calculada paciência a transparência das mãos, indiferente ao tumulto em seu redor, estóico e terco ante as arremetidas do ar frio contra a marca das unhas, implantado imóvel no centro do círculo da mais absoluta solidão, pensava no outono de 68 na cidade de Porto Alegre. O outono de 68 na cidade de Porto Alegre foi particularmente perigoso. Em cada inocente esquina, em cada parque amarelado de folhas, em cada bar, restaurante, churrascaria, vestíbulo de cinema, quarto de pensão, sala de aula, em porões escuros, em salões iluminados, atento (e astuto, determinado, implacável) espreitava, pronto para o bote, o ameaçador maço de folhas oculto no bolso do paletó, um poeta.

Naquele outono do ano de 1968 havia clássicos (melenas negras, olhos no fundo) e modernos (colares, miçangas, sapatos de tênis) e havia tímidos e de olhos baixos, e agitados, declamadores — condoreiros —, brandindo os calhamaços como rebenques. Havia românticos, tropicalistas, pau-brasilistas, tradicionalistas, fontes dignas asseguram ter visto parnasianos deslizando como pálidos fantasmas de dedos muito finos nas escadarias da Biblioteca Municipal. E também tristes, doidos, mansos, ricos, pobres, remediados, negros, judeus, sexagenários e — segundo depoimento de entendidos — um ou outro hetero. Havia o poeta da Cidade Baixa, que dormia no banco da praça em frente ao antigo cinema Capitólio e que ninguém sabe que fim levou. Havia Quintana fazendo que não era nada com ele na Praça da Alfândega. Havia os poetas da Azenha, do IAPI, da Floresta, do Partenon. Seguramente, havia um poeta em ação na Auxiliadora. Havia muitíssimos poetas. E havia Micuim.

Mostrando o sorriso torto no pátio da Filosofia, Micuim. Na fila do Restaurante Universitário, esmolando um vale de refeição com ar faminto, Micuim. Rondando o Largo dos Andradas, cincão completa minha entrada pra ver *A chinesa*, cara, Micuim.

De certo modo, o único errado com Micuim era o tamanho dos poemas. Não se contentava com uma lauda em homenagem ao Che, uma ode de vinte linhas aos operários de Osasco ou condoreiro vôo de página e meia conclamando as massas à tomada do poder. Não. Em noites de febre, na cozinha da pensão, à luz de vela (o companheiro de quarto naturalmente expulsava-o quando o via possuído desses arroubos e o dono, boa gente mas pão-duro, proibia o gasto de energia depois da meia-noite) quase montado na Olivetti portátil — único objeto sobre o qual admitia direito de propriedade — produzia páginas e páginas num furor kouruaquiano, ouvindo os gatos perseguirem-se nos muros enluarados, sabendo que a manhã avançava sobre a cidade como um dia avançariam os exércitos da libertação.

Nas noites mais fecundas produzia entre quinze e vinte páginas. Corrigia-as, ansioso, recitando baixinho, riscando, mudando palavras, desconfiando. Quando terminava saía para o pátio, aliviado, sem vertigem, como um animal, sentindo o coração bater vazio, e urinava junto às latas de lixo, precariamente feliz. De volta à cozinha juntava meticulosamente as páginas de sua obra, meditando quem teria a honra, lá pelas onze e meia, na porta do RU. Normalmente a honra cabia a Marcelo, o mais paciente. Abria a lata de açúcar, roubava uma colherada apesar do risco de dor nos dentes. Voltava para a cama na ponta dos pés. O ar do quarto ressumava a peste medieval. Deitava-se vestido. Dormia de boca aberta e sonhava com a cozinheira: ela chupava o dedo indicador da mão direita com nebulosos olhos de tonta. (A mão esquerda desabotoava pensativa a blusa e exibia o mole seio branco.)

Além de fazer a Revolução (e versos que a impulsionassem), Micuim tinha mais duas ambições na vida: faturar a cozinheira da pensão e ganhar a bolsa para Paris. Com Dona Clarisse sonhava todas as noites. Era viúva, rondava os quarenta anos e arrastava-se naquele lento andar requebrado de vaca. Nunca se atreveu a dirigir-lhe a palavra.

Quanto à bolsa para Paris era uma questão de espera. Enviara ao consulado da França, ao Instituto Francês-Brasileiro (e a todas as instituições onde farejava a possibilidade duma passagem de avião grátis para a Cidade Luz) pedidos de bolsa junto com o *curriculum vitae* e cópias de seus poemas mais proeminentes.

Com Paris sonhava nos sábados de manhã. Ficava na cama de olhos semicerrados, fumando os tocos de Hollywood, aspirando o ar abafado, vendo a mancha de sol avançar pela parede até tocar a cabeceira da cama de ferro. Voaria para Paris num DC-10 da Varig. Alugaria um estúdio no Quartier Latin. Escreveria poemas às margens do Sena. Fumaria Gauloises como os personagens de Cortazar.

Micuim entrou precipitadamente no bar da Arquitetura. Carregava o olhar das ocasiões especialíssimas: o épico. Marcelo ficou apreensivo. Normalmente Micuim adotava esse olhar quando acabava de escrever uma ode interminável. Ficou ainda mais apreensivo porque era um gesto de coragem Micuim entrar no bar àquela hora da manhã. Convém esclarecer que, no acanhado espaço do bar da Arquitetura, todos que entravam, alunos ou não, tornavam-se — instantaneamente — geniais. Gênio de qualquer coisa, mas gênio. Pelo menos pose de gênio o cara tinha obrigação de armar. Havia até gênio em humildade, sorrindo misterioso pelos cantos, olhando sonhador a xícara de cafezinho. Tanto silêncio, tão humilde concentração — compreendiam os outros — escondia, sem dúvida, alguma empreitada genial; não podia ser apenas a curtição do charo de manga-rosa queimado no banheiro.

Micuim era dos poucos que não entendia essa soberba qualidade do bar. Entrava no bar e continuava, um mortal comum, poeta, com roupas puídas, unhas sujas e o sorriso torto para esconder a cárie.

Mas, nessa manhã de abril, também Micuim estava investido de genialidade. Atravessou o bar relampejando o olhar épico justo a tempo de aparar o olhar e a frase de Ziza (dos mais geniais) dentro de dez anos vou dirigir um filme. Já passaram dez anos. Ziza é diretor artístico numa agência de publicidade. Casou. Tem dois filhos. Ganha bem. Nunca dirigiu o filme. Deixou mesmo de sonhar com ele. Dia desses, num bar, alguém perguntou que fim levou aquele chato, o Micuim, sumiu há tanto tempo, dizem que foi pro Chile. Ziza lembrava o nome. Vasculhou na memória. Viu vários rostos. Nenhum conferia. Pediu outro chope.)

— Tenho uma quente pra te contar.

Devia ser verdade: Micuim esplendia. Seu olhar épico triturava Ziza. Fez sinal para Marcelo segui-lo. Afastou-se sem olhar para mais nenhum dos belos espécimes que bebiam guaraná e mastigavam sanduíches de mortadela.

— O que é, afinal? — Marcelo, no corredor.

— Onde está Hermes?

— Acho que numa reunião. Qual é o segredo?

— O Capitão virou a mesa.

O rosto de Micuim gozava com a surpresa de Marcelo.

— Virou a mesa?

— Fugiu com um carregamento de armas. Vai botar fogo neste país.

— Fugiu? Mas pra onde?

— Sei lá. Por aí...

E seu braço descreveu um gesto de sertões, estradas, selvas, bairros populosos, Brasis... Estava varado de orgulho, como se fosse o Capitão, como se tivesse capturado as armas. Caminharam na direção da entrada.

A manhã de abril mastigava com volúpia o sumo da quinta-feira. Tudo se transfigurava: em algum lugar, um Capitão, seus homens, suas armas dão sentido ao outono instalando-se nas árvores da rua.

— Esta noite vamos pichar a cidade toda.

Marcelo ameaçou Micuim com um soco no estômago, Micuim ameaçou-o com outro, simularam uma luta, dando gritos como samurais.

O pessoal estirado na grama perguntou que tipo de fumo tinham puxado aqueles dois malucos.

— Eu pago o RU — e Marcelo pôs o braço sobre o ombro de Micuim.

(A primeira vez que viu o Capitão viu-o como se fosse um ser com dez metros de altura e quatro de largura, como se pesasse toneladas e seus alforjes rebentassem ao peso de cartuchos e granadas, viu-o com o uniforme lacerado por espinhos de florestas úmidas, as botas encharcadas por travessias de pântanos negros e empoeiradas pelo pó dos desertos luminosos. E viu-o em pé, nos seus dez metros, o brilho dos olhos trazendo luz de auroras longínquas e peso de cordilheiras, os cabelos endurecidos cravejados de folhas e espinhos e desprendendo-se de seus ombros, algas de abismos oceânicos, ali, no vestíbulo classe média da casa de subúrbio, na vulgaridade da terça-feira, dez da noite, à crua luz da lâmpada de 100 Watts, pôde vê-lo através da fresta da porta do quarto, ensopado pela chuva, envergonhado pela água que o sobretudo deitava ao parquê, incômodo, mostrando o sorriso sem graça, vulnerável, pequenino, seguramente triste, o Capitão. O Professor convidou-o a entrar, a mãe ofereceu-lhe café e ele aceitou, se isso não for incômodo, minha senhora.)

Afastou a cabeça da coluna, afastou os cabelos da testa, levantou-se reconhecendo uma a uma as dores do corpo e o toque frio do anoitecer na marca das unhas. Deu-se conta que vinha iludindo a vontade de urinar.

Quando entrou no banheiro estranhou o modo como o homem estava sentado. Encolhido no escuro em posição fetal, não podia ver seu rosto, mas reconheceu os cabelos brancos.

— Descansando, companheiro?

Muito devagar e com desconfiança, o velho Degrazzia levantou para Marcelo a máscara de diabo velho apreciador de vinho tinto.

— Ah. O bundinha.

Marcelo continuou sorrindo, enganando a humilhação e o desprezo, permitindo passar por sua memória longuíssimos corredores de hospital, cadeiras de roda, velhos de olhos parados, baba pingando. Resolve afastar-se, esquecer esse canto escuro e essa sombra, mas a voz o paralisa como o sopro duma flauta gasta.

— Em algum lugar nós a perdemos, filho.

— Como?

O velho encolhe os ombros.

— Não sei onde. No Agreste. Em Goiás. Na Bolívia.

Baixa a cabeça. Parece um cachorro enroscado ali no canto escuro. — Em algum lugar...

— Perdemos o quê, velho?

Degrazzia levanta outra vez a cabeça, lento e penetrante e sem piedade, os olhos observam Marcelo com uma pequena flama, dá um risinho curto, desagradável, e faz um gesto de desdém com a mão, afastando-o. Enfia a cabeça entre as pernas e fica assim, mergulhado num passado melhor (uma Marcha, um Capitão) obstinado no seu orgulho de ignorar a derrota.

2

Dorival coçava a nuca. Disfarçadamente, examinava o Alemão. Não, ninguém diria. Em seu exame não entrava o sarcasmo nem o preconceito. Era frio, reflexivo, científico. Estava perplexo. Não, ninguém diria. Ficou quase feliz quando o Alemão cansou-se de brincar com as cordas do violão e rompeu o silêncio:

— Como é mesmo essa história de quando você encarou a guarda?

Dorival se acomoda na poltrona, faz um ar de quem está chateado, sua mão executa um gesto de deixa-pra-lá.

— Uma desinteligência com os ômis.

— Conta.

— Tudo que eu queria era tomar um banho.

— Conta, pô.

— Já fazia dez dias que eu apodrecia na cela e não me deixavam tomar banho. Fazia um calor de rachar. Mesquinharia do carcereiro que não foi com minha cara. Uma noite não agüentei mais e meti a cara nas grades da janelinha. Gritei pro guarda:

— Ô praça, venha cá!

O soldadinho estremeceu. Onze horas da noite, faltava meia hora para ser rendido, vinha essa voz atrapalhar sua paz. Calorzão medonho. Das piores noites de verão. Em Santa Catarina nunca faz tanto calor assim como neste tal Rio de Janeiro. A fazenda áspera da farda provocava-lhe assadura nas partes, os coturnos apertados machucavam-lhe os pés acostumados com chinelas de dedo, o capacete estava molhado de suor por dentro, sentia-o deslizar pela nuca e pela testa. O único bacana era a metralhadora que lhe deram, novinha, leve. Quando chegava ao fim do corredor, onde estava a janela gradeada e a corrente de ar e onde demorava-se mais do que devia, olhava o luar que batia no cano dela e provocava um brilho esquisito enquanto saltavam estrelinhas e chispas do parafuso perto do carregador. Uma beleza. Agora essa voz, ainda por cima autoritária (parecia a voz do sargento) que vinha duma das celas. Aproximou-se vagaroso, desconfiado.

— Aqui.

Era a cela 12. Pela janelinha gradeada espreitava a cara sinistra, suada, dum baita dum negrão. O negrão sorriu, cintilou um clarão branco na sua cara, o soldadinho se assustou mais.

— Praça, seja camarada, me leva até o banheiro e deixa eu tomar uma ducha. Tô derretendo aqui dentro.

O soldadinho sorriu. Não era problema. Estava até pensando em coisa grave. Sacudiu a cabeça sério, otoridade.

— Não pode.

— Não pode por quê? Tô derretendo aqui dentro.

— São ordens.

— Ô, meu chapa, não custa nada. Há dez dias não tomo banho. Esta merda desta cela não tem nem janela. Tô sufocando. Em cinco minutos tomo uma ducha. Não consigo dormir com o calor. Não custa nada.

— Não pode.

— Porra, mas isso é uma idéia fixa. Por que não pode, caralho?

— Ordens.

— Que ordens, pô?

— Ordens são ordens.

— E quem deu a ordem?

— O cabo.

— Vai lá chamar o cabo.

O soldadinho arregalou os olhos. O caso se complicava.

— Chamo nada. Vai pro teu catre e fica quieto.

Antes que enchesse o peito, orgulhoso da resposta, viu a cara do negrão se contrair, seus olhos se arredondarem, as palavras saltarem da sua boca monstruosa sólidas como pedaços de tijolos jogados contra sua cabeça.

— Escuta aqui, catarina barata descascada, polaco comedor de sabão. Vai lá chamar esse cabo antes que eu faça um escândalo nesta espelunca! Eu começo a gritar aqui dentro que acordo até o general que é gerente deste hotel.

Agarrou-se às grades — o soldadinho nunca viu mãos tão grandes na sua vida — e pode ser apenas impressão sua, mas a porta de aço estremeceu. Não fazia nem uma semana, no seu dia de licença, tinha visto — e ficara profundamente impressionado — o magnífico filme *King Kong* (tão bem feito, parecia real!) onde um gorila gigantesco transforma em picadinho uma baita duma cidade dos Estados Unidos da América. O soldadinho recua um passo, apavorado. Tem a impressão apavoradamente nítida de que o que se encontra dentro da cela é nada mais nada menos que o King Kong, o brilho dos olhos do negrão é o brilho dos olhos do King Kong e sua boca feroz é a boca mortal do King Kong. Imagina, pensa — vê — (são sabe mais) que de dentro da cela desprende-se ruído de correntes, cheiro nauseante de selva, de carne humana decomposta. Dá as costas, desliza-lhe agudo frio pela espinha inteira, a porta vai ceder à pressão do monstro. Atravessa o corredor em cinco passadas.

— Cabo.

O cabo vira lentamente o rosto, o cigarro pende da ponta dos seus lábios, a metade do cigarro está transformado em cinza que a preguiça impediu de sacudir, franze a testa com desgosto e fecha os olhos por causa da fumaça, porra, aí vem esse catarina encher meu saco, agora que estava ficando boa a historinha do Drácula.

— Qualé?

— O preso da cela 12!

— Qualé?

— Quer falar com o senhor, meu cabo.

— Qualé, qualé? — Faz gestos com as mãos, esse catarina obtuso não desenvolve os assuntos, porra.

— Vai fazer um escândalo, vai começar a gritar, aliás, já começou. É um negrão deste tamanho.

— Um negrão deste tamanho? E você se encagaçou porque

ele é um negrão deste tamanho? Você é um homem ou um rato? Vem interromper minha leitura porque um negrão deste tamanho dentro duma cela fechada a chave começou a gritar?

— Mas, cabo...

— Nada de mas nem meio mas! Eu vou lá dar um sossego no negrão deste tamanho.

O cabo joga a revista do Drácula no banco encostado à parede com gesto enfastiado. Tira as pernas de cima da mesa como Clint Eastwood em *Por um punhado de dólares*. Aperta o cinturão. Põe o capacete. Torna a dependurar o cigarro, agora sem a cinza, no canto da boca. Começa a caminhar lentamente pela rua principal de Dodge City. O sol cai no horizonte. Aproxima-se da cela 12. Tá lá a facha do negrão. Cruzes. Esse comuna de merda não vai ganhar nenhum concurso de beleza. Aproximou corajosamente o rosto das grades, exemplo pra esse praça frouxo.

— Qualé?

— Cabo, eu queria pedir licença pra tomar um banho. Coisa rápida. Estou derretendo aqui dentro. Não deixam eu me banhar há mais de dez dias. Mas hoje está insuportável, palavra.

O cabo franze a testa, semicerra os olhos. (Tem um cara antigão que faz assim nos policiais que dão na TV.) Mal move os lábios.

— Você sabe onde está, ô cara?

— Sei, cabo, mas...

— Senhor cabo. Respeito é bom e otoridade merece.

— Senhor cabo. Acontece que eu...

— Acontece que tu tá em cana, crioulo, e malandro que é malandro chia mas não geme. Cala essa matraca e vai dormir.

— Mas, cabo...

— Senhor cabo, já disse.

— Cabo e merda pra mim é a mesma coisa.

— !...

— Viado.

O cabo deu um salto para trás. O negrão, tranqüilo, continua:

— Bicha. Tu não me engana com essa pinta não. Já te manjei,

sarará. Teu negócio é dar o rabo pros recrutas. Aposto que quem te enraba é o catarina aí. Tá falando com macho, entendeu? Abre essa porteira que eu quero tomar banho.

— Macaco não toma banho. E não me faz perder a paciência, crioulo, senão eu abro essa jaula e te mostro com quantas bananas se faz um piquenique.

— Então, abre. Boneca de catarina.

O cabo cuspiu o cigarro pra um lado. Olhou de relance para o praça paralisado. Aprumou os ombros.

— Tu tá com sorte, negão. Vai dormir. Não abro essa joça porque tenho ordens pra não abrir. Se não tu ias ver o que é bom.

— Ordens? Que ordens?

— Ordens, pomba!

— Ordens de quem?

— Não interessa. Ordens são ordens.

— Tu é tão pé-de-chinelo que não sabe nem de quem recebe ordens?

— Do sargento.

— Vai chamar o sargento.

— Tu tá doido, crioulo.

— Olha aqui, boneca, vai chamar esse sargento ou dou um escândalo tão grande nesta merda que vão te rebaixar pra recruta outra vez e aí babaus, não vai ter catarina que queira comer rabo de recruta.

O cabo olhou firme nos olhos do negrão, o olhar de Kojak ao descobrir o policial corrupto, e dá-lhe subitamente as costas. Afasta-se pisando forte.

— Tu vai entrar por um cano, crioulo...

O sargento ergueu dois olhos entediados. Aí vem o cabo e esse praça com pinta de otário para lhe encherem o saco. Perdeu o ensaio na Escola porque logo hoje caiu de serviço. Baixa o volume do radinho de pilha, acomoda-se melhor na cama onde está estendido. Saco. O ventilador em cima do armário não resolve. Quando vão botar ar-condicionado para sargento também? O tenente lá no quarto dele tem refrigeradorzinho, toca-disco; livrinhos de capa grossa e, claro, ar-condicionado. Agora, o sargento Marcão, pai de dois crioulinhos, vivendo maritalmente com a mulatinha Ana Neusa — de parar o trânsito e fechar o comércio — não tem nada disso não. Sargento tem é que se ralar. E se é preto, pior ainda.

— Dá licença, sargento?

— A porta tá aberta...

O cabo se enquadra.

— Sargento...

— Quem é que tá de guarda no corredor?

O cabo se vira, dá de cara com o recruta de Santa Catarina.

— Qualé, qualé? Que tá fazendo aqui? Vai pro teu posto, imbecil!

O soldadinho sai em passo acelerado. Quando afastou-se o suficiente, o cabo prepara o olhar-de-momento-grave para o sargento, olhar fatal, de decidir se aperta-ou-não-o-botão-vermelho e aí adeus humanidade.

— Sarja, o crioulo da cela 12 tá a fim de bagunçar o coreto. Digo, desculpe sarja, o preso da cela 12.

— Quer bagunçar qual coreto? O teu?

O cabo se curva, confidencial, grave:

— O de todos, sargento, o de todos.

— Que que ele quer?

— Tomar banho.

— Não pode.

— Eu disse pra ele.

— Então? Assunto encerrado.

— Mas ele prometeu armar um escândalo, começar a gritar.

— A esta hora da noite?

— O senhor vê.

— Mas tu disse que não pode tomar banho?

— Disse. Ele tem ordem para não tomar banho.

— Ele não tem ordem para não tomar banho. Existem ordens para que ele não tome banho.

— Pois é. Ordens são ordens.

— Ele ameaçou gritar?

— Ameaçou. É um baita dum negrão deste tamanho. Desculpe, sarja. Tem um vozeirão que vou lhe contar. Sai da frente. Se começa a gritar se ouve até lá na Mangueira.

Lá na Mangueira, pensou o sargento, melancólico. Lá na Mangueira a coisa tá animada. E eu aqui, agüentando estes imbecis.

O sargento sentou-se na cama com esforço.

— Porra...

Afivelou o cinturão, suspirou, não se pode ter descanso numa noite quente dessas. Caminhou pelo corredor arrastando os pés. Com certeza vai chover, cair um tremendo temporal, acabar com o ensaio. Falta pouquinho pro Carnaval. Não posso mais perder ensaio, tem nego de olho grande na minha vaga. Não dá pra dormir no ponto.

Aproximou-se da cela 12, puxa que crioulo feio.

— Qual é o plá?

— Sargento, eu queria pedir ao senhor licença pra tomar uma ducha.

— Não pode.

— Não pode por quê?

— Não pode porque não pode. Ordens.

— Ordens de quem, pô?

— Não interessa.

— Mas, sargento... Não dá pra esquecer essas ordens só por um minutinho? Eu tomo uma ducha num instante. Tô derretendo aqui dentro. Um sufoco brabo. Há dez dias que...

— Não pode.

— Sargento, não tô pedindo nada demais, pô.

— Chega de papo. Ordens são ordens. Amanhã a gente fala nisso.

— Amanhã tem outro na guarda.

— Então outro dia.

— Tu tá é com medo.

O sargento mostrou um sorriso tolerante. O cabo e o praça se entreolharam.

— Vai dormir que isso passa, rapaz. Não procura sarna pra te coçar. Meu lema é...

— Tu não tem lema. Pau-mandado não tem lema.

O praça e o cabo tornaram-se sombrios, olho no sargento.

— Olha aqui, rapaz. Devagar. *Relax*. Não tenho nada contra ti. Eu sou sargento aqui e posso...

— Sargento e merda pra mim é a mesma coisa.

— Olha, crioulo, que eu posso te dar um pau.

— Vem.

— Eu sou cara de paciência, moreno.

— Então me deixa ir tomar banho.

— Não pode.

— Por quê?

— Já disse.

— Quem deu a ordem?

— Não interessa.

— Então vou começar a berrar aqui dentro.

— E vou aí dentro e te dou um pau.

— Vem.

O sargento suspirou. Era um negro baixote, ratacão, razoável meio-pesado quando tinha vinte anos e ainda não fora absorvido pela bateria da Mangueira e pelo boteco da esquina. O praça e o cabo estavam extasiados com o espetáculo. O sargento considerou os prós e os contras, sacudiu a cabeça, tornou a suspirar e começou a afastar-se, vagaroso, arrastando os pés, saco, esses galhos só acontecem comigo.

— Sargento.

Esse negão tá querendo levar. Voltou-se, com um brilho maligno nos olhos.

— E o meu banho?

— Vou falar com o tenente. Ele que resolva.

O sargento Marcão não gostava de falar com o tenente. Talvez ninguém gostasse de falar com o tenente. Não que o tenente fosse grosseiro. Nada disso. O tenente era uma moça, como dizia o coronel. O tenente não maltratava ninguém. O tenente tinha a rara qualidade de saber dizer obrigado, passe bem, boa noite, como foi o ensaio? O tenente era educadíssimo. O sargento Marcão não gostava de falar com o tenente — talvez ninguém gostasse de falar com o tenente — porque, no mel dos seus vinte anos, o tenente Otílio tinha tão e de tal modo azuis os olhos que quem os encarasse muito tempo sentia frio como acometido de pressão baixa ou tristeza, dessa fininha, que só dá quando se está muito longe de casa.

Justo quando o tenente começava ler o capítulo sobre Gauguin Bateram na porta.

— Entra.

O sargento. A cara de desânimo brilhando de suor. O sargento Marcão sempre estava com cara de desânimo e brilhando de suor. E um ou outro botão fora da casa. Parecia as negras gordas que aquele pintor mexicano pintava. Um certo Rivera. Ou seria Ramires? Pintava murais da revolução mexicana. Devia ser comunista. Melhor fingir que não vê os botões por abotoar, o cinturão frouxo na cintura.

— Com licença, tenente.

— O que há, sargento?

— Tem um preso fazendo confusão. Quer tomar banho.

— Tomar banho? A está hora?

— Ele não toma durante o dia.

— Por quê?

— Ordens.

— Ah.

O tenente pensou um pouco.

— Ele tem ordens de não tomar banho só durante o dia?

— Não está especificado, tenente.

— Bem... Acho que se não pode durante o dia não pode também durante a noite.

— Assim me parece, tenente.

— Então, está resolvido o caso.

O sargento descansou numa perna, fez o vago ar de que não-é-bem-assim.

— É que ele tá querendo confusão mesmo, tenente. Ameaça gritar e acordar todo mundo e tal e coisa.

— Quem é esse preso?

— Um líder sindical. Foi preso em Osasco. Trouxeram pra cá para uma acareação.

— Perigoso?

— Bem, terrorista parece que não é... Mas não tem boa pinta. É muito atrevido. Desacatou o praça de guarda e o cabo.

O tenente olhou pensativo as páginas do livro. Será que o sargento Marcão entende a arte moderna? O tenente não conhecia ninguém que entendesse de arte moderna. O tenente também não entendia de arte moderna. Por isso lia tanto esses livros. Olhou a página aberta. "A pintura de Gauguin pode ser entendida através de auto-retratos e de suas cartas." Fechou o livro.

— Vamos lá.

O cabo e o praça esperavam no início do corredor. Enquadraram-se, deixaram o tenente e o sargento passar. O quarteto rompeu pelo corredor num passo marcial. Pararam frente à cela. O tenente não teve certeza, por um momento pensou que sonhava, porque o rosto sinistro dentro da cela olhou com desprezo o livro que carregara inadvertidamente e sussurrou, intelectual e merda pra mim é a mesma coisa. O tenente olhou escandalizado para o sargento. O sargento tinha cara de quem não ouviu nada. O cabo e o praça idem. (Por que não deixei o livro no quarto? Meu analista vai insinuar que é necessidade de afirmação, tenho certeza.)

— Qual é o problema?

A cara do negro parecia uma dessas coisas modernas do Picasso, mas não era bem isso.

— Tenente, eu queria pedir licença ao senhor para tomar uma ducha, tô derretendo aqui dentro.

— Não pode.

O negrão suspirou.

— Não pode por quê, tenente?

— Isso não é da sua conta.

— Tenente, não me leve a mal, mas é da conta de quem, então? Sou eu quem não deixam tomar banho, logo é da minha conta saber por que não me deixam tomar. E com um calor desgraçado desses.

O tenente considerou a colocação. Pareceu-lhe justa.

— São ordens.

— Ordens! Ordens de quem?

— Isso já não é da sua conta.

O negrão bufou: não era mais suspiro.

— Tenente, seja humano. Que custa me deixar tomar uma duchazinha rápida? Cinco minutos. Ninguém vai saber.

— Ordens são ordens.

— Me diga uma coisa, tenente: sinceramente, o senhor sabe quem deu essa ordem?

— Vou dar um conselho pra teu próprio bem, rapaz: vai dormir. Você está nervoso. Amanhã isso passa.

— Se não diz é porque não sabe quem deu.

— Amanhã eu converso com o capitão sobre o teu banho.

— Se não sabe quem deu a ordem e obedece é um boneco. Não é um homem, é um boneco.

— Me respeita, negro!

— Tenente e merda pra mim é a mesma coisa.

O tenente gelou. O negro sorria, debochado. O sargento, o praça, o cabo aguardavam. Se não reagisse ficaria desmoralizado. Olhou a imensa figura debochada, precisou achar uma boa razão para odiá-lo, buscou com desespero em sua memória, achou uma frase do seu pai no alto do cavalo, na fazenda.

— Cafre miserável, vou te dar uma lição!

Então, Dorival inclinou a cabeça — sem fazer cálculo nem pontaria — e deu uma cuspida enviesada, infernalmente certeira — genial — bem no olho azul do tenente Otílio.

Os quatro homens maravilhados, como quem presencia um encantamento. O sargento reagiu primeiro. Com rugido assombroso para ele mesmo atacou com a coronha da metralhadora, bateu nas grades da janelinha, o negrão lá dentro deu um pulo para trás, vem, vem.

O praça de Santa Catarina sentiu uma vertigem: era King Kong. Lá dentro, a urrar, não estava um homem: estava King Kong em pessoa, despedaçaria a todos, comeria pedaços de sua carne; agoniou-o a tremura nas pernas e o aperto injusto dos coturnos. O cabo levou a mão à coronha do Colt. John Wayne em *Rio bravo*. O tenente ergueu bem alto o livro, como uma bandeira.

— Alto! Alto!

Todos pararam. O tenente transpirava. O tenente sentia uma coisa estranha agitar-se dentro de si, algo dentro de si ensaiava levantar vôo.

— Sargento.

— Pronto, tenente.

— Tem as chaves desta cela?

— Sim, tenente.

— Abra-a.

O tenente observou o sargento mexer nos bolsos nervosamente. Apanhou um molho de chaves.

— Sargento.

— Tenente.

— Espere um pouco.

O tenente ofegava. Vacilou.

— Traga reforços.

— Sim, senhor, tenente. Quantos homens?

O tenente encolheu os ombros.

— Bem... Traga dois. Dois bastam.

O sargento lançou um olhar enérgico para o cabo. O cabo lançou um olhar enérgico para o praça. O praça se enquadrou e saiu num passo acelerado.

O cabo, o sargento, o tenente e o negrão aguardavam. Uma coisa ameaçava levantar vôo dentro do tenente. Algo dentro do tenente palpitava. Um dia você ainda vai me matar, dissera-lhe a mãe numa voz cavernosa, você é igual a seu pai, tem um abutre por dentro.

O sargento mordia o lábio inferior, começava a inflar de raiva cega contra o provocador estúpido que ria dentro da cela, o tirara do conforto da cama, do ventilador, do radinho de pilha.

O cabo antegozava o momento, vou esperar que o filho da puta esteja bem agarrado, de dar-lhe um pontapé nos culhões. Vai ver o que é meter-se comigo, esse crioulo.

O negrão aproximou o rosto das grades. Sorria.

— Tenente, quer saber quem deu a ordem?

Os três levantaram os olhos para o negrão.

— Foi o carcereiro. Porque não vai com minha cara. Na verdade não existe ordem nenhuma. Basta checar para saber. Vocês todos são é uns paus-mandados mesmo.

Passos no corredor. O praça aproxima-se com quatro soldados. Por um segundo de azar, o olhar do tenente cruzou com o do sargento. Mandaram chamar dois, mas já que vieram quatro... O grupo chegou e enquadrou-se. O tenente fez sinal para o sargento.

— Vamos dar uma lição nesse insubordinado — disse o sargento. — Que ninguém use arma de fogo sem receber voz de comando. É só umas porradas pra ele aprender a respeitar otoridade.

— Muito bem — disse o tenente. — Abra.

Os oito homens silenciaram frente à porta. O suor escorria por todos os rostos. A chave rangeu na fechadura. O praça de Santa Catarina vacilou com a vertigem, viu tudo escuro, dentro da cela brilhavam dois olhos ferozes. Baleia escancarando as mandíbulas terríveis, a porta abriu-se: boca gigantesca de pesadelo. Quem entra primeiro. Todos se entreolharam. Um a um, todos os olhares caíram no tenente. O tenente prendeu a respiração, cravou os olhos azuis no sargento, esse bruto homem com uma metralhadora na mão não toma a iniciativa, não é possível. Fez-lhe sinal com a cabeça. O sargento olhou duvidoso para o interior da cela. Escuro. Deu uns passos e entrou. O vulto estava imóvel no canto, rente à parede. O sargento criou coragem.

— Tu tá fudido, negão!

Saltou para dentro, num arranco, brandindo a culatra da metralhadora, exigindo a raiva brotar contra aquela sombra imóvel no canto que lhe atrapalhava a paz da noite.

— Segurem esse filho da puta!

Subitamente audaciosa a soldadesca avançou. E estacou com um único calafrio de pânico porque Dorival junto à parede executou sutil movimento de anjo. Pesava cem quilos, media um metro e noventa, calçava quarenta e quatro e executou sutil movimento de anjo. E riu. O riso penetrou a espinha do catarina como um punhal, encheu o corredor como trovoada.

— Milico e merda pra mim é a mesma coisa!

Durante um segundo o tenente enlouqueceu:

— Segurem esse cafre, segurem esse cafre!

O primeiro que chegou perto esborrachou a cara contra o soco de trezentos quilos, o segundo voou com um pontapé no estômago, bateu contra a parede, escorregou até o chão contemplando um confuso bosque povoado de sangrentas borboletas metálicas, o terceiro acertou a coronhada no rosto de Dorival, o sargento atingiu-lhe a nuca com a culatra da metralhadora, o cabo um pontapé nas costelas, os outros caíram em cima, matilha batendo mordendo o soldadinho de Santa Catarina encostou-se à parede da cela vencido pela vertigem o tenente brandia o livro de arte folhas coloridas saltavam num impulso de alegria abandonou-se ao abutre ruflou as asas negras sobre o escombro pululante guinchava aprende a lição cafre aprende a lição.

— Limpem o sangue — disse o tenente.

Apanhou as folhas de livro espalhadas pelo piso, afastou-se em passos de sonâmbulo, pondo a camisa para dentro das calças.

Arrastaram Dorival pelos pés até o banheiro. Largaram-no debaixo do chuveiro, abriram a torneira. A água fria reanimou-o. Apoiou-se nos cotovelos, as costas encontraram a parede, de olhos fechados ficou gozando a água.

O sargento Marcão, agachando-se com um suspiro, acendeu dois cigarros e estendeu-lhe um, silenciosamente.

3

Esse rosto no espelho será o seu? As olheiras estão infames. Não dormiu quase toda a noite, é *vero*. Mas. Mas quê? Hermes parado junto à janela, cigarro no canto da boca, olhando a cidade? Ninguém dormiu toda a noite. Ninguém, em toda a maldita cidade. Ninguém em todo o país. Todo mundo estará com olheiras e rugas mais fundas e os olhos perdendo o brilho. Isso aí. Bom, começar a sessão. Creme hidratante, primeiro. Bem lento e massageado. Ah, esse alvo rosto morto. Literatura policial, anotar aí, *Double Indemnity, La Muerte de Rojo* segundo a edição cubana. Estará louca? Como a mulher do romance. Lentamente massageia as faces, cada vez com mais intensidade até o creme branco diluir-se e ficar outra vez a pele com sua cor natural, apenas mais luzidia. Não quer morrer, logo não está louca. Tem medo, logo não está louca. Então, como não está louca, pôr base no rosto pra mode de disfarçar as rugas, sinhá. Pecado de vaidade. Três padre-nossos e três ave-marias. Como disfarçar trinta e cinco anos? Como disfarçar noites sem dormir e o terror como branco corredor de pesadelo? Adiante: Hermes se move inquieto na sala, esmaga o cigarro no cinzeiro, volta à janela e se imobiliza. Adiante, pois: *rouge*. Com delicadeza, cuidado, com delicadeza. Essa é a chave da maquilagem. Na festa haverá uma velha gorda, naturalmente, terá o olhar ávido e curioso, naturalmente, se aproximará para dizer que maquilagem perfeita querida, não me diga que havia algum salão aberto, não é possível. Conversarão sobre o incômodo dos salões fechados, que tem a ver salões de beleza com golpes militares, não é mesmo? com comunistas, extremistas, essas coisas desagradáveis. Sorrir para a mulher gorda. Atenção: ensaiar sorriso para *momias* gordas. Pecado da falsidade: três ave-marias e três padre-nossos. Adiante: rímel, agora. *Take it easy, baby*: a mão treme. A mão afiada, a mão magra, a mão de veias azuis, a mão de longas unhas curvas, a mão de pantera que se arrepiou ao receber o pingo da lágrima de Marcelo (mas quando foi isso, meus Deus?) treme. Calma. Esta operação é delicada. O traço tem que ser firme e leve. Os olhos vão realçar, os olhos de esmeralda úmida se tornarão arrogantes e os homens precisarão mostrar muita raça para os encararem sem ficar ofuscados. Pecado de vaidade, outra vez. Essa menina foi muito mimada. Três ave-marias e três padre-nossos. Precisa de muita penitência para perder a soberba. Pronto. Quem falou que os olhos perderam o brilho? Perdeu nada. Soberba? Soberba, sim senhor. E vaidade. Penitência: ficar de joelhos sobre grãos de milho, toda a noite, na cela. O Senhor sofreu muito mais e sendo inocente, minha filha. Adiante: os lábios. Passar o batom com certa volúpia, certo gozo não intuído nem desejado, certo pudor, certo vestígio de pecado. Ninguém pensou em pênis não, senhora. Tá na sua cabecinha. Não precisa nem pensar para ser pecado. Três ave-marias e três padre-nossos. Essa menina é muito sensível. Tem que jejuar, fazer mais penitência, mandar tecer um cilício, benzê-lo pelo prior, oferecer a ela com humildade, o Senhor sofreu muito mais minha filha. E sendo inocente. Somos todos pecadores. Certa volúpia: os lábios brilham como se estivessem úmidos, a língua roça de leve a ponta vermelha do batom. Hermes na sala estará olhando a cidade? Chamá-lo, ajoelhar-se na frente dele, abrir o fecho ecler de sua calça. (Com humildade, com ânsia, com prepotência?) Ele seguramente a erguerá pelos braços, incomodado, não temos tempo, Mara, se demorarmos muito vai dar na vista, o homem disse às oito horas, já são quase nove. Terminado. O cabelo faísca. Quase meia hora a escová-lo. (Pecado?) Já estão os brincos. Combinam com o colar. (Vulgaridade?) O colar é caro, presente da mãe, todas essas criancinhas passando necessidade e a gente, bom, agora não é hora, Mara. O vestido vermelho comprou na butique da Providência. *Momia* nenhuma vai botar defeito. Os sapatos brancos de salto alto. Estão na moda. Retrô. Como odeia essa palavra.

Está louca. Não, não está louca. Esse rosto no espelho é o seu rosto. E esse olhar que não diz nada. E essa festa nesse apartamento que não conhecem com essa gente que não sabem quem é. Talvez tudo fosse mais fácil sem o olhar magoado de Marcelo. Aquele covarde. Mentira. Talvez tudo fosse mais fácil se pudesse amar alguém. Os olhos no espelho não são mais verdes. Talvez nunca foram verdes. Putinha. Putinha cafona. Putinha classe média. Talvez tudo fosse mais fácil se voltasse para o convento. Piedosa, contrita, apalhaçada, faz o sinal-da-cruz. Estala em súbito riso ordinário.

A porta se abre:

— Vamos, Mara — diz Hermes.

A janela ficou aberta. A brisa que percorreu as peças vazias do apartamento chegou ao escritório e pôs-se a folhear, uma a uma, as páginas do exemplar d'*O país de outono* esquecido sobre a mesa.

O telefone começou a tocar.

4

Caminhou pela orla apreciando a frescura das árvores, a lenta ascensão da cor cinza ensombrando o rio. Seis Brahmas estupidamente geladas e três batidinhas de maracujá. Nada mal. A feijoada caiu bem, levou quase metade da grana, amanhã é outro dia. Precisa dar um jeito de encontrar esse cara, o Escuro. Precisa deixar de ser imbecil e aclarar essa história sobre Sepé. Filho seu não é traidor nem aqui nem na puta que pariu. Luís nem sequer mencionou o nome dele. Melhor deixar pra lá. Deixar essa brisa no rosto, talvez uma sesta debaixo daquelas amoreiras, nada mal com esse barulhinho gostoso que o rio faz.

Estivera saboreando a feijoada no restaurante da Esplanada, vagarosamente, reconhecendo cada sabor e em cada um encontrando uma lembrança que tanto tempo estivera escondida. Depois de pagar saiu caminhando pela orla. Parou numa tendinha para comprar uma garrafa de pinga. Parati. Entre gole e gole chegou à Pedra Redonda perto das cinco horas. Pensava na sesta debaixo das amoreiras quando viu as três figuras sentadas na areia, de frente para o rio.

Estão absolutamente imóveis, como em transe. Têm as mãos unidas sobre os joelhos, os rostos erguidos na direção do sol que já inicia a marcha para o horizonte. Aproxima-se, nota divertido que na areia seus passos não são nada firmes, balança como canoa em dia de vento.

São três hippies. E esses estão numa onda de misticismo, pelo jeito estão adorando o sol ou outro paganismo qualquer. Chegou perto. Até sou capaz de perguntar qual é a deles só pra puxar um papinho. São dois guedelhudos de barbas imensas e uma garota que não estaria mal, se fosse mais cheinha... Espichou o pescoço para vê-los melhor. Mas esse aí eu conheço, se não me engano é...

O hippie da ponta — o mais alto e cabeludo — abriu um olho (os três estavam de olhos fechados) e deu uma conferida no intruso. Fechou-o e tornou a concentrar-se, dignamente. Mas, súbito, abriu outra vez o mesmo olho, examinou Josias, em seguida os dois olhos e imediatamente os dois braços e exclamou:

— Partidão!

— Bom Cabelo!

— Senta aqui com a gente, amizade.

— Não quero atrapalhar o ofício aí.

— Não atrapalha nada, que é isso? Você só traz bons fluidos, amizade.

Josias sentou-se ao lado deles, procurou arrumar as pernas na mesma posição dos outros três, os ossos estalaram. Cumprimentou com a cabeça a garota que lhe sorria. Apertou a mão do outro que estava estendido.

— Magrão.

— Partidão.

Josias surpreendeu-se: o aperto de mão foi forte, sincero. E másculo. Sempre olhara desconfiado esses cabeludos, com esses colares, essas pulseirinhas...

— Vocês tão rezando ou o quê?

— Meditação, bicho. Mas já terminou. Vamos levar um papo legal, enrolar um fininho, transar uma boa.

— Tamos aí. — Josias tirou do bolso da campeira a garrafa de Parati. — Como é que adivinhou que eu trazia bons fluidos, tchê? Parece bruxo.

Bom Cabelo sorriu.

— Falei outra transa, bicho, mas não tem nada não. Só que não estou nessa de trago.

— Um golezinho nunca fez mal a ninguém. — Dirigiu-se à garota que olhava sorridente. — A senhorita?

— Pode me chamar de Magra como todo mundo. Eu tomo um golezinho só pra você não ficar desacompanhado.

— Ahá — Josias, espalmou a mão no coração. — Nada como a delicadeza dos sentimentos femininos. E eu digo estribado na dura experiência de ficar anos sem desfrutar a única obra perfeita realizada pela natureza em milhões de anos de desenvolvimento.

Bom Cabelo e Magrão bateram palmas.

— Falou, bicho.

— O homem é filósofo.

— A transa dele é profunda, cara.

— Modestamente — disse Josias, erguendo a garrafa — tenho cá minhas leituras. Sabe quantos anos a raça humana levou para se desenvolver, para atingir a perfeição desta flor que nos contempla? — A Flor-Que-Nos-Contempla inclinou graciosamente a cabeça; a mão de Josias, que descrevera um arco para apontá-la, ficou alguns segundos imóvel no ar. — Dez milhões de anos!

O trio de platéia murmurou interjeições de assombro. Magrão tomou da garrafa e bebeu um gole. Não está mal. Desmanchou a careta e perguntou:

— Tem uma transa aí, cara, que eu não saquei não. Qual é essa que você falou que há anos não desfruta e tal?

— Ah! — Josias tornou-se solene. — São as tragédias da vida, amigo Magrão. Não podia desfrutar, não porque estivesse... *bueno*, sem condição de honrar o compromisso.

— Broxa — disse a Magra.

— Exato, senhorita. Entendeu a colocação. Isso não estava, graças a Deus. É que, fisicamente e espacialmente, estava impossibilitado de entrar em contato — contato social — com o sexo oposto.

— Por quê?

— Cana. Peguei uma cana de três anos bem contados e fui solto hoje.

Os três pares de olhos se agrandaram.

— O que você fez? — perguntou Bom Cabelo.

— Nada especial. Sou oposição a isso tudo que está aí.

A Magra olhou em volta intrigada

— Que “isso tudo”?

— A dita.

— A dita? — e a Magra fez cara de quem não entendeu.

— O governo, Magra — aclarou Magrão impaciente.

Josias confirmou gravemente com a cabeça, tomou um gole mais.

— Sou contra.

— Nós também não somos? — disse a Magra interrogando os dois com ar culpado. — Pelo menos, me parece.

— Somos, Magra, somos.

— Nós temos um amigo que também pegou cana — disse a Magra. — Mas ele estava numa barra muito pesada. Assalto, essas coisas.

— Corta esse papo, Magra — disse Bom Cabelo.

— Não falei nada de mais.

Magrão ergueu um cigarro no ar.

— Vamos queimar esta erva.

Josias olhou desconfiado mas não disse nada.

— Partidão, já provou maconha? — perguntou Bom Cabelo.

— Pra dizer a verdade...

— Hoje chegou o dia.

Estendeu-lhe o cigarro aceso. Josias apanhou-o, cheirou-o, examinou-o com cuidado.

— O cheirinho é bom.

— Prova.

— Acho que vou deixar pra outro dia.

— Está com medo? — perguntou a Magra.

Parecia bobinha, mas era tão bonita... E esses olhos claríssimos, e essas mãos tão delicadas.

— Vou experimentar em homenagem à senhorita.

Tragou com vontade (com coragem) e estendeu-o com gesto elegante para Bom Cabelo.

— Não está mal.

Continuaram fumando, olhando o vôo das gaivotas, uma balsa carregando areia deslocava-se com dificuldade, o sol estava mais perto do horizonte, beberam de sua cachaça e fumou da erva deles — de algum modo é como tomar mate, tchê cabeludo — uma mãe com seu filho pequeno passeava ao longo da praia, há quatro anos não visitava o túmulo de Francisca, o menino deteve-se para contemplá-los, a mãe chamou-o energicamente, a Magra deitou-se de costa e começou a cantarolar eu vou descendo por todas as ruas e vou tomar aquele velho navio e Bom Cabelo contava um conto complicado sobre o comprimento das árvores na Amazônia, sobre a necessidade de tomarem sol e de que por isso cresciam tanto, um galho, outro galho, as folhas de vanguarda, intrometendo-se, subindo, buscando desesperadas o sol e por isso ficam tão altas, bicho, o maior barato, e se tornava morno, morno e leve, como se estivesse cheio de ar ou de algodão, estava fofo e poderia levantar vôo ou adormecer e chamou bem baixinho Francisca e agora Bom Cabelo discursava sobre as vitórias-régias e um homem poderia ficar de pé sobre elas sem romper ou afundar, e foi tornando-se mais leve, mais descontraído e solto e apanhou automaticamente o cigarro e tornou a fumar e suspirou e a Magra era tão frágil deitada na areia e suas mãozinhas eram tão finas e diferentes das mãos gretadas de Francisca de tanto lavar roupa a coitada melhor nem lembrar e as vitórias-régias são comestíveis insistia Bom Cabelo, poderiam ser a solução para o problema da fome no Nordeste mas o governo não está interessado na fome de ninguém e fumou outra vez e uma gaivota se aproximou e a Magra incorporou-se e começou a chamá-la como se fosse um gatinho e começaram a rir menos Magrão que por fim saiu do seu demorado silêncio e profetizou em voz baixa dentro de alguns anos estarei gordo, tu, Magrinha, estarás gorda, todos estaremos gordos, coçando a barriga com dedos gordos, olhando televisão onde se arrasta essa gente lenta, essa gente gorda. E se calará. O crepúsculo se tornará povoado de gaivotas alucinadas. Um avião cruzará o céu no rumo dum país muito longe. Qualquer coisa se partirá docemente dentro do Josias — doce e violento como um pássaro contra uma janela — e a Magra pousará nele seus olhos claros, dirá nosso amigo amarrou um bode, ele está chorando.

5

Na noite argentina, alta e constelada, Guiné voa. Tinha chegado à meia-noite em Santa Fé, beliscado uns salgadinhos com uma Quilmes, bebido café com conhaque, enchido o tanque e outra vez estrada. Dez minutos depois atravessava o rio Paraná (a ponte parecia uma aparição iluminada, deixou-se brevemente envolver pelo mistério que subia mudo das águas) e na cidade de Paraná perdeu-se. Custou a localizar a carreteira que levava para a província de Corrientes, atravessou Entre Ríos percorrendo a estrada que margina o rio, passou por uma povoação que se chamava La Paz e realizava uma festa tumultuosa no meio da rua apesar da hora, apertou o acelerador, se tudo correr bem chegará em Paso de los Libres às cinco da manhã e então atravessará a fronteira para Uruguaiana, Brasil.

Aperta o acelerador. Voa. A noite é funda, densa, negra e suave savana para a galopante lua que assomou perto do horizonte em San Juan Feliciano, que seguiu-o rápida e calada, afastando-se do horizonte e diminuindo ao atravessar o limite de Entre Ríos e penetrar em Corrientes e depois subiu muito, livre de nuvens e vento, um pouco aflita, mas sempre fiel, avançando a escoteiro do carro, deixando João Guiné abrir o corta-vento, aspirar o cheiro úmido da noite correntina, cheiro de rios, folhas, coxilhas, esterco, sono. Passou como um raio por Sauce, o cheiro que vem da noite talvez já traga algum aroma brasileiro, quem sabe. Voa na ampla, na larga, na doce e perfumada noite correntina. Voa. Às quatro horas da madrugada o coração bate como tambor mas a manhã ainda está longe, os fogos ainda dormem nos galpões, os sonhos dos homens nas duras enxergas movem cavalos bem aperados em carreiras de cancha reta, em passeios de domingo. Está sereno. Está com sessenta anos bem contados, levou muita paulada da vida mas a esperança sempre foi maior. Por isso aperta o acelerador. Por isso voa, leve, sem rancor, pronto para novas feridas e para as dos outros, solto na noite em direção ao Brasil, voltando para a continuação da aventura.

É tão grande o silêncio e tão imóvel o pampa que assustou-se com as sombras que bruscamente surgem na sua frente: Curuzu Cuatiá. Em duas horas estará em Paso de los Libres. Atravessará a ponte e Uruguaiana, Brasil.

Por Curuzu Cuatiá passa como raio. Está chegando, está chegando. O susto vai transformando-se numa coisa verde e encolhida, oleosa, de olhos fechados, palpitando dentro do estômago. Quando dá por isso o medo aperta-lhe as tripas com a branca mãozinha de bebê. Quando dá por isso escorre pela testa o suor frio da febre e suas mãos no volante parecem crispar-se diante duma assombração. Está chegando: atravessar a ponte internacional entre Paso de los Libres e Uruguaiana é praticamente a última etapa da viagem. Os documentos estão em ordem, todos os papéis também. Arranca o cravo vermelho da lapela do casacão e atira-o pela janela. Diminui a velocidade. Entra nas primeiras ruas de Paso de los Libres perseguido por uma matilha de cães madrugadores. Passa casas, bombas de gasolina, guardas-noturnos, árvores e descobre o reflexo do rio Uruguai, quieto, prateado.

Chega à praça central, dá uma volta em torno dela, passa pela igreja, pelo cinema, por automóveis estacionados. Encosta ao lado deles e desliga o motor. Precisa pensar. Não, não precisa pensar. Já sabe, não poderá atravessar a ponte. É loucura. Se tivesse ido pelo Uruguai, entraria tranqüilamente por Rivera-Livramento. A mancada já está feita. Dar a volta são mais dez horas de viagem pelo menos. Tinha contado com isso. Não pode chegar atrasado. Sepé vem por aí, levantando poeira. Precisa fazer alguma coisa, liga o motor. Dirige pelas ruas desertas, em direção ao rio. Avança até que o macadame termina e o carro roda sobre areia vermelha. Em pouco tempo já não há mais casa nem estrada. Estaciona num matagal, atrás de umas árvores. Abre a porta cauteloso. Abandonar o carro que deu tanto trabalho aos companheiros. Mas o risco. Ou é apenas — apenas e nada mais — medo? Caminha apalpando o terreno com os pés, apalpando o 38 no bolso do casacão com a ponta dos dedos. A noite está fresca, palpita como coração ou tambor. Em algum lugar, secretamente, a manhã avança. Desde um barranco tropeçando em guanchumas e barbas-de-bode, a lua ilumina bostas de vaca, pressagia a presença próxima da água. Atrás das árvores há um livor hirto se espalhando. Precisa se apressar. Os peões já estão de pé, preparando mate. Seu coração bate. Aí está o rio, a seus pés. E aí está, *tum tum mañanita*, a mancha vermelha e alva que cresce, que depois será a manhã. Na outra margem, branca, adormecida, a cidade de Uruguaiana. (Antes, muito tempo antes, quando grassava a Guerra dos Farrapos e logo depois de ter sido acampamento militar, seu nome era Nossa Senhora de Santa Ana do Rio Uruguai. Está aí, na margem do rio, olhando a Argentina, alta, de brancas torres, há mais de cem anos.) João Guiné perambula na margem e seu coração *tum tum mañanita*. Dez passos mais e descobre a canoa. Examina-a, agacha-se, verifica os remos. Em meia hora, remando firme, estará do outro lado. A correnteza não é muito forte, não será difícil controlá-la. Olha para oeste e vê a ponte, imensa, com as luzes acesas, espelhada pelo rio. Não deve aproximar-se dela. Estará bem vigiada. Deverá controlar a correnteza para não ser arrastado para sua proximidade. Verifica nos bolsos os papéis. Não deixou nada importante no carro. Silêncio, grilinho. É agora. Abaixa-se para tirar as amarras da canoa quando sente a ponta dura de um facão picar-lhe as costas perfurando o caro e elegante casacão bege e eriçando-lhe um a um todos os pêlos do corpo.

— Se mexer um só dedo, mocinho, é *hombre* morto.

6

Levou mais de uma hora para desembaraçar-se do tráfego do Rio, o espaço da BR-116 de repente parece-lhe desproporcionado, aperta o acelerador. Aperta o acelerador e aproxima-se de um amontoado de gente, carros de polícia, sirenes entrando verticalmente no seu cérebro, ambulâncias lançando o pânico e o imenso Fenemê tombado, trágico, como um animal caído do espaço. O policial faz sinais, vê rostos dilacerados, manchas de sangue, aperta o acelerador. Entra-lhe, deslizante e fino, o pressentimento. É o sono, claro, é o cansaço, é o princípio ainda não compreendido do medo, são dois soldadinhos no chão do restaurante na saída de Salgueira. Mas não tem jeito, ele aí está, como um passageiro silencioso e desconhecido, o pressentimento. Segue o impulso e quebra à esquerda na primeira estrada que aparece. A BR-116 fica para trás. Avança por uma carreteira de terra, bucólica, quieta de bananeiras e ar puro, lembra uma laranja, o gosto doce e ácido do caldo na sua boca. Imóvel e cômodo numa esplanada da tarde, o camponês de pés no chão coça a barriga e olha com estupor — ô vida marvada — o carro vermelho relampejar uma tempestade de poeira ocre a 140 quilômetros por hora.

(A segunda vez que voltou de suas andanças, Degrazzia estava mais magro, parecia menor porque adotara uma maneira encurvada de caminhar, uma pontada que me dá na virilha, a cabeleira dourada começava a tomar a cor dos telhados de palha depois de um dia de chuva e o rosto se avermelhava cada vez mais como o dos bebedores de vinho tinto. Apertou a mão de Josias que empunhava na outra a cuia de chimarrão, trocaram tapinhas no antebraço, bom dia comadre para Francisca no tanque e dormiu dois dias, roncando como um urso, pesado, gastando pouco a pouco o cansaço grudado no mais fundo dos ossos, olhado com pasmo pelos olhos de Sepé que de repente o descobria indefeso, vulnerável, só, seguramente triste.)

E aperta o acelerador: Volta Redonda fica para trás. E Guaratinguetá. Pindamonhangaba. Taubaté. Bebe um café na rodoviária. Enquanto escuta o acordeão do cego, passa a mão no cabelo. Duro de terra. Examina a mão. Sem manchas de sangue. Bom. Pisca o olho para a moreninha da caixa, caminha na direção do carro. Mata-Cachorro. Pára. Toca a ferida acima da orelha. Dói. Ele está lá, servindo em Santa Maria, o sargento Aparício Conceição, vulgo Seu Grosso, vulgo Burro Chorro, vulgo Mata-Cachorro. Seu amigo do peito.

Às sete horas estará em São José dos Campos, atravessará Mogi das Cruzes no momento em que se acendem as luzes das ruas, entrará às oito da noite em São Paulo acossado pelo fulgor mortiço dos anúncios, pela fome, pelo trovejar do tráfego, pela dor na cabeça, pela presença excessiva da cidade, pela necessidade de dormir e pela insistência vagarosa de Degrazzia em seus pensamentos (onde andará o padrinho?), deslocado, diferente, intruso, triste, as grandes mãos de sapateiro apoiadas nos joelhos quando sentou-se sob o cinamomo do pátio e apoiou as costas no tronco da árvore.

(A segunda vez que voltou de suas andanças pelo território brasileiro, Degrazzia não contou tantos causos como na vez anterior. Sepé tinha então 14 anos e nessa semana dormiu no chão, orgulhoso por ceder a cama para o corpo do seu padrinho. Dormia no mesmo quarto com mano Luís e Degrazzia. Nas claras noites daquele verão, escutando a respiração de menino do irmão, sabia que o homem estava acordado, olhando o teto, imóvel, pensando, vendo talvez que cidades, que cavalhadas, que amigo morto, que rio ao sol, que madrugada ao redor da fogueira.)

Comeu num restaurante italiano, bebeu um liso de canha dum trago só, em parte porque precisava, em parte para impressionar a mulata na mesa vizinha. Foi ao banheiro, escovou os dentes, lavou o rosto com água fria, atravessou o restaurante em direção à porta, conferiu que a mulata dava aquela bandeira. Aperta o acelerador, o Maverick vermelho aponta na direção de Osasco, na direção do Sul, na direção da cidade de Santa Maria da Boca do Monte. Cruza na Sorocabana, aperta o acelerador, a noite torna-se abafada e hostil para um final de inverno, o grande coração de boi lateja, vem chuva por aí, aperta o acelerador, passa por Itapetininga, por pontes, por morros, pelo oco da escuridão e pelas primeiras gotas da chuva e chega a Piraju e chega a Ourinhos e chega ao Paraná e a Jacarezinho e aí pára e ornamenta a parede da casa do prefeito com uma mijada artística, pontilhada de arabescos. Segue apaziguado, a dor na cabeça sumiu, sumiram as gotas da chuva no vidro do carro. Persiste, clara, solar, a lembrança da laranja.

(Sentou-se sob o cinamomo do pátio, apoiou as costas no tronco da árvore, pareceu medir a densidade do ar no mormaço de sexta e perguntou, que idade tu tem guri? 14, padrinho. Levou-o ao rancho perto do arroio. Uma das mulheres tomava mate, a outra descascava uma laranja. Degrazzia disse para ela, esse frangote é teu. Na penumbra fresca do quarto de chão de terra, ela tirou o vestido por cima da cabeça e Sepé, deslumbrado e aflito, pela primeira vez viu uma mulher inteiramente nua. Vem, ela disse, e mordeu a laranja. O caldo escorreu pelo queixo, duas gotas de ouro ficaram brilhando na ponta dum seio.)

A lua se perdeu em algum lugar. Aperta o acelerador. Voa. Por Londrina passa como raio. Abram alas. Apucarana. Aperta o acelerador. Telêmaco Borba. Aperta o acelerador, aperta o acelerador, procura um cigarro no bolso da jaqueta, nesta altura do campeonato eu queria saber onde anda o Véio Guiné foi se virando muito lentamente, tô fudido, o feto com os olhos abertos, as costas aliviadas da coisa dura que o picou. Contra o clarão distante da ponte a sombra atarracada, na mão a coisa comprida, com reflexos. A sombra se aproxima, cheira a cachaça e fumo crioulo, uma mão se materializa e busca seu 38 na cintura.

— Eu tava só examinando o bote.

— Chalana.

A mão aliviou-o do 38.

— Examinando, é? Tá querendo comprar?

— Mais ou menos.

— Gosta de navegação?

— Pra dizer a verdade...

— Nunca agarrou um remo na vida.

— Mais ou menos.

— Mais ou menos e nada é a mesma coisa.

— Tem toda razão.

— Tenho razão é que tava querendo me aliviar da minha chalana.

— Queria emprestada.

— Dá a causalidade que sem pedir licença.

— Só quero atravessar o rio.

— E eu atravesso a nado, não é?

— Pago bem pelo serviço.

— Parece que pode pagar, mocinho. Roupa de fidalgo, um baita dum bichão escondido lá em cima da ribanceira. É mais fácil atravessar por em riba da ponte. E sai mais em conta.

— Pra mim pode sair mais caro.

— Isso dá pra desconfiar.

— Se me levar até o outro lado não vai ficar desapontado.

— Pode ser que não, pode ser que sim.

— Querendo pode até ficar com o bichão lá em cima da ribanceira.

— Ou o mocinho pensa que é muito engraçado ou pensa que eu sou muito burro.

— Tenho 60 clavados, meu amigo.

— Então tamos mano a mano.

— ...

— *Bueno*, suba *no más*. Dá a causalidade que está flor de tempo pra dar um passeio.

Capítulo Nove

1

Nenhum dia, nenhuma tarde com precipitação: todos, todas, esperavam o momento adequado de estabelecer-se. Marcelo olhava o relógio da parede que alguém consertara e sonhava com alguma manhã, alguma hora, algum momento enlouquecido que subvertesse a ordem da cronologia e invadisse como um exército de outro mundo aquele ambiente carregado de tensão. Porque, nesse tempo, já acostumados com a marca das unhas no seu rosto, os habitantes da Embaixada começariam a observar a maneira imóvel com que durante horas apoiaria a cabeça nas colunas do átrio, o olhar parado (oblíquo) com que contemplaria a transparência das mãos, o gesto preciso, grave, usado para afastar a escura mecha de cabelos da testa.

Começaram a cochichar nos cantos, a interrogar-se sobre seus silêncios, a indagar sobre seu passado. Quando o viam imóvel no seu centro de solidão — só rompida pela insensibilidade de Sepé — os grupos trocavam comentários mesclados de pena, curiosidade ou desconfiança. Porque, nesse tempo, os habitantes da Embaixada já começavam a funcionar em grupos. Os grupos variavam em grau e qualidade, em número e necessidade, em nacionalidade e ideologia. Havia o grupo dos uruguaios, dos argentinos, dos equatorianos, dos brasileiros, dos chilenos. Mas, também, o dos intelectuais, dos esportistas, dos deprimidos, das grávidas, dos veementes, da gente séria e dos boêmios. Em cada um destes grupos não influenciavam a nacionalidade ou a firmeza ideológica, mas a tendência natural. Por isso, os habitantes, à medida que as paredes ficavam mais sujas, que as cadeiras se desconjuntavam, que as cortinas se rompiam, que as filas para o banheiro aumentavam e que a primavera firmava suas raízes na grama do jardim, olhavam com desconfiança — e pena e solidariedade furtiva — a solidão, as mãos finas, a cabeça de Marcelo apoiada longas horas na coluna do átrio.

Sepé tocou-lhe o braço.

— Uma comissão da Cruz Vermelha vai entrar no Estádio. Estão se oferecendo para levar recados para conhecidos. Não quer alguma coisa para Mara e Hermes?

— É carioca, bicho, não pode dar na vista.

O verão avassalava o mês de janeiro mas naquele dia tinha dado trégua. Sobre Porto Alegre caía suave, desde o meio-dia, uma chuva clara e fresca. Seus pais tinham feito uma loucura: participado numa expedição de ônibus à Bahia, com vinte outros casais, mais ou menos da mesma idade. A casa de Arroio estava livre para todo o mês de janeiro.

— Ela saiu da prisão há um mês, bicho.

Marcelo estava com vinte e dois anos e nunca encontrara alguém que tivesse sido torturado.

— Onde ela está?

— No *Alaska*, esperando a gente.

Atravessaram a rua, cautelosos com o tráfego de dia chuvoso. Marcelo sabia que estava emocionado. Ia encontrar uma pessoa que enfrentava a ditadura — que abandonara tudo pelo seus ideais — que estivera na cadeia e fora torturada e que mesmo assim continuava na luta.

Eram cinco horas da tarde. O bar ficava em frente à Escola de Arquitetura, na Avenida Osvaldo Aranha. Estava silencioso e vazio, com exceção da mulher de capa de chuva e óculos escuros sentada numa mesa na penumbra. A seu lado, uma mala de couro. Quando se aproximaram, ela levantou os óculos para a testa e sorriu. Marcelo pensou num diamante de beleza imortal escondido durante séculos no fundo escuro duma mina, esperando o momento de ser trazido à superfície para maravilhar os homens. Amou-a instantaneamente. A ela, propriamente, não, talvez. Nem ao esplendor dos olhos ou ao marfim da mão misteriosa. Amou a pequena ruga no canto esquerdo da boca e o que ela tinha implícito de espera, frustração, medo, libido, insônia. Amou o que já sabia iria perder e chorar e amou o modo como ela perguntou se queria um cafezinho, tá tão gostoso.

Durante uma semana ficaram sós na casa de Arroio do Mar. Marcelo nunca estivera tanto tempo só com uma mulher sem que tentasse pôr em prática os métodos que conhecia como sedução. Pensava que, se não tentasse, ela até poderia desconfiar de sua virilidade. Durante a viagem em ônibus para a casa na praia enredava-se em mil planos eróticos de ataque. Mas compreendia, pouco a pouco, que isso era impossível. Ela o apavorava. Era mais inteligente, havia lido mais livros, tinha mais experiência e uma qualidade superior, dominante, que o fazia dócil e obediente cãozinho. No dia em que foram treinar tiro ao alvo nas dunas sentiu sua segurança renascer. Ela atirava bem, mas não tinha força suficiente. E nunca participara de uma ação armada. Marcelo tivera seu batismo de fogo há apenas quinze dias. (Ainda lembra a travessia da cidade com Hermes, João Guiné e o desconhecido silencioso que chamavam de Mineiro.)

Ela enchia a casa. Estirava as longas pernas de bicho veloz na varanda e Marcelo constrangia-se a entrar pela porta dos fundos. Sentava na sala (na cadeira do Professor) escutando Milton Nascimento a todo volume e Marcelo passava em pontas de pés.

Imaginava, angustiado e excitado, que tipo de tortura teriam feito nela. Pensava nela longa e branca e nua estirada numa mesa, cercada de sinistros personagens de terno escuro e gravata. Examinava disfarçadamente suas pernas, ávido de descobrir marcas de ferro, de brasa, de qualquer coisa dilacerante e dolorosa. Examinava a tristeza que o acossava. Era uma tristeza fácil de disfarçar, como essa que dá quando se vê uma galinha morta na mesa da cozinha.

Na primeira noite sonhou. Um homem de terno cinza, de gravata escura, empunhava uma faca brilhante. Mara estendida na mesa. A faca tocou a pele do ventre, penetrou-a. O corpo de Mara começou a murchar, a emitir silvo agudo de pneu que desinfla. Os homens continuavam solenes e sérios. Acordou sentado na cama, confuso e com medo, sedento, tendo o pressentimento de coisas más rondando lá fora. Caminhou pela casa, tropeçando e sem acender as luzes. Havia um vulto na sala.

— Não podia dormir — disse Mara.

— Eu também não.

O luar nas vidraças, nos sofás, num pedaço da parede. O ruído nítido do mar.

— Vou beber água. Você quer um copo?

— Quero, obrigada.

Viu, com espanto e alívio, que seu desejo havia desaparecido. Sentado na cama, constatara, aborrecido, a monstruosa ereção. Ela o gelava. E sabia, no entanto, que queria ajoelhar-se junto a ela, enlaçá-la pelas pernas, encostar a face e permanecer com ela, colado às suas coxas prateadas até o amanhecer, sem dizer uma palavra, sem fazer um gesto, imóvel e em adoração.

Estendeu-lhe o copo com água gelada.

— Não podia dormir?

Ela sacudiu a cabeça.

— É o calor. E os mosquitos.

— Amanhã preciso comprar flit. Desse em espiral que se queima. Ou então incenso.

— Vivi dez anos num convento.

Houve um largo silêncio. O mar. O vento. E a voz dela.

— Estava aqui pensando nas coisas que me aconteceram. Uma delas foi que vivi dez anos num convento. Ordem das beneditinas. Dos 18 aos 28. Saí há dois anos. Estou com trinta. Balzaquiana, como se diz.

— Não sabia.

— Que eu tinha trinta?

— Que tinha sido freira.

— Não precisa fazer esse ar de piedade.

— Desculpe, eu não...

— Está bem, não liga. Eu não disse pra te chatear. Aquele foi um bom tempo. Os últimos meses tenho vivido nesta correria que chego a ter saudades da minha cela. Aí eu tinha realmente paz. Completo silêncio, completa solidão. Não sentia falta de absolutamente nada.

— Então...

— Por que saí? Bom... — dá um riso alegre surpreendente. — Porque a gente é um animal inquieto, acho eu. Nunca está satisfeito com o que tem. É contraditório com o que eu disse antes?

— Um pouco.

Ela tornou a rir.

— Quer um cigarro?

Acenou que sim. Começavam a ver-se no escuro. Quando acendia o isqueiro (o relâmpago verde dos olhos) ela perguntou:

— E você quantos anos tem?

— Vinte e cinco.

— O poeta me disse que você tem vinte.

Ele se ruborizou.

— Ora, o Micuim é um mentiroso.

Ela tornou a rir a sua risada perfeita e escarnecedora, cravando-lhe os olhos curiosos e atentos. Marcelo sentiu que se enchia outra vez de desejo e de fúria, da necessidade de provar a essa mulher que era homem, sentiu vontade de arrancar-lhe a leve camisa de linho que vestia. Mas, no dia seguinte, ao voltar da praia, é que foi o meio-dia em que encontrou-se com ela na porta que dava para a varanda, em que cegado por súbita e louca coragem, enlaçou-a pela cintura esperando que o mundo desabasse, em que sentiu as pernas fraquejarem ao vê-la apenas sorrir e apoiar displicentemente o braço no seu ombro, em que riu para sua ereção impossível de dissimular, em que o copo de caipirinha se estilhaçou no piso oferecendo ao ar da casa o cheiro acre e adocicado da bebida, em que a ereção transformou em força a fraqueza de suas pernas, em que sentiu em si um cavalo, um jovem cavalo suado no pasto, um garanhão arfante, de cascos afiados e longas crinas negras, que relincha, que freme, que fareja cheiro de égua no cio, que ergue as patas, o pênis negro e molhado, que as apóia no dorso da fêmea, as narinas ávidas aspiram o verde aroma dos eucaliptos detrás da casa, os ouvidos a ouvem gemer e pensar no remoto dia em que Deus separou a luz das trevas, as roupas se separam dos corpos, o sol os ilumina, queimados, na varanda — é hoje, disse Hermes, às duas da tarde —, as mãos se buscam, se tateiam, se experimentam, se reconhecem, e no Segundo Dia um firmamento azul cobriu as águas e ela disse aqui mesmo amorzinho aqui no chão — tu faz a segurança, disse Hermes, tu fica na porta, Guiné examinava-o com a ponta do olho, o Mineiro fumava, o carro rodava no trânsito da quarta-feira — e a língua dela entrou na sua boca, e degustou-a e bebeu-a e mordeu-a e no Terceiro Dia formou-se a terra e em sua superfície houve pastos e ervas que deram sementes e árvores frutíferas e isso era bom e a mão dele explorou o corpo dela que começava a transpirar e a cheirar a mulher — lá vêm os outros, disse Hermes e estacionou na frente do banco, seu coração batia — e ela me morde aqui amorzinho aqui põe tua mãozinha aqui e ele trêmulo como as estrelas brilhando no Quarto Dia da Criação e abriu as pernas dela que obedeceram resbalosas e tocou a parte úmida e os pêlos castanhos do ventre — agora, disse Hermes, engatilharam as armas, colocaram as máscaras, abriram a porta do banco, arreda povo que vai começar o duelo do Dragão da Maldade contra o Santo Guerreiro! os redondos olhares de espanto — e as pernas se enroscaram e se colaram de suor e ele sentiu a frescura das lajes vermelhas do piso nas costas e a mão dela acariciando seu pênis contra o rosto e no Quinto Dia o mar povoou-se de grandes monstros escamosos e a língua dela percorria a geografia do corpo dele numa viagem e surgiram na terra animais vivos de diferentes espécies, antílopes de formosas aspas em curva, répteis de tamanhos microscópicos, deslumbrantes pássaros de plumagens caleidoscópicas, felinos de corpos reluzentes e gestos majestosos — rápido passa o sinal, disse Guiné, riam histericamente, davam-se palmadas, olhavam extasiados as ruas cheias de sol, cinco minutos, cinco minutos, nunca pensei que fosse tão fácil, viu a cara do gerente? e a velha que desmaiou? riam histéricos, davam-se palmadas — e ela com os olhos transtornados e uma voz de gata pediu agora agora vem vem e no Sexto Dia foi criado o homem à imagem e semelhança do Senhor — perdeste o cabaço Meleninha e Hermes deu uma palmada no ombro dele e ele olhando as ruas para sempre transformadas respondeu não me chama mais de Meleninha porque eu já sou o coronel Aureliano Buendía — e ele e ela tornaram-se um só durante um desesperado instante de prazer que parecia uma luta.

No Sétimo Dia o Senhor descansou.

No oitavo dia, cedo, às sete da manhã, chegaram Bia, Hermes e Micuim e encontraram-nos dormindo no sofá da sala, abraçados. Pela fresta da janela entrava um raio de sol e criava na coxa de Mara a menor partícula da manhã de verão. (Hermes não sabia, mas vós sabereis: esse círculo dourado na coxa morena povoaria seus sonhos nas próximas mil e oito noites.) Tomaram café com torradas e foram para a praia, exultantes.

Micuim tirou uma fotografia dos quatro abraçados, o mar detrás deles.

Pensando nesse dia na praia, Marcelo escreveu um bilhete para mandar a Mara no Estádio. Passaram os dias e nunca veio notícia alguma. Passavam os dias. Esperava, cabeça repousada na coluna, examinando as mãos transparentes. (A única novidade foi que, numa daquelas manhãs, o velho Degrazzia amanheceu transformado em cão.)

2

Nas duas noites que passaram no apartamento de Dorival, revezando-se na guarda, os brasileiros escutaram a cidade combater. Explosões, rajadas, clarões, passos furtivos, corridas aceleradas, gritos de comando, vidros partidos, surdo rolar de tanques, caminhões pesados. Atrás de cada esquina, no vão de cada porta, através de cada janela, um defensor do Governo Popular combatia, solitário ou em grupo, o combate desigual.

Apascentados pelo sono de porão escuro de Ana, Dorival, Marcelo e o Alemão, calados, ouviam o rumor do combate. O vizinho da 22 participava ativamente. O débil som de sua arma alentava e enternecia os três brasileiros. Discutiam quem seria esse personagem, de onde conseguira tanta munição, por que os soldados não podiam localizá-lo. Dorival sonhou com ele: era jovem, de barba, boina do Che, manta vermelha, olhar puro. No sonho Dorival chegava com sua *Browning* na mão, tomei dum *patria y libertad*, companheiro, mas só tenho seis balas. O atirador solitário o abraçava e dizia o estava esperando, pensei que não vinha mais. Dorival despertou. Que sonho babaca. Marcelo de guarda à janela.

— Vai dormir. Eu fico no teu lugar.

— Não é tua hora ainda.

— Não faz mal. Vai dormir.

Ficou junto à janela olhando a rua até o amanhecer, até o rádio anunciar que ao meio-dia haveria uma trégua, que os armazéns e bares abririam suas portas para as pessoas comprarem provisões. Às seis da tarde reiniciaria o toque de recolher.

— Genial! — Marcelo estava bem acordado no sofá, apesar da cabeça tapada. — Podemos sair deste encerro sem dar na vista.

— E ir para onde? — perguntou o Alemão.

— Lo Hermida. Tenho gente lá.

— Em Lo Hermida o pau tá comendo — disse Dorival.

— Melhor.

Dorival mediu Marcelo vagaroso, com um sorrisinho despectivo, vagamente sentindo a alergia na nuca e uma vontade inconsciente de fazer alguma coisa violenta e ruidosa. Na cozinha abriu a lata de café.

— Essa trégua vem a tempo. O café acabou.

Mas chegará o momento em que o relógio marcará onze horas da manhã, em que Marcelo estará no banheiro fazendo a barba, em que Dorival mede a sala em passos de tigre, pensando em telefonar para Hermes, em que o Alemão acaricia a guitarra absorto, recordando o aroma do angico que havia na esquina de sua escola em Novo Hamburgo, em que o apartamento respira compassado como uma máquina ao ritmo dos pulmões de Ana dormindo no quarto, de suas mãos que amassam os lençóis, das palavras que balbucia como menina para sua boneca. Chegará às onze horas e chegará o som de terremoto, as paredes todas estremecerão, a cortina voará, na rua os passos, as vozes, as rajadas, o novo som de terremoto e o novo tremor violento das paredes.

Dorival se agarra às cortinas.

— Estão atirando de bazuca, filhos da puta!

Há um silêncio e há a sensação de poeira descendo, de fuligem flutuando no ar, de roda que perde velocidade. Há um silêncio e há a angústia que pressente o silêncio crescer. A mão de Marcelo se imobiliza empunhando o pincel ensaboado. Alemão encosta a cabeça no violão. Dorival aperta a cortina. Um pedaço de vidro desprende-se de alguma janela, estilhaça-se nas pedras da rua. Passos. O silêncio. Uma descarga de água em algum banheiro de um apartamento vizinho. A voz de Ana cantando uma cantiga de ninar.

O silêncio de três brasileiros e uma cantiga de ninar entoada em surdina foi a homenagem prestada ao solitário da 22, morto em combate em Santiago do Chile, no dia 14 de setembro de 1973, às onze horas da manhã.

Ao meio-dia desceram para a rua. Marcelo e o Alemão iriam para Lo Hermida. Dorival e Ana para o apê de Hermes e Mara. Nas árvores do passeio apareciam os primeiros brotos verdes.

Dorival estendeu a mão para o Alemão.

— Soldado, te cuida.

Marcelo beijou Ana. O rosto dela estava frio e começaram a se afastar.

Dorival pôs o braço ao redor dos ombros de Ana. Mais que as casas furadas de balas, que o ar espesso de medo que sufocava a rua, que as pessoas silenciosas que passavam rapidamente sem olhar, esmagava-o o rosto de Ana; já tomava aquela expressão distante de pedra, já olhava fixamente para alguma coisa que apenas ela via.

3

Deram-lhe quarto no último andar. Da janela via os telhados, a ponte, o rio e todo o bairro Navegantes enfumaçado de fábricas. Navios imóveis no cais, chuva que se transforma em neblina. Uivos de sirenes distantes. Luminosos que acendem e apagam.

O banheiro ficava no fim do corredor. Chegou junto com uma prostituta. Cedeu-lhe a vez. Esperou de toalha ao ombro, maleta na mão, aparelho de barba, cuecas, meias limpas, o dinheiro e o 32.

O hotel servia para encontros. Sabia, é claro, mas agora entra-lhe um mau pressentimento. A Delegacia de Costumes pode dar uma batida. Tem os documentos em ordem, mas...

A prostituta deixou o banheiro, sorrindo-lhe. Era jovem. Estava perfumada em demasia, pintada em demasia, afastou-se rebolando em demasia as amplas cadeiras. No fim do corredor voltou-se e deu-lhe tchauzinho. Só então notou que ficara parado como o maior dos idiotas, a observá-la afastar-se. E tinha uma ereção afrontosa. Entrou precipitadamente no banheiro. Há mais de seis meses sem mulher. Desde que Bia caiu. Desde que eles. Desde que. Despe-se, tem que pensar em outras coisas. O cansaço, os nervos, essa prostituta de enormes cadeiras. Deixa a água fria cair na sua pele. A ereção não cede. Precisa fazer algo concentrado e decidido ou se masturbará, infeliz e desprezando-se. Dormirá demasiado. Não terá decisão suficiente para apagar o Porco.

A água fria acalmou-o. Quando sentiu que a excitação passara, ligou a água quente e demorou-se gozando a sensação de alívio no corpo. Fez os onze minutos da ginástica canadense. Voltou para o quarto e deitou-se reconfortado: os lençóis eram limpos. Fechou os olhos. Beatriz sentada no banco do jardim da Faculdade de Direito. Abriu os olhos. A primeira vez que encontrou Beatriz depois do banho na praia foi na segunda-feira seguinte, no jardim da Faculdade de Direito. Tinham marcado encontro para as duas da tarde. Passara o dia pensando onde encontrar um quarto para levá-la, se é que ela estava disposta a ir. Não podia imaginar que não. Um pedaço daquele dia introduziu-se lentamente no seio deste dia e o cheiro de terra quente entrou no quarto junto com as pesadas sombras das paineiras do jardim da Faculdade de Direito.

— Olá.

— Olá.

Não conseguira um lugar para levá-la. Sentia-se frustrado, incompetente, humilhado. Caminharam de mãos dadas pela Redenção. Riram dos macacos nas jaulas, admiraram com estupefação as cores espalhafatosas das araras. Desde então, sempre a encontrava às duas da tarde, no banco sob as paineiras do jardim da Faculdade de Direito, o uniforme azul-marinho e branco do Instituto de Educação, a pilha de livros e a nuvem de inocência semelhante à dessas pessoas que nunca viram Pelé jogar e por isso possuem o privilégio único de imaginá-lo armar jogadas, dominar a bola, avançar na direção do gol.

Beatriz vivia em estado de inocência. Sabia coisas espantosas e de repente mostrava uma ignorância tão descomunal que o deixava sem fala. Aprendeu a conhecê-la de memória: era miúda, viva, sagaz, divertida, ácida e doce — brasileirinha — de repente meditativa, sempre às voltas com livros, Cézanne, tintas, pincéis, Rilke, bichos de pelúcia, cor verde, confiança nas pessoas, ilusões pequeninas, e aprendeu que tinha as mãos pequeninas, os seios pequeninos, tinha pequeninos os pés e foi pequenina a maneira como chorou no cinema quando Piper Laurie suicida-se em *The Hustler*, ficou triste quando viu a neve, em Garibaldi, uma vez quis ser médica, perdia horas inteiras na Rua da Praia para escolher um biquíni, escrevia (claro) poemas escondido, sonhava com um grande futuro de pintora, às vezes com casa e filhos, às vezes com preguiça de verão, tinha dezessete anos e dois meses, passaria no vestibular, uma vez quis ser atriz, conseguiu tirá-lo do sério, fazê-lo rir, descontrair-se, esquecer a triste adolescência no casarão de solteiro do tio, ajudou-o a reconhecer o gosto de flor murcha em samba-canção murmurado baixinho em sala na penumbra, o sabor de noite de sábado, de tristeza mansa, de, seguramente, berimbau, consolação, samba em prelúdio. Chuva, banco de jardim, carícia no rosto, a mais garrida, a que traria a felicidade. Um dia caiu nas mãos do Porco.

Esta noite vai esperar o Porco. Esta noite vai pôr as mãos no pescoço do Porco.

Vira-se na cama. Precisa dormir. Precisa dormir nem que seja algumas horas. Beatriz sentada no banco do jardim da Faculdade de Direito. Primavera. Beijou-a com pressa.

— Não posso ficar.

— Por quê?

— Não viu os jornais? Confirmaram que o Che caiu. Dizem que o estão levando de helicóptero para La Paz. O mais certo é que o fuzilem. Vou para a Faculdade. Vamos fazer um mural. De qualquer jeito tenho que falar com o pessoal.

Afastou-se rápido. Os flocos caíam das paineiras silenciosos e alvos como neve. (No dia que o Che caiu Bia ficou longo tempo sentada no jardim da Faculdade de Direito olhando o céu limpo e o brilho macio dos flocos de paineira que desciam em suave bando sobre a grama. Não pensou nele como o Guerrilheiro Heróico ou o Comandante ou qualquer outro clichê. Pensou nele como um ser humano cheio de amor e de coragem, ferido, indefeso e só, na mão dos inimigos. Pensou nele no chão do helicóptero, entre botas de *Rangers*, perdendo sangue, perdendo forças, perdendo pouco a pouco a esperança e perdendo o amor e perdendo a coragem. Pensou nele absolutamente solitário, no meio dos risos e dos escarros, caído no chão, amarrado, voando sobre a floresta indiferente. Assim Bia pensou no Che nessa manhã no jardim da Faculdade de Direito. Teve esta tristeza: não poder — com sua pequena coragem, com seu pequeno amor — amparar a coragem e o amor dele, tão necessitados, talvez, de uma espécie qualquer de amparo para que não se perdessem de todo nesse momento de absoluta solidão no chão do helicóptero.)

4

Cinza e frio. Na neblina os luminosos acendem e apagam. Apanha o 32, a pistolinha niquelada, o colete à prova de balas. Não pode mais adiar o encontro com o Porco. Baixa as escadas tranqüilo, triste, sem pressentimentos: tal como quatro anos depois, ao lado de Mara, quando apertaram o botão da campainha do apartamento do andar de cima e esperaram que a porta se abrisse.

Quem abriu a porta foi o homem do convite, sejam bem-vindos, sejam bem-vindos, pensamos que já não vinham mais, eu até disse pra minha senhora vou lá embaixo ver se aconteceu alguma coisa com os brasileiros, eles estavam tão contentes com o convite que fizemos. Sorrir para o homem, dizer: estávamos distraídos lendo e não nos demos conta do tempo passar. Olhar para Hermes, pedir com o olhar sua confirmação, ver Hermes sorrir para o homem, achar que está demasiado pálido, essa a desvantagem de homem não usar maquiagem. Passem, passem diz o homem, esta é minha senhora, a idéia do convite foi dela, honra seja feita, apertar a mão da mulher, constatar que é fria e lembrar obviamente, vulgarmente, de víboras e répteis, examinar a mulher, examinar principalmente o sorriso da mulher, descobrir os labirintos secretos que ele promete, reconhecer que é uma mulher medíocre, com uma espécie de papada envolta por ruidoso colar cuja inglória função é defendê-la de olhares de pena ou asco, ver que a mulher diz que estranho sermos vizinhos e não nos conhecermos, mas a vida é assim nas grandes cidades, não é mesmo? Ver Hermes franzir seu sorriso para a mulher, dizer encantado minha senhora, é um prazer vir na sua festa, a senhora está de aniversário, não é mesmo? Ela parece de repente iniciar uma convulsão histérica que é na fria realidade — fria? ou morna ou temperada ou etc. — apenas um riso agudo acompanhado de abanos das mãos escondendo os dentes que não pode ver e em súbita crueldade os supõe amarelos e tortos e a mulher diz nem quero me lembrar duma coisa dessas, façamos de conta que é apenas uma festa para comemorar a vitória da democracia e então pensar a função começa mais cedo do que. Mas sente o homem pousar a mão nas suas costas, sabe que controlou o gesto intuitivo de esquivar-se à mão do homem, reconhece que marcou um ponto não se esquivando e então responde a pergunta dele sabendo que o sorriso começa a formar-se nos lábios, Mara, M-a-r-a, é brasileiro sim, não, não é muito comum, acho que não é muito comum no Brasil não, ver o homem dizer infelizmente o meu é vulgar, Alberto, mas isso de nome não tem importância, você não acha? Claro que achava, ou que não achava, melhor prestar mais atenção no que esse babaca diz, melhor não sorrir tanto nem se fazer tão simpática, olhar para Hermes e ver como está: avança para a sala cheia de gente e de luzes e música e copos ao lado da mulher que gesticula, ver que tem o pescoço brilhando, pensar será que já começou a suar? Pensar: é muito cedo para começar a suar. Pensar: suar. Mais fino dizer transpirar. Uma moça fina não usa palavras vulgares. Prestar atenção no que o homem diz. Prestar atenção no que o homem diz. Prestar atenção no que. O senhor disse? Ah, sim, também acho, genial não é mesmo, no Brasil é a mesma coisa, não no Norte naturalmente, mas de São Paulo para baixo se nota com mais nitidez a transformação das estações, lá também começa a primavera. Olhar a sala — essa sala — seus papéis de parede, seus móveis modernos, modernos! esses quadros, o lustre, o fulminante mau gosto, minha nossa senhora, e essa gente, a classe média chilena é a sua gente, a sua classe, essa gente que a olha com curiosidade mórbida, com qualquer coisa de prazer e de ânsia, que a examina com narinas frementes de cão pastor, que a pesa com cálculos de contador de casa de penhor, que a inveja e que a teme e que a odeia e que a odeia e que a odeia e que a odeia e. O senhor disse? Mas, claro, as praias! A diferença com o Chile é a temperatura da água, o senhor vê, lá não passa essa corrente marítima, como se chama? Isso, lá não passa e a água é morninha e. Olhar para o homem: vê-lo. Os trópicos, exclama o homem e ela o despreza nesse exato momento. Pecado: soberba. Penitência: três padre-nossos e três ave-marias. Os trópicos, repete o homem, no fundo eu sou uma alma romântica, sonho com os trópicos, com praias quentes, com palmeiras, a senhora sabe, deve ser influência do cinema, minha esposa diz que eu vou muito a cinema e me censura por isso, sou louco por películas românticas. Onde estará Hermes? Procurar Hermes na floresta de cabeças: está aí, perto da janela, a mulher que esconde a papada com o colar fala quase junto a seu ouvido, mas ele olha para fora, através da cortina, olha para a cidade iluminada, para as sombras além dos edifícios. Não afastar-se de Hermes. Não afastar-se muito. Pensar: este homem me odeia. Ele sorri, ele está de terno e gravata, está penteado com brilhantina, está com os sapatos cintilando, está com 45 anos por aí e trabalha em uma repartição pública ou é advogado, é dessa classe que as pessoas chamam de média, Marx alguma vez definiu isso que tanto chamam de classe? Não que me lembre. Ele é da classe média, eu sou da classe média, mas dentro de uma hora, dentro de uma hora e meia, no máximo dentro de duas horas. E é tão vulgar! Tão inseguro no seu papel de anfitrião. Tão desajeitado no modo de passar por grã-fino. Prestar atenção no que o homem diz; há outro homem na sua frente, agita um copo em cada mão, ver que estende um na sua direção, para a Dama Misteriosa, diz. Apanhar o copo. Ramírez, para servi-la, olhar o homem: bigode, cabelo liso, pele azeitonada, começa a engordar. Profissão: ou dentista ou economista — talvez policial —. Engenheiro? Provar a bebida, cheia de gelo, amarela. Atenção: como esqueceram o detalhe? Beber ou não beber? Beber. É muito cedo ainda. Por seus cálculos tudo começará dentro de uma hora, uma hora e meia. Saber que o homem vai perguntar se *le gusta Chile*, responder que *sí por supuesto*, brindar com o homem, *salúd!* O homem começa a engordar, todo bigodes. O homem troca olhares com Alberto, o homem foi suficientemente discreto para dizer apenas *salúd*, quando começarão a brindar pela democracia? Não, na bebida não puseram nada. É uísque, apenas. Barato, mas uísque. Essa gente oferecendo uísque, quem diria. O senhor disse? Sim sim sim. O clima é completamente diferente. O Botafogo? Não, não fui ver jogar, não entendo nada de futebol. A testa do homem de bigode brilha. Ele diz: são extraordinários minha senhora, extraordinários. Nisso tiramos o chapéu aos brasileiros, não são como os argentinos que fazem do futebol uma competição homicida, uma brutalidade, não, os brasileiros são artistas, artistas nem mais nem menos, vê-los jogar é como assistir a uma sinfonia de Beethoven ou, ou Mozart disse Mara e se arrependeu. O homem concordou mas passou a mão no brilho da testa. A maneira como passou a mão no brilho da testa foi lenta, pensativa e com um minúsculo espasmo de crueldade. E a maneira como passou a mão no brilho da testa foi para mostrar a Mara que captara a ironia e que, *bueno*. Olhar o terceiro homem que chega. Olhar — ver — o sorriso pontudo de dentes que a arremetem da boca folhuda do terceiro homem que a cerca, escutá-lo dizer é a brasileira? ver que sorri, que troca olhares com os outros, ouvir que o terceiro homem diz, é melhor do que pensávamos, vou lhe confessar que pensei que era preta, no Brasil não são todos pretos? Ver que há uma instantânea curiosidade pela resposta nos olhos dos outros dois, constatar com pasmo que a curiosidade do trio é genuína, desprezá-los nesse imediato momento. Pecado: soberba. Penitência: três padre-nossos e três ave-marias. Pelo menos vinte por cento da população são gente de cor, os outros não. (Gente de cor? Eu disse gente de cor?) Os outros mestiços ou de origem européia. O terceiro homem diz e a senhora naturalmente é de origem européia? A julgar pelos times de futebol que vêm por aqui intromete-se o outro, o do bigode, pensava que eram todos pretos por lá, o Pelé é preto. Os outros dão gargalhadas, ri também, não entendeu a piada ou não ouviu direito. Olhar: a senhora gorda que deveria estar na festa está na festa e planta-se na sua frente arregalando dois olhos de menina: que maquiagem perfeita, querida, eu diria que foi feita por uma profissional, não vá me dizer que encontrou um salão aberto no dia de hoje e antes que possa responder à senhora gorda batem palmas no meio da sala. Estão prontas as *empanaditas*, quem não quer ficar sem comer que se aproxime e houve um repentino regozijo, uma espécie de ruflar de asas, de gente subitamente apressada e risonha e Hermes está a seu lado, ver Hermes a seu lado. Como vai a coisa? Até agora tudo bem. Tenho vontade de vomitar. Eu também. São os nervos. E se eu me faço de doente e damos no pé agora mesmo? Vai dar na vista. Não me importa. Esperamos quinze minutos e aí tu te sentes mal. OK. Quinze minutos. Olhar a mesa cheia de pratos com *empanadas* e garrafas de vinho tinto. Olhar os rostos lustrosos mastigando com ríctus carnívoro, os olhos que se adoçam de gula. Pecado: gula. Penitência: jejum e abstinência durante três dias. Como se chama essa comida típica brasileira? Olhar para o homem — é um outro — todos sabem que são brasileiros. Feijoada. É difícil de pronunciar, diz o homem, tenho um amigo que esteve no Rio e comeu feijoada todos os dias que esteve lá, não falava noutra coisa, a senhora sabe como se prepara? Olhar através da mesa, todas as pessoas falam, mastigam, enlanguecem o olhar e sorvem imensos goles de vinho. Todas as pessoas os olham de soslaio (soslaio, conferir onde ouviu essa palavra, com Micuim possivelmente). Todos os veterinários, dentistas e funcionários públicos e donas de casa mastigam e os olham de soslaio. O olhar vem aguado e doce, *ni chicha ni limonada*, e ela sabe que é ódio e não sabe que espécie de ódio é e por que, mas sabe que é ódio e que vem das tripas. Ver a gorda que se aproxima, ver a imensa cabeça pender na sua direção, pensar: vaca. Sandro, diz a gorda, e fecha os olhos, sua cara se torna monstruosa, pelo menos os olhos eram de menina e agora estão fechados, assustavam também, mas eram de menina. Ver: assim, nesse milésimo de segundo em que cerra os olhos e murmura Sandro e impõe-se um ar sonhador a gorda torna-se um monstro de vestido vermelho e decote em V mostrando o princípio fundo de suas tetas formidáveis, parece que está prestes a lançar um mugido que silenciará o tumulto da sala e estremecerá os cristais dentro dos armários. Sandro, ele não é um amor? Ver: abriu os olhos. Ver: aproxima mais a cabeça descomunal, o penteado equilibrando-se como um bolo de casamento sobre sua cabeça, o penteado oscilando e fazendo a atenção de todos crispar-se antevendo o momento em que desmoronará. Você não acha ele divino? Quem? Quem?! Ora, querida, Sandro. Sim, sim, claro, bem, na verdade... Não me diga que não gosta de Sandro! Que pecado. Já provou uma *empanadita*? Tome esta aqui, prove. Provar: agarrar essa coisa oleosa protegida por um guardanapo de papel trincar nela o dente, controlar a palpitação das vísceras, observar o olhar expectante e redondo da gorda. Está muito bom, uma maravilha. Ver a gorda derreter-se em gestos de menina envergonhada, ai nem me diga uma coisa dessas que eu fico toda vaidosa, é justamente minha especialidade, fiquei a tarde toda sovando a farinha para ficar no ponto; claro que *empanada* não é comida de gente fina, mas em dia de festa, em dia como o de hoje a gente pode se dar o gosto, não é mesmo? A gorda aproxima-lhe um copo, vai um pouquinho de vinho? Apanhar o copo, olhar a gorda enquanto apanha o copo e bebe um gole, saber que o sorriso da gorda e o olhar da gorda e todos seus gestos desconexos e infantis se reprimem subitamente e são — no espaço de levar o copo aos lábios e beber um gole — substituídos por dois olhos frios de ódio, o sorriso por uma boca crispada de determinação e os gestos se endurecem em duas mãos macias e de unhas pintadas que se juntam, tensas, se enrolam como cobras no regaço. Baixar o corpo, engolir a bebida e ver a gorda recuperar o sorriso, o piscar idiotizado dos olhos e a incoerência dos gestos. Perceber: a gorda mete-lhe medo. Perceber: por trás da moleza das carnes ela tem uma rija armação de ossos. Ouvir: onde é mesmo que você trabalha, pergunta a gorda. Depositar o copo na mesa. Usar um guardanapo limpo nos lábios, procurar com os olhos disfarçadamente onde está Hermes, lembrar a primeira vez que dormiu com ele. Está no canto da mesa, ele tremia como um menino com frio, entre cabeça de mulheres com penteados espantosos, ele dissera isto vai ferir Marcelo para sempre, pálido e infeliz como naquela tarde na penumbra do quarto, um copo de vinho numa mão e uma *empanada* na outra, o sorriso atravessado entre os lábios como algo esquecido e o olhar varando a floresta de penteados e fugindo para a noite que entra pela janela, como aquela tarde na penumbra do quarto. Sou professora. Professora? Que interessante. Meu marido disse que você tinha jeito de professora e eu não acreditei, eu disse que com essa figura que ela tem deve ser algo mais distinto que professora, deve ser médica ou algo parecido, não é que eu tenha nada contra professora não, nada disso, mas hoje em dia quase todas as professoras são meio libertinas, você não acha? todas tiradas para o marxismo, não lhe parece? isso é uma doença do nosso tempo diz meu marido, ele é tão humanista, eu acho que tinham é que matar a todos. Passar o guardanapo de papel nos lábios lentamente, muito lentamente. Então a senhora deve estar satisfeita porque isso já estão fazendo. Isso o que, minha filha? Matando. Ver: a gorda se defende atrás de um sorriso astuto e inocente, a sociedade é como uma árvore, minha filha, quando tem um galho doente é necessário cortá-lo senão contagia toda a árvore, esses comunistas são tudo o que você sabe, ateus, materialistas, não respeitam a propriedade dos outros, esse abuso não pode continuar. A senhora tem muitas propriedades? Eu só tenho meus dois filhos, meu marido e minha alma pra salvar, minha filha, mas o que é dos outros é dos outros, não quero para mim não, o que é meu é meu, o que é do próximo é do próximo, não sou ladra. Sorrir: o gosto da *empanada* vaga entra a língua e o palato, o guardanapo manchando de gordura a sua mão lhe produz repentino nojo, o olhar da gorda, ainda astuto e inocente, sobe na sua direção, discretamente desafiante. Nesse momento soam exclamações, gritos de parabéns, palmas. Volvem o olhar; as palmas alastram-se como chuva de verão, as exclamações aumentam, as duas encaminham-se para a entrada. Ver: no *hall*, cercado pelas mulheres e pelos homens, frio sorriso no rosto jovem e severo, o oficial recebe as homenagens com indisfarçável superioridade. Está com farda de serviço, capacete, luvas, um guerreiro esbelto e másculo, cercado das reverências servis dos pobres burgueses de gravata e hálito a vinho. Ergue um braço, gesto curto e autoritário, amplia-se seu sorriso e o silêncio cai de pronto como vela que se apaga. Boa noite a todos, senhoras e senhores, não podia deixar de atender ao convite da minha tia e passar aqui para dar-lhe os parabéns pelo seu natalício. Palmas. Ergue outra vez o braço, silêncio. Não podia deixar de passar aqui e erguer um brinde neste momento de vitória pela saúde de tia Glorieta, mesmo estando em serviço. Estou apenas de passagem, rumando com meus companheiros de armas para uma das piores frentes de combate, Lo Hermida (vaias, exclamações, palmas) mas garanto sob minha palavra de honra e de chileno que antes do raiar do dia estará submetida às forças da ordem e da democracia. Palmas, palmas, palmas. O homem que fizera o convite tentou pôr a mão no ombro do tenente mas uma leve crispação dele avisou-o que não era momento para intimidades. O homem retirou a mão constrangido, sacudindo-a um pouco, sem saber onde metê-la, como se a tivesse queimado. O tenente avançou alguns passos em direção à sala, as pessoas arredavam abrindo-lhe espaço como diante duma majestade; mãos solícitas, com copos de vinho e pires com *empanadas* estendiam-se na sua frente, ele sorria, abanava a cabeça, aceitou um copo, apenas para fazer um brinde à minha tia Glorieta, é estritamente proibido beber estando em serviço. Tia Glorieta inchava de orgulho, a papada arfava como respiração sufocada, podemos levar uma *empanadita* para os dois soldados no corredor, *mi teniente*? Ele pensou um segundo, avaliou a situação, sim, disse, mas apenas um copo de tinto, se pedirem mais não lhes dêem, os homens deram risadas aprovatórias, ouviram-se novas palmas, que enérgico *mi teniente*, uma voz destacou-se das demais: nestes tempos é necessário. A tia ergueu-se na ponta dos pés, segredou algo ao ouvido do tenente, seus olhos se apertaram de interesse, onde, onde, perguntou e percorreu interrogativamente as caras que o admiravam. Mara viu que o grupo dirigia-se na sua direção, a gorda suspendeu a *empanada* a escassos centímetros da boca entreaberta, os olhos de menina adquiriram brilho de unha pintada, esquadrinhavam cada mínima contração de sua face. Olhar: Hermes dá a volta na mesa, aflito, o sorriso ainda esquecido nos lábios e a inútil *empanada* entre os dedos, aproxima-se dela, você viu? Vi. A gorda examina-os, ávida morde a *empanada*, escorre o óleo pelo queixo, há um assombro e uma satisfação na cabeça equilibrando o enorme penteado. O tenente aproximou-se com o séquito obsequioso e expectante, tia Glorieta bate palmas de excitação, são estes os brasileiros, nossos vizinhos, foram tão gentis de virem ter conosco. O tenente se enquadra, bate os calcanhares, Bartolomeu, às suas ordens, estende a mão para Hermes. Ver: Hermes rígido, pálido, o sorriso como um adorno mal colocado, a *empanada* na sua mão, pequena contração de asco no olhar que contempla a mão estendida. Ver: aperta-a. Muito prazer, Hermes. O tenente volta-se para Mara, enquadra-se, bate os calcanhares, curva-se ligeiramente executa rápida, galante continência e estende a mão. Ver: a mão estendida. Apertá-la. Muito prazer. O prazer é todo meu, minha senhora. Ao redor há uma espécie de suspiro, os olhares ainda estão ávidos mas sentem que alguma coisa passou e foi diferente do que esperavam. O tenente pergunta: moram há muito tempo no Chile? Três anos, responde Hermes. E gostam de morar no Chile? Muito, diz Hermes. O Brasil é uma terra muito bonita, por que a deixaram? Gostamos de viajar, de conhecer novas terras, diz Hermes e o tenente: compreendo perfeitamente, mas eu, mesmo tendo vontade de conhecer outras terras não deixaria a minha por nada deste mundo. Palmas repentinas como se todos obedecessem ordens. O tenente sorri, levanta a mão brevemente, os aplausos cessam. O Brasil é um exemplo para nós, militares chilenos, eu quero erguer um brinde ao Brasil, aos militares brasileiros e à amizade entre nossos países. Um momento, um momento, exclama a gorda subitamente frenética. Todos a olham entre surpreendidos e desgostosos. A nossa amiga brasileira está sem seu copo, diz a gorda. Apanha-o da mesa, enche-o outra vez e oferece-o a Mara com um olhar enternecido, você não vai querer deixar de brindar conosco, não é, querida? Ver: a gorda sorri. Apanhar o copo. Ver: todos a olham, todos a esperam. Ver: Hermes busca a janela, a noite lá fora. *Salúd*, diz o tenente. Todos levantam os copos, bebem. O vinho desce pelo seu corpo, sabe que precisa fazer qualquer coisa, para que ele não retorne, para que não vomite, para que não suje o piso ou a farda do tenente. Então ela dá-se conta que todos esperam de olho fuzilando que eles também ergam um brinde, que levantem seus copos em homenagem ao general Médici e ao general Pinochet. A tia Glorieta levanta-se na ponta dos pés, segreda algo ao ouvido do tenente, sua expressão se transforma com o interesse. É um pedido de todos nós, diz tia Glorieta, de todos nós. Mara olha para Hermes. Hermes olha para a noite: parece adormecido e através das cabeças e dos penteados e do fumo dos cigarros olha do outro lado da janela, envolvida pelo frio do fim do inverno, a noite sobre Santiago. Se é um pedido de todos, está bem diz o tenente. O dono da casa dirige-se rapidamente até a porta, abre-a e fez entrar dois soldados que ali aguardavam o tenente. São jovens, desconfiados: esforçam-se para segurar ao mesmo tempo o copo de vinho, a *empanada* e o fuzil-metralhadora. No momento em que entram na sala abate-se sobre eles um estrondo de palmas e aclamações. Os soldados ficam atarantados, esmagados pelos aplausos, um deles larga precipitadamente e copo e a *empanada* sobre a mesa e posta-se em rígida posição de sentido, o outro olha estupidamente os quadros, o candelabro, o penteado altissonante das mulheres. O tenente ergue o braço no seu gesto curto e rápido, basta. As palmas cessam. O tenente dá uma ordem e os soldadinhos saem da sala. Um deles volta precipitadamente, envergonhado, apanha seu copo de vinho e sua *empanada*, retira-se sem jeito, os olhares que se cravam nele já são de franca reprovação. Agora, toda a atenção é para o tenente que está diante dos dois brasileiros e parece que nenhum sabe o que fazer com a presença do outro. Então, tia Glorieta ergue-se outra vez na ponta dos pés e sussurra outro segredo no ouvido do tenente, seus olhos se apertam de interesse, sorri malignamente, sacode a cabeça numa negativa divertida, a senhora sabe que isso eu não posso permitir, embora eu compreenda perfeitamente que é uma intenção patriótica. A tia faz cara de menina mimada, sempre tão rígido Bartolomeozito, e a voz de alguns instantes atrás: nestes tempos isso é necessário. O tenente aprova a intervenção com um aceno de cabeça, sussurra de volta para a tia, mas quando eu me retirar vocês podem fazer o que quiserem, desde que não ultrapasse as medidas, claro, não quero que haja nenhum escândalo e depois meus superiores saibam que estive aqui. De jeito nenhum, Bartolomeozito, de jeito nenhum, pelo amor de Deus, ninguém vai saber nada. O tenente faz uma rápida inclinação para Hermes e Mara, examina-os com olhos acostumados a medir as pessoas, faz continência e afasta-se entre os convivas que recuam e lhe dão passagem. As palmas recomeçam. Quando o tenente abre a porta é uma apoteose. As mulheres deixam as lágrimas escorrerem pelo rosto, os homens aplaudem emocionados o herói. O tenente levanta o braço: o dever me chama, temos muito trabalho esta noite, garanto que ao amanhecer Lo Hermida estará sob o domínio da democracia e da ordem. As palmas estouram. O tenente afasta-se rápido pelo corredor em direção ao elevador, seguido pelos dois soldados. A porta se fecha. Botamos um disco do Sandro, sugere alguém. Não, diz tia Glorieta, brincando com o colar que lhe envolve a papada e olhando para Hermes e para Mara, vamos agora à cerimônia de hastear a bandeira.

5

A Magra acariciou a cabeça curvada de Josias.

— Vamos levá-lo conosco.

— Onde? — perguntou Magrão.

— Na expedição, ora.

— Sei não...

— Por quê? Deixa de mistério e pergunta se ele quer ir.

Bom Cabelo pôs o braço ao redor dos ombros de Josias.

— Partidão, tenho uma coisa pra te propor.

Josias limpou as lágrimas com a manga, sorriu.

— Fala.

— Uma ação de guerra, esta noite.

Josias se endireitou, limpou mais os olhos.

— Tô ouvindo.

— Libertar nossos irmãos pássaros.

Josias limpou o nariz na manga.

— Não sou parente de passarinho nenhum.

— Partidão, a natureza toda é nossa irmã.

— Toda?

— Bom, pelo menos os pássaros, as árvores, sei lá, não seja chato. Acha justo deixarem os passarinhos presos naquele gaiolão para os babacas olharem?

— Não.

— Então?

Josias ficou pensativo. A praia de Pedra Redonda estava completamente silenciosa. O crepúsculo desmoronava interminavelmente.

— Quando eu morava em Alegrete gostava de ir até a beira do arroio e ficar de papo pro ar olhando as palmeiras.

— É isso aí, cara. Comunicação com a natureza. E você sabe que tem nego cortando palmeira adoidado, né?

O velho Josias sorriu para disfarçar o aperto no coração. Francisquinha tinha razão: quanto mais velho mais sem juízo. Tentou ser sensato e reconhecer que bebera seis Brahmas estupidamente geladas e três batidinhas de maracujá a mais do que beberia num dia normal, para não falar na erva dos cabeludos. Mas, e o coração? Não podia disfarçar o aperto, o mesmo, fundo, que o fez disfarçar as lágrimas, dez anos atrás, na Praça da Matriz, quando Azulão, seu compadre João Guiné, em pé no último degrau da escada de pedra do Palácio Piratini, proclamou com voz solene para a multidão fascinada que — finalmente — havia soado a hora da tão esperada e definitiva Revolução.

Eram sete horas da noite. Declarou com pompa:

— Eu vou com vocês para libertar os passarinhos. Mas não por eles. Vou porque vocês são meus amigos. E desde que me conheço por gente nunca abandonei amigo meu na véspera duma peleia.

— Falou.

— Outra coisa: já que vamos fazer a ação que seja bem-feita. Precisamos escrever um manifesto.

— Um manifesto? Pra quê?

— Pra explicar pras pessoas por que fizemos isso, pô.

— Genial! E precisamos também dum nome — disse a Magra.

— Nome?

— Claro. Algo assim como Exército de Libertação dos Pássaros.

— Exército de Libertação dos Pássaros?

— O nome é um barato.

— Sei não...

— Sei não, quê?

— Não gosto desse "exército" aí. Sou mais Movimento. Movimento pela Libertação dos Pássaros.

— Exército tem mais impacto.

— Liga. Sou ligado em liga. Liga de Libertação.

— Liga cheira o trotskismo — e Josias fechou a cara.

— Exército é uma palavra plástica paca.

— Precisa ter um nome?

— Claro. Senão como vão saber quem fez a ação?

— Tem que ser um troço mais lúdico, algo assim como Desvairados da Liberdade, Deixai Voar Os Plumípedes, um troço assim, gente.

— Plumípedes é um baixo-astral infernal, bicho. Quem vai respeitar um movimento que tem a palavra plumípede no meio?

— Exército. Exército tem força.

— Isso a gente sabe de sobra.

— Vamos votar.

— Falou.

— Então fica sendo Exército de Libertação dos Pássaros.

— Uma boa.

— Ainda falta o manifesto.

— No caminho vamos discutindo.

Josias ergueu-se lentamente. A Lua subia devagarinho raspando a vela branca perto do horizonte. Os outros três também se levantaram. Josias falou com voz solene:

— Companheiros, chegou a hora.

Começou a caminhar pela areia, decidido, num equilíbrio precário, sem olhar para trás, sabendo que os outros começavam a segui-lo. Caminhava pisando com cuidado para não tropeçar, pomposo e grotesco com a garrafa de cachaça na mão. Caminhava de cabeça erguida, sem olhar particularmente para nada. Caminhava — comandante — à frente de Bom Cabelo, Magrão e Magrinha. Caminhava com a Lua começando a brilhar nos seus cabelos. Caminhava à frente do Exército que libertaria os pássaros.

6

Deixou Telêmaco Borba para trás, passa por Ponta Grossa, aperta o acelerador na direção de Mafra, começa a amanhecer, cruza o rio Iguaçu, atravessa Lajes, aperta, aperta, aperta o acelerador enquanto lenta, ampla, habitada pouco a pouco de pássaros e sons e luz começa a aparecer a madrugada. Nunca mais viu Luís. Por que esse sentimento de culpa? Por ser o irmão mais velho? Porque Luís era fraco, chorão, medroso? Um vulto na estrada. Quase avança sobre as árvores. 120 por hora. Precisa maneirar. Vai acabar se rebentando. Esse guri precisa é dum bom freio. O velho Josias, *trancucho pero no mucho*, no churrasco do Partido: gaúcho velho como eu criado a bruto. O dirigente aproxima-se com uma grã-fina pelo braço: nosso camarada Josias. E no ouvido dela: é operário. A grã-fina se eriça toda, um operário, um operário de verdade. Aperta o acelerador. Merda. Precisa concentrar-se ou dormirá. Parar de pensar em coisa ruim. Pensar talvez nas desajeitadas manifestações de afeto do padrinho, ameaçando-o com um facão imaginário. Trava de repente. Aí está, prata e silêncio, o rio Uruguai. Desce e caminha na direção da ponte. Em algum lugar desta mesma margem, João. Aspira o perfume das ervas doces, demasiado rente à vertigem das bananeiras. Isso na outra margem é o Rio Grande do Sul.

A lua agora era muito pequena. Avançava sobre o rio, erguida, cintilando como o pescoço dum garanhão. Iluminava o rosto do barqueiro e o cabo do 38 atravessado na cintura. Deslizava pelos contornos do barco. Faiscava no chapear dum remo. Aureolado de luar, como um andor, harmonioso, o barco avançava. João Guiné, de olhos fechados, aceita a dádiva. Não procura adivinhar quem é esse escuro personagem com essa voz rouca de navegante. Confia nele. Deixa uma mão acariciar a água. Fria. Olhou a ponte. Um pesadelo maciço suspenso sobre as águas, a seus pés a esteira de luzes amarelas e os reflexos movediços. Às vezes, roncando, cruzava um veículo, furando as trevas com seus jatos de luz.

— Muito soldado lá por cima.

Guiné concorda com a cabeça, sem saber que dizer. Um peixe salta na água.

— É boa a pesca por aqui?

— Tão acabando os dourados.

A brisa era fresca, acariciava o rosto com intimidade de mão, entrava pela gola e pelas mangas. A margem argentina ficava para trás. As luzes de Paso de Los Libres brilhavam entre as árvores.

O rio Uruguai é suave. Exala perfume de ervas doces, de madeira apodrecida. Outro peixe salta. A água roça o casco como língua carinhosa. A cidade de Uruguaiana se aproxima, as torres da Catedral, a torre da igreja dos padres carmelitas. O coração de Guiné *tum tum* se aperta. Para leste as ilhas começam a tornar-se lentamente verdes. Alguma coisa alva e enorme parece desprender-se da noite. E caminha, silenciosa, descalça, pisando a água do rio.

Aproximam-se da margem. É um local afastado das casas e das luzes. Guiné vê botes, canoas, embarcações de portes variados. Algumas acendem lampiões, gente move-se dentro delas. As estrelas começam a apagar. Guiné fecha os olhos. Cada músculo do seu corpo recebe a paz que se aproxima. No mato próximo despertam os pássaros. Ouve o canto distante de um galo. Outro galo responde. E outro. E outro. O barco toca na margem.

João Guiné tira os sapatos e as meias, enrola a barra das calças.

— Vai encarangar os pés — diz o barqueiro.

João Guiné afunda os pés no barro frio, diz baixinho: Brasil, sou eu.

Capítulo Dez

1

"— Este povoado está cheio de ecos. Como se estivessem encerrados no oco das paredes ou debaixo das pedras. Quando caminhas, sentes que te vão pisando os passos. Ouves estalidos. Risadas. Umas risadas muito velhas, como cansadas de rir. E vozes já desgastadas pelo uso. Tudo isso ouves. Penso que chegará o dia em que esses sons se apagarão."

— Que estás lendo?

Marcelo ergueu a cabeça. Sepé mostrou a capa, *Pedro Páramo.*

— Não viu o velho?

— Degrazzia? Não.

— Preciso encontrá-lo. Uma grã-fina está se queixando que ele roubou os óculos dela. Óculos escuros, veja só.

— Onde ele está?

— Não sei, pô. Tô procurando.

Era noite. Pequenos grupos conversando em voz baixa, envoltos em ponchos, em cobertores, fumando com vagar. Crianças choravam em algum lugar. Sepé toca-o no joelho, subitamente alerta.

— Tanques.

O ruído vem rolando vem rolando sobre as vozes e os suspiros, sobre o choro das crianças e a lamúria dos enfermos, crescendo, obrigando os violões a calar, as conversas a interromper, arrastando-se sobre os cochichos, os risos, deixando um vazio de olhares assustados.

— Pensei que era um terremoto — diz Marcelo.

O ruído diminui, afasta-se, rola pela Avenida Vicuña MacKena na direção de Lo Hermida, dos bairros fabris, das *poblaciones*... As conversas recomeçam, os choros, a bulha indefinível e constante.

— Eram três.

— Como sabes?

Sepé ri, misterioso.

— Sou meio índio.

— Eu conheci o velho Josias.

Antes de ver o olhar de Sepé escolher entre o interesse e a fingida indiferença vê as duas mãos enormes do velho com a cuia de chimarrão, como dois pedaços de madeira secando ao calor do fogo.

— Conheceste?

— Conheci. Estive duas vezes com ele. Não era brincadeira, *don* Josias... Ficava olhando a gente com os olhinhos brilhando, o sorriso safado, não deixava passar uma. Fiquei esperando que ele dissesse o que vocês querem aqui, mocinhos bonitinhos, isto é negócio pra gente séria, pra proletário, pra quem não tem nada a perder. Não pra menininhos bem vestidos, de mãozinhas brancas, de palavreado complicado.

— Ele disse isso?

— Não. Mas tava na cara que pensava.

Sepé riu, meio sufocado, de cabeça baixa. (O velho Josias numa cela fria, sentado na enxerga dura.)

— Quanto tempo ele pegou?

— Três anos. Já cumpriu. Deve ser solto a qualquer momento. Mas naquela ditadura de merda como se pode saber se vão cumprir o que dizem ou não?

No rosto de divindade inca os olhos brilham como ouro.

— Bom. Vou ver se acho o velho.

— Eu também. Os dois procurando é melhor.

Guarda o livro no bolso do gabardine, ergue-se, com um gesto afasta os cabelos da testa.

— Nos encontramos aqui em vinte minutos.

Sepé se afasta em passos rápidos. Marcelo começa a caminhar, desviando-se das pessoas. O velho Josias era diferente em vários aspectos do Professor, mas não muito. Ambos eram bonacheirões; ambos tinham deixado suas cidades no interior para viver na capital; ambos gostavam de alimentar os hábitos da província mais para impressionar as pessoas do que por convicção. E ambos tinham levado porrada feia da vida. A última vez que encontrou o Professor as marcas era visíveis.

Acabara de cobrir um ponto frente a um poeira na Avenida Bento Gonçalves. Três da tarde no relógio de pulso. Tinha algumas horas livres. Era no fervo de janeiro: o mormaço parecia paralisar o trânsito, amolecer o asfalto, deitar sobre a cidade uma capa que não era meramente calor, mas ressentimento, vontade de agredir. As pessoas passavam maldizendo algo entre dentes. Pensava em beber um refrigerante antes de ir para o carro quando viu o Professor atravessar a avenida. Nitidamente, sentiu gelarem as pernas. Não o via há quase dois anos.

O velho sobe na calçada, avança entre a multidão. Veste uma camisa branca de mangas curtas, às vezes enxuga com o lenço o suor da testa. Os cabelos embranqueceram completamente. E como está magro! Dá passos curtos, como se necessitasse de mais equilíbrio que as outras pessoas.

De repente, o pânico. Há qualquer coisa. Descobriram o ponto. Mandaram o velho para... Não. Impossível. É o acaso. O velho não tem nada a ver. Mas aqui no bairro Partenon, tão longe. O velho nunca veio antes por estes lados. Não tem amigos aqui. Estranho. Começa a segui-lo. O Professor, quem diria! Pára frente a uma loja de pássaros. Marcelo se aproxima. Examina a expressão do velho, procura ver os olhos por detrás dos óculos, percebe a quantidade de novas rugas, espanta-se com a magreza, os ossos do rosto avultam contra a pele. Está pálido. Este verão não tomou sol. Dois anos já que a casa de Arroio não recebe moradores.

Olha os pássaros nas gaiolas sem revelar a menor emoção. Poderia estar olhando relógios ou automóveis. Marcelo aproxima-se mais, fica quase a seu lado. O Professor o olha, consulta o relógio, recomeça a caminhar. Não o reconheceu. Viu-o e não o reconheceu. Não é possível. Vai atrás dele, quase pisa nos seus calcanhares, vê suas axilas molhadas de suor. Não o reconheceu. É justo. Não podia mesmo. Está com o cabelo pintado, um bigode imenso, óculos escuros. É justo. O pobre velho. Aperta o passo. Fica a seu lado.

— Pai.

O velho olha-o com estranheza. Esse sujeito parece que lhe disse alguma coisa. Deve estar querendo vender um relógio ou.

— Professor.

Há alguma coisa errada com a temperatura: os termômetros marcam 37 graus mas as pessoas persistem em ter arrepios de frio. O Professor está paralisado. Parece um menino a quem fizeram uma injustiça muito grande e que vai rebentar em pranto. O Professor está frio.

— Meu rapaz, meu rapaz.

Não dá um passo, não faz um gesto. Está estarrecido, olhando-o, a expressão do próximo choro pendendo dos lábios. Então, todo ele se anima, todo ele se torna urgente, ansioso, olha para os lados, agitado, agarra o braço de Marcelo.

— Rapaz, que temeridade. Você não pode andar assim por aí.

— Não há problemas, pai, ninguém me reconhece, não vê? Nem o senhor me reconheceu.

— Como não reconheci? Reconheci imediatamente, sim senhor. Você está mudado, mas eu reconheci.

— É o disfarce, pai.

— Pois é. Mas não podemos ficar aqui no meio da rua. Vamos sair daqui já, já.

— Vamos naquele bar ali.

— É um lugar de muito movimento.

— Melhor. Vamos conversar um pouco.

— Vamos para o meu carro.

— No carro dá na vista. Inda mais com este calor. No bar passamos despercebidos, tomamos uma cervejinha.

— Bom, você é que sabe.

No bar estava fresco. Sentaram a um canto. Podiam ver a rua pela vidraça; ônibus, caminhões, carros, gente.

— Uma Brahma geladinha, chefe. E dois copos.

O velho agarra as mãos de Marcelo.

— Então, menino, que surpresa. Mas que surpresa. E eu pensando que você estava longe, sei lá.

— Pois é, Professor, estamos aí. E essa força?

— Ah, meu filho, nem queira saber. Desde que sua mãe faleceu... — sacode a cabeça para os lados. — Se pelo menos vocês estivessem por perto... — Ergue os olhos para Marcelo, sorri. — Mas a gente vai levando, eu não sou delicadinho não, sou da fronteira, torcedor do Ferro Carril, índio grosso.

— O Ferro Carril! Tem notícias dele?

— Foi campeão o ano passado. Tem sangue.

Marcelo ri.

— E o meu time?

— O Uruguaiana? Vice. O Sá Viana, lanterninha.

— Não voltou mais por lá?

— Por Uruguaiana? — Sacode a cabeça. — Nunca. Mas tenho notícias do pessoal. Te lembra do Zeca?

— Do tio Lalau?

— Sim. Esteve lá em casa de visita a semana passada. Casou. Tem dois filhos já. Me contou uma porção de histórias de Uruguaiana.

— O que ele anda fazendo?

— O Zeca? Trabalha no curtume. É contabilista.

— Eu fiz o ginásio com ele. Chegou a fazer teste no Inter, se lembra? Era zagueiro central. Dava um pau danado.

— Tá gordo. Uma barriga imensa. Deu pra gostar de pescaria. Comprou uma quantidade tremenda de caniços pra levar. Passa os fins de semana no Imbaá-Chico. Diz que ainda se tiram bons dourados por lá.

Ficam olhando a rua, pensativos. O garçom traz as bebidas.

— E você, rapaz?

— Vou levando.

— Tira os óculos, quero ver tua cara.

Marcelo tira os óculos, o velho dá um risinho divertido.

— Mas o que você anda fazendo?

— Nada especial.

Uma sombra de mágoa no rosto do Professor.

— Se não quiser contar não precisa.

— Que é isso, Professor! Não há nada a contar. Vou levando. A gente se acostuma com esta vida. Acaba virando rotina igual que qualquer outra.

— E como isso vai acabar, rapaz?

Marcelo brinca com o copo.

— Vamos esperar e ver como vai acabar.

— Vai acabar mal, rapaz. Aliás, já aconteceu tanta coisa ruim que não pode acabar de outro modo.

— Como foi com mamãe? Como foi que.

O velho apoiou o cotovelo na mesa, o queixo na mão.

— De tristeza, meu filho. Você agora vai dizer que isso é bobagem de velho, mas foi. Foi. Ela foi ficando triste, triste, cada vez mais triste. Não falava, não comia, andava pelos cantos.

Marcelo olhava a rua.

— Eu fiz de tudo pra procurar distrair a atenção dela. Até tentei comprar uma viagem à Europa. Não adiantou. Nada tirava ela daquele ensimesmamento. Nada. Mas foi tudo porque... Se isso não tivesse acontecido, ela talvez suportasse a coisa bem.

— Acontecido o quê?

— Ela insistiu em ver o corpo, meu filho.

Ficaram calados, cada um olhando seu copo.

— O senhor tem um cigarro?

— Parei de fumar.

— Parou? E o cachimbo?

— Aposentei o cachimbo. O médico proibiu. Eu estive uma temporada meio mal; você sabe, essas coisas todas...

— Vou comprar um maço.

Levanta-se, aproxima-se do balcão.

— Um oliú com filtro.

(Será que o cara viu minhas mãos tremerem?) Volta.

— E aquele rapaz, o Hermes? Como vai?

— Vai bem.

— A Bia gostava dele.

Marcelo prende um cigarro, sorri.

— A velha também. Achava ele um bom partido.

— Gostava das maneiras dele. Sério, comportado.

— Aquela história da praia ela nunca soube?

— Que roubaram as roupas deles na praia? — O velho deu um riso murcho. — Não, coitada. Se descobrisse ia levar um choque.

— Quando os vizinhos contaram o senhor ficou furioso.

— Eu? Sempre fui liberal, rapaz.

— Ficou furioso, confesse. Queria surrar a Bia e ele.

— Ela era muito novinha pra essas coisas. Você que devia tomar conta dela. Imagine.

— Ela tinha dezessete anos. Nessa idade todas as garotas já faziam o que queriam, velho.

— Mas é um absurdo. Com dezessete anos ninguém sabe nada da vida. Foi por isso que.

Cala-se. Olha para a rua.

— Ela era tão novinha.

Ambos ficam olhando para a rua.

— Eu às vezes fico pensando como é possível que tenha gente que. — Sacode a cabeça. — Tem coisas que a gente não compreende, meu filho.

Agarra o copo de cerveja, bebe vagarosamente. Olha a rua.

— O senhor não está mais morando na casa velha, né?

— Vendi a casa. Estou num apartamento pequeno agora. É mais cômodo. Na minha idade.

— Tem alguém que ajuda o senhor?

— Tenho uma cozinheira. E tenho um amigo muito antigo que mora no prédio, o Venâncio. Te lembra dele? Era farmacêutico. Veio pra Porto Alegre porque a mulher precisava fazer um tratamento e acabou ficando depois que ela faleceu.

— O seu Venâncio? O pai do Luisinho?

— Sim. Ele andava sempre arrastando a asa pra Bia, te lembra? Chegava com revistinhas, sorvete. A Bia judiava do pobre rapaz.

— Mas, pai, ele era vesgo.

— Pois era. O que se vai fazer. Um bom rapaz. É veterinário agora. Mora em Passo Fundo. Casou com uma mulher muito rica, filha dum fazendeiro.

— Um dia ele mandou o diário que escrevia para a Bia, te lembra?

— Tua mãe ficou furiosa. Achou indecente porque ele escreveu que sonhava com ela de noite.

— E a Bia porque achou muito mal escrito. Nessa época ela já era metida a artista. Tinha o que, catorze anos?

— Lia muito. Ela lia muito.

— O que ela gamou no Hermes foi a pinta de intelectual.

— É um rapaz muito instruído, de muito valor. É uma pena... A Bia sempre soube o que queria. Era muito voluntariosa.

Olha para Marcelo, um olhar de surpresa.

— Meu filho, como você está mudado.

— É o disfarce, pai.

— Pois é. Mas eu te reconheci imediatamente. Esse disfarce não disfarça muito não. Tens que tomar mais cuidado. Eu tenho lido nos jornais. A coisa não está nada boa.

— Eu tomo cuidado, Professor, pode deixar.

— Isso não vai acabar bem. Você já pensou em se asilar? Não é vergonha nenhuma, meu filho.

— Eu sei, pai. Nós temos discutido a respeito. Temos pensado muito nisso. Vamos ver o que acontece.

— Se você for para outro país eu até posso ir lá te fazer uma visita. A gente podia ficar uns tempos juntos, não acha que seria bom?

— Seria genial, pai. Mas eu não posso decidir assim, o senhor sabe.

— Se tua mãe estivesse viva, a coitada, ela gostaria de te ver num lugar seguro, meu filho. Eu penso muito nela e só me lembro dela preocupada com o bem-estar de vocês. Se ela não insistisse em olhar o corpo da Bia... Eu não quis deixar ela ver, mas o delegado que estava no necrotério mostrou pra ela quando eu tive que sair da sala um momento. Eu tinha dito pra ele não mostrar. Acho que ele fez aquilo só por maldade.

— Esse delegado, como era ele?

— Como era? Era um gordo.

— Um gordo, muito gordo, grande, redondo, de bigodinho e de óculos?

— Sim.

Marcelo sacode a cabeça para cima e para baixo, parece murmurar alguma coisa.

— Que foi, meu filho?

— Nada. O senhor disse que andou mal uns tempos, que o médico lhe proibiu de fumar. O que foi que houve?

— Ora, nada demais. Coisa de velho.

— O senhor não é tão velho assim, pera lá.

— Tive uns problemas no estômago, úlcera. Mas já passou. E andei mal de tudo um pouco, né? De tudo. Parei com o fumo, com o café. Bebida, esta é a primeira que eu tomo em muitos meses.

— O senhor está mais magro. Essa cozinheira...

— É boa pessoa. Muito boa cozinheira. Eu que andei meio sem apetite, com essas coisas no estômago. Mas já estou comendo. Já tenho apetite.

Marcelo fuma olhando a rua. O Professor olha a rua. Pessoas entram e saem do bar. O velho bebe mais um gole, seu olhar se anima um pouco.

— Sabe quem encontrei ontem? Teu padrinho.

— O padrinho Luís?

— Ele. Estivemos conversando um tempão, falamos muito de ti.

— Como está ele?

— Sabe como é, sempre teve problemas com a aposentadoria. Agora anda com um reumatismo nas costas, sofre muito para andar por aí com esse sol, esperando em filas.

— E o Pedrinho?

— Pois o Pedrinho não quis estudar mas sempre teve muita iniciativa. Está em São Borja de dono de bar e de vez em quando manda um dinheiro pro Luís, o pobre precisa, não é? Vai levando, vai levando. Parece que adivinhou. Ele me disse, se tiver notícias do Marcelo manda minha bênção para ele. Veja só.

Marcelo ri, sacode a cinza no cinzeiro.

— O padrinho Luís, quem diria... Continua na política?

— Sempre, sempre. Mandou te dizer que é pra ter juízo. Se tivesse ouvido os conselhos dele não se meteria nessa aventuras. Isso é expressão lá dele, aventura.

— O padrinho Luís sempre Partidão. Me lembro quando ele levou o Prestes aquela noite lá em casa.

— Tu lembras? Mas eras tão pequenino.

— Tinha seis anos. Chovia pra burro, o Prestes ficou na entrada, não queria molhar o chão, a velha foi fazer café pra ele, toda cerimoniosa.

— Mas como tu sabes disso?

— Fiquei espiando do quarto de dormir. Farejei que havia uma conspiração qualquer na casa. Foi a tarde toda com cochichos, idas e vindas do padrinho, o advogado Scheneider entrando pelos fundos. Eu não era bobo.

— O Dr. Schneider foi preso outra vez, veja só.

— Eu soube.

— Ele sofreu muito. Tá tudo muito feio.

— Fiquei espiando do quarto de dormir. A Bia dormia. Nessa época ela tinha dois anos mais ou menos.

— Dois aninhos, é verdade. Ficamos mateando até de madrugada.

— E a velha na cozinha, esquentando a água.

— Naquele tempo mulher não se metia em política.

Ficam rindo, olhando para os copos. O garçom se aproxima, deixa um pires com amendoins sobre a mesa.

— Como você soube a notícia, meu filho?

— Qual notícia?

— Da sua mãe.

Marcelo baixa a cabeça.

— Temos um contato na Universidade que conhece o senhor.

— Eu recebi tua carta. Gostei muito. Me fez muito bem.

Marcelo apanha alguns amendoins, saboreia-os vagaroso. A tarde lá fora arrasta as horas pesadas. Automóveis apitam. Passa uma ambulância.

— O que o senhor faz por estes lados da cidade?

O velho sorri.

— Você vai debochar de mim.

— Que é isso? Debochar por quê? Não me diga que arranjou um namoro.

O velho sacode a cabeça, fica ruborizado.

— Tem coisas que a gente não compreende, meu filho.

— Se o senhor arranjou namorada eu acho uma boa.

— Eu venho num centro espírita, Marcelo.

— Centro espírita?

O velho sorri, sacode a cabeça, faz um gesto vago.

— Tem coisas que a gente não compreende, meu filho.

— Mas o que o senhor vai fazer num centro espírita?

— É um lugar muito sério, duma senhora muito boa, a Dona Amália. Uma santa essa senhora, Marcelo.

— Mas o que o senhor vai fazer?

— A Bia desce aí, filho, eu falo com ela.

Sente um frio, um pânico, uma pena. Agarra a mão do velho.

— Pai.

— É verdade, meu filho. Tem coisas que a gente não compreende.

A mão dentro da sua é frágil. Aperta-a. Não pode chorar dentro deste bar, pô. A outra mão do velho cobre a sua, afaga-a, dálhe palmadinhas.

— Não se preocupe comigo, meu filho.

Vontade de cheirar seus cabelos, beijar suas mãos, dizer qualquer coisa extremamente doce, recuperar alguma migalha de carinho para sempre perdida.

— Preciso ir, pai.

O velho se agita, seus olhos se assustam.

— Espera mais um pouco, rapaz. Ainda é cedo.

— Já são quase quatro, pai. Tenho o que fazer.

— Fica mais um pouquinho, meu filho. Só mais um pouquinho.

As mãos magras aferram-se às suas, a cabeça branca curva-se.

— Força, Professor — murmura. — Força. Ferro Carril, Professor, Ferro Carril.

2

Caminharão pelas ruas de Santiago em silêncio, no ar o impasse entre a primavera e o inverno, talvez um cheiro de pólvora e o medo ou qualquer teia semelhante grudado nas paredes subitamente transformadas. Na esquina de Rancágua o desespero se aproximará com a força de um pressentimento porque já não poderá mais fugir à verdade de que a pedra tomou posse de Ana. Essa caminhada pelas ruas de Santiago é o seu adeus para ela. Quando pisarem na Alameda ela já estará para sempre perdida. A Tristeza o toma pela mão e o guia nesse andar que se transforma em cortejo fúnebre, que o arrasta à infância e a terrores insuperados, a madrugadas de ódio na frente da fábrica, a dias e dias de pequenas e irresgatáveis injustiças, à superação das barreiras que lhe permite chorar mansamente, nas ruas de Santiago, levando Aninha pela mão, sabendo que já desviaram o caminho do apartamento de Hermes e Mara, que são arrastados como duas folhas pequeninas, que está chorando, está chorando silencioso e solto nessas ruas tão desertas e tão estranhas e que Ana está distante e irrecuperável e que chegará finalmente o momento em que os soldados o deterão na esquina da Praça de Armas à vista do palácio fumegante e que sabe que não pode ser revistado porque está com a Browning e enquanto explica qualquer coisa ao soldado que se assombra com seus olhos cheios de lágrimas atira à queima-roupa e depois no cabo e depois no outro que se aproxima e a rajada da metralhadora o faz rodar e tudo roda também e sua perna perde as forças de repente e ele cai sentindo frio, sentindo muito frio, sentindo muito frio. Preciso dormir, mãe, ao lado do calor do fogão, mãe, estou gelado, mãe, gelado. Você ainda vai enfrentar Juarez pelo título, Tigre. Os dias de seda, O gongo! Juarez verde, a vitória ao alcance do próximo soco. O gongo! Estremece como inseto apanhado pela aranha. Ana! Uma coisa caída na sarjeta suja de água de esgoto. Cadê a Browning? O Presidente dissera algo a respeito de Alamedas, a voz era tão grave e tão calma, espalhava suave tristeza, trazia ecos de quarto vazio, de frio inevitável. O companheiro Marcelo sentado no sofá da sala. Vazio de árvore no outono. A dor morde sua coxa. Abre os olhos. Muito perto a ponta de um cigarro. Engraçado, a dor se foi. Move a cabeça. Uma coisa monstruosa rasteja na sua direção.

(Ou: descobriu que estava chorando através do assombro dos olhos do soldado. Era pequeno, o soldado. Baixo, moreno, desconfiados olhos de araucano. Esteve entre temeroso e prepotente até ver que o homem chorava e então se comoveu ou se confundiu ou entrou-lhe uma percepção inédita do mundo. Possivelmente desconfiou, intuiu ou pressentiu que a morte abria as asas detrás dele e seu mensageiro era esse homem de pele escura, olhos cheios de lágrimas, parecendo não saber para onde ir nem o que fazer a essa hora do dia diante da Praça de Armas, do palácio de La Moneda em escombros, ao lado dessa mulher pálida.

Descobriu, pois, que chorava. Teve um sentimento de gratidão ao soldado por poder ler nos olhos dele que chorava. Poderia explicar ao soldado que esses malditos gases lacrimogênios, poderia simplesmente dizer que aquela mulher era sua mulher e estava desatinada e perdida e que o mundo não tinha mesmo remédio e que por isso — razões sensatas como ele podia muito bem entender — estava chorando. Deu-se conta que dizia em português estou perdido, meu amigo, poderia por gentileza me indicar a direção e o soldado transformou o assombro dos olhos em alerta — desconfiou? intuiu? pressentiu que ia morrer? — e ordenou os documentos e foi então que pôs a mão dentro da campeira como que vai apanhar os documentos e apanhou a Browning e atirou contra o peito do soldado.)

Engraçado, a dor se foi. Move a cabeça. Isso aí é a Terra, e está rodando. É uma esfera imensa achatada nos pólos, flutuando isolada no espaço. Está rodando, firme, lenta, inexoravelmente ao redor do sol. Vai girando e levando tudo consigo nessa gira sem pressa nem razão. Essa rua de cimento e o que está sobre ela. A ponta do cigarro. A pequena erva que floresce perto da sarjeta. A água do esgoto que transborda. A Browning que está muito longe. O corpo do soldado. A Alameda. Tudo vai girando, ao redor do sol e em torno do eixo invisível, como se tivesse uma razão, uma causa, um propósito, uma missão, um destino. Tudo roda: sua mão, os botões da campeira, a vontade de fumar, a alergia na nuca, as pequenas pedras opacas que se individualizam ante seus olhos, esse frio que volta, vagaroso, duro, que transforma o chão numa laje gelada, que o envolve pouco a pouco numa atmosfera boreal, que o faz ver o movimento da terra rodando com as árvores, os carros, os soldados que correm, os aviões e os trens e os peixes e o palácio fumegante, a Browning, a ponta do cigarro, uma rua sombria, nessa rua um homem caído, favela, folha de papel em branco, grito de horror, fábricas, blindados, becos, carnavais, sustos, meditação, lamúrias, jangada, guaraná, calo na mão, Boeing 707, lagartixa no muro, enseada, tudo roda, tudo: caminhos de pedra, cavalo em disparada, multidões, milagres, pêra na mesa, uva no cacho, melodia, chapéu de palha, gaita de boca no crepúsculo, urubu pousado em cerca, homem caído numa rua sombria, roda cavaquinho e rodam berimbaus, santos barrocos, luxúria, roseirais, homens curvados sobre a rede no arrastão, prostitutas nas esquinas, gol e grito, *Asa branca*, palavra tupi, *ring*, homem caído no *ring*, a dor desse homem caído no *ring*, toalha de mesa, esperma, vestiário abafado, véspera de jogo, pão de manhã cedo, concha, cama, colar de miçanga, pelotão de execução, carro alegórico, fila de formiga, orvalho, a lua na serra da Mantiqueira, numa rua sombria um homem caído, greves, passeios, mão crispada, beijo, refeitório, as cordas do *ring*, as cordas do *ring* contra as costas, agora Tigre! um olho azul de deslumbrante beleza, uma rua sombria, o homem caído na rua sombria move a mão lentamente, meu ursinho de pelúcia sem um olho, minha corcinha assustada. Nunca mais. Nunca mais Ana Maria ajoelhada na sua frente na penumbra do quarto, deixando-o mudo de surpresa porque suas feições se contraem selvagemente e enquanto bebe seu sexo murmura gostosão, gostosão, gostosão. A Terra gira. Ana caminha, erguida, firme, para o centro da praça. Quer chamá-la mas não pode. Se afoga num silêncio pavoroso. O mundo parou de rodar. Tudo está quieto, imóvel, expectante. A dor se foi. Tudo está parado. Menos Ana que caminha firme na direção da praça, menos a coisa monstruosa que rasteja na sua direção.

Os soldados gritaram alto! mas Ana não podia mais ouvi-los. Estava radiante, erguida, e avançava para o centro da praça destruída: entre a fumaça e o fragor, o pequeno Pedrinho tinha voltado. Tinha voltado nas suas calças curtas, na sua camisinha branca, tinha voltado e fazia sinais para ela, fazia sinais para que a seguisse.

Olhando depois a mulher morta, o arrepio do soldado foi maior do que quando olhou o corpo do mulato. Este fora esmagado pelo tanque e seus olhos arregalados mostravam horror. Mas a mulher estava impassível, com os braços cruzados no peito, no gesto de quem acalenta uma criança, e sua expressão, finalmente pacificada, recordava-lhe o rosto de uma estátua de pedra que havia no centro da praça de sua cidade natal, Punta Arenas, lá no frio sul.

3

Chegará o momento em que verá o Porco estacionar o carro frente ao edifício, descer, espiar para dentro do bar, acenar para alguém, olhar o relógio, encaminhar-se à porta do edifício, tirar a chave do bolso, abri-la sem olhar para os lados. Pensará, ao vê-lo acender a luz do *hall* e fechar a porta, que estranho que seja um edifício tão pobre, nem garagem tem. O bairro já é pobre, escuro, com um grande luminoso vermelho e verde na esquina rasgando uma claridade de boate na neblina. Esperará sem fumar e com as mãos no bolso, tio, como era a mãe? Por que o senhor nunca me conta? Passa a mão no rosto, rápido, como quem afasta uma mosca, como que a mosca voa, como que pousa longe, que estranho que não se veja vestígios de guarda-costas, de outros carros, só o dele. De qualquer modo a informação era correta, a marca do carro, a cor, os enfeites para disfarçar, tudo confere. Mas ele mesmo dirigindo, é estranho. Passará uma hora mas não passará a garoa nem a tristeza de Porto Alegre, começa a sentir frio, por que será que nunca quis falar na minha mãe? Caminha até a esquina, sente-se como um outro, como um estranho que ele visse do outro lado da rua, um estranho vestindo impermeável escuro, de mãos no bolso, caminhando muito devagar, pesado, arrastando um peso, olha para seus sapatos molhados e pensa que não são seus sapatos, são de um outro, são de um estranho, nessa noite horrível, só, nesse bairro escuro, esperando. Onde poderia estar se não estivesse aqui e agora? Onze da noite, saindo da sessão do Cacique, bebendo um café no Rian, discutindo o significado dos simbolismos de Antonioni com Marcelo, estudando um esboço de Le Corbusier, afagando o pescoço de gazela de Bia. A maneira como se retorcia no chão de cimento.

— Como?

— Ele ria e perguntava pro outro meganha se tinha visto como ela se retorcia no chão de cimento.

Marcelo levantou-se da cadeira e ficou olhando a rua. João Guiné, sério, pôs uma mão no ombro do militante da outra organização.

— O companheiro tem certeza que ele se referia a ela?

— E a quem mais? Só havia duas presas, e a outra já não torturavam há duas semanas. Mas o corpo não vi. Só os gritos. Toda a noite.

Sim, tem que ser agora, não pode mais esperar, dá meia-volta e atravessa a rua, caminha rente à parede em passos rápidos, passa frente ao bar sem olhar, põe a chave no orifício e a chave é perfeita, já está no *hall* pequeno e frio, não acende as luzes. O elevador o transporta para o sétimo andar, rangendo, pensa num velho asmático, pensa no tio, na mãe que nunca conheceu, o elevador pára. Alguém estará de guarda no corredor, assim que o dedo está no gatilho. A essa mesma hora poderia estar terminando a memória justificativa de um trabalho de composição, um *playground*, um jardim-de-infância, talvez um banco de praça. Está ajustado com silenciador, pesa. No corredor não tem ninguém. Estranho. Espera rígido até as luzes se apagarem, caminha tateando, pára em frente à porta, imagina a Besta lá dentro. Na rua passa um carro, a janela no fim do corredor joga um facho de luz para dentro e desenha sua sombra na parede. Pode abrir a porta com a chave ou bater. Se abrir com a chave terá a mão esquerda ocupada, não poderá utilizar a pistolinha niquelada. Pensa no colete à prova de balas, um ataque de surpresa, o 32 e a pistolinha, mesmo que tenha quatro cães lá dentro não terão chance, percebe que transpira, a luz se acende. Abre rapidamente a porta com a chave, aproximam-se vozes pelo corredor, entra no apartamento iluminado apenas pela luz azulada da televisão, o homem gordo na poltrona afasta o cansado olhar de tédio da tela iluminada, vê o 32, levanta-se, calmo, sem pressa nem surpresa. Risadas no corredor. O 32 faz um gesto enérgico, o homem gordo levanta as mãos principiando um sorriso, parece que vai dizer alguma coisa, o 32 cala-o com outro gesto, as vozes no corredor são engolidas pelo elevador, há qualquer coisa estranha com o apartamento, é pobre, velho, decadente, sujo, não tem guarda-costas, tapetes, luminárias, quadros nem livros, um triste apartamento cujo centro vital e único tesouro é a enorme televisão colorida, o gordo vai dizer algo, o 32 torna a calá-lo com outro gesto, avança até o paletó pendurado na cadeira, de relance reconhece James Cagney na tela do aparelho, procura a carteira do gordo que o observa entre atento e superior, o bigodinho levemente crispado, encontra a carteira, examina os documentos, aí está, plastificado, verdoso, Polícia Federal, levanta o olhar para o gordo que alarga o sorriso, que vai dizer alguma coisa, três balas sucessivas esfacelam o sorriso.

4

MANIFESTO

No embalo da libertação do Povo Brasileiro, não se preocupar pela natura é dar bandeira pros macacos. E aqui não vai nenhuma ofensa aos valorosos símios de nossas florestas. Nem ao Tamanduá Bandeira. O ELP — Exército de Libertação dos Pássaros — livrou a barra de todos os pássaros presos na Praça da Redenção em sua primeira ação em defesa da Pátria contra a ditadura e as multinacionais. Libertamos a Águia (não a de Haia, que além de burguesa era cascata) mas a da Liberdade; libertamos o João de Barro, símbolo do operariado explorado pelos tubarões da construção civil; o Sabiá, artista cantando no cativeiro; a Araponga, em nome dos metalúrgicos; o Papagaio ridicularizado e explorado por Walt Disney, que jamais lhe pagou cachê; a Coruja, que solta fará tremer certas eminências pardas que andam por aí e a Galinha-de-Angola, em solidariedade aos nossos irmãos africanos e sua gloriosa luta de libertação.

Pela liberdade de todos os pássaros!
Pela prisão e extradição do Passaralho!
Exército de Libertação dos Pássaros.

O manifesto fora escrito na parte interna da capa dum exemplar de *Sidharta* e foi com dor-no-coração-pois-é-meu-livro-predileto (segundo suas palavras no histórico momento) que a Magra destacou-o do resto do livro. Bom Cabelo enfiou-o num galho de *flamboyant*. Ficaram a contemplá-lo, orgulhosos. A Primeira Etapa da Ação fora cumprida com êxito.

— Acha que vão levar a sério? — perguntou a Magra.

— Claro — respondeu Magrão. — Tu nunca viu filme do Bergman? Levam a sério tudo que não entendem.

— Agora vamos usar as armas — disse Josias.

As armas eram dois alicates na bolsa de Bom Cabelo. Eram decisivos para a Segunda Etapa da Ação. A Segunda Etapa da Ação consistia em cortar a tela de arame, de alto a baixo, de ponta a ponta e derrubá-la com o mínimo de ruído possível. O Parque era vigiado por guardas a cavalo. Cumprida a Segunda Etapa da Ação os pássaros voariam para a noite estrelada, para a liberdade, para onde bem entendessem.

Bom Cabelo e Magrão iam subindo, um em cada extremo da gaiola, manejando com fúria os alicates. Os pássaros moviam-se nervosos, desconfiados. A cada estalo de cada arame partido a Magra batia palmas de excitação e Josias, severo, fazia shhh, olha essa bandeira aí.

A função de Josias e da Magra na ação era fundamental — a segurança. Na verdade, contavam apenas em dar um bom assobio se ouvissem alguém se aproximar.

E então, eis que, lentamente, em meio ao fragor de asas e pipilos e crocitares — lentamente e provocando um friozinho gostoso na espinha e lentamente e um assombro e um acelerамento do coração — a cerca de arame começou a vir abaixo. Bom Cabelo e Magrão continuavam pendurados e também desciam. Ouve um ruflar assustado de asas, vôos curtos de um lado para outro, cabeças pontiagudas que se moviam em pânico, mas nenhum pássaro abandonou a gaiola, apesar da imensa parede aberta. Os quatro ficaram observando, pasmos, absolutamente frustrados. Pouco a pouco os pássaros foram acalmando-se, voltando para os galhos, aninhando-se nos troncos que lhes serviam de ninho.

— Reacionários — indignou-se Josias. — Pelegos!

— Eles não estão suficientemente conscientizados, bichos — consolou Bom Cabelo.

— Então vamos conscientizar esses idiotas!

— Deixa pra lá, amizade — disse a Magra.

— O sonho acabou — disse Magrão.

— O sonho acabou, mas a luta continua! — bradou Josias.

E pisando na cerca caída, avançou para dentro da gaiola. Os outros o seguiram. Josias agitava os braços, batia palmas, fazia sons de quem toca bezerro extraviado. Contagiados pelo fervor do Comandante, os cabeludos tiraram as jaquetas, a Magra o lenço colorido, agitavam-nos acima das cabeças, gritavam, os pássaros saltavam contra as paredes, chocavam-se no ar, começaram a fazer uma barulheira de Terça-Feira Gorda, um dos pássaros bateu as asas amplamente, largamente, desafiadoramente, enveredou pela abertura na direção da noite assustadora, das árvores gigantescas do parque. Outro seguiu-o, e outro e mais outro, os faróis dos carros na avenida iluminavam o vôo, Josias agitava os braços como se também quisesse voar, gritava como num dia de vitória. Alguém fardado se agarrou a Magrão. Lutaram, caíram, um vigilante bateu com um cassetete na cabeça da Magrinha e o sangue no rosto da menina despertou-o para o imenso absurdo e um cavalo relinchou e ouviu ordens e palavrões e outro cavalo atropelou Bom Cabelo que lutava contra o que agredira a Magra e sentiu que lhe acertavam uma paulada nas costas e que caía e que o chutavam e que um som de sirene se chocava com os faróis dos carros na avenida que iluminavam na noite o ruflar das asas.

5

Sepé aperta o acelerador. O cartaz que dizia Bem-vindos ao Rio Grande do Sul ficou para trás. Chegará a Santa Maria de tardinha, perto das seis. Aperta o acelerador. Na beira da estrada carretas de bois, meninos, cachorros, cercas sem fim. Roupas nos varais. Casas de madeira. Rebanhos. E plantações de soja. E o verde. Precisa chegar! Aperta, aperta o acelerador.

No sono de João Guiné não houve bosques de eucaliptos nem meninas de branco. Tinha entrado na choupana do barqueiro, tinha-no observado realizar pequenas tarefas, meticuloso e solene (é solteirão como eu) com o 38 atravessado na cintura. Tinha sentado no tronco que ele ofereceu com um gesto comprido, apanhado a cuia de chimarrão e chupado a bebida quente e amarga deliciado, começando a pensar isto é uma casa brasileira, está amanhecendo lá fora e estou aqui, no calor, mateando, olhando o fogo pequeno nas pedras enegrecidas e aceitando a hospitalidade de um cidadão brasileiro.

A casa é essa choupana beira-de-rio, madeira apodrecendo, latas velhas, chão de terra batida. Pobreza pré-histórica: fogão de pedras, escuro de fumaça, insetos. Latas num canto poderiam ser as panelas, trapos escuros noutro canto poderia ser a cama. Ouvia-se o Rio Uruguai batendo monocordicamente no casco dos barcos. Ouvia-se aumentar o canto dos pássaros. Sabia-se que a manhã crescia.

Depois do mate, o barqueiro disse:

— Se não tem pressa pode dormir um pouco.

Apontou os trapos no canto. E dormiu sem bosques de eucaliptos, absolutamente livre de qualquer espécie de terror, esquecido de que tinha todo seu dinheiro no bolso do casacão que pendurara num prego na parede, esquecido que o barqueiro tinha seu 38 e um facão de duas listas na cintura, esquecido de que era apenas um homem de carne e osso e de que o medo o visitaria às cinco horas da tarde. Acordou descansado. No teto da choupana pinicava a chuva. Permaneceu de olhos fechados, gozando o ruído do teto, a paz larga de sesta no inverno que pesava no ar da choupana e então deu preguiçosamente a volta e encontrou os olhinhos risonhos do barqueiro.

— O mocinho roncava mais do que a Maria Fumaça em riba da ponte.

Guiné espreguiçou os braços, bocejou:

— O amigo sabe que horas são?

— Dá a causalidade que são mesmo meio-dia.

Tinha o 38 na cintura. O facão de duas listas estava cravado no chão a seu lado.

— Tenho umas cositas aí pra gente comer.

Comeram um dourado frito sobre as pedras, beberam chá de mate em latas de doce de leite e dois tragos de canha no bico da garrafa.

— Não dá a causalidade do amigo ter conhecido um certo Josias, pintor, que morou há muito tempo por estas bandas?

Os olhinhos do barqueiro brilharam.

— Dá a causalidade de que nunca ouvi falar.

Guiné fez que compreendia. Levantou-se, tirou o maço de dinheiro do bolso.

— Quanto devo pelo serviço?

— Dá a causalidade de que não me deve nada.

João Guiné vestiu o paletó, atou o cachecol com paciência até ficar um nó elegante, vestiu o casacão, botou o chapéu na cabeça. O barqueiro tirou o 38 da cintura, fez rodar o carregador, olhou com autoridade para a arma.

— Boa arma — disse. E estendeu-a.

João Guiné guardou-a na cintura.

— O amigo parece que é conhecedor.

— Fiz o Tiro Militar.

— Que turma?

— 26.

— Eu sou de 28.

Estendeu-lhe a mão.

— *Hasta la vista*, compadre.

— O mocinho se cuide.

Caminhou na direção do centro de Uruguaiana sob a chuva rala. As ruas estavam desertas, era hora do almoço. Abriu a porta do primeiro veículo que encontrou — uma caminhonete Rural Willis — e arrancou na direção de Alegrete.

E Passo Fundo: aperta o acelerador. E Carazinho: aperta o acelerador. E Ibirubá. (Onde? Já passou.) 120 por hora. Aperta o acelerador. Tô chegando Véio João! O céu começo a fechar. As nuvens se amontoam, rápidas, negras. Vem aguaceiro. Pouco importa. Tô chegando! Preparem a melhor mesa da melhor churrascaria, mandem abrir a melhor garrafa de vinho: é pra o Véio Guiné. É pra ele a pressa, o pé no acelerador. Vai pedir pra ele cantar a *Noite do meu bem*, recordar o dia que conheceu Josias, dar detalhes de como funcionam as chinelas na hora de botar o guri de molho. Abram alas, rebanhos, cercas, cinamomos! Adeus, Cruz Alta! Tô chegando. Os cabelos estão que é pura terra. A dor do tiro já se foi. As unhas ao redor do volante estão negras. A fome é alegria. Abram alas! Tupanciretã, *buenas tardes!* Aperta o acelerador. O carro estremece nos buracos, geme nas curvas, levanta poeira. Que país! Parece que não tem fim. Guiné terá muita novidade pra contar. Também tem e não são nada boas. Mas primeiro um grandioso, um suculento churrasco que ninguém é de ferro. A massa escura de edifícios ao longe, entreverada com os morros, deve ser a cidade de Santa Maria da Boca do Monte.

João Guiné da Silva chegou em Alegrete às três horas da tarde e trocou a Rural por um Corcel vermelho porque era mais bonito. Em Getúlio Vargas bebeu sem tirar da boca uma garrafa inteira de Brahma num boteco na saída da cidade e apropriou-se dum Ford 70 com chapa de Santiago do Boqueirão, quem não é bandido é ladrão. Às cinco horas aproximava-se de São Pedro do Sul e do medo. O medo abre os olhos dentro de seu estômago. Lombriga filha da puta, quieta! Não adianta. Já acordou, já começa a espernear como bebê, a balançar a imensa, úmida cabeça de feto.

Rio Grande do Sul: desde que saíra de Uruguaiana sob a chuva rala, desde que na carreteira apertara o acelerador, bebia a paisagem conhecida como se fosse o vinho mais nobre das adegas de Ondurraga, escorregava na superfície côncava do vôo dos quero-queros, equilibrava-se na precisão de onda das coxilhas, no dorso arredondado dos umbus no horizonte, ônibus cheios de gente, bosques de eucaliptos como seqüências repetidas desses filmes franceses tão na moda dos anos 60. Desde que saíra de Uruguaiana, pé no acelerador, espreitava-o o pressentimento difuso de que deveria adiar o encontro, deixar Sepé chegar, reconhecer o terreno, dar um sinal qualquer de barra limpa. O frangote era menos marcado, não dava tanto na vista como um crioulo de quase dois metros de altura, anel de advogado no dedo, roupas — como dissera o barqueiro — de fidalgo.

Essas coxilhas: por aí vaga a tropilha fantasma do Negrinho do Pastoreio. Aí, em noites de sexta-feira, aparece, detrás dos ciprestes que circundam os cemitérios, o Lobisomem. Aí, 50 anos atrás, os cascos dos cavalos dos guerrilheiros de Honório de Lemos estremeciam o chão do pampa e espantavam os bandos de avestruzes que fugiam em largas passadas. Os guerrilheiros e suas caras ferozes, de barbas endurecidas, banda rota na testa, chapéus de aba larga, ponchos esfarrapados sobre as ancas dos cavalos. Há quem os encontre em noite de lua cheia, taciturnos, solenes, lentos, em rigoroso silêncio, majestosos como quem vai ao funeral dum rei, a marcharem em passos de veludo sob o olhar indiferente dos rebanhos.

Já conhecia Santa Maria e agora revia a doçura arredondada dos morros desfeita pela chuva, reconhecia o tráfego desatinado do centro, a fumaça que circundava a massa de edifícios e subia da Estação Central, adivinhava algum café, algum bar, alguma pensão barata de mulheres, a cantina dos sargentos e a arquibancada do estádio onde ficou repercutindo algum grito de gol, a gargalhada para uma piada obscena do Aparício, o canto da mesa onde apoiou o cotovelo e examinou disfarçado, com piedade e nojo e confusos sentimentos e desejo o sorriso lastimável de alguma prostituta pobre.

Bueno, aqui estou porque cheguei. Estacionou num lugar repleto de carros, onde estava certo de que não daria na vista. Pôs os óculos escuros, meteu o saco nas costas e afastou-se. Caminhou devagar (a chuva agora era uma garoa) antegozando o momento de abraçar Azulão. Nunca o chamava de Azulão. Seria falta de respeito. Nego Véio estava bem. Azulão só os da velha-guarda poderiam chamá-lo. O encontro era no bar da Estação, às seis horas da tarde. Seu relógio de pulso dizia cinco horas. O grande relógio circular no alto do edifício onde já acendia e apagava o anúncio da Coca-Cola dizia o mesmo. Boa hora. Dá pra esticar as pernas, desentorpecer, tomar um café bem forte pra aliviar essa modorra. Dá também para examinar com cautela a área, ver se há ratos por perto. Nego Véio tem uma pinta que é uma tremenda bandeira.

Entrou numa lanchonete e pediu um café. Bem na sua frente um aparelho de televisão e na tela o velho pirata contava histórias para um grupo de meninos com cara de sono. Velhos liam jornais no bar em outra sala, ligada à lanchonete. O proprietário deveria ser um rematado imbecil — ou um gênio — pra ligar a televisão num programa infantil em local freqüentado por velhos e desocupados. A chuva começou a apertar e pouco a pouco tornou-se mais atrativa do que o programa de televisão, assim que retirou seus olhos da tela luminosa embutida entre garrafas na prateleira e deslocou-os para o capô dos carros onde caíam prateados fios de água.

O homem de sobretudo e chapéu, no outro lado da rua, assemelhou-se a um menino apanhado em falta e começou a afastar-se em passos rápidos.

Sepé bebeu o café sem alterar-se, pagou, murmurou um palavrão que assustou-o porque na névoa do seu sono soou alto e retumbante e saiu muito devagar para a chuva, a mão metida dentro do saco de marinheiro.

Caminhou rente à parede. Molhava-se abundantemente. A mão dentro do saco de marinheiro contraiu-se.

No Dodge estacionado perto da esquina havia quatro homens fumando. O que estava na direção tinha um jornal diante do rosto, mas os olhos estavam por cima da página e olhavam na sua direção. Sepé parou, esperou que um caminhão passasse e atravessou a rua. Entrou numa galeria e procurou adotar um passo normal entre a multidão. Saiu no outro lado, diante duma praça. Entrou rapidamente na primeira porta aberta. Era uma padaria. Comprou duzentos gramas de broinha de fubá e um quindim que comeu em pé, cotovelo no balcão. Saiu outra vez e olhou para os dois lados. A chuva continuava, parelha e sincopada. A praça estava deserta. Nenhum carro estacionado com homens fumando. Os passantes apressados não se interessavam o mínimo por sua pessoa, o que lhe pareceu estupendo. Caminhou mais, se houvesse um cinema por perto onde pudesse entrar e deixar o tempo passar. Parou numa banca de revistas e comprou a *Folha da Tarde*. O Inter pega o Vasco no Maracanã, domingo. O café queimou-lhe o céu da boca. Pudera. Com a pressa que o engoliu. Enfiou o jornal no saco de marinheiro e deixou a mão lá dentro porque o homem de chapéu e capote estava a meia quadra de distância, de costas para ele, olhando a vitrine duma livraria.

Deu meia-volta e começou a afastar-se em passos rápidos. Parou um táxi.

— Para a Estação.

Tentava saber se algum carro o seguia. Impossível. A chuva continuava, regular e sem surpresas, tornando iguais todos os veículos que rodavam. Pararam numa sinaleira. O carro ao lado era um jipe do exército. Quatro soldados armados de fuzis-metralhadoras, com capacetes e fardamento de campanha, bem a seu lado. Olhou para trás. Outro jipe. O chofer sorria pelo espelhinho.

— Eles estão inquietos hoje.

Manteve a mão dentro do saco.

— Por quê? Aconteceu alguma coisa?

— Não tenho idéia. Nestes tempos, como se pode saber?

Sepé recolheu-se, melhor não dar papo. A chuva dificultava o trânsito, os choferes buzinavam irritados, havia algo na tarde de quinta-feira que resvalava devagar e silencioso como jibóia, que oprimia o peito, fazia todos os habitantes de Santa Maria odiarem a quinta-feira, aspirarem pela sexta e o que ela tem de véspera de sábado, de promessa de domingo, de princípio e fim de qualquer coisa que não é essa chuva, esse trânsito, essas buzinas e isso que resvala devagar e silencioso entre os carros e os edifícios e os anúncios luminosos e as fachadas dos bancos e os cartazes dos cinemas.

— Minha Nossa!

O tanque estava na esquina, nem verde nem cinza, grande como podia ser e menos duro do que imaginava, com qualquer coisa de mole e de viscoso, quebradiço, enganosamente frágil e réptil — O Monstro da Chuva — prepotente, colossal, tão feio como sempre os achara e com certo desamparo de animal solitário e rechaçado, em absoluta desarmonia com os carros e os edifícios e os morros e as pessoas.

Aperta o acelerador: aproxima-se de São Pedro do Sul e das cinco horas da tarde. Sente azia. Bebeu café demais. E aquela brama em Getúlio Vargas, Não. Não é azia. É o pressentimento. Mais que isso: é o feto maldito que carrega no estômago e que se espreguiça, que principia a despertar, que dentro em pouco apertará suas vísceras com a miúda mãozinha de aço e piscará os olhos cegos com o sorriso idiota. Medo. Em algum lugar estará Sepé, esperando-o. Ou vem na estrada, voando, inconsciente, sem medo de nada. Também já teve seus vinte anos e também já sentiu-se invulnerável. Foi a primeira prisão, o primeiro pontapé nos testículos, a primeira sensação de impotência, a coronhada na boca do estômago que despertou o feto adormecido.

Talvez por isso nunca casou. Rosa Maria morreu virgem, coitada. Sua primeira e única noiva morreu virgem sem consolação aos trinta anos de idade, calada, bordando malmequeres e girassóis, sem uma queixa, vida de pobre é assim mesmo, e ainda esperando-o. A doença ninguém soube explicar. Pobre morre e acabou.

Quando saiu da prisão (na primeira vez apanhou quatro anos e conheceu Josias) foi visitar o túmulo. Deixou sobre a pequena laje o cravo vermelho e nunca mais voltou. Seu negócio era com os vivos.

Por um confuso e nunca compreendido sentimento de fidelidade não buscou mais compromisso com mulher. Às vezes, enredava-se com alguma puta de cabelo oxigenado a quem pagava uns conhaques a mais do que o conveniente e a enternecia pelo modo como cantava *A noite do meu bem* e com a competência do seu membro. Mas isso não durava. Desaparecia, envolvido pelo sindicato, por greves, por reuniões, papos-furados até a madrugada.

São Pedro do Sul: atravessa a cidade como raio. Casas, bancos, a praça, a igreja, gente nas ruas. A cidade termina: outra vez o pampa. Coxilhas, cercas, horizonte. O céu cada vez mais carregado. Vai chover. Bosques de eucaliptos. Rebanhos. Aperta o acelerador e olha o relógio. Cinco horas da tarde. O medo: esse soldadinho que faz sinais para o carro parar. Uma barreira. Começa a diminuir a marcha. O soldadinho aproxima-se, torna-se bruscamente autoritário: o chofer é negro. O negro está com o medo aninhado na barriga. O negro agarra firme o volante com as mãos geladas. O negro aperta com ódio e raiva e medo o acelerador e o carro dá um salto e o soldadinho joga-se para trás gritando e o oficial calmamente tira a pistola do coldre e ergue-a com ambas as mãos como nos campeonatos de tiro da escola militar e faz pontaria com elegância e João Guiné abaixa-se no assento e os vidros estilhaçam-se em pedaços milimétricos e um som de vento muito fino entra como bisturi por seus ouvidos mas o sangue ferve de alegria africana e aperta o acelerador e 140 quilômetros por hora e a bala seguinte atravessa-lhe o tórax. A dor é uma nuvem negra. Gosto de sangue na boca.

No bosque de eucaliptos que margeia a estrada a menina de vestido branco olha-o fixamente.

Pagou o táxi e desceu. Meteu-se numa galeria, esteve olhando vitrines, ganhou o olhar interessado de uma balconista, deambulou frente à farmácia sentindo-se idiota e pensando em entrar e comprar uma cafeaspirina ou qualquer veneno semelhante, até que estava mesmo precisando, a cabeça doía, mas tinha isso tudo no seu estojo pô, tinha era que não perder a calma, disfarçar, olhar ao redor como quem não quer nada, reconhecer que a galeria é elegante e que sua figura destoa do brilho das vitrines e da expressão satisfeita das madames em seus casacões de pele que gastam o fim da tarde mastigando torradas e sorvendo chá da Índia em confeitarias iluminadas. A galeria é elegante e rechaça sua cara de bugre e sua aura sonâmbula de duas noites sem dormir, o suor que começa a encharcá-lo, o âmbito de violência e revolta que ele traz e espalha como cheiro de pólvora depois da explosão. Entra num bar: é pequeno, aconchegante na sua luz amortecida, nos peixes dormindo no aquário, na música em surdina, nas poucas mesas com gente jovem. Pediu um cafezinho no balcão. O homem de chapéu e capote molhado passou rapidamente frente ao bar. Viu-o pelo espelho. Viu-o e o coração disparou como se só agora se lembrasse que tinha coração e pensou puta que pariu, preciso fazer alguma coisa, qualquer coisa.

Meteu a mão dentro do saco de marinheiro. Precisava fazer alguma coisa. Pensar, por exemplo. Por que não o atacavam? Porque sabiam que estava armado, imbecil. Seguramente por isso. Ou então porque sabiam que teria de contatar alguém. Mas a maneira como se mostravam era acintosa. Poderia ser simplesmente uma falha do rato que o seguia. Poderia ser apenas um mau policial, talvez um novato que se deixava ver com demasiada facilidade. Deveria haver mais a segui-lo e não notara. Precisava pensar. E o que deveria pensar era como escapar do homem de chapéu e capote, dos quatro fumantes dentro do automóvel. Deveria ter pelo menos uma idéia coerente acerca dessa movimentação de soldados e esse tanque acintosamente no centro da cidade. Será que estará havendo uma greve de ferroviários, alguma passeata estudantil, visita do governador? De qualquer modo, o encontro com Guiné estava gorado. De jeito nenhum deveria deixar Nego Véio se expor. Sair do Chile para cair numa emboscada logo no dia da chegada era demais. Era horrível só de pensar. Tinha que fazer algo, mas o quê? Roubar um carro, meter pela estrada, tentar interceptar o velho no caminho era absurdo. Não tinha idéia por onde ele viria. Há dezenas de maneiras de chegar a Santa Maria. E os subúrbios são imensos, é quase impossível para a polícia realizar um cerco efetivo em toda a cidade. Só com a ajuda do exército. E se uma pessoa tomar todas as precauções pode furar o cerco. Não é porque há barreiras na estrada que se controla completamente a entrada e a saída duma cidade. A polícia sabe muito bem disso. Mas agora os ratos tinham uma vantagem. Já o controlavam.

Pensou em deixar o barzinho, mas sabe que não tem como escapar. As saídas da galeria estarão vigiadas, um tiroteio nesse corredor cheio de gente vai ser um deus-nos-acuda. João Guiné não aprovaria uma coisa dessas, morrer gente inocente. Sua angústia despega-se do olho imóvel do peixe no aquário e se deixa levar pelo sax de Stan Getz que harmoniza a tristeza do bar soprando o *Retrato em branco e preto* de Antônio Carlos Jobim e Chico Buarque de Hollanda.

O minuano sopra. O horizonte cinza estala em relâmpagos. Os quero-queros gritam. O frio o faz pensar no sangue que está escorrendo silencioso dentro do seu corpo. Calibre 45. E tinha seu nome. Às vezes dói e é uma nuvem negra. A maior parte do tempo faz lembrar o sono, faz recordar sesta, modorra, paz de rádio distante. Cigarros, chinelo, jornais do dia. Aperta o acelerador. Calma, negão. Estás variando. 140 por hora. Precisa diminuir essa velocidade ou vai se rebentar contra uma árvore. Esse assobio será mesmo o minuano? Dizem que alma de outro mundo assobia assim. Relâmpagos. Vai chover. Chuva de primavera, boa pra colheita. Quer é o verão. Deita-se sem camisa, a pele contra a terra quente do verão, e esperar que a chuva caia. Chupar cana. Cheirar bergamota. Apertar o acelerador. A viúva Perez lembrava dia de verão. Porque era branca, talvez, e quente, e cheirava a não sabia o quê. A algo gostoso. Era macia. E feroz. Fêmea. Quanto daria por mais um verão. Frescor de pátio com sombra, rede, Praianinha com limão. Nunca aproveitou de verdade nenhum verão e isso que leva sessenta anos no lombo. O vidro todo rebentado. Calibre 45. Deve estar todo rebentado por dentro. Sangrando. Não dói. Não dói muito quando sente sono, quando é forte a tentação de fechar os olhos, esquecer que o perseguem, esquecer o rosto arrogante do soldado, o súbito ar de desprezo ao ver o negro na direção. Sono. Fechar os olhos. Deixar o minuano assobiar... Sepé. Não, não pode dormir. Tem um encontro. Não pode. O horizonte se contorce de relâmpagos. Aperta o acelerador.

Move o braço devagar, observa a mão deslizar espalmada sobre o mármore do balcão, goza a frescura da pedra na palma e lembra que leu em algum almanaque que o mármore tem a temperatura inferior oito graus à atmosfera ambiente (ou foi Hermes que lhe disse isso?) e o sax de Stan se cala e uma garota no fundo da sala dá uma risada aguda e ele enfia a mão no saco de marinheiro e se olha no espelho do bar e diz baixinho só para ele ouvir, calma índio velho. Calma. Os ratos estão rodando lá fora. João vem rachando por alguma estrada aí perto e no saco de marinheiro está a metralhadora bem carregadinha e com o pino de segurança destravado. Assim que, calma. Vamos fazer a coisa com decência. Descer do banquinho o mais elegante que puder, ignorar o olhar maldormido do peixe no aquário, atravessar os três passos que o separam da porta com serenidade, assomar à galeria com o ar sério e caminhar como que distraído, passar pela farmácia e espiar para dentro, a moça atende um freguês e não o vê e ele pressente isso como mau agouro e ri-se por dentro lembrando Hermes e sua irritação ante o mais leve sinal de superstição e pensa que riu e que isso é bom sinal e se dá conta que ri e que uma mulher o olha com curiosidade e corta o sorriso. Vai uma lustrada, doutor? O engraxate era corcunda, acenou que não, esquivou-se ao mendigo que lhe mostrava as chagas das pernas, fugiu ao velho sem braço que berrava o número fatal da loteria e viu a barbearia com duas cadeiras vazias e pensou que seria repousante ter uma toalha quente no rosto e uma massagem que lhe aliviasse a tensão e chegou ao fim da galeria e ainda chovia e caminhou rente à parede e pensou merda ainda por cima vou apanhar uma baita duma pneumonia e olhou o relógio e eram cinco e quarenta e cinco e o que vou fazer, caralho. Armar um tiroteio, fazer a maior bagunça antes que Nego Véio mostre a cara? Na esquina estacionava um jipe com soldados, eles desciam e começavam a fazer sinais para as pessoas afastarem-se e a organizar o trânsito e aparece um monstruoso caminhão-tanque com o emblema da Shell, um soldado se posta na frente do caminhão e faz sinais frenéticos para ele desviar o curso, fora do centro, fora do centro, ouve a voz do soldado, aparecem motociclistas da polícia, fazem gestos com os cassetetes, o caminhão-tanque se move com dificuldades de bicho preguiçoso e gordo, são trinta rodas a move-se como patas duma centopéia, as buzinas aumentam, o caminhão-tanque se desembaraça da esquina, desaparece em direção à Estação (a mão se crispa dentro do saco de marinheiro) o homem de chapéu e capote acende um cigarro com toda a tranqüilidade debaixo duma marquise no outro lado da rua, Sepé consulta o relógio, João Guiné consulta o relógio: cinco e quarenta e oito. Aperta o acelerador. Os edifícios de Santa Maria aparecem ao longe. O mostrador do relógio está salpicado de sangue. Entra numa rua de casas pobres, deixa o carro furado de balas e de vidros estilhaçados ser consumido pelo susto das pessoas, caminha rápido, curvado, chuva nas costas, na direção dum posto de gasolina, vai deixando uma esteira de gotas de sangue na lama (a dor é uma nuvem negra) aperta no bolso o cabo do 38. Vê um fusca azul, este me serve, caminha duro na direção dele, abre a porta, aponta o 38 para o homem petrificado de pavor, preciso das chaves amigo, empurra o homem com impaciência e delicadeza, com licença com licença, avança para o centro da cidade riscada de apitos de trem. Rodou pela chuva que caía mansa sobre Santa Maria da Boca do Monte. Amou os morros, pensou um momento na menina de vestido branco e imóvel entre os eucaliptos e pensou que era um velho senil, que via essas coisas nos filmes de Fellini e se achava o máximo intelectual por isso e acabava imaginando coisas e que usava anel de advogado por afirmação e que no fundo queria aparentar algo parecido e que não há nada pior do que ser um renegado, ter vergonha da classe social a que se pertence, que se deixara levar pelo terror diante da barreira e tinha uma bala nas costas e sangrava, sangrava por dentro, silencioso, frio, tinha alertado todo o exército da área, estariam patrulhando cada rua, a qualquer momento poderiam deter o filho do Josias, um menino, poderia ser seu neto, deveria estar em algum boteco fazendo hora, esperando pela batida das seis para o encontro na Estação, vão cair os dois juntos só por sua culpa, por ser velho e imaginar coisas e carregar esse horror no estômago durante tantos, tantos anos.

Freia de repente: aí está ele. O Inimigo. Escorrendo água, verde e cinza, prepotente: O Monstro da Chuva. Era esse o encontro que tinha. Não com menininhas de vestido branco. Era com o Monstro Verde. O feto na sua barriga se encolhe. Engata uma ré, faz a volta, dirige-se para os subúrbios. Observa qualquer alteração no trânsito que indique barreiras ou batida policial. Era esse o encontro que tinha. É com ele e com mais ninguém. Precisa um gesto urgente e decisivo para evitar que aconteça algo a Sepé. Precisa alertá-lo. E então vê o que buscava. Estacionado frente ao restaurante um enorme caminhão-tanque pesando toneladas, mais de trinta rodas. Pára o carro, desce, levanta a gola de pele do sobretudo e caminha na direção do caminhão completamente serenado. Cinco para as seis. Sepé deve estar aproximando-se da Estação. Preciso ser rápido. Está ao lado do caminhão, o chofer na alta cabina fuma olhando a chuva. João Guiné espera a espinha acostumar-se ao súbito calafrio que o sangue gelado lhe produz, espera o pontaço de dor acomodar-se dentro do corpo e então sobe no estribo do caminhão e admira com simpatia o espanto do chofer para o 38 na sua mão.

— O amigo me desculpe, mas preciso da viatura.

— Mas é um tanque de petróleo e está cheio.

— Precisamente o que eu quero, amizade. Me dá a chave, não te complica, desce, tchau.

A chuva agora é uma garoa muito fina. A tensão que estirava seus nervos ia estalar de um momento para outro. As casas comerciais acenderam os luminosos e a cidade ficou repentinamente alegre. As ruas molhadas tomaram vida com largas manchas coloridas.

O tanque começou a mover-se em direção à Estação. Movia-se pesado, vagaroso, assustando as pessoas, deslocando seu sentimento secreto de réptil. Sepé não via mais policiais. Passou um caminhão carregado de soldados. A mão no saco de marinheiro estremece. Dá vontade de rezar, meu Deus. Em rua próxima inicia o som ininterrupto de buzinas. Apitos de trem. Sirenes. São seis horas. Sente o pescoço úmido. Passa a mão e olha. Sangue. Na esquina — espectral, engrandecido, soando as buzinas, numa velocidade assombrosa — surge o enorme caminhão-tanque.

Experimenta uma sensação de carinho por esse gigante de rodas que começa a tomar velocidade no trânsito, buzinando e ultrapassando carros de motoristas assustados, rumando para o centro da cidade, aperta a buzina e abana para os transeuntes e atira beijos para as mulheres, aqui vai o negrinho filho das macegas gente boa, com licença patrãozinho, o senhor está enganado meu senhor, não estava olhando para a senhorita não, conheço meu lugar, os edifícios cinzentos, os sinais de trânsito, essa nuvem negra, a primeira barreira, avança buzinando, aperta o acelerador, avança para a barreira como uma avalancha, aqui pra vocês bando de filhos da puta, estraçalha a barreira, avança ouvindo o clamor, acena para as pessoas aterrorizadas, distribui beijos, aperta o acelerador e a nuvem negra explode, se segura povo que conosco ninguém podemos já dizia Honório de Lemos, os painéis de propaganda, as luzes, o polícia de motocicleta que se aproxima fazendo sinais urgentes, leve toque na direção e a motocicleta voa contra a calçada, entra ruidosamente pela vitrine duma loja de aparelhos eletrônicos, alegria alegria, aperta o acelerador, meninos acenam adeus de cima de um muro. Aí está, a duzentos metros da Estação, no meio da rua, fechando o caminho, esperando-o, o Monstro da Chuva. É o fim da viagem para o negrinho. Aperta o acelerador. Vivemos numa democracia racial exemplo para o mundo. Aperta o acelerador. O Monstro aumenta de tamanho. Negro conhece seu lugar. Aperta o acelerador. O Monstro aumenta. Negro quando não faz na entrada faz na saída. Aperta o acelerador. O Monstro. Aperta o acelerador. O Monstro é o Medo.

Aperta o acelerador. Precisa destruir esse filho da puta. Aperta o acelerador, aperta o acelerador, aperta o acelerador, aperta o acelerador, apert.

Sepé arregalou bem os olhos e não os cerrou quando viu o choque. A explosão jogou longe dezenas de pessoas e quebrou as vidraças de todo o quarteirão. As labaredas alastraram-se com velocidade raivosa e em seguida subiram quinze metros como chupadas por uma chaminé gigantesca. Tudo estremeceu com a segunda explosão que submergiu o tanque e o caminhão na vaga fervilhante de chamas. Viu João Guiné no instante preciso antes do choque. Gritava e não pôde perceber se o grito transmitia fúria ou alegria ou o quê. Então, o brusco apocalipse e a chuva. Estava cercado por mais de quarenta soldados que apontavam-lhe as armas. A chuva encharcava-o quando a terceira explosão espalhou na rua um hálito vulcânico e fragor de montanha desmoronando. A chuva tornava-se cada vez mais forte e mais forte e Sepé sem se importar com a chuva, sem se importar absolutamente com a chuva porque assim ninguém — nem ele — poderia saber se chorava ou não e era melhor que não porque homem não chora.

Capítulo Onze

1

Numa daquelas tardes que sucederam à metamorfose do velho Degrazzia, chegaram na Embaixada os primeiros prisioneiros libertos do Estádio. (O velho Degrazzia era um cão manso e quase cordial. Permanecia horas inteiras deitado na varanda, coçando as pulgas imaginadas, lambendo os beiços e dormitando com um sorriso pacífico. As crianças o despertavam cruelmente, puxando-lhe os pés ou atirando-lhe cascas de laranja e bolas de papel. Às vezes, vinha Sepé e montava guarda ao sono do velho.) Os prisioneiros libertados ficaram na grande sala de cortinas verdes cercados pela multidão. Era um grupo de homens bruscamente emagrecidos, movendo-se com dificuldade, lúgubres e sérios. Vestiam roupas amarrotadas e sujas.

Custou a reconhecer Hermes. Sua cabeça estava raspada a zero, o crânio cruzado de cicatrizes rubras, os olhos no fundo, os ossos do rosto pareciam haver crescido e quererem rebentar a pele. Tinha cortado a barba e de algum modo absurdo estava imensamente mais jovem. Um jovem espantoso, seco de muitos anos, e esses olhos pequeninos, escuros, relampejando no fundo do rosto como dois olhos assustados de animal encurralado. Permanecia no meio do grupo, distante, alheio. Dava a impressão de não reconhecer ninguém. Há quase dois anos não falava com ele. Teve o impulso de meter-se no meio desses homens assombrosamente tristes, agarrar Hermes pelos ombros, apertá-lo contra o peito, deixá-lo chorar. Ou chorar ele próprio. Não falar de Mara. No primeiro instante não falar de Mara. Depois, talvez, nos degraus da varanda, encostados à coluna, refeitos, fumando, então — talvez — falar de Micuim. Do encontro com Micuim em Lo Hermida, do brilho alegre de seus olhos, quando o viu entrar acompanhado do Alemão na casa paupérrima. De Micuim com uma pistola atravessada no cinto, rindo muito, excitado e sério, apontando-os para o dono da casa e a mulher que se encolhia perto do fogão com os dois filhos pequenos.

— Companheiros brasileiros.

O homem levantou-se do banquinho de madeira, apertou-lhes a mão, cerimonioso.

— Desculpe a casa que é de gente pobre.

Micuim puxou Marcelo e o Alemão para um canto.

— Não há o que comer — sussurrou. — Só para as crianças. Vocês vão ter que agüentar firmes.

— E as armas? — perguntou o Alemão.

Micuim fez um ar importante.

— Calma no Brasil. Arma é que não falta.

Estavam cansados da longa caminhada — tinham atravessado meia Santiago a pé, tensos, observando as patrulhas ameaçadoras, os estragos das balas nas paredes e nas vidraças, um ou outro carro rebentado por explosão ou todo perfurado por descargas de metralhadoras. Queriam dormir. Eram quase oito horas da noite e sentiam frio e fome.

— Boa idéia — disse Micuim. — O encontro com o pessoal é às onze horas, perto daqui. Às dez e meia eu acordo vocês.

O dono da casa trouxe um cobertor.

— Os companheiros cubram-se com isto. Desculpem que é um só para os dois, mas...

Recusaram, não era preciso de maneira alguma, mas o homem insistiu, ninguém vai ficar sem coberta, eu garanto, podem usar sem medo. Acabaram cobrindo-se, deitados no chão, junto à parede. Marcelo molestava-se, debaixo da coberta, sentindo a proximidade do Alemão. Esse viado não estará se esfregando em mim? Custou a dormir, sentindo a proximidade do outro, a umidade infiltrando-se nos seus ossos, ouvindo latidos de cães e os cochichos das crianças gozando a novidade. Sabia que Micuim e o dono da casa falavam em voz baixa ao redor da mesa, apoiados nos cotovelos, ouvidos próximos ao rádio ligado no mínimo de volume. Pensava nas poças de água que pisou, nas cercas de arame que atravessou, no momento vago e perplexo em que se sentiram perdidos na *población* de Lo Hermida, encurralados pelo crepúsculo e pela pobreza das casas. Um grupo de garotos levou-os ao *"compañero brasileiro"*. O calor não vem nem o sono. Gostaria de saber o que se passou com Dorival e com Ana. Ela estava cada vez pior, cada vez afundando mais nas coisas nebulosas que ameaçavam de seu passado. E saber de Hermes e saber de Mara. Lá fora a noite fria e aguda de fins de setembro. O Alemão começa a roncar suavemente. Percebe que seu corpo adquire pouco a pouco calor, que se acomoda ao chão áspero, que os músculos cedem à modorra que começa a tomar conta da sala e aos sons longínquos e doces que a *población* envia, preparando-se para a hora do jantar. Beatriz mostra-lhe a capa de um livro que não consegue ver direito, acende a luz diz para ela, e ela diz não, não podes ver meu rosto e ele diz por quê? e ela pelo que eles me fizeram e seu pai surge com os jornais da tarde, tem o ar muito triste, diz Marcelo, meu filho, porque fizeste isso para nós que te queremos tanto, e Beatriz chora no escuro, diz me dá meu livro tu não mereces que eu te empreste e o pai diz acendam a luz meninos e lágrimas correm de seus olhos e diz mas eu não fiz nada e o pai sorri tristemente nós te queremos tanto e diz acende a luz meu filho e Beatriz não sente-se pouco a pouco sufocado, vem-lhe uma ânsia de vômito, invade-o um súbito horror porque Beatriz se move e parece agitar imensas asas de anjo e o pai tem o rosto transtornado e ambos apertam o cobertor ao redor de seu pescoço e o pai diz calma e Beatriz ri e diz calma calma e ele grita.

— Calma, malandro, calma.

Senta, assustado, pálido, sentindo o roçar da asa dum anjo no pescoço. Micuim ri mansamente, a mão dele afaga-lhe o pescoço, o sacode com carinho, dá-lhe tapinhas no rosto, suave.

— Tava sonhando, malandro?

Sorri sem jeito, esfrega os olhos.

— Tá na hora — diz Micuim. — Tô tentando te acordar há um tempão, mas nem que desse um tiro no lado do teu ouvido. O Alemão, então, não tem jeito.

Marcelo tenta disfarçar a alteração que sentia, dá uma cutucada violenta no Alemão.

— Acorda, porra! Tá na hora.

O Alemão abre os olhos sorrindo:

— "Tá chegando a hora

O dia já vem raiando, meu bem..."

O dono da casa aproxima-se com dois copos na mão.

— Um pouco de vinho pra esquentar as tripas.

Recebem a bebida com satisfação. O dono da casa volta à mesa e apanha um prato com dois pedaços de pão. Marcelo consulta com o olhar a Micuim. Imperceptivelmente, este faz sinal que não.

— Muito obrigado — diz Marcelo — mas eu comi um pouquinho antes de chegar aqui. Não tenho nada de fome. E prefiro sair de estômago vazio para este tipo de função.

— Eu também — fez coro o Alemão. — Eu também.

Beberam o vinho, observados pelos dois homens.

— Agora estão valentes — disse Micuim.

O homem sorriu, os dois esvaziaram os copos e se levantaram.

— Cadê os paus-de-fogo? — disse o Alemão.

— Calminha. Vamos saindo, não esqueçam nada. — Põe o braço ao redor do ombro de Marcelo, paternal. — Agora a coisa é séria, Meleninha. Não é brincadeira de estudantes. Agora é guerra mesmo.

2

O sargento Aparício Grosso era homem de sentimentos primários e fazia jus à alcunha. O sargento Aparício Grosso certa vez matara um vira-lata na entrada principal do quartel apenas com um pontapé, porque o desgraçado estava dormindo ali e isso representava um grave desprestígio ao estabelecimento militar. O sargento Aparício Grosso acertara o pontapé na cabeça do vira-lata enquanto ele dormia, e matou-o instantaneamente. O sargento Aparício Grosso contou depois a façanha no cassino dos sargentos e dava gargalhadas que arrepiavam de pavor os recrutas vindos da Colônia. Mas o sargento Aparício Grosso tinha, no seu particular código de conduta, um lugar de relevância para a amizade. E fossem quais fossem suas opiniões políticas, o ex-sargento Sepé Tiaraju dos Santos era seu amigo.

Atravessou o corredor aflito, não se importando que notassem sua perturbação. Era verdade. Não lhe mentiram: seu antigo companheiro de armas estava sentado no corredor da PM, numa poça de água suja.

Tinha a metade do rosto monstruosamente inchada, e o olho direito fechado. Não sabia o que dizer. O estupor o confundia. Curvou-se e tocou no ombro de Sepé.

— Amigaço.

Sepé levantou a cabeça com esforço. Viu os olhos de Aparício como nunca vira: com espanto e pena.

— Como vai isso?

Como vai isso? Sepé experimentou incontrolável raiva contra a obtusidade de Aparício. Então esse idiota não está vendo como vai isso? Começou a erguer-se, apoiando as costas contra a parede. À medida que subia, ia deixando uma mancha de umidade. Conseguiu ficar de pé. Era quase da altura de Aparício.

— Quer um cigarro?

Dois soldados montavam guarda a Sepé. Um deles se adiantou.

— O sargento desculpe, mas nós temos ordem de não...

O soldado calou-se com o olhar assassino que recebeu de Aparício. Recuou, consultou o outro com o olhar e encolheu os ombros. Conheciam de sobra seu Grosso. Eles que não eram bobos de comprar essa.

— Parece que te deram uma pauleira das boas, hein, índio velho?

Aparício acendeu um cigarro e pôs entre os lábios de Sepé que imediatamente cuspiou-o. Aparício não entendeu.

— Deixou de pitar, tchê?

— Não fumo cigarro de qualquer um.

Aparício abriu os braços.

— Que é isso, amigaço? Eu não tenho culpa do que te aconteceu. Foi tu mesmo quem escolheu. Agora não adianta chorar. Buscou, achou.

— Vai à puta que te pariu.

Aparício sacudiu a cabeça com pesar.

— Sepé... Eu sou teu amigo, rapaz. Eu sei o que aconteceu, mas isso era inevitável. Tu sabia muito bem que...

— Eu não sou amigo de pau-mandado.

— Que é isso, amigaço?

— Tu é um pobre coitado, Aparício. Um boneco.

— Me respeita, tchê! Me respeita como eu te respeito.

— Tu é um boneco. Eu não respeito boneco.

— Tu não sabe o que diz, rapaz. Fica tranqüilo que as coisas vão melhorar para ti. Não perde a cabeça. Tu me conhece bem.

— Tu é um pau-mandado.

— Não me faz perder a cabeça, pra teu bem, rapaz. Se me dá vontade eu te rebento os miolos agora mesmo.

— É isso que vocês costumam fazer com gente desarmada. Gente que não pode reagir.

— Tu sabe que eu não sou assim. Tu me conhece. Eu não sou como os outros. Eu não torturo ninguém.

— Não é como os outros? Vocês são todos da mesma laia. Hoje morreu um homem que sozinho vale mais de duzentos da laia de vocês.

— Eu sou soldado. Cumpro ordens. Tu sabe muito bem. Eu sou igual a ti.

— Tu é um boneco. Eu não te respeito. Eu quero que tu te foda e vá pra puta que te pariu. Tu não é igual a mim porra nenhuma. Eu sou um homem. Eu faço o que quero. Em mim filho da puta nenhum manda. Eu já superei isso de respeitar superior há muito tempo. Não reconheço ninguém superior a mim. Deixei de ser boneco. E tu vai ser boneco pra toda tua vida. Tu não é igual a mim porra nenhuma. Tu é uma bosta. Um pau-mandado.

— Me respeita, seu filho duma puta. Me respeita ou eu te rebento os miolos agora mesmo.

Aparício Grosso levou a mão ao cabo do revólver e recuou um passo, os olhos negros despejando fúria.

— Atira se tu é macho!

E Sepé atingiu o rosto de Aparício com uma cuspida. De espanto os soldados não se moveram esperando a reação de Aparício. Mas também ele estava paralisado. Pouco a pouco, como desprendendo-se de braços invisíveis, passou a manga no rosto. Segurou a reação tardia dos soldados com um gesto.

— Não toquem nele!

Encarou o rosto impassível de Sepé como quem olha uma fotografia de alguém que conheceu em tempos distantes e está completamente mudado. Começou a afastar-se lentamente, sempre com a mão no rosto, e repetiu em voz rouca, sussurrada:

— Não toquem nele.

Porque nessa noite Aparício "Grosso" Conceição estava de Sargento da Guarda. E metido no quarto da guarnição, apoiando as costas contra o respaldar da cadeira e os pés sobre a mesa, fumou durante duas horas de olho parado, até que o ordenança veio avisá-lo de que lhe passariam agora a responsabilidade da guarda. O sargento apanhou o cinzeiro cheio de tocos e constatou que havia fumado um maço inteiro. Deixou a janela aberta para arejar e saiu no seu passo cadenciado de domador de cavalos, essa noite chuvosa muito mais cadenciado do que de costume.

Foi ao bar em frente ao quartel e pediu pra telefonar. Falou baixo e seco, durante quinze minutos, o cigarro apagado colado no lábio inferior e os olhos negros de cafuzo passeando na sala esfumaçada com tédio e indiferença.

Passaram mais duas horas e a chuva continuava igual. O dilúvio parecia abater-se sobre Santa Maria. Depois de tirar os olhos do mostrador do relógio, Aparício tirou as pernas de sobre a mesa do escritório da guarnição, jogou na cesta de lixo a bola feita com mais um maço de Continental e examinou com desgosto o tempo através da janela.

Atravessou o pátio sem se apressar, não respondeu à continência do guarda na entrada do edifício que era a prisão do quartel. Caminhou pelo corredor e parou frente a uma cela. Ordenou ao carcereiro.

— Abre essa joça.

Entrou e fechou a porta. Esperou que seus olhos se acostumassem ao escuro. O vulto informe sobre o catre era Sepé. Sabia pelo brilho amarelo do único olho.

— Te bateram muito?

— Que que há?

— Não apreciei as coisas que tu me disse no corredor, hoje. Não apreciei nada. Se não fosse por essas algemas...

— Já sei.

— Vim te soltar.

Sepé moveu-se.

— Quem deu a ordem?

— Desta vez, ninguém.

Sepé fechou o olho, passou a mão na inchação do rosto. Havia na voz de Aparício uma espécie de desafio.

— Não tô entendendo.

— Não precisa. Tu pode caminhar?

— Acho que posso.

— Em dez minutos vem um carro pra te levar.

Sepé sentou-se no catre, evitou uma careta de dor.

— Tu vai te fuder.

— Problema meu.

— Eu não vou sair daqui assim no mais.

— E por que não?

Sepé ficou calado.

— Por quê? — insistiu Aparício.

— Por quê, por quê! Pô, Apa.

— Agora não dá mais tempo pra frescura. O esquema está montado. Claro que vão investigar, vai dar rebuliço dos grandes, podem até me degradar, mas ninguém vai provar que eu te tirei daqui. Faz o que eu te mandar e não pergunta nada pro chofer. Fica no lugar onde ele te levar dois dias sem sair do quarto. No terceiro dia, sai às onze e meia da noite. Sai pelos fundos, tu vai reconhecer o lugar. Caminha através do mato até o descampado onde tem um campo de futebol.

Faz uma pausa, apanha o maço de cigarro, oferece com ar casual, Sepé aceita com ar casual.

— No quarto onde tu vai ficar tem uma cômoda. Na gaveta de cima tem um 38 e munição. Leva ele junto. Eu vou estar lá no campo de futebol te esperando. — Acende o cigarro de Sepé, acende o seu, traga, expele a fumaça para o teto, pousa os olhos no olho que brilha amarelo:

— A gente vai ver quem é mais macho.

3

Apanhou a faca na cozinha, voltou à sala (na tela luminosa da televisão James Cagney ameaçava alguém com irritação de *bulldog*) apanhou os pés do morto e arrastou-o para o quarto de dormir. O gordo pesava, cheirava a suor, as meias fediam. Largou-o com dificuldade sobre a cama, desabotoou a camisa no colarinho, afrouxou a gravata, fincou a faca no pescoço. A faca estava afiada. O sangue fez um gluglu esquisito. Houve um esguicho contra a parede. Chegou ao osso. Forcejou com as duas mãos. Um pouco mais e a cabeça separou-se do tronco. Nunca mais. Nunca mais nunca mais nunca mais. Largou a faca, puxou o corpo pelos pés até o chão. Nunca mais, seu filho duma puta, nunca mais. Envolveu a cabeça num lençol e na colcha, atravessou a sala carregando o embrulho, James Cagney apoiado no balcão de um *night club*, copo na mão, observa Doris Day cantar. Aproxima o ouvido da porta: silêncio no corredor. Agarra a maçaneta da porta e pisa a coisa molhada que o estremece. Silencioso, brilhante, atravessando a sala, estende-se o sangue. Abre a porta e sai. O corredor tem sombras, tem brilhos, tem um som que parece um cicio. Por baixo da porta aparece o sangue, começa lentamente a espalhar-se no corredor. O elevador chega. Vazio. Desce rangendo. Ninguém no *hall*. Abre a porta da rua. A neblina continua. O anúncio vermelho e verde acende e apaga. Entra no Volks, percorre em marcha lenta ruas escuras, a neblina cria esplendores multicores nos postes de luz, emerge às vezes da noite o uivo de uma sirene. Passa frente à Delegacia de Polícia. Avança até a esquina, faz a volta no quarteirão, passa outra vez frente à delegacia, diminui a marcha, deixa o carro em ponto morto, abre a porta, sai carregando o embrulho, já tem uma mancha escura, nunca mais, nunca mais, nunca mais, atira-o para a porta aberta da delegacia, abrem-se os lençóis e a colcha, a cabeça estala no corredor de lajes, pá! rola na direção de alguém que pula para o lado.

Regressa ao carro, arranca, dobra uma esquina, outra, desaparece nos bairros escuros.

— No dia seguinte abri o jornal e lá estava o retrato do Porco, rindo, apertando a mão do governador.

— E o que você fez? — diz Mara.

— O que eu fiz? Me arrepiei como estou arrepiado agora. Senti o mesmo que sinto agora.

— Impotência — diz Mara.

— Pode ser. Parecido.

— Mas por que você fez aquilo? Você devia saber que era um gesto inútil. E ademais...

— Sei. Bárbaro. E grosseiro. Pelo menos antiestético. Teve gente que disse anti-revolucionário.

— Por quê?

— Eu pensava que era por Bia... Quando vi aquele apartamento pobre, classe média baixa, devia ter desconfiado. Mas aquele gordo também era rato. Um de menos. Fechei o jornal, paguei a conta do hotel, entrei no fusca e me mandei pro Chile.

— Vamos — diz a gorda. — Estamos esperando por vocês para hastear a bandeira.

A gorda sorri o sorriso mongolóide, enrolada no imenso colar, fofa, decotada, os outros convivas esperam, gulosos, também sorrindo. Hermes tem uma *empanada* na mão, o copo de tinto na outra. Sorri para a gorda, sorri para os convivas, larga displicentemente a *empanada* no chão, pisa-a, sorrindo, vagaroso, gozando os rostos que empalidecem, que começam a mudar do espanto para a fúria, atira subitamente o vinho no rosto da gorda.

4

— Eu tava vendo o *tape* do Inter com o Flamengo, tava no finzinho do segundo tempo, justo no gol do Claudiomiro. Eu escutei o jogo no rádio, o Bráulio deu dois chapéus num cara ali na intermediária e deu um toquezinho pro Claudiomiro que crucificou o goleiro. Bom, eu de olho no *tape*, sabia que ia chegar a hora que o Figueroa ia encostar pro Bráulio, eu esperando, aí toca o telefone, nesse minuto, um cara berra que pegaram um bando de terroristas em plena ação, que o chefe dele era um cara manjadíssimo, superquente. Fiquei todo arrepiado, o senhor sabe como eu sou para essas coisas de serviço. Quando olhei pra tela outra vez os caras já tavam se abraçando no meio do campo e já era repeteco. Que nem punheta, entendeu? Gozei no vazio.

Deposita a cinza do cigarro delicadamente no cinzeiro e olha para Josias com um olhar que pede compreensão e solidariedade. Suspira.

— Saí de casa num vento, a patroa ainda correu atrás de mim perguntando a que horas eu voltava. O senhor sabe como são as mulheres, nunca aprendem. Corri como louco, atravessei tudo que é sinal, pensava que tinha perdido o gol do Inter mais ia ter uma tremenda compensação, pô, os rapazes tinham apanhado um grupo em plena ação. Isso me confortava, o senhor me entende?

Olha para o cigarro, fecha os olhos, traga, e quando expele a fumaça examina através dela a figura de Josias na frente da secretária.

— Cheguei no distrito e os rapazes se cagavam de rir. Eu pensei a rapaziada tá contente, pegou caça grossa. Eu também fiquei contente, comecei a me recuperar de ter perdido o gol, já tava achando que uma perda compensa a outra, na vida é assim, o senhor está me entendendo? É como um pêndulo, pra cá, pra lá. Fui direto pra sala de interrogatório, o senhor se lembra dela, não é? Mas não tinha ninguém lá. Voltei pro corredor e a moçada se mijando de rir. Cadê eles, eu perguntei, aí me levaram pra sala do lado, a do plantão, e tavam fazendo uma suruba com uma hippie que pela pinta não tomava banho há pelo menos um mês, ainda aconselhei os rapazes para terem cuidado, um dia desses apanham um corrimento. Com essa gente nunca se sabe, e muitos dos rapazes são casados, sabe como é. E tem também que às vezes uma mina dessas pode ser da família dum figurão, pode dar inquérito, chateação, complicar a carreira dum policial honesto só por uma brincadeira para passar o tempo. Já houve casos assim. Mas eles tinham investigado e ela era pé-de-chinelo mesmo, podiam ficar na deles. Aí um me falou que era uma do bando, dos terroristas e tal, aí eu levei um susto, como é que pode, essa hippie aí? Pensei no golo que perdi, entende, tive uma espécie de pressentimento.

Desaperta a gravata, afasta algo que circula perto dos olhos, esmaga o cigarro no cinzeiro.

— Cheguei perto da suruba, interessado, tirei os rapazes de cima da hippie, aí vi que ela tava desmaiada, pô. Mandei jogar um balde de água na cara dela e perguntei pelos outros, já tava começando a perder a paciência. Me disseram que estavam na sala do fundo. O senhor me conhece bem, não gosto de perder tempo, fui na sala do fundo enquanto os rapazes se rolavam de rir da minha cara, o senhor manja a cena, né? Na sala do fundo tinha dois hippies todos arrebentados, esses caras da PM são umas bestas. Os hippies tinham marcas por tudo que era lado, não dava nem pra tapear, para aparecerem outra vez teriam que esperar pelo menos um mês. Bom. Cadê os terroristas, perguntei, tão querendo gozar com minha cara? O senhor me conhece, seu Josias, sabe que não sou de brincadeiras. Os rapazes também sabem, me contaram o caso, eu escutei frio, compreende, não podia perder a calma.

Há nos seus lábios um movimento horizontal semelhante a

um sorriso. Apanha outro cigarro e bate-o compenetradamente contra a unha do polegar.

— Resulta que no fim de contas havia uma ponta de verdade na história que armaram. Ou seja, o chefe deles, dos caras que a PM chamava de terroristas, era um cara supermanjado. O senhor me conhece, seu Josias, quando abriram a porta da cela e vi quem era não podia acreditar. Não podia acreditar. Mas o seu Josias eu conheço muito bem, é meu velho conhecido, fui eu mesmo que o interroguei quando caiu nas nossas mãos quatro anos atrás. Sim senhor, o velho Josias, nada mais nada menos. O senhor. E fedendo a cachaça. E metido com uns hippies fedorentos. O senhor sabe que a garota é de menor? Já pensou o que se pode fazer com esse dado, né? Pra dizer a verdade, me deu pena de ver o senhor caído naquela cela, bêbado como um vagabundo qualquer. Lhe digo isso de pai de família pra pai de família. Saí dali e telefonei pra Informações pra saber quando tinham lhe soltado e aí caí pra trás: hoje mesmo! Não é possível. Soltam depois de três anos de cana o velho Josias, o velho Josias! militante do Partido durante cinqüenta anos pelo menos e vinte e quatro horas depois cai preso, bêbado, drogado, corrompendo menores, fazendo arruaça em lugares públicos.

Apanha o isqueiro, contempla-o minuciosamente, seus lábios repetem o movimento que se assemelha a um sorriso, ergue os olhos para Josias.

— Aí chamei os repórteres, né, disse para os rapazes não toquem nesse homem, recomendei que trouxessem fotógrafos e até a televisão se fosse possível. O senhor me compreende, eu gosto das coisas bem feitas.

Acende o isqueiro, a chama é alta, sopra a fumaça para o alto com os lábios espichados.

— O resto o senhor sabe, seu Josias. Fotografado, filmado, tudo o mais. Quando eu me lembro que perdi de ver o gol do Claudiomiro... Lhe digo com toda a sinceridade, esta noite compensou a brochada que eu dei quando perdi o golo. O senhor se lembra quando eu lhe interrogava? Quanto tempo durou aquilo? Um mês, dois? Eu tava ficando doido. Fizemos o tratamento completo e o velho Josias firme. Nem nome nem endereço. Nada. Uma rocha. Foi a única vez na minha carreira que eu me senti desmoralizado. Depois, no pau-de-arara, lhe deu uma parada cardíaca, se lembra? Claro que se lembra. Foi minha esperança. Depois dessa, eu pensei, ele vai afrouxar. Se eu digo que penduro ele lá outra vez ele vai afrouxar. Afrouxou? Afrouxou nada. O seu Josias nem parecia deste planeta. Nem no papo de que o filho era gente nossa ele caiu. E olhe que foi conselho de psicólogo, diplomado e tudo. Não caiu. Palavra que eu fui ficando desmoralizado pouco a pouco, até a patroa estranhava que eu não funcionava mais direito.

Fica meditando, cabeça baixa, cigarro na mão.

— O senhor vê, até isso eu lhe conto. O senhor ficou gravado na minha cabeça, entendeu? Era como se eu tivesse perdido um jogo, como me senti hoje quando perdi o gol do Claudiomiro. Me deu uma sensação estranha, vinha no carro pensando vou fuder esses filhos das putas bem fudidos e cheguei aqui e era um bando de hippies fedorentos fazendo arruaça no Parque.

Levanta o olhar para Josias.

— Mas aí eu vi o senhor caído o chão da cela, cheirando a cachaça.

Está completamente imóvel, olhando Josias de pé na sua frente, o cigarro na mão deixando escapar uma tênue coluna vertical de fumo.

— Foi um presente de Deus.

Ergue lentamente a mão com o cigarro, aproxima-o da boca que começa a estirar-se horizontalmente, começa a adquirir a forma grotesca dum sorriso de máscara de Carnaval.

— Pode ir embora. Tá livre. Amanhã de manhã compra os jornais. Vai ser divertido. Nem vou poder dormir esta noite esperando.

Caminhou várias horas, respirando o ar da noite e pensando numa maneira de conciliar a alegria com a tristeza. Era duro saber Bom Cabelo, Magrão e Magrinha na mão dos ratos. E sem poder fazer nada. Estava sem um tostão. A única coisa que lhe devolveram foi a Carteira de Identidade. Pelo menos sabia que não os manteriam lá por muito tempo. Isso já era algo. Mas mesmo assim. Eles eram tão novinhos. Não tinham experiência nenhuma de cadeia.

Quando aproximou-se do Parque da Redenção eram cinco horas da manhã. Sabia porque os ônibus já começavam a circular. Bocejou. Pobre Magra. Tão doce, tão bobinha.

Precisava levantar uma nota, arranjar uma viração qualquer. Não podia visitar Luís sem levar um presentinho para os netos. Uns baldes de tinta e pincéis, isso era tudo que precisava. Era bom profissional.

Apanhou uma bagana no chão. Não tinha fósforos. Duas quadras adiante pediu fogo para um bando de músicos. Um deles apoiou o violão no chão para apanhar a caixa de fósforos. Ao ver que era uma bagana o que Josias tinha, ofereceu-lhe o maço. Notou o rosto inchado e os pingos de sangue no paletó.

— As coisas não andaram bem, vovô?

Josias sorriu, tocou com o dedo indicador na testa despedindo-se e atravessou a rua. Meteu-se entre as árvores do Parque. Parou frente ao gaiolão. A parede de tela caída no passeio e a imensa gaiola vazia. Nenhum pássaro tinha voltado. Olhou para as copas das árvores que se moviam brandamente e esperavam o amanhecer.

— Nem no papo do filho ele caiu — disse em voz alta.

Fez-lhe bem. Sentia-se sereno, triste, lúcido e sem arrogância ao compreender que conquistara, enfim, depois de tantos anos, sua primeira vitória.

Deitou-se na grama, deu uma última tragada, apagou o toco do cigarro na sola do sapato, guardou-o atrás da orelha, fechou os olhos e esperou o sono com o rosto voltado para o leque verde das palmeiras, para o vôo alto dos pássaros.

5

— Agora não façam nenhum ruído — disse Micuim. — Vamos detrás do companheiro Juanito.

Seguiram em fila, rente às paredes, pelo labirinto de casas de lata e madeira, vendo o brilho de zinco dos telhados, metendo os pés em poças de água, sentindo nas narinas o cheiro dos esgotos inundados. Havia latidos de cães, um cão os acossou contra uma cerca mas foi calado pela voz incisiva de Juanito. Aproximaram-se da orla da *población*, limitada por uma cerca de arame. Do outro lado havia um espesso bosque de eucaliptos.

Juanito levantou um fio de arame da cerca e susteve outro bem baixo com o pé.

— Passem, passem.

Meteram-se no bosque. Em poucos passos Juanito estava outra vez à frente, guiando-os. Tropeçavam em galhos, molhavam os sapatos no orvalho abundante, ouviam sussurros e pequenos ruídos de animais noturnos.

— Quem vem lá?

Pararam instantaneamente.

— Sou eu, Juanito.

— Que Juanito *ni* Juanita. A senha, animal!

— "O Palácio será reconstruído."

— "Pela classe obreira" — completou a voz entre as árvores.

Avançaram. Alguns vultos apareceram.

— Por que não queria dar a senha?

— Não é que não queria dar, é que me parece uma besteira. Se todo mundo me conhece.

— E esses quem são?

— Os companheiros brasileiros. Gente boa. Bem respaldada. O Joaquin já chegou?

— Já. Vão passando, vão passando.

Avançaram um pouco mais e encontraram-se em uma clareira cheia de homens conversando em voz baixa, em pequenos grupos.

— Esperem um pouco — disse Juanito.

Afastou-se na direção dum grupo, retirou um homem do meio deles e conferenciaram alguns momentos isolados dos demais. Depois se aproximaram dos brasileiros. Juanito apresentou:

— O companheiro Joaquin, que está no comando.

Joaquin apertou a mão de cada um, forte e demorado. Tinha um *pucho* apagado no canto da boca.

— Os companheiros têm armas?

— Tenho uma pistola e um pouco de munição — disse Micuim.

Os outros sacudiram as cabeças, negando.

— Não sei se haverá armas suficientes para todos — disse Joaquin. — Vamos ver. Os companheiros têm experiência?

— Eu servi o exército — disse o Alemão.

— Eu não, mas tenho experiência — disse Marcelo.

— Bem, vamos ver, vamos ver...

Afastou-se, pesado, dominante, conferenciou em outro grupo, voltou mastigando o *pucho*.

— Não tem arma. Mas os companheiros serão úteis se quiserem. Precisamos de gente para carregar a munição. Temos duas caixas com balas e granadas. E podemos ter feridos. Enfim, se quiserem vir...

Juanito e Micuin olhavam para os dois. Marcelo concordou, a contragosto:

— Se os companheiros pensam que sou útil, mesmo não tendo arma...

— Podem contar comigo — disse o Alemão.

— Feito. Vocês carregam a munição.

Micuim abraçou Marcelo.

— Grande, malandro! Quando contar tuas aventuras no *Alaska* pode confiar em mim. Ninguém vai saber que estavas sem pau-de-fogo.

Alguém aproximou uma garrafa de aguardente.

— Por aqui — disse Joaquin. — Vou mostrar-lhes as caixas que têm de transportar.

As caixas pesavam. Eram grandes, com furos para pôr a mão. Experimentou o peso com o Alemão. Mais de quarenta quilos, seguramente. Continham dezenas de pequenas caixas com balas e uma boa quantidade de granadas de mão.

— Em marcha — disse Joaquin.

Marchavam através do bosque, em fila de dois. Eram aproximadamente uns quarenta. Marcelo e o Alemão, bem à frente, ao lado de Joaquin, transportavam uma das caixas. Micuim vinha mais atrás, ao lado de Juanito e de um adolescente, vizinho de Juanito. Longínquos latidos de cães. Os passos amortecidos pela grama molhada. Marcelo começou a sentir fome. O frio já mordia sua pele. Só falta mesmo que me baixe a pressão nesta hora, porra. Caminharam durante quase uma hora. Os membros da expedição eram em sua maioria operários residentes no bairro. O Alemão caminhava tranqüilo, dosando as forças, assumindo sua condição de soldado profissional. Marcelo lembrou num estremecimento repentino outra caixa de munição, anos atrás. Ainda estará lá?

— Qualquer coisa vai mal — sussurrou o Alemão.

— O quê?

— A munição.

— Por quê? Não é suficiente?

— É até demais. Mas todas as caixas de bala são ponto 30. E as armas que o pessoal tem são carabinas de caça, pistolas, *akas*, sei lá que mais. Não tem muito a ver com a munição que levamos.

Marcelo ficou calado.

— Isto não está bem organizado — insistiu o Alemão. — Olha aí, tem uns que nem sabem levar a arma.

Joaquin levantou a mão.

— Cuidado, agora. Nos aproximamos da estrada.

Via-se o clarão das luzes.

— Silêncio absoluto. Avancem agachados.

Limitando o bosque e a estrada havia uma cerca de arame. A estrada tinha duas vias, separadas por um arroio de águas rápidas. O arroio deslizava três metros abaixo do nível da estrada. Alguns quilômetros adiante desembocava no Rio Mapocho e, depois, seguia até o Pacífico. Os três metros de desnível eram vencidos por suave declive gramado; na parte superior, à altura da estrada, havia canteiros com flores.

No outro lado da estrada, uma fila de casas com as luzes apagadas. Tanto podiam ser amigas como inimigas. Era melhor evitálas. Em caso de retirada, meter-se pelo bosque era mais seguro.

— Vamos atravessar a estrada e ficar deitados no declive, esperando — disse Joaquin. — Vamos de dois em dois. E quietos, entenderam?

A primeira dupla que atravessou tinha de vigiar a estrada e avisar a aproximação de carros. Eram eles também que davam o sinal para as outras duplas atravessarem. A operação era lenta. O Alemão se enervava.

— Tudo errado. Demasiado complicado...

Finalmente, chegou sua vez. Deitaram-se na grama do declive. Poderiam descansar os braços. A caixa pesava. Marcelo olhava a estrada deserta. Por aí viria o inimigo. Quem seria? Tanques? Caminhões com tropas? Uma brigada fascista dos *Patria y Libertad*? Ninguém sabia. A emboscada era para quem passasse. Marcelo sentiu que se resfriava. Lutou surdamente com a vontade de espirrar.

Que vontade de fumar. O tempo parece que não passa.

— Aí vêm eles — disse tranqüilamente o Alemão.

O coração de Marcelo acelerou. Na curva da estrada, como dois olhos descomunais, apareceram as luzes de um carro. Custou a reconhecer o volume espesso. Era um ônibus.

— *Pacos* — disse o Alemão.

O ônibus avançava vagaroso, parecia intuir algum perigo. A trinta metros do local onde o aguardava a emboscada, parou. Marcelo conteve a respiração.

— Que ninguém se mexa. — A voz era de Joaquin.

Durante um minuto o ônibus esteve imóvel. Parecia um elefante, desconfiado, farejando o perigo. De repente apagou as luzes, uma agitação percorreu as fileiras estendidas no declive.

— Quietos.

Nada se movia, ninguém respirava. Marcelo percebia o frio avançar pelo seu corpo, começar inexoravelmente a perfurar a pele. O Alemão agarrou uma granada. Joaquin mastigava o *pucho* apagado. Micuim estaria aí perto, gostaria de tê-lo ao lado, poder dizer qualquer bobagem, impedir que o frio chegasse aos ossos.

— Aí vêm eles — avisou o Alemão. — Que imbecis.

Os *carabineros* desciam do ônibus. Eram um alvo perfeito. Os homens no declive se agitaram.

— Que ninguém atire sem ordem minha — avisou Joaquin. — Lembrem-se bem: só com minha ordem.

Os *carabineros* se aproximavam, outros continuavam a sair do ônibus. O que vinha na frente era um sargento. Marcelo começou a vislumbrar suas feições, o bigode, o corpo fornido, a arma que carregava, o capacete, a máscara contra gases, a maneira de caminhar. Um sargento de *carabineros*, pensou. Vai ser o primeiro a morrer. Sentiu que o frio chegava aos ossos.

— Fogo! — gritou Joaquin.

Marcelo apertou os dentes. Todo seu corpo em êxtase esperou a fúria da descarga. Mas aconteceu algo horrível: o som de tempestade que previa foram três ou quatro disparos descontínuos, o ruído de gatilhos emperrados, várias pragas rogadas com assombro.

Os *carabineros* jogaram-se ao chão. Talvez algum tenha sido atingido. Responderam com rajadas de metralhadora. Ouvia vozes confusas. Encontrou o olhar furibundo do Alemão.

— O que foi que eu disse?

— Que aconteceu?

— A maioria das armas não servem pra nada, são velhas. E a maioria dessa gente nunca deu um tiro na sua vida. Isso que aconteceu.

As sombras dos *carabineros* começaram a mover-se outra vez. Joaquin incorporou-se:

— Companheiros, muita calma agora! Vamos apontar outra vez.

Atenção!

Os corpos estendidos tomavam coragem.

— Fogo.

Quatro ou cinco disparos, ruídos de gatilhos emperrados, pragas e exclamações de raiva. Os *carabineros* também pareciam estupefactos. O sargento gritou uma ordem e uma descarga estremecedora se abateu sobre o declive. Saltaram pedaços de terra, grama pulverizada, flores estraçalhadas. Durante trinta segundos Marcelo ficou com a cabeça grudada na terra, ouvindo o palpitar assustado de suas têmporas. Então, o silêncio. Latidos de cães. Movimentos instintivos de pânico. Uma voz desolada exclamando *por la rechucha!*

— Que ninguém se mexa, que ninguém se mexa!

O Alemão erguia o corpo, gritava:

— Fiquem onde estão, companheiros! Nada de correr!

Tinha os olhos transtornados. Estendeu uma granada para Marcelo.

— Segura isso. Companheiro Joaquin!

Joaquin rastejou para seu lado, o *pucho* ainda pendendo dum canto da boca.

— É preciso controlar os homens. Temos que sair daqui em ordem. Se for em debandada pode virar um massacre. Diga-lhes que fiquem em seus lugares.

— Que ninguém se retire! — gritou Joaquin. — Mantenham a calma e fiquem em suas posições.

— Aí vêm eles!

A voz que avisou estava deformada pelo pânico. O sargento de *carabineros* vinha na frente, curvado, fazendo sinais para que o seguissem. O vulto dele parecia ter aumentado de tamanho. Sentiu os ossos congelados.

O Alemão faz um gesto brusco, algo voa, o Alemão torna a cair. A granada explodiu. Nunca soube direito se ouviu realmente o grito de dor confundido ao estrondo da explosão ou foi apenas imaginação sua. Os *carabineros* recuaram. Das filas estendidas no declive ouviram-se exclamações de júbilo.

Joaquin deu uma palmada nas costas do Alemão.

— Bravos, *hombre!*

— Mande os homens afastarem-se o mais que puderem pelo arroio e depois se meterem no mato — disse o Alemão. — E mande três companheiros que sejam bons atiradores aqui, vamos impedir que eles avancem. Os outros que se retirem rapidamente.

Micuim tombou entre eles.

— Eu fico.

— Com uma pistola? — O Alemão estava cada vez mais furioso. — Quero três atiradores de fuzil. Eu vi uma metralhadora também, cadê ela?

Marcelo contraiu-se. Tocou o ombro do Alemão. Os *carabineros* voltavam.

— Cuidado — disse o Alemão. — Eles têm granadas também.

Lembrou-se que tinha uma granada na mão. Arrancou o pino num impulso feroz, sentiu o contato áspero do metal na sua pele, entre raivoso e aflito atirou-a contra a estrada. Escutou o baque contra o macadame quando ela caiu e ouviu as exclamações de susto dos *carabineros* que se jogavam ao solo. A explosão não veio.

— Puta que pariu! — Marcelo golpeou o chão duas vezes com o punho. — Puta que pariu!

O Alemão arrancou o pino de outra granada e lançou-a. O clarão da explosão funcionou como um alívio. A resposta veio em forma de uma rajada cerrada de metralhadora. Ficaram colados ao pasto até o ruído cessar. Estavam salpicados de barro.

— Vamos recuando — disse o Alemão. — Vamos recuando. Se eles são vivos vão querer nos cercar mais adiante. Não podemos de jeito nenhum ficar encerrados aqui.

A maioria do grupo já havia recuado. Ouviram que caía um volume perto deles, qualquer coisa parecida com uma pedra. Jogaram-se declive abaixo até o arroio. A granada explodiu. Marcelo ficou com o ouvido retinindo com um zunido espiralante, como se tivesse batido a cabeça contra o bronze de um sino. A água do arroio dava pelos joelhos. Estava gelada.

— A caixa, a caixa — dizia alguém.

A mão do Alemão puxou-o com força pela lapela do gabardine. Sentiu-se esmagado. Isso que havia nos olhos do Alemão era desprezo.

— A caixa, porra! Quer deixar a munição pra eles?

Tinha largado sua parte da caixa quando rolara declive abaixo. Admirou-se de que o Alemão a mantinha praticamente com uma só mão. A outra empunhava a granada. Arrancou o pino com os dentes e lançou-a. Abaixaram-se até ouvirem o estrondo e verem o clarão. Agarrou a outra ponta da caixa, humilhado e raivoso, e começaram a afastar-se por dentro da água.

— Aqui estamos mal — disse o Alemão. — Temos que andar é pelo alto do declive para saber quando eles vêm, senão estamos ralados.

— Com a caixa? — perguntou Marcelo.

Alemão olhou-o com ódio.

— Segura firme e não larga.

Por um momento se encararam, encrespados.

— Eu fico com os companheiros.

Era um adolescente, quase menino. Tinha uma *Aka-44* nas mãos e parecia soberanamente tranqüilo. Alemão examinou-o com desgosto durante dois segundos. Joaquin aproximou-se. Sua cabeça sangrava.

— E agora?

Marcelo compreendeu que o Alemão agora era o comandante.

— Vamos agüentar um pouco mais até todos companheiros chegarem ao bosque. Vamos subir até a estrada e agüentar.

Subiram com esforços. Os sapatos estavam molhados e escapavam dos pés. Deitaram-se lado a lado, resfolegantes. Joaquin passou um fuzil para Marcelo. O Alemão apanhou outra granada. O adolescente o olhava com negros olhos de veneração. Examinaram a estrada. Deserta. O ônibus tinha recuado para além da curva.

— Se meteram no bosque — disse o Alemão.

— Vão cortar a retirada do pessoal mais adiante. — Joaquin atava um lenço na cabeça. — Precisamos impedir.

— Então, vamos!

Puseram-se a correr, agachados, desequilibrando-se, começando a respirar mal, forçando as pernas pelo declive. O Alemão e Marcelo continuavam com a caixa. Arrastavam-na, sentindo todo o corpo doer. Marcelo principiou a sentir uma espécie de torpor, como drogado, um êxtase absurdo que lhe instigava a confiança, o fazia esquecer o frio, a mão esfolada, os músculos tensos, o maldito zunido dentro da orelha. Ouviram tiros mais adiante.

— *Por la rechucha!* — gritou Joaquin. — Já estão cercados.

Avançaram mais. Encontram Micuim e Juanito estendidos no declive, esperando-os.

— E o resto? — perguntou Joaquin.

— Entraram no bosque. Escaparam — disse Micuim. — Acho que agora não os apanham mais.

— Nós fizemos a cobertura — disse Juanito, orgulhoso.

Micuim apontou um vulto caído na estrada.

— Olha o que eles trouxeram.

Firmaram o olhar. Era um cão policial. Estava morto.

— Havia pelo menos uns seis. Entraram no bosque perseguindo os companheiros. Matei esse e parece que o pessoal matou mais alguns lá adiante.

— Atravessamos aqui? — perguntou o adolescente.

— Avançamos um pouco mais — disse Joaquin. E olhando interrogativo para o Alemão. — Que diz o companheiro?

— Sim, tem razão. Avançamos um pouco mais. Eles sabem que estamos aqui mas não sabem onde vamos aparecer.

Continuaram com dificuldade, cada vez perdendo mais fôlego, escorregando perigosamente a cada momento. O silêncio agora era completo. Ouviam o sussurro do arroio fluindo para o Mapocho, alguns animais noturnos, os ruídos do bosque. Marcelo apertava a caixa com raiva. Quem esse viado pensa que é pra me olhar desse jeito? Sou tão macho quanto ele. Deixei escapar a caixa porque era natural, podia até quebrar o braço se não a soltasse. Olhou com fúria para o Alemão, com ódio crescente, com vontade de parar e dar-lhe uma trompada na cara. Com que direito o olhava com desprezo? Quem pensava que era? O Alemão intuiu qualquer coisa.

— Como está o braço?

— Agüenta — rugiu Marcelo.

— Vamos trocar agora.

Marcelo olhou-o sem entender.

— Estamos carregando esta caixa todo o tempo. Vamos dar para outros dois que estejam com os braços descansados.

— Eu já disse que agüento.

Então paralisou-se de horror. Silenciosos, velozes, dois cães brotaram do escuro e voaram na sua direção. As bocas abertas buscavam-lhe o pescoço. Defendeu-se com o fuzil enquanto sentiu que rolava pelo declive completamente sem controle. Só um pensamento permanecia: não largar a caixa. Viu de muito perto o reluzir dos olhos ferozes e cheirou o olor do bafo das feras. O adolescente usou o fuzil-metralhadora, um animal rolou fulminado até o arroio. Micuim abateu o outro com dois tiros de pistola. Marcelo sentiu que o erguiam pelos braços. O zunido dentro do ouvido aumentara, a cabeça rodava, o coração dava saltos. Encontrou o olhar do Alemão.

— Ele te mordeu?

— Não. Segura aí — e indicou-lhe a ponta da caixa que o Alemão largara.

O Alemão sorriu e agarrou-a sem comentário.

— Deixa com a gente. — Juanito pôs a mão na caixa. — Cabro, vem cá!

O adolescente adiantou-se, rápido, atento.

— Vamos substituir os companheiros. Dá tua arma aí pra um deles.

O adolescente fez um ar de preocupação. Mas ao ver que Marcelo tinha um fuzil, estendeu resolutamente sua *aka* para o Alemão.

— É só emprestada — disse o Alemão. — Eu tomo conta dela como se fosse minha.

— Vamos sair logo desta maldita ratoeira — disse Joaquin.

Levantou a cabeça e uma rajada de metralhadora o fez encolher-se. Recomeçaram a correr, vacilando como se a terra sofresse um tremor, sempre agachados, principiando a sentirem-se dentro dum pesadelo, de um túnel sem fim, de um labirinto em linha reta, enganoso, feito de espelhos e portas falsas. Pouco a pouco, como que foram aceitando esse mundo irreal, esse declive, esse inimigo invisível e mais forte. Marcelo apertava os dentes, pensava que os tiros e as bombas produziam um efeito mais dilacerante do que poderia imaginar, que graças a tudo que estava sem comer, de estômago vazio, porque sentia suas vísceras enroscarem-se como vermes cada vez que explodia uma granada ou sentia o salpicar do barro no rosto. Estava completamente encharcado de suor frio, o corpo suportava repentinas convulsões de febre, encarava com assustadora indiferença a possibilidade de que essa retirada não terminasse mais, começava a brincar com a impressão de que tudo era um jogo, um excesso, uma ilusão.

Clarão cegante, explosão, grito. Estava sem ver nada, apertando o fuzil contra o peito, sentindo que o zunido no ouvido acabara e dava lugar a um silêncio atroz, que a cabeça começava a afundar lentamente num lugar muito escuro. Poderia aproveitar o silêncio e dormir.

— Marcelo, Marcelo!

Sente ódio contra essas mãos que o sacodem, que o apalpam, que percorrem seu corpo.

— Não está ferido.

— Foi só o choque.

— E o garoto?

A cabeça começa a desprender-se do lugar escuro, uma faca de luz escarva em seus olhos, senta de repente e vê, nítidos, os homens cobertos de barro e água, apontando para baixo. O adolescente havia rolado pelo declive. Estava com metade do corpo dentro do arroio, imóvel.

Baixaram atropelando-se. Joaquin agarrou a cabeça morena, apoiou-a no joelho, limpou-a do barro e da pequena pétala vermelha grudada à sua testa.

— Pobre Cabro.

Fechou os olhos dele. Encostou sua cabeça na terra, ao lado do arroio. O Alemão galgou o declive com súbito cansaço, apoiou-se à *aka* do adolescente.

— Aí vêm eles — avisou numa voz morta.

Descansou bem o corpo contra o terreno, sentiu a arma firme nas suas mãos e apertou o gatilho bem devagar. Os riscos de fogo cortaram a estrada. Os outros deitaram-se a seu lado, apontando as armas. A noite estava outra vez silenciosa e esperando. Olhou para baixo. O corpo parecia pequenino com as pernas dentro do arroio. O corpo de um menino.

Junto a si Micuim, com o rosto completamente branco, sem uma só gota de sangue. Vai desmaiar, pensou com raiva.

— Que faremos? — perguntou Joaquin.

— Somos cinco agora. Vamos separar-nos que é melhor. Três para um lado, dois para outro.

Todos escutavam sem dizer nada. O Alemão encarou-os mas não obteve comentários. Apontou para Marcelo e Micuim.

— Vocês continuam por aí. Eu vou com Juanito e Joaquin por este lado. Eles levam a caixa de munição, eu faço a cobertura. De acordo?

Entreolharam-se, sacudiram as cabeças, de acordo.

— *Bueno*, a andar.

Marcelo e Micuim afastaram-se rápidos. Alguns metros adiante olharam para trás e viram as sombras dos três, curvadas, moverem-se na direção contrária. Quando desapareceram, acentuou-se a vulnerabilidade que o atormentava, tornou-se nua sua condição de animal caçado. Puxou Micuim que ficava para trás e avançaram sem falar longos e lentos minutos, dando olhares temerosos à estrada, não animando-se a galgar o pequeno canteiro de flores, atravessar os quatro metros de macadame, mergulhar no ventre protetor do bosque.

Marcelo parou, tocou o braço de Micuim.

— Atravessamos aqui? Que tu acha?

— Não sei. Vamos ver.

Estiveram um ansioso momento examinando os lados da estrada, procurando adivinhar o que os esperava no escuro das árvores, forçando os ouvidos a desvendarem os mais remotos sussurros que a brisa trazia, cheirando o aroma de madrugada que se impregnava no ar. Tomaram coragem.

— Vamos.

Quando pisavam nas flores do canteiro ouviram as vozes.

— *Allá, allá!*

Antes que pudessem embalar o corpo para a corrida as balas picaram o terreno ao seu redor. Jogaram-se declive abaixo. Correram alguns metros dentro da água, perceberam o ruído que faziam, retomaram a margem. Marcelo deu-se conta que Micuim ficava para trás. Esperou-o. Levantou o fuzil e deu uma descarga contra os altos do declive. A munição estava acabando. Separaramse com tanta pressa que não tinha apanhado mais balas. Micuim mal podia falar. Estava cada vez mais pálido.

— Eram eles?

— Não o sei, atirei por atirar. Vamos subir.

Sentiu a mão de Micuim apoiar-se no seu braço.

— Não posso mais.

— Que bobagem é essa?

— É que me acertaram.

A voz de Micuim se ia.

— Onde? — apertou o braço de Micuim, ajudou-o a subir a encosta. Deitaram-se. A estrada vazia. — Onde?

— Não sei. Na barriga, eu acho. Não sai sangue...

— Bobagem! Bobagem!

— Quando eu corro parece que tenho tudo solto por dentro. Acho que estou sangrando por dentro. Não posso mais...

— Bobagem! Claro que pode. Um pouco mais e escapamos desta. Agüenta firme.

— Não posso mais... Foi a granada.

Latidos de cães. Na estrada moviam-se vultos confusos. Marcelo sentiu dominar-se por uma fúria histérica, um desejo irracional de massacrar, exterminar aquelas sombras implacáveis e poderosas. Deu uma rajada de metralhadora a esmo. Não podia perder o controle. Tinha que poupar munição. Mordeu o lábio inferior, sentiu a dor, acalmou-se.

— Foi a granada — sussurrou Micuim. — A que matou o garoto. Um estilhaço na barriga. Estou mal.

— Agüenta, Poeta, agüenta.

Começou a arrastar-se, puxando Micuim pela manga, ouvindo seus queixumes balbuciados com voz de menino, respondendo agüenta, pô, agüenta, mais um pouco só, percebendo que o pesadelo se transformava num animal monstruoso, num bicho de escamas cintilantes vindo de outra galáxia, num túnel, num porão gelado, num pedaço de gelo encostado ao osso, furando o osso, na matinê de domingo vendo um musical da Metro e o animal enroscado, brilhando suas escamas, fungando, pingando uma gosma verde, na cadeira do lado.

— Me deixa...

Assusta-se. A granada também o afetara. Caíra muito perto. Micuim começava a resvalar, vagaroso.

— Vamos — sussurra. Vem.

Puxou-o com grosseria, com rancor, sentindo num milagre que suas forças aumentavam, que a raiva era uma energia benéfica. Ouviram a voz.

— Atenção! — era um megafone. — Atenção! Vocês estão cercados! Não têm como escapar. Rendam-se e lhes pouparemos a vida. Atenção! Saiam com as mãos para o alto e entreguem as armas. Suas vidas serão respeitadas.

A pequena mão amarela de Micuim em seu braço.

— Ouviu?

— Não estamos cercados coisa nenhuma, vamos seguir.

— Eles respeitam nossas vidas.

— Não seja imbecil! Quando virem que somos estrangeiros nos fuzilam sem piscar.

— Me deixa.

— Vem, porra!

Arrastou-o, truculento, sentindo como era leve seu corpo, ouvindo seu débil gemido, adivinhando o momento em que deixou a pistola escapar de suas mãos. Parou, assombrado.

— Micuim.

— Estou mal...

Apanhou a pistola, enfiou-a no cinto de Micuim.

— Força, mais um pouco, vamos.

Arrastou-o, arrastaram-se, esfolavam os joelhos e as mãos, uma espécie de murmúrio começou a chegar a seus ouvidos.

— Escuta — disse Marcelo subitamente excitado. — É o Mapocho! Essa água correndo é o Rio Mapocho.

Penetrou-o uma alegria desvairada como se o rio representasse alguma forma concreta de salvação, como se suas águas pudessem operar a purificação de suas faltas, como se o lavariam do pantanoso pesadelo em que resvalavam e caíam.

— Atenção! — a voz retornava. — Atenção! Repetimos pela última vez. Esta é a última oportunidade de se salvarem. Depois disto atacaremos com todas as nossas forças. Atenção! Saiam com os braços para o alto e deponham as armas. Suas vidas serão respeitadas.

Marcelo largou o braço de Micuim, deu uma risada grosseira, que o assustou, e começou a atirar contra as trevas de onde provinha a voz, sabendo que eram suas últimas balas, que as desperdiçava, que a desatinada alegria o fortalecia, o empolgava, adonava-se de seu corpo e de algum modo o tornava invulnerável. Parou de atirar, aliviado.

— Vem — disse em voz normal. — O rio está perto.

Arrastaram-se. Micuim movia-se cada vez mais lento. Com uma espécie maldosa de prazer Marcelo arrastava-o, obrigava-o a mover-se, ignorava os gemidos que ele em vão buscava abafar, sentia-se onipotente e poderoso, evitava o riso grosseiro que lhe sacudia as entranhas. O rumor das águas aumentava, como o de uma cachoeira, imaginava a espuma e o cristal, o frio saudável e a força selvagem arrastando tudo e acreditava que de algum modo mágico esse som noturno o salvaria, seria o fim do pesadelo, imporia uma ordem ao caos e ao túnel, acalmaria os gemidos de Micuim, seus pedidos de me deixa, me deixa, trata de te salvar, arrastava-o de qualquer maneira, escaparia através do rio para sempre, salvaria Micuim, enfrentaria todos os inimigos, me deixa me deixa sussurrava Micuim como ladainha, me deixa e te salva, e sobre o murmúrio das águas começou a sobrepor-se um imperceptível ruído de motor, me deixa me deixa, segurava firme o braço de Micuim, sua pequena mão amarela deslizava sem força pela manga do gabardine, me deixa eu não presto, o rumor do rio aumentava, aumentava o do motor, o corpo todo estava lavado de suor agora quente, cala sussurrava cala, e Micuim me deixa eu não presto e ele cala, já vamos sair daqui o rio está perto e subitamente o declive terminava e começava um muro de arrimo feito de pedras e escutaram com força a torrente espumante do Rio Mapocho desabando com toda sua majestade das alturas da Cordilheira para o mar e o motor adonava-se cada vez mais do espaço e um vento começou a soprar inesperado e Micuim perguntou que horas são e ele respondeu não sei pô não sei e Micuim insistiu que horas são e o vento aumentava e aumentava o ruído do motor e mordeu-os o bafo gelado da água do rio e conseguiu olhar os ponteiros luminosos do relógio de pulso três horas, por quê? e chegaram no Mapocho que se precipitava espumante e fogoso e vivo e Micuim sussurrou sou o traidor e abateu-se sobre eles um vendaval que lhes agitou os cabelos e as roupas e encrespou com sua veemência a torrente tumultuosa do rio e uma sombra gigantesca passou roncando sobre suas cabeças e colaram-se contra o muro de pedras assombrados enquanto o helicóptero se afastava e Micuim sussurrou estou morrendo e outro helicóptero avançou rugindo e ventando e então apertou Micuim contra o muro, sentiu que se esfacelava seu relógio na pedra, o que tu disse? e Micuim estou morrendo e Marcelo apertou-o mais contra o muro, o que tu disse antes, que foi que tu disse antes? e outro helicóptero surgiu e precisaram firmar bem as pernas para não serem arrastados pela água e Micuim sussurrou algo que o som dos motores abafava e Marcelo que foi? que foi? e ouviu o fio de voz dizer sou o traidor e sentiu que o apertava mais contra o muro, que o pesadelo se estreitava, que a voz de Micuim repetia baixinho sou o traidor e Marcelo mentira e Micuim me deixa me deixa e Marcelo apertava-o mais diz que é mentira e Micuim entreguei Bia e Marcelo mentira e Micuim e Guiné e Marcelo mentira e apertava-o com redobrada força contra as pedras musgosas, sacudia-o contra as pedras, num momento resvalaram, submergiram na água gelada, foram levados alguns metros chocando-se em pedras do fundo, bebendo água e afogando-se, incorporou-se, alcançou Micuim, agarrou-o pelas roupas, arrastou-o contra o muro, o som dos motores aumentou outra vez, por quê? por quê? e Micuim porque eu os odiava e Marcelo por quê? porque vocês me maltratavam e Marcelo mentira vocês me desprezavam mentira e sobre eles desabou o estrondo de outro helicóptero, foram fustigados pelo vendaval das hélices. Marcelo sentiu que apertava a cabeça de Micuim, que a submergia, que a mantinha debaixo da água enquanto ele lutava, enquanto sua pequena mão amarela gesticulava no ar, roçava seu pescoço, deslizava pela sua manga, detinha-se ali, palpitante, ansiosa, até amolecer, escorregar, sumir também na água. Largou o corpo e viu-o ser arrastado pela correnteza, esteve olhando-o afastar-se e súbito começou a persegui-lo, como se ele ainda tivesse algum segredo para revelar-lhe, tropeçou nas pedras, caiu, foi levado alguns metros, recuperou o equilíbrio, avançou mais, conseguiu agarrar uma perna de Micuim, atraí-lo, escorrega, sente que o corpo escapa novamente, agarra outra vez a perna, uma coisa se desprende e fica na sua mão, o corpo começa a afastar-se cada vez mais rápido, meio submerso, coberto de espuma. Ficou parado no meio da torrente até muito depois do corpo de Micuim deixar de ser uma sombra afastando-se levada pelas águas. Na mão tinha um pequeno sapato molhado. Deixou-o cair num espasmo de asco. Arrastou-se para a margem. Ficou deitado junto ao muro, escutando o rio morder as pedras na sua passagem para o mar, sabendo fluir de seu corpo a última ilusão de inocência. Tiritante, paralelo ao fragor da água, escutou explosões longínquas, vislumbrou no horizonte clarões vermelhos de incêndios. Pronunciou bem devagar seu merda e arranhou o rosto, seu merda e arranhou o rosto, seu merda e arranhou e arranhou e arranhou o rosto.

6

— Vomitei.

O Alemão sorria, mas estava muito pálido.

— Não agüento cheiro de carne queimada. Isso na tua cara?

— Nada. Umas ramas. Nada.

— Mataram Joaquin. Queimado. Napalm.

— Micuim também morreu.

— ...

— A granada. A do garoto. Sobrou pra ele.

O Alemão olhava para longe, para o fundo do bosque, para o verde novo da primavera, para a umidade que em breve ia rebentar em vida.

— Explodiu uma bomba de napalm perto de nós. Olha aqui meu braço. O Joaquin virou torresmo. E nem sequer uma metralhadora em condições para derrubar um filho da puta desses.

— E Juanito?

— Na casa dele. Quase ficou louco. Pensou que tinham matado a mulher e os filhos. Quando chegamos vimos duas mulheres com as roupas pegando fogo. Passaram por nós correndo, aos gritos. O Juanito meteu na cabeça que eram a mulher e a filha. Ficou louco mesmo. Também pudera, com os helicópteros, as correrias, o barulhão. Eu não posso é com o cheiro. Vomitei.

— Entraram na *población?*

O Alemão riu com amargura.

— Tentaram, os crápulas. Mas o pessoal resistiu bem. Duas horas de fogo cerrado. Instalamos uma ponto 50 onde começa a *población*. Não entrou ninguém. Com bombardeio e tudo não passou um. Desta vez apareceram algumas armas que prestavam.

— Vamos embora.

O Alemão levantou um olhar cauteloso.

— Embora pra onde?

— Pra uma embaixada. Pra qualquer lugar longe daqui.

— *Not me, baby.*

— Por quê?

— Não quero mais andar correndo.

— Aqui tu vai continuar a andar correndo.

— É diferente.

— Os partidos estão mandando todos os estrangeiros se asilarem. É uma carga pra eles.

— Aqui pediram pra eu ficar.

— Porque estão confusos, porque não têm experiência. Quando sentarem a cabeça vão pedir pra tudo ir embora.

— Quando pedirem eu vou.

— Alemão... Isto não tem futuro. Eles odeiam Lo Hermida. Quatro helicópteros não é nada. Eles vão voltar com aviões e tanques, arrasar estas casas uma a uma. Pra servir de exemplo. É preciso saber a hora da retirada. Estiveste no exército pra quê?

— Pra mim não tem retirada que resolva, moreno.

— Se houvesse uma esperança eu ficava, pô. Mas não tenho vocação de suicida. Pra que morrer à toa?

— "Só morre à toa quem morre de fome", segundo Gaúcho, chofer de caminhões, *Os fuzis* de Rui Guerra.

— Tô falando sério, pô.

— Eu também.

— Uma retirada não é vergonha, Alemão.

— Pra mim não tem retirada, moreno.

— Que bobagem é essa?

— Eu sou viado, moreno, esqueceu? Sou bicha. Puto.

Amanhecia. Marcelo sentou no tronco da árvore, subitamente cansado e com vontade de chorar. Ficou olhando o chão coberto de folhas molhadas, ouvindo o trinado dos pássaros, lembrando as cenas finais de *Os fuzis*, a tensão do branco e negro na rua da vila nordestina, o olhar amargurado de Nelson Xavier.

— Eu sou viado, meu irmão. Em todo lugar vai ser a mesma

coisa. Meus queridos camaradas sempre vão me olhar com risinhos, com desprezo. Retirar pra onde?

Marcelo agarrou um punhado de folhas, esmagou-as no punho fechado.

— Vai embora — disse o Alemão.

Marcelo ergueu a cabeça, procurou encontrar um vestígio de desprezo na voz. Fechou os olhos.

— Não fecha os olhos senão tu dorme. Vai embora.

— Ficar... — Marcelo deu um risinho sem vontade. — Isso é coisa de viado.

— Em algo sou conseqüente. — Abriu a bolsa e estendeu-lhe um Colt 45, duas granadas e um punhado de balas. — Talvez tu precise. As embaixadas estão longe.

Marcelo guardou as armas no bolso do gabardine. (E se disser que é um grande cara, que o respeita, que tem sua amizade pra o resto da vida?)

— E o violão?

— Na casa do Juanito.

Levantou-se. Os pássaros estavam agitados. Alemão afagou suavemente a nuca de Marcelo.

— Filho da puta — disse, com cansaço, com adeus.

Capítulo Doze

1

Naquela noite publicaram a lista dos exilados do décimo vôo. Marcelo constatou que estava entre os passageiros. Constatou sem alvoroço, escutando as exclamações de júbilo a seu redor com certo pasmo, percebendo que o rondava algo pequeno e incômodo, algo como uma dor intestinal prestes a tocá-lo.

Estavam também os nomes de Sepé e Degrazzia. Cada um fora aceito por um país diferente. Marcelo, a França; Sepé, a Suécia e o velho Degrazzia a Alemanha. O avião faria uma escala em Ezeiza — o aeroporto de Buenos Aires — e outra em Lisboa. Aí se separariam. Buscou o canto onde costumava dormir. Mais que nunca sentiu a dureza do chão de lajes e o frio da noite de primavera. França: pensava nesse país lendário, e sentia a mão de Micuim, angustiada e pequenina, já sem forças, deslizando na manga do gabardine. Micuim também sonhara com a França. Fora seu sonho mais inocente. Mas a sorte coubera a ele — Marcelo — que nunca a desejara, que recordava Camus escrever sobre Paris como uma cidade de pátios sem luz sujos de excrementos de pomba. Sentia esse país ao contrário do que toda a gente sentia. Pensava-o frio, brumoso, distante — o início do verdadeiro exílio.

Resolveu levantar-se e caminhar. No jardim, grupos se reuniam, misteriosos, fechados, contando coisas em voz baixa e dando risinhos que brotavam dos nervos em ponta. Esbarrou com um par que se beijava atrás duma cerca viva. Sentiu-se molesto e intruso. Compreendeu que não poderia participar desses grupos, que não seria nunca membro dum clube fechado, que guardava um escondido desprezo por essa gente que necessitava proteger-se pertencendo a algum clã ou sociedade, que se olhavam cúmplices e necessários em roda de violão ou mesa de bar.

Sepé tomou-o pelo braço.

— Viste a lista?

— Vi.

— Pobre do velho. Que será dele?

— Vão tratar bem dele, não te preocupa.

— Eu sei, mas já pensou? Nessa idade, no estado em que ele está, ir parar na Alemanha. Nunca vai aprender o alemão.

— Vão tratar bem dele.

Sepé mostrou surpresa no olhar.

— Claro, tu vai pra França. Já fala francês. Eu e o velho é que estamos ralados. Aprender sueco, já pensou? E nesse fim de mundo. Frio o ano inteiro.

— Eu sei, eu sei.

Sepé olhou-o com mais cuidado, como quem quer ler o que o outro pensa. Viu Marcelo jogar os cabelos para trás no gesto que o irritava.

— Vou indo. Vou ver se acho o velho.

Ficou outra vez só e num átimo invadiu-o, urgente, a necessidade de ir atrás de Sepé, estar junto com ele, reatar a conversação para enganar a angústia que começava a assaltá-lo. Vagou pelos corredores cuidadoso para não pisar nas pernas dos que dormiam, entrou nos grandes salões fantasmais de luzes apagadas e cortinas assustadoras escutando a respiração dos adormecidos. Sentia-se só. E isso doía. Pensou em Hermes, em algum canto desta mesma embaixada. Procurá-lo, sentar ao lado dele, tocar-lhe no ombro. Dirigiu-se ao rincão onde sabia que a chilena dormia com seu grupo de amigos. Na penumbra foi difícil reconhecê-la. Dormia, ressonando debilmente, coberta por um poncho andino, de lã de guanaco. Refreou a vontade de tocá-la, de perguntar-lhe onde seria seu exílio, saber seu nome, explicar-lhe aberta e humildemente que sentia urgente necessidade de falar com alguém, apertar um corpo, beijar uma boca, confessar baixinho e suavemente que sentia mais que desejo, sentia — veja só — solidão. Encostou-se à parede, recolheu os joelhos contra o peito, enlaçou-os com os braços e esteve assim na penumbra contemplando a beleza do rosto de mestiça até adormecer.

Despertou com um choro de criança, num meio susto. (Teria gritado?) Já era dia. Estava deitado na alfombra, contra a parede, coberto por um poncho andino de lã de guanaco. Olhou ao redor devagar. Já havia poucas pessoas a dormir. O relógio circular na parede marcava oito horas da manhã. Afastou o poncho e levantou-se. Não sabia se o levava para entregá-lo à dona ou o deixava aí. Dobrou-o cuidadosamente e resolveu deixá-lo aí, junto às outras coisas do grupo. Tinha que apressar-se. O ônibus que levaria os viajantes para o aeroporto estaria às nove horas em frente ao portão da embaixada. Sentia uma sensação boa no corpo — poderia ser a surpresa de encontrar o poncho a cobri-lo — muito diferente dos sentimentos noturnos. A manhã estava nublada e ainda um pouco fria. Dirigiu-se à fila do banheiro. Os que viajariam estavam atarefados fazendo a barba, lavando os cabelos, escovando roupas. Urinou de olhos fechados, ouvindo piadas sobre quedas de aviões, tapas nas costas, risinhos nervosos. Lavou-se, constatou com prazer no espelho que a marca das unhas praticamente desaparecia e pensou em pedir emprestado um aparelho de barbear.

— Parabéns, parabéns!

Álvaro. Cada vez que o via parecia que aumentava a desproporção de uma perna para outra, que tornava-se mais grotesca sua maneira de mancar. Recebeu com resignação os tapas nas costas, o sorriso, o olhar ansioso abafado pelo nariz de turco e o bigode úmido.

— França, hein? Tá com tudo. Um centro, velho, um centro. Lá não vai ficar longe de nada. Informação, contatos, tudo. E a vida cultural, gaúcho! A vida cultural! Tiveste sorte, sem dúvida.

— Você tem um aparelho de barbear?

— Claro, claro. Você tem que viajar com aspecto decente. Eu vou buscar.

Quando Álvaro voltou trazia, além do aparelho de barbear, um bolo de roupas na mão. Antes que Marcelo começasse os protestos, estendeu-o:

— Sem papo. Eu entrei com uma mala cheia de roupas. Aí tem duas cuecas, dois pares de meia e uma camisa. Tu vai precisar. Só não trouxe uma calça porque já dei todas que tinha.

Foi realmente um bom presente. Quando lavava as cuecas e o par de meias era obrigado a andar sem nada debaixo das roupas e dos sapatos. Assim estaria melhor. Para fazer a barba tirou o suéter. O relógio enganchou na ponta da manga. Examinou-o: os ponteiros marcavam três horas da madrugada em ponto. Guardava-o justificando-se que poderia mandar consertá-lo. Desafivelou-o do pulso e deixou-o cair na cesta de lixo.

Depois de barbeado sentiu-se rejuvenescer. No espelho o rosto magro e limpo parecia outra vez o rapaz que um dia pisou as escadas da Escola de Arquitetura cheio de papéis e réguas e sonhos. Apertou-o uma fome saudável, o corpo sentia a energia correr pelas veias, a perspectiva do vôo, de abandonar a Embaixada deprimente e recomeçar tudo outra vez numa terra estranha arrebatava-o. Ao caminhar pelo corredor em direção ao refeitório para o café da manhã constatou que estava assobiando. Os temores da noite se haviam diluído. Conseguira desembaraçar-se de Álvaro com relativa facilidade e sentia a promessa do café quente juntar-se e fortificar o otimismo que o animava.

Em meio ao café veio o aviso para as pessoas que estavam na lista do vôo reunirem-se na frente da Embaixada. Terminou o café e dirigiu-se para lá, apressado. Não tinha malas nem bolsa, apenas o pacote extra de roupas de Álvaro. Havia uma fila imensa. Famílias com tralha pesadíssima. Reuniu-se a Sepé e Degrazzia.

— Tá chegando a hora.

Sepé esfregava as mãos, nervoso. O velho sorria enigmaticamente. Os funcionários da Embaixada aproximaram-se. Explicaram que os passageiros seriam chamados um a um, conforme a lista. Na rua formava-se um princípio de agitação. Os vários carros de *carabineros* postados na redondeza atraíam a atenção dos curiosos. O funcionário gritou o primeiro nome. Adiantou-se um homem com a mulher e duas crianças. Os funcionários checaram seus documentos. Um oficial de *carabineros* metia o nariz sobre o ombro do funcionário. Por um momento, os dois se olharam desagradavelmente. Mandaram a família entrar. O funcionário gritou o nome do segundo da lista. Tocaram no ombro de Marcelo. Ele voltou-se e isso que tanto se parecia a Hermes — o fantasma de Hermes — estava parado a seu lado. Agora que o via tão próximo percebia claramente a devastação que os dias passados no Estádio fizeram a seu corpo. Hermes sempre fora magro mas nesse momento parecia apenas que a fina camada da pele muito branca cobria seus ossos. Os olhos se agrandavam dum cintilar faminto, frágil, próximo das lágrimas. E o crânio raspado a zero tinha cortes e cicatrizes que lhe produziram calafrios.

— Então? — a voz de Hermes, a voz sempre inquisitiva, soava agora apagada. Lembrava (e pensou que ele riria de suas pobres pretensões literárias) lembrava — sim — a chama duma vela numa corrente de ar.

— Estou indo.

— Eu vejo.

— França.

Hermes sacudiu a cabeça de baixo para cima, eu sei, eu sei. Sorria. O sorriso deformava-lhe o rosto, enrugava-lhe a pele e obrigava-o a contrair os olhos. Viu que tinha um dente partido e que esforçava-se por escondê-lo.

— Achei que devia falar contigo antes que te fosses.

— Claro, claro, eu também.

— Faz tanto tempo.

De repente, sentiu vergonha. De repente, voltou-lhe, fulminante, o desprezo por si próprio e viu-se na barranca gelada do Mapocho, molhado, perdido, infinitamente só diante do seu tão bem disfarçado egoísmo, o corpo de Micuim sendo levado pela correnteza. Quatro dias vagando pela Embaixada desde que vira Hermes chegar e não se atrevera a aproximar-se, falar-lhe, perguntar por Mara, perguntar como estava, se precisava de qualquer coisa. Por orgulho. Por machismo. Por ser um pequeno-burguês de merda. Uma vez Hermes lhe dissera algo semelhante. Qual dos dois havia mudado?

— Como você está?

— Agora estou bem.

— E Mara?

— Não sei nada dela. O pessoal da Anistia e da ONU está tentando tirá-la do Estádio.

— Eu falei com uma mulher que está interessada no caso dela. Ela tem esperanças.

— Pois é.

Degrazzia riu baixinho. Hermes olhou-o, intrigado. Sepé pôs a mão na nuca do velho, afagou-o, sussurrou-lhe algo, o velho aquietou-se.

— E você, já sabe para onde vai?

— Ainda não. Hoje tenho uma entrevista com os caras.

— Eu queria ficar na Argentina.

— Parece que não dá mesmo.

— É.

— Bom... Eu só queria dizer boa viagem.

— Você precisa de algo?

— Não, não. De nada. E você?

— Também não. Tudo bem.

Hermes vacilou um momento.

— Eu tenho uma coisa pra ti.

Tirou do bolso uma fotografia. Estava amassada, dobrada num canto e um pouco suja.

— Encontrei entre as coisas da Mara, quando estávamos queimando documentos. Acho que tu gostarias de tê-la.

Olhou o retrato. Era aquela longínqua manhã na praia de Arroio do Mar onde os quatro estavam abraçados envoltos pela luz do verão. Beatriz, Mara, Hermes e ele, Marcelo. "Olha o passarinho, olha o passarinho!" Ali estavam os quatro e a sombra de Micuim na manhã perfeita, jovens como jamais tornariam a ser, o olhar ainda puro emanando inocência e ansiedade de bichos felizes, esse olhar onde faiscava aflita, comovente vulnerabilidade. Como eram jovens nesse verão! Atrás deles via o mar, via guarda-sóis, pernas, vendedores de limonada. Uma manhã de verão na praia cinco anos atrás. E sorriam. Beatriz queimada, de *blue-jeans* arregaçados até os joelhos, insolente no seus dezessete anos, cabelos molhados e duros de sal. Mara de óculos escuros, biquíni, o corpo magro e nervoso, apoiada apenas numa perna e rindo, rindo. E Hermes com a barbicha de Trotski começando a medrar, óculos redondos à le Corbusier. E ele, Marcelo, com o rosto onde mais tarde se desenharia a marca das unhas, abraçado a Mara e a Hermes, forçando uma cara cômica para Micuim, positivo doutor.

Ao pé da fotografia, como uma forma de premonição, a letra redonda de Beatriz escreveu os versos finais da *Oitava elegia* de Rilke: "Quem nos desviou assim para que tivéssemos / Um ar de despedida em tudo que fazemos? / Como aquele que partindo se detém na última colina / Para contemplar o vale na distância — e, ainda uma vez / Se volta, hesitante, e aguarda — assim vivemos nós / Numa incessante despedida."

Levantou o olhar. Hermes também olhava a foto. Não parecia mais um senador romano. Seus olhos se encontraram.

— Boa viagem, compadre.

— *Hasta la vista.*

— A gente se vê.

2

Sepé e Degrazzia foram em outro ônibus, assim que pôde viajar até o aeroporto em silêncio, contemplando em pensamentos as ruas que começavam a limpar-se do nevoeiro. A seu lado sentou-se um colombiano que provocava os *carabineros* através do vidro e esse infantilismo desagradou-o. Mostrou-lhe cara repressora que não fez efeito algum. O colombiano continuou a chamar de *hijos de la gran puta* aos *carabineros* que retrucavam no mesmo tom e ameaçavam com os fuzis.

O aeroporto de Pudahuel ficava no outro extremo da cidade. Foi sem melancolia que a viu desfilar ante seus olhos pela última vez. Ali não fora feliz. Amava Valparaíso e seus morros, o mar no inverno, o frenesi do verão e a *calle* Esmeralda às seis horas da tarde. Santiago era uma cidade obsessiva, caótica, triste.

— Vai passar por La Moneda! — gritou alguém.

Houve um alvoroço no ônibus. O alarma foi falso. Algumas quadras antes o ônibus dobrou e o caminho se fez por ruas desertas, onde ocasionalmente havia grupos de soldados armados ou barreiras onde revistavam os automóveis. Depois o ônibus atingiu a carreteira e dirigiu-se através do campo em direção ao aeroporto.

Agora, a manhã era formosa como a voz de Elis Regina. A lembrança de Mara nasceu dos poucos pássaros que pousavam nos fios elétricos e equilibravam a frágil composição da paisagem.

A última vez que esteve com Mara foi em Garibaldi, na montanha. Tarde de inverno gelada. Aproveitavam a casa de veraneio na serra de um simpatizante, uma casa rústica cercada de bosques.

Sós, na grande sala, magnetizados pelo fogo na lareira, foram percebendo a crescente aflição do silêncio, como se algo escondido estivesse a acontecer.

Mara ergueu-se sobressaltada, apontando pela janela:

— Olha!

Nevava. Como a realização de um milagre esperado, nevava silenciosamente sobre as montanhas. Lembra que correram como crianças, que abriam os braços e deixavam a neve cair nos seus rostos, que próximo a um riacho viram cervos assustados entrar precipitadamente no bosque. Só tornou a vê-la um ano depois, num apartamento sem móveis duma rua suburbana de Belo Horizonte; ela parecia mais cansada e criança, enrolava os cabelos nos dedos, a ruga no canto esquerdo da boca estava mais funda e antecipou assombrado que ia ser ferido quando ela moveu os lábios e perguntou você já sabe de mim e de Hermes? Não quer pensar nela no Estádio Nacional, amontoada com dezenas de outras mulheres num vestiário sujo, enrolando os cabelos nos dedos.

No aeroporto uniu-se a Sepé e Degrazzia. O processo de revisar as malas foi lento e meticuloso. Esperaram tomando sol, sentados junto à grande vidraça que dava para a pista. A mansidão do rosto do velho (abandonara surpreendentemente o sorriso permanente e inútil) o fez brincar com a possibilidade de que estava a recuperar-se, que trocara o sorriso por alguma forma grave e desapaixonada de lucidez. Quando tornou a olhar para ele, pouco depois, constatou, fascinado, que a loucura não estava mais no sorriso tolo de cão; brilhava, terna, persistente, nos enfeites prateados dos espalhafatosos óculos escuros que colocara subitamente.

Foram escoltados por uma fila dupla de soldados do exército e *carabineros* até a porta do avião. Avançavam de um em um, distanciados pelo menos três metros entre si. O aparelho pertencia à Força Aérea Argentina. Quando levantou vôo rumo a Buenos Aires e compreendeu que estava deixando o Chile, fechou os olhos e adiou o momento das lembranças.

O vôo durou duas horas. Aterrissaram no aeroporto de Ezeiza às quatro horas da tarde. Esperariam para trocar de avião até o entardecer. Aborreceu-se vagando pelo salão de passageiros em trânsito, olhando vitrines de *souvenirs* para turistas, folheando revistas de mulheres nuas. Não tinha dinheiro algum. Não poderia beber sequer um cafezinho no balcão do bar. Começou a sentir fome. Informaram-lhe que no avião para Lisboa iria apenas uma pequena parte do grupo que saíra da embaixada nessa manhã. Os outros tomariam outros aviões para outros destinos. Discutiram sem ânimo a possibilidade do avião aterrissar no Galeão. Já tinha acontecido antes por problemas de ordem técnica. Muito refugiado preferia sair pelo Pacífico. Era mais seguro. Cansou-se da conversa e saiu a dar uma volta. Esteve sentado num sofá que afundou suavemente com seu peso, atrapalhado com o pacote e o sapato sem meias, contemplando sem esperança a indiferente mulher solitária, extraordinariamente parecida à chilena dos olhos negros.

O DC-10 da Air France decolou rumo a Lisboa às 18:30 horas, quando começava a escurecer. Os passageiros já não eram mais os trôpegos asilados saídos de mala na mão da embaixada. Era uma fauna sofisticada, bem vestida, próspera, que olhou com estranheza e ironia velada para os dois homens de roupas amassadas, escoltando o velho de aspecto senil e esquisitos óculos escuros. Sentaram numa mesma fila. Degrazzia na janela, Marcelo no meio. Quarenta minutos de vôo e uma boa surpresa: a aeromoça começou a servir o jantar. Não comiam nada desde o café da manhã na Embaixada. Sepé, de boca cheia, perguntou à aeromoça se podia repetir. (Marcelo quis desaparecer na poltrona.) A aeromoça sorriu o mesmo sorriso que dispensava às crianças que derramavam laranjada na sua saia e disse que ia fazer um esforço. Sepé piscou o olho para Marcelo.

— Sentiu a barra?

Comeram minuciosamente. Logo que se viu desembaraçado da incômoda bandeja (a segunda) Sepé acomodou-se o melhor que pôde, resmungou curta obscenidade e dormiu. Marcelo contemplou o rosto indefeso perto de si, suas pequenas contradições, as palavras secretas que sussurrava. No outro lado, Degrazzia petrificara o sorriso no rosto, a cabeça oscilava, a boca entreaberta tinha um fio de baba. Marcelo encostou a nuca no respaldo da poltrona. Esteve olhando o teto do avião até ficar consciente do vago mal-estar que o rondava, até acalmar de olhos fechados a impaciente contração das vísceras. Tocou a fotografia no bolso. Sim. A gente se vê.

A respiração de Sepé começou a transformar-se em ronco. Reprimiu a vontade de sacudi-lo. Que ronque à vontade! Os passageiros que agüentem. Desabotoou o paletó. O principal é que a esperança continue viva. Estropiada, não importa, mas viva. O que não daria para que ainda a abrigasse em si. E não qualquer esperança. Não amolecida, classe média, conciliadora. Uma esperança como um punhal, um desenho de Niemeyer, o *jazz*. Como o cansaço, o suor, o despertador. Como qualquer coisa viva.

Acariciou a fotografia. (Talvez mentisse. Para que o deixasse. Para que pudesse me salvar.) Sepé começou a roncar mais alto. Seus roncos provocaram um princípio de mal-estar nos passageiros, olhares irônicos, risos disfarçados. O velho continuava imóvel. O pingo de baba crescia. Na precária paz que os corpos dormidos lhe ofereciam — como uma forma de desencanto não pressentida nem desejada — Marcelo compreendeu, olhando o rosto de Sepé a sonhar com uma laranja, que o vago mal-estar que o rondava era o próximo fim de sua tão curta juventude. Ela já escapava de suas mãos para sempre, como um pássaro.

Talvez tenha adormecido, porque viu a mãe agonizando de tristeza no quarto em penumbra, esboçando confusos gestos de ternura, repetindo a mesma carícia ineficaz e porque sussurravam em seu ouvido Rio de Janeiro. Sobressaltou-se.

— Senhores passageiros — dizia a voz nos alto-falantes — estamos sobrevoando a cidade do Rio de Janeiro.

Sacudiu Sepé com força. O bugre jamais o perdoaria.

— Que foi, pô?

— Estamos voando sobre o Rio.

O rosto murcho pelo sono resplandeceu. Vigoroso, arremeteu por sobre Marcelo e Degrazzia, colou o rosto ao vidro da janela. Contemplou, extasiado, as luzes da cidade. Sacudiu o velho:

— Olha, padrinho! Olha o Rio! O Rio!

Seu vozeirão encheu o aparelho. A aeromoça, no fim do corredor, olhou surpreendida. Alguns passageiros riram. Outro disse algo em inglês e os demais passageiros riram novamente. Sepé se paralisou. Me pisaram no poncho. Foi se erguendo lentamente, distribuindo o olhar amarelo.

— Olha, padrinho! O Rio! A cidade mais linda do mundo!

Elevou a voz, encarando os passageiros, mais ameaçador, mais ofendido.

A cidade mais linda do mundo! A mais linda do mundo!

Marcelo sentiu o cheiro do suor. Com uma espécie de mansidão ou paciência melancólica, acariciando a fotografia no bolso do paletó, examinando a nova porção de alegria que lhe tocava, apreciou o resultado da atitude do filho maior do velho Josias; sorrisos superiores murcharam, olhos prudentes desviaram para páginas de revistas. Aquele mestiço malvestido, cabelos esfiapados e olhos de animal perigoso assustava os elegantes cavalheiros de terno e gravata.

Satisfeito de impor moral a esse bando perfumado, Sepé curva-se sobre Degrazzia, terno, persuasivo:

— Olha, padrinho, olha as luzes da cidade. Pode ser pela última vez. Olha como é bonito.

A cabeça do velho pende. Os óculos escuros cintilam. A boca entreaberta sorri: no Sertão batido de sol, bandeiras ao vento, queimada, orgulhosa, a Coluna avança. Um adolescente de cabelos dourados marcha ao lado do Capitão.

Copenhague, dezembro de 1980.

Este é um livro de ficção.

Qualquer semelhança com pessoas vivas, mortas ou desaparecidas será mera coincidência.

É um livro que deve muito a meus amigos Ayrton Kanitz e Maria Dirce Botelho Marés de Souza.

E que é dedicado a meus irmãos Bira, Poti, Tapejara e Chico.

E a Liliana.

Este livro foi composto na tipologia Aldine
em corpo 11/13 e impresso em papel Pólen Soft
80g/m² no Sistema Cameron da Divisão Gráfica
da Distribuidora Record.